说三国论决策

你将何去何从
你应与谁同行
决定你的人生

刘广迎 著

新华出版社

图书在版编目（CIP）数据

说三国论决策 / 刘广迎著. -- 北京：新华出版社，2022.7
ISBN 978-7-5166-6386-8

Ⅰ. ①说… Ⅱ. ①刘… Ⅲ. ①《三国演义》研究
Ⅳ. ① I207.413

中国版本图书馆 CIP 数据核字（2022）第 151645 号

说三国论决策

作　　者：刘广迎	
出 版 人：匡乐成	出版统筹：许　新
责任编辑：林郁郁	封面设计：华兴嘉誉

出版发行：新华出版社
地　　址：北京石景山区京原路 8 号　　邮　编：100040
网　　址：http://www.xinhuapub.com
经　　销：新华书店、新华出版社天猫旗舰店、京东旗舰店及各大网店
购书热线：010-63077122　　中国新闻书店购书热线：010-63072012

照　　排：华兴嘉誉
印　　刷：北京明恒达印务有限公司

成品尺寸：170mm × 240mm
印　　张：28.75　　　　　　　　　字　　数：370 千字
版　　次：2022 年 9 月第一版　　　印　　次：2022 年 9 月第一次印刷
书　　号：ISBN978-7-5166-6386-8
定　　价：78.00 元

图书如有印装问题请与出版社联系调换：010-63073969

卷首语

  每个人都有自己的"三国":你、我、他;每个人都在创作自己的"三国演义"。《三国演义》也是选择演义,人生就是一趟选择的旅途。

前 言

"男怕干错行,女怕嫁错郎。"这话的意思就是"何去何从""与谁同行",关乎一生,十分重要,相当关键,大意不得!

可再怎么谨慎,没有方法,还是白搭。我们一生都在学习各种知识,却很少有人教我们如何选择与怎样决策。虽经常失策,也并没有察觉;即使察觉,也少有人有改进的自觉;即使是掌握着一些人财物支配大权的人,也大多是凭经验与感觉在决策,且老是想让别人点赞自己的决策。谁要是不点赞,就不想跟谁玩。有的如袁绍,有的似董卓,有的类王允。

决策是日常事,又是技术活。没有几把刷子,就容易成为倒霉蛋或冤大头。董卓与吕布,本是异姓父子,却因为一个女子而反目成仇,酿成一桩血案。这样的案例,不只出现在小说里,现实生活中也不少。明星名人因情因性,毁掉一生的事,经常发生。普通人也有,只是没人炒作而已。与什么人交友,和啥样人共眠,我们的大脑到底是如何动作的?

吕布的职业生涯,是不断"跳槽"的过程。"跳槽"一次,害一位老板,毁一个单位,还塑造了"不靠谱"的个人品牌。一个人该不该"跳槽"?如何"跳槽"?一位老板,该不该接受一个"跳槽"的人？如何使用"跳槽"的人？诸如此类的选人用人决策，是有策略技巧可用的。

诸葛亮、周瑜等人，能力超强，可他们为什么不选择自主创业，不自己当老大？他们是如何给自己定位的？关羽与张飞为何死心塌地追随刘备，不为高官所动？不为财色所动？曹操干着"一把手"的活，当着"一把手"的家，又为什么不名正言顺地当"一把手"？他不称帝，为何要当魏王？这些重大决策都有一个反复考量的过程。

我码完了《红楼心解》，便开始码《说三国论决策》。《红楼梦》的故事，来自人们的日常家庭生活，我用它解读人们的日常心理，也就是人们直觉决策与情感起伏的内在机制。《三国演义》的故事，来自风云激荡之时代，言的是竞争斗争之大业，我用它解读人们的重大行为决策。

世人总免不了追求外在的成功，又无不渴望内心的幸福。前一个是要成就，后一个是求解放。要成就是过程，求解放是目的。但这个过程并不必然地导向目的地，世人大多半途而废，有的迷茫与困顿，有的昏睡或陶醉，一辈子坐稳了"要"的奴隶。细品《红楼梦》，详察《三国演义》，可以帮助我们更多地享受过程，也可以帮助我们更好地到达目的地，还可以使我们避免踏上了"通往奴役之路"而不自知。人们大多自我奴役，却总是在埋怨客观、埋怨他人，弄得自己不开心，别人也不开心，搞得不开心不断地转型升级，仿佛自己就是"不开心"的热恋情人。

更好地追求成功，必须先有"三问"：我将何去何从？我将与谁同行？我又如何做出正确的选择？这"三问"解决不好，走的弯路就多，付出的成本就高，心理的体验就差。诸葛亮就是在弄清了这"三问"之后，开启了自己的职业生涯。因此，诸葛亮一出山，他的人生便"开挂"，天下大势亦为之一变。

更好地实现人生幸福，亦须先有"三问"：世人如何定义幸福？我能否自己定义自己的幸福？又如何落实于日常生活？这"三问"解决不好，幸福也可能与你走动，却会常常与你分手，甚至是再也不回头。刘禅大概是弄清了这三个问题，得到了心理的解放。所以，刘禅从未真正进入职业生涯，便"躺赢"了幸福。刘禅被世人嘲讽为"扶不起的阿斗"，但或许在刘禅心里，诸葛亮与曹操之流才是名副其实的"阿斗"。

世人多赞诸葛亮而贬刘禅。因为世人的人生是被他人定义的，而刘禅的人生是自己定义的，或者说是被迫自我定义的。尽管这个定义亦少不了辛酸与无奈。从社会意义上说，刘禅的人生配不上赞美，却值得思考。作为皇子与世袭的皇帝，他的不折腾，也算是有自知之明吧？也算是另类贡献吧？

每个人都有自己的"三国"。家庭、事业与他者，构成一个"三国"；价值、目标与手段，构成又一个"三国"。它们之间有统一合作，又有分裂斗争，由此构成了人生的"三国演义"。徐庶在家庭与事业发生冲突的时候，选择了家庭。为了母亲，他不再向任何人输出自己的智慧。曹操为了事业，把自己的几个女儿嫁给了同一个男人，而他并不把这个男人当作真正的男人。鲁肃为了东吴大业，坚决主张与蜀汉合作，在斗而不破中维护了东吴的利益，即使影响了自己的仕途，也不叹惜。刘备坚持自己的价值观，哪怕影响了自己目标的实现，也毫无惋惜。

自己的"三国演义"，如何"写"，怎么"议"，可曾与自己商议？自己的人生，追求怎样的幸福，走怎样的道路，可曾由自己定义？他人的生活，你是否干涉，是否腹议、口议与笔议，可曾想过自己是否有资格做他人的"参议"。每个家庭、每个单位各有自己的"三国"，各自书写着自己独特的"三国演义"。只是大多数人没有认真研读《三国演义》，或者没有悟出其中的真义与新意。

《三国演义》的主题，是云谲波诡的斗争，是风雨彩虹的奋斗，是智慧与阴谋的较量。但其中也有一首副歌，那就是对人生态度、人生价值与人格追求的咏叹。人类世界一刻也没有停止过"三国演义"，每个人都深陷"三国"，只是有人"演义"，有人被"演义"。其实，《西游记》也是一部行走的"三国演义"，"沙"在和畅，"猪"在八戒，"猴"在悟空，他们跟着玄奘去西天取经。"玄奘"就是世间奥秘，西天取经就是打开"玄奘"的过程。打开"玄奘"，物与动物就成了人；打开"玄奘"的过程，就是人生旅途。这个过程充满磨难与魔幻。

探讨成功"三问"是本书的重点，思考人生"三问"是本书的副歌，研究人生的重大行为决策是本书的主要目的。

目 录

第一章 择业论 001
董卓择业的得与失 002
被平台误导的袁术 005
生不逢时的袁绍 008
择业得当的曹操 011
善谋职业的曹丕 013
不怕失业的刘禅 015
精明从业的孙权 017
一生"请辞"的司马懿 019
慎当"一把手" 022
瞧瞧他们的领导力 025
诸葛亮抄底入职 027
靠"长板"发展的鲁肃 030
兴业而亡身的荀彧 032
投机分子许攸 035
陶谦择人失误 037
他们为啥不自主创业 038
不追随的孔融与祢衡 040

第二章 择人论 042
刘备的"磁场" 043
曹操的"能量场" 045
率先垂范的孙策 047
孙权的"心流" 050
不能只看平台 052
诸葛亮制造主公 054
形似诸葛的陈宫 057
不断"跳槽"的吕布 059
不爱"跳槽"的田丰 061
曹操的杀与放 063
必须善用关羽 065
一定慎用张飞 067
谨防"马谡式"悲剧 069
诸葛亮因人施策 072
防不胜防的"笮融式" 074
如何选择领导 077
如何搭班子 079
如何建队伍 082
在择人上转型升级 086
第三方鉴定 089
如何避免成为丁原与董卓 091
"三国"猛人的慢变量 094
昏君、暴君与阴君 097
雄主、明主与圣主 099
奸贼、奸雄与枭雄 101
忠臣、能臣与贞臣 104
圆融、圆滑与狡猾 106
值得重用的人 108

需要提防的人	109
专骂老板的人	111
自己人与自欺人	113
关羽与项梁	116

第三章　择偶论　117

人生自是有情痴	118
孙尚香的被动择偶	121
经常丢老婆的刘备	123
诸葛亮择妻	125
在任务中成长的貂蝉	127
二乔的大丈夫	130
"人妻控"曹操	132
休掉曹操的女人	134
曹操怎么嫁女儿	136
关羽拒婚	138
夫妻恩爱缘何来	140
曹刘孙为啥都娶山东媳妇	142
再说丁夫人与孙尚香	144

第四章　谋势论　146

势在人心	147
天命即是势的转换	149
谋事不察势的王允	151
刘备蓄势	153
曹操退而待势	155
卧龙静而蓄势	157
诸葛亮的"隆中对"	159
鲁肃的"隆中对"	162
毛玠的"隆中对"	165

削了对手丢了朋友	167
曹操三次半途而废	169

第五章　成事论　171

还是先说人心	172
刘备一生最重要的决定	174
学习型组织的真义	176
真正的核心竞争力	178
刘备集团的组织体系	180
以何治理	182
必须抓住地利	184
刘备败于规模扩张	186
赏罚不贵分明贵不同	188
志决而事易	191
顺序很重要	193
时机、时机还是时机	194
干事需要硬撑	196
硬撑需要帮扶	197
"一把手"的血性	199
送人情的学问	201
"一把手"的冒险精神	203
切忌有情变无情	205
"一把手"的关键时刻	207
"一把手"的关键事	208
人心、人心还是人心	210

第六章　逆性论　213

学会"一屋不扫"	214
大事不能多	216
何进斥曹操	218

董卓为何立献帝	220
曹操烧书信	222
孙坚的得与失	224
孙权的抗与降	226
黑白之色	229
纠结的人性	231

第七章　供求论　　234

没有爱情的"三国"	235
崔琰为何从容赴死	238
法正的背叛	240
一块石头引发的血案	242
东吴的"吊丧观"	244
为了陪伴儿子	246
张松为何出卖刘璋	248
丞相肚子能撑船	250
关羽的消费偏好	253
不得志的费诗	255
谯周劝降	257
孙权为何杀臣子	259
为何是魏灭蜀吴	261

第八章　奇计论　　263

另类"空城计"	264
袁绍的"逼宫计"	266
贾诩的"离间计"	268
司空见惯的"计"	270
王允的"连环计"	272
孔融的死罪	274
诸葛亮的"锦囊妙计"	276

刘备的托孤之辞	278
刘备的真	280

第九章　危机论　　282

"帅死了"是警示语	283
有才华即是潜在风险	285
显摆才华就是自招风险	287
有贡献就是现实危机	290
批评胜过冲锋陷阵	292
保守即是冒险	294
连胜是危险之时	296
成功是失败它娘	298
好为人师也有危机	299
"一股独大"是隐性危机	301
内部对掐是现实危机	303
最大的危机在用人失当	305
张飞的危机处置	307
都是好消息便是坏消息	309
给对手留生路	311

第十章　决策悖论　　313

对曹操的争议	314
利己还是利他	317
合作还是竞争	319
自由与约束	321
信任还是怀疑	323
知足还是进取	325
多元还是一元	327
现实还是长远	329
谨慎还是冒险	331

逾规还是守常	333
公平还是偏袒	335
封功还是封亲	337
顺从还是直言	339
变还是不变	341

第十一章 权力论　343

认清权力的本来面目	344
一切问题都是权力问题	346
领导的两难	348
下属的两难	350
诸葛亮为什么牛	352
职务也很重要	353
财富本质上也是一种权力	355
才华是不易察觉的权力	357
关系与权力的关系	359
情感与权力	361
爱与权力	363
智慧是一种超级特权	365
道德与权力	367
法律与权力	369
无欲即是扩权	371
刘备的哭与跑	372
刘表的怕老婆	374
美与权力	376
偶像与权力	378
关注与权力	380
夸赞与权力	382
强势还是退让	384
找准自己的座位	386

校正权力的坐标	388

第十二章 开放性思考　391

"四力"与动力	392
热力学三大定律与宏观决策	394
化学与微观决策	396
物理与用人	398
关于光的故事	400
普朗克的故事	403
"波粒二象性"与认知	405
"量子叠加态"与常识	408
热光现象与人才效应	410
原子、结构与组织	412
原子与三支队伍建设	414
领导与质子	416
领导与电子	418
量子跃迁与人的行为	420
温度与水的三形态	423
浓度与肉毒杆菌	424
质子与做大做强	426
核能与动力	428
炸药与创新	430
碳与活力	432
组织、物理与化学	434
量子纠缠与扁平化	436
相对论与因果	438
不确定性与概率	440
走进新世界	442
主要参考书目	444
后　记	445

第一章

择业论

何去何从，要落实到择业上来。择业，一为生存，二为成人，三为安神。因此，世人皆需择业。俗话说，男怕入错行。择业是人生重大决策。这里说的择业，起码有两层含义：一个是职业，一个是事业。前者是准备干什么行当，后者是想在这个行当中兴多大的风、起多大的浪。且看"三国"风云人物如何择业、怎么"跳槽"，以及"兴风作浪"的成败得失。

董卓择业的得与失

董卓率兵进京，撕开了"三国"时代的大幕，所以选董卓作为本书的开篇。

董卓在择业方面，职业是选对了，可惜没有掌握好事业的定位与目标。对他来说，职业是成功的，事业是失败的。因为事业失败，职业的成功就被葬送了。从古至今，像董卓这样的案例是很多的。

董卓字仲颖，这个组合很有趣。"董卓"有强大强悍之意，"仲颖"有飘逸豪侠之气。透过这个名字，便可知道他不会出生在一般家庭。史料记载，董卓生活在今天的甘肃岷县一带，家境殷实，属于地方豪强。董卓小时候养尊处优，放纵任性，豪爽凶狠。董卓与《红楼梦》里的薛蟠有些类似，任性、粗野、豪爽，却又有区别。薛蟠没能力，董卓有本事。可以说，董卓有"两特"：特有本事，特别没数。这类人在潜意识里都有这样一个动机，那就是追求控制一切，以满足自己的随心所欲。跟这样的人一起共事，相当快意，又相当危险。

当时，董卓的家乡与西北羌人相邻，他常到那里去游玩。史书记载，董卓"少好侠，常游羌中"，"性粗猛有谋"。董卓体魄健壮，力气过人，武艺高强。他骑上骏马，能使用两只弓箭，左右驰射，是位"双箭将"。他的家庭背景、个人性格与能力，使他可以从容地融入游牧民族群体。董卓无论是在家乡还是在羌人当中，都有很大的影响力。人们敬畏他的凶悍，喜欢他的豪爽，这为他日后成为军事首领奠定了基础。整天弄一群少年到处祸祸的捣蛋鬼、孩子王，日后若是从军，都是带兵的好手。

董卓给人们的印象是粗暴凶残、有勇无谋、贪婪好色。《三国演义》与《红楼梦》有一个很重大的区别，《红楼梦》的作者主观上不想对人物作道德与价值上的判断，《三国演义》的作者是带着政治正确与道德伦理等主观判断来描写人物的。真实的董卓不只有勇，也有胆，且有谋。他最大的缺陷是任性，也就是自身没有刹车装置，一旦失去外在束缚，就会一路狂奔、横冲直撞，自然是事故不断，迟早会车毁人亡。

董卓长大后选择了从军。他在军旅生涯中，很好地发挥了自己的优势，屡建战功，也屡陷危机，甚至是绝境。在危机与绝境中，他表现得镇静从容，每每化险为夷，或是转败为胜。朝廷对他是又用又压，有困难的时候提拔他，没大事的时候打压他。有本事有个性的人，在职场上的命运大致都是如此。

在沉沉浮浮的过程中，董卓基本上经受住了考验。但董卓的狂野决定了他不会接受任人摆布的命运，他一直在积蓄力量、寻找机会。机会总是青睐有准备的人，对董卓也不例外。机会终于来了，董卓自然会抓得死死的。

公元189年，汉灵帝刘宏驾崩，刘辩当了儿皇帝，何太后垂帘听政，大将军何进辅政。宦官张让与外戚何进争权夺利，何进与袁绍密谋诛杀张让，何太后不同意。何进便密令董卓进京，讨伐张让。董卓得令大喜，急忙率兵进京。岂料董卓还未赶到洛阳，张让就把何进给灭了。袁术得知情况，便起兵烧了南宫。张让慌忙挟持少帝刘辩与陈留王刘协出逃。董卓闻讯，率兵追赶，抢回刘辩与刘协，开启了人生新阶段。

董卓废了刘辩，立了比刘辩小五岁的刘协，自己独断乾坤，拿公器当儿戏，引起公愤。可他还觉得这个小皇帝碍事，一心想亲自上岗。当一个人欲望无限膨胀的时候，命运就不掌握在自己手里了。后面的故事，大家都清楚，不再多言。但有一个故事却需要要此略述。

董卓进京之初，只带了二三千兵马，为了镇住局面，他每天深夜，都让军队悄无声息地出城，白天再声威震天地开进城，让人们误以为他兵源充足、战力强大。董卓一边搞形式，一边实实在在地扩充兵力，很快就稳定了局面。

举这个例子，一是为了说明董卓是有勇有谋的，二是为了说明董卓是选对了职业的，三是为了说明董卓没有给自己的事业找好定位。前面说过，董卓有一个重大缺陷，就是完全没有自我约束能力，时刻离不开外在的约束。这个重大缺陷，决定了董卓不可能在"金字塔"的尖上待下去，一旦上去了，必然是摔得粉身碎骨。

有的人，发了大财却守不住财；有的人当了大官却保不住官。他们都是选对了职业却定位不好事业。创业关键靠创造力，守业重点在约束力。约束力上不去，一切注定都是白费力。

综上，选择职业，主要看自己的优势；而追求事业，必须得清楚自己的缺点。不知道自己的短处与缺陷，必为事业所伤，最终必定是自己与自己的事业一同毁灭。

被平台误导的袁术

人生的悲哀，是错把平台当本事。平台给袁术开了个大大的玩笑。

袁术是司空袁逢的嫡子，其兄袁绍为庶出。袁绍因过继给其伯父袁成为养子，所以也有史书称这哥俩为叔兄弟。袁术是汝南郡汝阳人。汝南袁氏，四世三公，地位显赫，声望很高。

袁术这样的家庭出身，当官仿佛是自然选择，没有比当官更好的职业了，所以就不存在职业选择的命题。现在，许多单位都是近亲繁殖，三亲六故都干一个行当，似乎是近水楼台，看上去是"先得月"，实则是失去了更多的可能性，可能误了单位事业，也可能误了个人前途，因为他们没有充分考虑是否适合与匹配的问题。

袁术先是被举荐为孝廉，很快便升至河南尹、虎贲中郎将。董卓为拉拢袁术，封其为后将军。袁术不肯依附，率兵逃往南阳。此时，孙坚是他手下的主要战将。

袁绍想拥立汉宗室刘虞为帝，和袁术商量，袁术以不符合公议为由拒绝，从此兄弟翻脸。袁绍出兵攻打豫州，袁术引兵击退，兄弟开始互撕。此后，袁术与公孙瓒、陶谦等结盟。

李傕、郭汜等攻入长安后，也想拉拢袁术，授其左将军，封阳翟侯，并派太傅马日磾去举行仪式。袁术抢了马日磾的军中符节，还把人给关押起来。

从这三个案例可以看出，袁术是特别能拒绝别人的人。这样的人，内心一定有自己的打算，用一个好词就是志向远大。袁术的志向有多大呢？也不大，就是当皇帝。有了这样的打算，只要有可能，便不会轻易在别人手下打工。

袁术的远大志向从哪里来？传说，袁术的母亲怀上袁术的时候，有神仙托梦给她，说她怀中的这个孩子有一段天子之命。袁术是相信的。袁姓出陈，陈为舜之后，以土得火，得应运之次。当时，社会上流传着一个预言："代汉者，当涂高也。"

若干并无实事依据的传说、预言，再加上汉室的衰败，让袁术坚信自己就是真命天子，命当代汉。他之所以有这个信念，主要还是因为他有强大家族这个优质平台。有了大平台，假话可以变成实话，鬼话可以变成人话，凡人可以被神化。清末民初的袁世凯，可以说与袁术是异曲同工、殊途同归。

今天，在官场上、市场上、情场上、职场上，类似于袁术这样的人依然比比皆是。官场中一些人，总觉得自己能力超群，而职位太低，升了还想升，高了还想高，终致高空坠落。市场中一些人，总认为自己是经营大师，恨不能独占天下财富，富了还想富，多了还想多，终致人财两空。情场中一些人，总是自命不凡，以为众人爱上了自己的才貌双全，忽一日权去财尽，才发现自己已是人看人厌。职场上一些人，有了些成就，多了些粉丝，便以为自己才智过人，觉得此处不养爷自有养爷处，开启"跳槽"之旅，终致爷没当成，事业却是一路下跌。这些人都错把平台当本事。

平台能够给人赋能，也会给人负能。站在好的平台上，容易捕捉并放大对自己有利的信息，导致定位不准、决策错误。

公元197年，袁术犯下了此生不可挽回的错误，那就是公开称帝。此时，袁绍的实力最强，袁术次之，曹操挟天子以令诸侯，实力正处于上升期。曹操得知袁术称帝，大喜。曹操以献帝之名，发诏书讨伐袁术。各路诸侯只要觉得自己有实力的，都打着讨逆的旗号，纷纷抢夺袁术的地盘。袁术一身难敌群狼，屡败，一时走投无路，只好厚着脸皮投奔哥哥袁绍，途中被刘备等挡回。袁术兵尽粮绝，仰天长叹："我袁术怎会落到如此地步！"随即吐血斗余而亡。

不具备皇帝的职业素质，却一心想当皇帝，结果就是身败名裂，为后人耻笑。梦想是个很迷幻的词。"想"可以这样理解：心被树压住了，眼被树挡住了；"梦"可以这样理解：前边一片森林，而且是傍晚时节，什么也看不清楚。所以说，梦想必须有，决策当慎重。

袁术与董卓，有一个类似的条件，就是有大平台；还有两大共同特点：一是任性，二是不听劝。任性与不听劝互为表里。这类人除非面临巨大压力或困境险境，听不进不同意见，容不得有自我见解的人，而那些别有用心的人给他打开手电筒，他就会顺着光柱向上爬。这类人必定是不甘人下，必定是好折腾事。他们敢决断，却不善断，最不适合当"一把手"，又必定要谋取"一把手"，因此便难摆脱被迫"撒手"的命运。轻则撒手权利，重则撒手人寰。

袁术给我们的教训是，误把平台当本事，轻则丢饭碗，重则连吃饭的脑袋也丢了。

生不逢时的袁绍

袁绍类似于今天的流量明星。

和董卓、袁术一样，袁绍的职业理想，也是当皇帝。与前两位不同的是，袁绍是基本可以胜任的。不过，袁绍做不了开国皇帝，如果是继任，即使不能开创霸业，也能操持一份殷实的家业。

袁绍是位美少年，颜值高，表现还好，这样的人谁不喜欢？得益于父辈的提携，袁绍不满20岁就当了县令，而且干得相当出色，留下干净干事的美名。当领导，还年轻帅气、又有些才干，"圈粉"能力自然超级强大。袁术母亲去世，回家守孝三年，接着又为父亲守孝三年。朝廷征召他入职，这位小帅哥却婉言拒绝，归隐洛阳，很是让人意外。

袁绍为何拒绝入职呢？当时，朝廷内宦官与党人争斗激烈，宦官实力占优，朝政混乱，形势不明，袁绍不想置身旋涡之中。隐居的袁绍并没有闲着，而是暗中结交豪杰，帮助被排挤打压的党人，与何进、曹操等人关系密切。袁绍虽然行动谨慎，可毕竟是在京城，还是引起了宦官们的注意。中常侍赵忠警告说："袁本初抬高身价，不应朝廷辟召，专养亡命徒，他到底想干什么？"袁绍的叔叔袁隗听到风声，斥责袁绍说："你这是准备灭我们袁家呀！"袁绍听了，依然不为所动。

由此可见，袁绍有正义感，有胆量，善于察势谋事，且能够不计一时之得失，可以做到"延迟满足"。"德、识、胆、忍"都是做大事必备的人格特质，也是一个人择业时需要重点考量的部分。

公元184年，黄巾起义爆发，朝廷被迫大赦党人，以求共同对付起义军，袁绍这才应大将军何进之邀，重新入职。公元188年，朝廷组建西园新军，置八校尉。袁绍任中军校尉，曹操任典军校尉。公元189年4月，汉灵帝去世，太子未立。宦官与党人再次博弈，最终立刘辩为帝，何太后垂帘听政，袁隗与何进辅政。何进是刘辩的舅舅，属于外戚与党人阵营，这意味着宦官输了一阵，但斗争却更加激烈了。

袁绍从任中军校尉到官渡之战，他的事业由稳步上升到徒然跌落，期间的一些事件，可以看出他的强项与短板。

袁绍建议何进诛杀宦官，以绝后患。何进与何太后商量，何太后的身边人被宦官收买，便从中阻挠，何太后否定了何进的建议，何进也就打起了退堂鼓。后来，袁绍又出主意，让何进招诸侯董卓等引兵入京，逼何太后就范。何进从之，由此引发董卓之乱。

袁绍拒绝与董卓合作，弃官而走，这让袁绍威望大增。袁绍被推荐为盟主，起兵讨伐董卓。董卓害怕，烧了洛阳，挟持天子跑到长安。王允设计，貂蝉献身，吕布杀了董卓。主持朝政的王允不肯接受董卓部将李傕、郭汜等人的投诚，逼得他们杀入长安。王允见大势已去，自杀身亡。王允也是没有自知之明，择业不当的典型。

李郭两人把皇帝刘协捏在手里，都想自己说了算，尿不到一个壶里，于是两人开打，刘协趁机逃跑，并发诏书令诸侯救驾，袁绍等觉得弄个皇帝在手上是个麻烦，让曹操捡了个漏。从此，一群野心勃勃的人开始扩大地盘，梦想着有朝一日走上皇帝这个工作岗位。

袁绍占据冀州后，联合曹操、吕布等稳步扩大地盘，拿下了青州、幽州与并州，占据了中原腹地，掌握了一统天下的主动权。他曾想另立刘懿为帝，遭到袁术的反对和刘懿本人的拒绝。后来，又放弃了捡漏接回献帝的机会。

袁绍的主要竞争对手是曹操。他在与曹操的较量中，多次坐失良机。在足球比赛中，局面占优的一方，若是自己的机会把握不住，结局大多不好，赢球的概率很小。实力占优的一方，往往过度求稳，及至形势不妙，又往往过度冒险，由此导致败局。幸运之神没有耐心始终眷顾抓不住机会的人。袁绍也不是完全不会抓机会，却比曹操差了一个档次。曹操没有袁绍那么好的平台，因此更珍惜机会，也敢赌。

皇帝这个岗位一旦进入无序的"市场"竞争，带来的必定是灾难与疯狂。袁绍在这场竞争中，一直处于优势地位。他的地盘最大最优，兵马粮草最强最多，诸侯多愿意与他保持良好关系，老百姓对他也是相当认可。即使在官渡之战大败于曹操之后，基本盘也不算差。只可惜，袁绍让这一仗把精气神给打散了，没几年就病死了。其实，曹操、刘备、孙权也常吃败仗，与这三位相比，袁绍的脸皮太薄了。

在残酷激烈的斗争中，袁绍能够站稳脚跟，持续地扩大地盘，扩充实力，没有几把刷子是不可能的。他主要的"刷子"，一是品行聚人，二是谋划缜密，三是自我约束。他的短板与他的优点是一体两面，能聚人不善用人，好谋划不善决断，有雄心却不敢冒险，平台大却放不下面子。袁绍平常时经营得不错，关键时刻常掉链子。尤其是在乱局当中，在瞬息万变的战场上，没有"亮剑"精神，容易坐失良机，葬送优势。袁绍逐兔打狗没问题，遇上豺狼虎豹就不行了。军事不是袁绍的强项，而打天下的主要业务就是军事斗争。袁绍的能力与他所面临的形势和要完成的目标，匹配度不高，还碰上了曹操这样的狠角色，这就基本决定了他失败的命运。

袁绍给我们的启示是：平天下的人，不见得能治天下；治下子的人，不见得能平天下；此时能当好"一把手"，不一定彼时也能当好"一把手"；在这个单位能当好"一把手"，不一定在那个单位也能当好"一把手"。择业不只要清楚自己的本事，还要看这些本事与形势任务的要求是否匹配。时势造英雄，时势也毁英雄，不服真不行。

择业得当的曹操

曹操干的是皇帝的事业,却甘于臣子的岗位。这样的人,你说他是奸雄,确有道理;你说他是大大的智者,丝毫也不过分。当然,在择业上,曹操只能排第三,前两名是谁呢?咱放在后面再说。

曹操的素养与特质,从其文学作品中便能够看出端倪。曹操不只是政治家、军事家,也是文学大家。他的诗篇,高远阔达,气势雄伟,慷慨悲凉,豪迈奔放,气韵沉雄,语言简练;开启建安文学风气之先,奠定了建安风骨之基础。曹操的书法艺术水平也很高,尤工章草,唐朝张怀瓘在《书断》中评其为"妙品"。曹操的作品,在大势、气势、局势上与毛泽东不相上下,但曹操的作品,有沉雄悲凉之气,毛泽东的作品,多浪漫豪迈之风。而南唐后主李煜的作品,大多婉约绮丽、情哀意柔。三位"一把手",文学风格不同,执政成就亦不一样。

人的特质皆有出处。曹操不是一般家属,又与董卓、袁绍、袁术等不同。后面这三位,出身豪门贵族。曹操的出身有些尴尬。曹操,字孟德,小名阿瞒。先阿瞒,后孟德,反差忒大。他"瞒"什么呢?他的父亲曹嵩,官至太尉;他的爷爷曹腾,是费亭侯,地位都不低。可曹腾是宦官,侍奉过四位皇帝。曹嵩是曹腾的养子。所以,曹操在袁术等人眼里,属于"寒门",入不了主流。这种上不上、下不下的独特生活环境,造就了曹操亦正亦邪的多样性特质。自信中有内敛,雄略中含狡诈,果敢中蓄沉稳,凶狠中存爱心,野心大而又求实际实用,这些特质构成了他在动乱时代建功立业的独特优势。

曹操宏图大志、雄才大略,忙活了一辈子,收服了张绣等人,打败了吕布、袁绍等劲敌，占领了中原腹地，统一了北方，成为"三国"时代地盘最大、实力最强的霸主，可他在袁术、刘备等纷纷称帝之后，硬是始终工作在丞相岗位上，至死也没有称帝。

我们不得不佩服曹操的大局意识与自我约束能力。反过来，我们看看现实生活中，一个单位的班子中，是不是有不少"二把手"，或者是副职，总是想着早一天走上"一把手"的岗位。有了这个想法之后，不是用心谋事，而是专门生事，用尽心机给"一把手"拆台。带来的结果呢，一种是三败俱伤：单位生态搞坏了，"一把手"丢了岗位，自己也失去了组织信任；另一种是自己虽然得到了"一把手"的岗位，却损害了自己的声誉，又让一些人用他曾经对付"一把手"的手段来搞他。显然，这类人是缺少远见的。

可能有人会反问：曹操不是架空了皇帝，是事实上的"一把手"吗？没错，曹操的确是事实上的"一把手"。可我们也可以反问：有实力、有能力、有机会当"一把手"，而主动放弃，是不是难度更大呢？

曹操是极富冒险精神的。他只身刺杀董卓，亲率主力部队攻打徐州的刘备，而不惧被袁术乘机进攻自己的根据地许昌的风险。可曹操为何不称帝，以实现自己的梦想呢？曹操是精于计算投入产出率的。称帝这个成本，曹操不是付不起，而是在这个时候付，不值得。现实生活中，凡是看到自己特别钟爱的东西，手里也有钱，还能忍住不买的，都不是一般人。另一方面看，那些自己忙活着给自己弄了一大堆名头的人，内心都是空虚的，怎么整也填不满。他们不是做不了事，就是走不远路。

曹操在择业上给我们的启示是：要让欲望变成好东西，起码要忍得住，最好是看得远、想得开、行得实。或者说，做事业，得有取舍，优先秩序排得准、做事节奏把得稳。

善谋职业的曹丕

皇帝这种稀缺职业，你能力再强，也很难自我选择。在皇权体系内，你得有资格才有可能。这个资格就是皇子。而皇帝的生育能力也很有意思，一般不是没有，就是有许多。曹操就有许多儿子。据说，曹操的在编女人有16位，一共生了25个儿子。曹操的儿子，无皇子之名，却有皇子之实。

这么多皇子，却只有一个岗位，竞争当然相当激烈。曹丕是次子，本不占优势，哥哥曹昂战死，给了他机会。但曹丕的眼界与众不同，他看到的不是机遇，而是更大的风险。他认为，哥哥不在了，自己就成了明"靶子"。如果那个弟弟接了父亲的班，自己的性命就难保了。更可怕的是，有两个弟弟还聪明过人。于是，曹丕就来了个明松暗紧，悄悄为自己将来能够上岗积蓄资本。

曹丕两位聪明的弟弟，都留下了著名的故事。比如，曹冲有"用船称象"的故事，留下了神童的美名；曹植有"七步成诗"的故事，成了才华横溢的象征。

曹丕的小弟弟曹冲，天赋异禀，机智过人。《三国志》是这样记载的："少聪察岐嶷，生五六岁，智意所及，有若成人之智。"曹冲很受曹操偏爱，可惜少年夭折。司马懿的观点是，曹冲注定命不长久，因为他太聪明了，而且不知道遮蔽。

曹植与曹操、曹丕并称"三曹"，是建安文学的核心人物。他在兄弟中排名老三。据心理学家研究，老三一般聪明，且个性鲜明，不走寻常路。曹植思路敏捷、谈锋健锐、出口成章、率性自然，深得曹操喜爱。不足的地方就是好喝大酒，沉迷于吟诗作赋。曹丕在司马懿等人的策划与帮助下，让曹植的缺点不断地在曹操心里积累放大，最终战胜了曹植，实现了接班的梦想。

在择业问题上，曹丕目标明确、谋划周密、方法行当、行动坚决、作风务实。他不像曹植，有接班的愿望，却从不在接班需要、职业要求上下功夫，而是迷恋于诗词文章，走不出自己的"舒适区"。也不像曹冲，尽显自己的聪明机智，过分地暴露了自己的火力，成了别人的"靶子"。总之，他们的目标与采取的策略行动不相匹配，失败也就是必然的。

曹丕主要用了两手。一手是围绕岗位要求，刻苦学习，提高自己的执政能力；暗中笼络人才、积累人脉，为执政做好团队储备，提高接班的竞争力。另一手是掩盖自己的真实意图，适当遮蔽自己的实力，麻痹曹操和竞争对手；有意识、有策划、有设计地让竞争对手暴露自己的缺点，以达到失去曹操信任的目的。

曹丕的手段"有阴有晴"，但执政的效果还是不错的。曹丕也是一个比较优秀的政治家，他在政治、军事、文学等诸多领域都有很高的造诣，可以说是曹操的翻版。只可惜，他在40岁的盛年之时就病死了。不然的话，"三国"的历史或许是另外一个样子。

曹丕给准备子承父业的"官二代""富二代"树立了一个榜样。在接班前要先想清楚几个问题：首先是你为什么要接班，其次有没有比你更适合接班的对手，再次是怎么才能接班，最后是如何才能接好班。如果这些问题没想明白，还惦记着接班，后果是很严重的。有多严重呢？你父辈的权力有多大，事业有多大，你的风险就有多大。想要化解风险，还想接班，就不妨学学曹丕曹二哥。

不怕失业的刘禅

刘禅是"三国"第一娱己高人,情商绝对排名第一,是当之无愧的生活赢家。他以不怕失业的大无畏精神,实现了吃喝玩乐的人生目标。如果以玩乐为人生核算的"会计准则"来进行投入产出分析,刘禅的人生"收益率",或许是古今中外第一"投资"高手。

刘禅"躺赢"一生。

德国作家赫尔曼·黑塞说过:"幸福是一种方法,不是一样东西;是一种才能,不是一个目标。"刘禅掌握了这种方法、具有这样的才能,把生活玩成了自己的终生大业。

刘备被曹操击败,落荒而逃。刘禅和妈妈陷入重围,性命堪忧。孤胆英雄赵云杀入曹军,营救母子两人。为了让赵云专心救出刘禅,妈妈将刘禅托付赵云,投井自尽。偏又遇上曹操爱惜赵云忠肝义胆且武艺高强,下令只可生擒,不可射杀,这才既成就了赵云的美名,又保全了刘禅的大难不死。

刘备病危,托孤于诸葛亮。刘禅继位,诸葛亮一心一意、殚精竭虑、南征北伐,代替他执掌蜀汉江山。刘禅舒舒服服地占着皇帝的岗位,随心所欲地把个风花雪月的"事业"搞得四季常青。

诸葛亮一生操劳、心力交瘁,累死在战斗岗位上。蜀汉政权危机四伏,却并不影响刘禅享受生活。失去诸葛亮的蜀汉政权,已经不是曹魏的对手。曹魏灭了蜀汉,刘禅由皇帝变为阶下囚。可刘禅依然乐于享受生活,无亡国之恨,无复国企图,还无"失业"的消沉,更无失去自由的痛苦,还创造了"乐不思蜀"的历史典故。曹魏政权对降服的诸侯,均是先安抚，后用各种手段夺其性命，而刘禅却玩乐终生，也算是得到善终。

老子说，无为才是大为。刘禅为何选择无为？人们大多误会了这位"扶不起的阿斗"。俗语说："人贵有自知之明。"刘禅沾得住这个"贵"字。他清楚自己干不了皇帝这个职业，干不了硬干，除了添乱，就是自取其辱。明白了这个道理，无为便是上佳的策略。连他爹都听诸葛亮的，还让他认诸葛亮为干爹，他有什么理由不让甘为"孺子牛"的诸葛亮去劳心尽力？既然认定自己干不过曹魏，并且已经成了阶下囚，还有比让他们瞧不上自己更好的办法吗？既然越是玩乐越是有可能继续玩乐，又为何不把玩乐进行到底呢？

更重要的是，在刘禅这儿，权力不是目的，事业不是目的，工作不是目的，享受生活才是。别人觉得他"扶不上墙"，他大概认为别人傻乎乎的。刘禅就是用这样的逻辑，完美的安顿了自己。心理学称其为合理化。虽然丢了工作岗位，生活照旧有滋有味。这样的刘禅，傻乎？慧乎？

刘禅颠覆了"人无远虑，必有近忧"的古训，证明了生活的另一面，即：人有远虑，必有近忧。刘禅一生也没有自主择业，而是选择了过自己的生活。

刘禅作为历史留下的负面典型，一直遭人嘲讽，其实对这个典型还可以做一些延展思考。比如：当一个人的能力与岗位不匹配的时候，无为也是一个需要考量的选项。比如个别"富二代""官二代"等，如若认识到自己能力上的不足或性格上的缺陷，安心享受父辈留下的遗产，把事业平台、工作机会留给有德才的人，也是一种明智之举，也算是另类"让贤"吧。

精明从业的孙权

升个官不易，履职尽责干点事业更不易；打江山不易，守江山开新局更不易。孙权创造了守江山开新局的经典案例，是"官二代""富二代"学习的好榜样，也是值得无数继任者好好研究的对象。

孙权，字仲谋。他的确是有谋略，会用权，真是名副其实。不过，他的职业岗位不是努力争取来的，而是砸到他头上来的。世界就是这么不公平。

孙权的爹爹孙坚，很会审时度势。他看到时局动荡，便有意识地积累人脉，及黄巾起义爆发，就拉起一哨人马，随朱儁征讨黄巾军，立下战功，被朝廷封为长沙太守。后参与联军讨伐董卓，任先锋，攻进洛阳，得传国玉玺，私藏。后泄露，故与联军盟主袁绍结怨，只好投了袁术。袁术令其攻打刘表，不幸身亡。

孙权的哥哥孙策经过一番努力，重新恢复了爹爹的事业。孙策绰号"小霸王"，勇猛过人，又得周瑜等人鼎力辅佐，不断开疆拓土，奠定了东吴政权的基础。孙策的事业蒸蒸日上，许贡密奏朝廷，说孙策骁勇，应召回京都，控制使用。密奏被孙策的特工截获，孙策怒杀许贡。许贡的门客立志为许贡报仇，用毒箭射伤孙策。孙策不治身亡，时年26岁。

孙策临死前，将权柄交付孙权。孙权就这样毫无准备地成了"一把手"。此时，孙权还不满19岁。就是这样一位青葱少年，接任"一把手"的表现，足以让今天的许多"一把手"汗颜！

管理的核心是人心。"一把手"的主责是用人。有许多继任的"一把手"一上来就开始琢磨人。他们不是琢磨如何凝聚人心，而是琢磨谁是谁的人,更爱琢磨谁是上一任"一把手"的人,然后不管那些人是否有德才,就是觉得碍眼碍事,必须得换岗,一定要打压。"一朝天子一朝臣"成了普遍现象。

孙权也琢磨人,不是琢磨换人,而是琢磨两个事:如何用好人,如何让能人为我所用。孙权年纪轻轻,没有从政经验,没有执政业绩,很多人都不服。孙权是怎么办的呢?他先抓关键人物。他对老臣施以尊重,拜张昭为师,让他主理政务,让孙策的亲信周瑜、程普等统领军务。孙权也不是不怀疑人。他知道周瑜在军中的地位,担心周瑜怀有二心,就把周瑜叫来,对他说,我不如你,还是由你当这个"一把手"吧!周瑜听了,立马跪倒,表示坚决拥护"一把手"。孙权这一招,表示了对周瑜的认可,又起到了警示作用。孙权依靠上一任"一把手"留下的这些旧部,平息了叛乱,稳定了政局,开创了一代霸业。

世上之人,皆独立之人,原本没有谁是谁的人,只有关系的远近与情感的深浅。合作的多,关系则近;信任的足,情感则深。有德才的人,更需要信任与平台,谁给他们舞台,他们就与谁亲和谁近。上一任如果事业做得不错,他用的人肯定多数不差。新一任"一把手"到岗后,他们或多或少都有顾虑。此时,如果新任"一把手"表现出对他们的信任,他们大都会更加努力,且分外谨慎。而那些年龄偏大的旧臣,往往没有多大野心,也更珍惜已经为数不多的干事机会,只要有尊重,他们多会更加自重,会比过往更加用心做事。如果新任"一把手"冷落打压旧臣,他们必然消极,甚至有所反抗,最终影响的还是"一把手"的威信、地位,以及集体的事业。这也算是"内卷化"之一种吧!

宋代辛弃疾说:"生子当如孙仲谋。"照这意思说,接任"一把手",当学孙仲谋。

一生"请辞"的司马懿

司马懿的一生是"请辞"的一生，越是"请辞"，越是被提升。在择业上，司马懿于"三国"人杰中，高于曹操，当排名第二。放长线，钓大鱼，经济学上叫作注重"跨期收益"，司马懿是这方面的顶尖高手。

司马懿的老老爷爷、老爷爷、爷爷都是高干，父亲官至京兆尹。因为有好的平台，自己又博学多思，司马懿年少成名。"周公吐哺"的曹操，自然心仪，派人去请司马懿入伙。司马懿称自己有病，不能正常起居，无法开展工作。曹操当然不信，派人刺探，见司马懿躺在床上，一动不动，误以为真。曹操听了汇报，只好作罢。

曹操事业越做越大，又派人请司马懿，并交代，若是不从，就抓过来。这一回，司马懿略微拿劲，以心不甘情不愿的姿态到曹操那里就职，历任黄门侍郎、议郎、丞相东曹属、丞相主簿等职。曹操疑人善察，渐觉司马懿有"狼顾之相"，始终控制着使用。只让他出主意，不让他掌实权。司马懿也很清楚曹操的心思，专心办差，不谋职权，这才令曹操心下稍安。

司马懿与曹丕关系甚密。曹丕继任魏王后，司马懿升任长史，封河津亭侯。曹丕正式称帝后，任命司马懿为尚书，不久又任督军、御史中丞，封安国乡侯。司马懿屡出奇策，深得曹丕信任。曹丕多次出征，都留司马懿坐镇许昌。曹丕病死，太子曹叡继位，是为魏明帝。孙权得知曹丕已死，认为有机可乘，大喜，亲率大军分三路伐魏。司马懿领军抗敌，击退孙权三路大军，随后被封为骠骑将军。在辅佐魏明帝期间，司马懿可谓功勋卓著。在击退东吴之后，又斩杀孟达。连续抗蜀汉北伐，让诸葛亮无功而返。以诸葛亮病死五丈原为标志，基本消解了蜀汉伐魏的决心，解除了来自蜀汉的威胁。用离间计，破了蜀吴联盟，使之相互攻伐，曹魏坐收渔翁之利；平定了辽东，安定了北方大局。

明帝驾崩，8岁的曹芳继位。司马懿与曹爽共同执掌军政大权。东吴见魏帝年幼，又兴兵伐魏。司马懿自请迎敌，击退吴军，歼敌万余人。朝廷论功行赏，司马懿增食邑万户，子弟11人皆封列侯。司马懿声望地位日盛，却愈发谦恭。他常告诫子弟们说："盛满是道家所忌，春夏秋冬尚且往返推移，吾有何德能居此高位。减损再减损，或可免于祸啊！"

曹爽见司马懿做大，欲排挤司马懿，让曹芳给司马懿弄了个没有实权的太傅。司马懿故技重演，假装病重，暗中谋划，抓住时机，除掉了曹爽势力。车骑将军王凌，与曹爽交情甚厚，密谋废曹芳，立楚王曹彪为帝。司马懿知其阴谋，先下诏书免其罪，后率军突袭。王凌服毒自尽。司马懿又逼曹彪自杀，将魏之王公全部拘捕，放逐邺城。此时，司马懿完全掌握了曹魏政权。

曹芳策命司马懿为相国，封安平郡公，孙及兄子各一人为列侯，累计食邑五万户，封侯者19人。司马懿固辞相国、郡公之位不受。之后，司马懿居家养病，不再上朝，曹芳有事，便到司马懿家中请教。这就叫以退为进。

公元251年9月7日，司马懿在洛阳去世，享年73岁。当年九月，司马懿被葬于河阴首阳山，谥文贞，追封相国、郡公。他的后人秉承他的遗愿，辞让郡公和殊礼，遗命简葬，作顾命三篇，敛以时服，不树不坟，不设明器。

司马懿智慧冠绝群伦，功劳盖过君臣，却始终谦恭，一直"请辞"，非常人所能及。世间大多数人，有才华必自负，有功劳必自傲，有实力必狂妄，不是郁郁终生，就是祸患及身，甚至是全家遭殃。才华与功劳，会遭人嫉恨、让人算计，多了大了就是包袱。知止，知退，就是丢包袱。丢掉包袱，才不会受累。

司马懿给后人的启示是：越是有能力，越是要遮蔽；越是贡献大，越是要退让；越是声望高，越是要谨慎。

慎当"一把手"

皇帝真不是什么人都能做的,"一把手"真不是谁都能干的。对于许多人来说,不肯做"凤尾",非去当"鸡头",即使不被砍头,也会把自己弄得烂额焦头。

皇帝这个职业,可以号令天下,可以美女如云,可以世代传承,这个激励机制诱惑力太大,想干的人自然很多。但这个职业岗位极少,一个政权在同一时期内只有一个,所以大多数人也就是想想而已,真正敢想敢做的人并不多。可一旦中央权力失序失控,敢想敢做的人就会忽地冒出一大群。

一个单位也是类似,"一把手"品德不正,或能力不足,便控不住局面,此时,什么样的怪事都会出,勾心斗角、争权夺利就仿佛有了合理性和正当性,想干掉"一把手"取而代之的人就多起来。

皇帝这个职业的确风光,"一把手"这个岗位确实亮眼,人们想一试身手也在情理之中,可也要知道,高回报的岗位,责任都大,风险都高,不是谁都能驾驭得了的。曹操、司马懿等,能力超群,胆识过人,虽然他们都干过事实上的"一把手",可他们都没有贸然走上皇帝的岗位。董卓、袁术等,都是因为把控不了自己的欲望,贸然上岗,才把身家性命搭了进去。

马季等有个著名的相声,叫《五官争功》。说是眼、耳、口、鼻纷纷向脑袋争功劳,都认为自己的作用大、贡献多。社会中人、单位中人、家庭中人,若只是争功还好,要是都想做"脑袋",麻烦就大了。只争功,要的是认可、奖励与待遇,其中起码还有积极的一面。如果都想做"脑袋"，说明大家都不安心本职工作，体系就乱了，秩序就失了，机体就无法正常运作了。

"脑袋"是决策岗位，想"过把瘾"的人自然不少。但是，这个岗位对能力的要求也很高。眼、耳、鼻、口、触，是感觉加工系统，要的是专项能力。在这些岗位上本领再强、功劳再大，也不意味着能够胜任"脑袋"。如果眼睛代替了脑袋的岗位职责，就会丧失对声音、味道等方面的信息，对事物的判断就会出现偏差，决策必然失当。如果让嘴巴当了"一把手"，"吃"就成了第一要务，早晚会吃死自己。如果耳朵当了"一把手"，就会偏听偏信，东风来了向西倒，西风来了向东歪，始终没有定力。

社会中人，性格不同、特长各异，与"五官"十分类似。适合做耳朵的做了耳朵，可能就是"名耳"。适合做耳朵非去当眼睛，就成了摆设，更不用说去做脑袋了。有句哲言说是"垃圾都是放错了地方的宝贝"。是不是也可以说，放错了地方的人，就可能成为垃圾。

脑袋必须把眼耳口鼻触紧密地团结在自己周围。同样道理，一个人是否适合干"一把手"，判断起来也不是很难，有两条就差不多了。首先是能否聚集人，其次是聚集的都是些什么人。前一条基本决定了是否适合干"一把手"，后一条基本决定了适合干多高层面的"一把手"。董卓、袁绍、袁术等年少时期都是孩子王。曹操、刘备、孙策等都善于广交朋友。如果一个人打小就屁颠屁颠地跟在别人后头玩，将来干好"一把手"的概率就非常低。

现在一些单位，"一把手"是组织任命的，副职也是组织配给的。即使不具备"一把手"的能力，个人也不必然有损失，甚至还活得很风光。因为"一把手"不必一定靠自己的内功，也可以靠"外挂"关系来巩固自己的领导地位。这才有了"说你行，你就行，不行也行；说不行，就不行，不服不行"的民间谚语。因此，想干敢干"一把手"的人也就越来越多,半死不活、平庸地活着、折腾地活着的单位也就屡见不鲜。

想干"一把手"是好事,当了"一把手"不一定是好事。不适合干"一把手"而干了"一把手",虽然可能风光,却一定会误人误事,所以走上"一把手"这个岗位,一定得谨慎再谨慎。

瞧瞧他们的领导力

东汉末年，汉室衰微，不少人都觉得，刘邦开创的事业走到尽头了，许多人便有了自主创业的念头，也有不少人积极投身实践。比如董卓、袁绍、袁术、吕布、公孙瓒、孙策、曹操、刘备、孙权等，但能成就一番事业的，只有曹操、刘备与孙权；而最后完成统一大业的，却是给曹氏"打工"的司马家族。这是为什么呢？

能当好"一把手"的人，还是有一些共同特质的。

其一，目标笃定，也可以说是有理想。曹操、刘备、孙权，举的旗号、走的道路，各有不同，但都一心完成统一大业，无论遇到怎样的困难、何等的挫折，决不动摇，从不放弃。刘备带领着由"三兄弟"组成的"流浪特战队"，屡战屡败，可以说是经常狼狈逃窜，却从未丧失信心。信仰、信念是无形的强大力量，曹操、刘备、孙权，都特别会凝聚这种力量。

其二，特别能忍，也可以说是行稳至远。理想信念固然是一种强大的力量，可这种力量用不恰当，便是毁灭性的力量。你的车辆，马力再足，若是不顾路况，不看气候，一味地向前、向前，便可能车毁人亡，到不了目的地。所以，有时候得倒回去，有时候要停下来，有时候需要绕道而行。

刘备就经常倒回去。他投袁绍，袁绍瞧不上他，他就带着自己的"特战队"继续流浪。后来有了根据地，却让曹操给占了，他又去投袁绍。张飞干不了这等事，所以张飞当不了"一把手"。曹操善于绕道，他的目标是当皇帝，却一辈子也没有废掉汉献帝。他知道汉献帝搞了个

"衣带诏",想弄死他,也只是杀了董妃,并没有干掉皇帝,反而把自己的闺女献给了汉献帝。董卓、吕布忍不了这种事,所以他们当了"一把手",就死在"一把手"的岗位上。孙权则是该进便进、当停则停。他对刘备、对曹操,都既不死掐也不是真好,是和是斗皆围绕自己的长远目标与现实状况而灵活掌握。孙坚与孙策,都是惯于斗狠的角色,不知止,不懂让,自然逃不脱路途"翻车"的命运。

最能忍的是司马懿,他从来不把自己的理想亮出来,天天装"孙子",才成全了他的儿子。虽然后人说:"司马昭之心,路人皆知。"但没有司马懿一生隐忍在先,便不可能有司马昭的一统"三国"在后。

其三,善于用人,也可以说是会带队伍。在用人上,刘备、曹操、孙权各有特点。刘备善于感化人心,凝聚人的能力超强,使用人的能力平常。诸葛亮加盟之后,才比较好地解决了人才的合理使用问题。刘备是一位精神领袖式的"一把手"。曹操善于操控人心,也能够做到人尽其才,是一位让人既敬又畏的"一把手"。孙权善于笼络人心,尊重老臣,培养新人,是一位相当有亲和力的"一把手"。

当"一把手",主要职责是抓班子、带队伍。这个道理大家都懂,真正做好的并不多。大多数"一把手"都喜欢"亲自",自己"亲自",还要求下一级"一把手"同样"亲自"。啥事都"亲自",必然是什么事也抓不到位。越是不到位,越是强调亲自,结果自然是越来越糟糕。孙坚、孙策、吕布都是喜欢"亲自"的,都亲自送了命。袁绍、袁术之流,是该"亲自"的时候不"亲自",不该"亲自"的时候偏"亲自",都亲自把好牌打输了。

"一把手",一要看得远,二要忍得住,三要善用人。这是"一把手"的"铁三角"。有了这个"铁三角",基本盘就稳住了。看不远,难忍住;忍不住,难行远。一个人行得远,叫独行侠,不是"一把手"。

诸葛亮抄底入职

入职有风险，时机很关键。

诸葛亮、司马懿与曹操，都是工作在臣子的岗位，干着皇帝的事业，不同的是，诸葛亮是"一把手"求着他干，司马懿是"一把手"逼着他干，曹操是"一把手"不想让他干却没有办法，只能让他干。所以在择业的高明程度上，诸葛亮是排第一的。

诸葛亮，字孔明，号卧龙。"亮"有照耀引领之意，隐喻他的人生期待；"孔明"含智慧之意，隐喻他的能力，是实现期待的基础；"卧龙"是潜伏之意，隐喻着等待时机，是实现期待与目标的策略。这其中包含了他对自己人生的概念设计、工程准备与施工策略。高人的名、字、号，都不是简单的符号。所以看一个人的名、字、号，便可以大致了解他的主要特质。

公元181年，诸葛亮出生在琅琊郡，也就是今天的山东临沂。诸葛氏是当地望族，官宦世家。诸葛亮3岁丧母，8岁丧父，跟叔叔诸葛玄一起生活。诸葛玄担任过豫州太守，后转投荆州刘表。诸葛亮随叔叔离开老家，先到了豫州，又去了荆州。诸葛亮聪慧好学，知识渊博，善结交名士，与徐庶、崔州平、司马徽、庞德等来往甚密。

诸葛亮年轻时常以管仲、乐毅自比。大家都知道，诸葛亮一生谨慎，可他为什么也会"王婆卖瓜，自卖自夸"？诸葛亮是在培育潜在市场，在塑造个人品牌，在创造客户需求。在市场上，低劣的产品，要忽悠低层次的用户，才能卖出去；一般性的同质化的产品，要拼价格，才能吸引到一般的用户；高端产品，靠的是品牌，用户想买还不好买，消费群体还不是一般人。诸葛亮走的就是高端路线，他不是去求职，而是等着高端用户来抢来求，并且让用户感觉求到了买到了就是赚到了。

卧龙先生表面上是潜伏，实际上是把品牌塑造好了，名声打出去了，在这里待价而沽。他也不是看谁出的价高就卖给谁，而是看谁给的平台更能够让他的才能得到更充分的发挥。所以说，刘备"三顾茅庐"的故事，主角是刘备，导演却是诸葛亮。

轻易得到的东西，大多不会珍惜。在股市上赚来的钱，花起来就比较随心；靠打工赚来了钱，花起来就比较用心。一些聪明的女生，就懂得这个道理，即使满心喜欢一位男生，也不会轻易流露，仅仅是让男生感觉有希望。男生要求做男女朋友，她不拒绝也不应允，得在男生反复表现之后，才会让关系更上层楼。让了这楼，依然不会让男生轻易再上那楼，尤其是"上床"的顶楼。因为男生只有付出高成本，得到之后才可能更珍惜。

刘备好不容易才求得诸葛亮出山相助，心中大喜，全不以上下级关系相待，完全是当师傅敬着，弄得关羽、张飞很是不爽。但大哥态度坚决，这两位也是无可奈何。

有些女生虽然聪明，却也是知其一不知其二。男生把女生追到手，特别是上了床之后，慢慢就起变化，对女生不再像过去那样用心。男生降低了投入，女生就不开心。不开心就会给男生闹别扭，男生便心生烦恼，纷争就多起来，接着就是分手戏一而再、再而三地上演，最后便是假戏成真。

诸葛亮与刘备为何一辈子"恩爱"，没有闹别扭，始终没"分手"？因为诸葛亮是真有本事，能够不断地给刘备集团创造惊奇惊喜，让他们不断得到实实在在的回报。在"三国"乱局中，刘备哥几个一直是"流浪"团体，过的是"游牧"生活。诸葛亮来了之后，"隆中对"谋定战略，接着是联吴抗曹，精心谋划了"赤壁之战"，一战奠定了三国鼎立的时代大势。从此，刘备哥几个才有了稳定的地盘。

有些女生不明白，自己没有几把刷子，让男生在追求过程中付出太高成本是很危险的。男生付出的成本高，固然珍惜，可他的期待也高。男生追到手上过床之后，如果你不能给他新的体验、新的回报，他是不可能持续保持高投入的。单向的付出，多难持久。甜言蜜语、海誓山盟，一定抵不过投入产出率。没有诸葛亮的本事，而去钓刘备，后面的日子必定很"背"。有些女生常感叹自己看男人看不准，其实根本的问题是，自己没有把自己看准。没有知己，何来知彼？

姜太公钓鱼，愿者上钩。因为姜太公有真本事、大本事，能给人超出预期的回报。如果咱没有姜太公、诸葛亮那样的本事，那还是好好求职、努力工作吧！如果咱真有几把好用的"刷子"，真是高人，倒是可以学习姜太公与诸葛亮，钓一钓大客户的胃口，把择业的主动权牢牢掌握在手，以便在事业的大平台上一展身手。学习诸葛亮与姜太公，亦须谨记：时机很重要，错过就少了；火候很重要，过了就煳了。

靠"长板"发展的鲁肃

一个人进了一个单位,开始往往得不到好的机会,心里着急,总想表现,反倒暴露了自己的短板,弄得适得其反。

鲁肃听了周瑜的建议,决定投奔孙权。到了之后,商量事情的时候,鲁肃总有独特建议,却很少得到采纳。张昭等老臣说他年少才疏,不可重用。他的意见虽然常常被否,却得到了孙权的关注与赏识。新人贸然出头,遭到老臣打击是大概率事件,而被"一把手"赏识则是小概率事件。

鲁肃很幸运,他不仅得到了孙权的赏识,还得到了施展才华的机会。

孙权命甘宁领兵攻取了江夏,准备再取荆州。曹操见势,怕孙权做大,亲率大军南征。孙权召君臣商议对策,张昭等人主张降曹。鲁肃向孙权提出了联刘抗曹的建议,并自荐去荆州促成刘吴联盟。鲁肃刚到夏口,闻曹操已向荆州进军,便星夜兼程赶到南郡,可刘表的儿子刘琮已经献出荆州,降了曹操。鲁肃急寻刘备,在当阳长板,遇上刘备,问其打算,刘备说计划投奔苍梧太守吴巨。鲁肃说吴巨大是个庸人,不值得投靠,并提出刘吴联盟的建议。接着又与诸葛亮会谈,先对诸葛亮说:"我和你哥哥是好朋友",取得诸葛亮信任,然后共商刘吴联合抗曹之计。刘备这才下了决心,让诸葛亮随鲁肃去柴桑与孙权会谈。

接下来的故事,几乎人人皆知,就是"诸葛亮舌战群儒"。事实上,没有鲁肃,诸葛亮连舌战群儒的机会都没有。赤壁之战,吴刘联盟大败曹军。在分享胜利成果上,吴、刘产生了分歧。东吴想要回荆州,占着荆州的刘备不想还。周瑜主张打,鲁肃主张谈。孙权听从了鲁肃的建议，再派鲁肃出面协商，达成了刘备暂借荆州的协议。

吴、刘之间有重大利益冲突，所以他们的联盟自然屡屡出现危机，鲁肃每每从中斡旋，斗而不破，维护了联合抗曹的大局。《三国演义》中，似乎是诸葛亮足智多谋，经常令鲁肃陷入圈套，让蜀汉占了便宜。其实这些描写，并不符合历史事实。是时，曹操势力强大，谋求一统天下，决不容东吴做大。而东吴还没有单独抗衡曹操的实力，只有给刘备生存之地，才能让曹操既不敢亦不急于伐吴。存刘备，即是存东吴。这是鲁肃、诸葛亮等战略家才能认识清楚的。

鲁肃的战略眼光与出色的外交能力，让孙权深为受益，也赢得了群臣的信服。周瑜病重，上表孙权，举荐鲁肃接替自己的工作。周瑜死后，孙权任命鲁肃为奋武校尉，统领军务。后又任命为汉昌太守、偏将军。公元214年，随孙权攻破皖城，又被任命为横江将军。

鲁肃给我们的启示是，在职业发展过程中，要善于抓那些突显自己长板的机会，而不是见了机会就想上。

怎么知道自己的长板在哪里呢？最好的办法是从自己的过往中去找。鲁肃打小就仗义疏财，深得乡亲朋友尊敬。周瑜缺粮，找鲁肃去借，鲁肃二话不说，把一仓三千斛粮食全部赠送周瑜，令周瑜刮目相看，从此两人结下深厚友谊。周瑜病中向孙权推荐鲁肃，不只是因为鲁肃有才，还因为他们之间有深厚的感情。

这些现象说明，鲁肃善于处理长远关系，既有战略眼光，又有外交艺术。搞外交，没有战略眼光、战略定力不行，没有给予的艺术也不行。没有双方都想要，便没有谈判的必要；没有双向的给，谈来谈去谁也得不到。

在从业过程中，无论是对朋友还是对竞争对手，都不可一味地取、一味地攻，都需要恰当地给、适当的退。有时候，不让对手活，也是自绝生路。

兴业而亡身的荀彧

有人如此评论荀彧的职业生涯：特别喜爱帮小偷偷东西，非常讨厌小偷偷东西的行为，让小偷弄得相当郁闷，最后被小偷生生逼死。

这番话依据何在？咱得理一理荀彧的人生历程。

荀彧，河南许昌人，据说是荀子的后代。"彧"字本意为文采，含趣味高雅之意。荀彧以谋士为职业，先从袁绍，后投曹操。南阳名士何颙说他有王佐之才，曹操亲切地称他为"吾之子房"。

荀彧觉得袁绍难成大事，炒了老板，转投曹操。曹操大喜，任命荀彧为别州司马，大致相当于今天的市场策划与开发部经理。当时，曹操还只有兖州一小块地盘，29岁的荀彧看准了曹操是个能成大事的主儿，渴望借英主一展身手。曹操的确给了他机会，两人拉着小手，促膝长谈。荀彧给曹操分析了群雄并起的形势，明确了主要对手，明晰了战略路线，使得曹操军团有了理论指导和战略指引。

公元194年，陶谦下属杀了曹操父亲，曹操以为父报仇之名，借机攻打徐州。螳螂捕蝉，黄雀在后。张邈、陈宫等借机叛曹，和吕布联合攻打曹操的根据地。曹操率主力出征，留守的兵力很少。多亏留守的荀彧胆识过人，对外搞分化，对内搞集中，保住了曹操的据点。经此危难，曹操见识了荀彧的真才实学，更看到了荀彧的忠心耿耿。之后，曹操愈加重视荀彧的意见，每逢出征，均安排荀彧看家。

荀彧有三大建议，对曹操的霸业起到了关键作用。其中一个建议让曹操站稳了，另一个建议让曹操有理了，还有一个建议让曹操雄起了。

兖州屡经战乱之苦，又加上天灾，百姓穷困。曹操觉得这儿没什么油水，想攻打徐州，重建根据地。荀彧对曹操说：徐州虽好，可陶谦在那儿经营多年，刘备在那儿也有根基，这两人在那儿都有良好的品牌形象。以咱目前的实力与品牌形象，打徐州没把握，弄不好徐州没拿下，兖州也丢了；即便拿下徐州，民心不归，也难经营下去，这是以平安换危险，不可取；不如先稳定兖州，帮着老百姓把夏收搞好，更有利于长远发展。曹操听了荀彧的建议，令部队参与生产建设，搞粮食储备，稳步积蓄力量。

荀彧的这个建议，让曹操站稳了脚跟。另一个建议，让曹操捡了一个名正言顺。汉献帝仓皇逃出长安，急令诸侯搭救，各路诸侯均自打算盘，认为献帝是块烫手的山药，无人愿接。曹操阵营也有人持此种观点，荀彧力陈献帝是块无价宝。曹操听懂了，亲率精兵，将献帝弄到许昌，这才有了"挟天子以令诸侯"。从此，曹操军团的行为就有了合法性正当性主动性。

曹操高举汉天子的大旗，实力迅速提升，地盘持续扩大。在北方就只剩下袁绍一个劲敌。袁绍见曹操势猛，怕日后更不好收拾，便亲率大军，以绝对优势兵力，向许昌发起总攻。著名的"官渡之战"拉开序幕。曹操与袁绍大军相持日久，消耗很大，士卒疲惫，粮草将尽。曹操心虚，想撤兵退守。一时拿不定主意，写信征求荀彧意见。

荀彧见信，急忙回复说："眼下军粮虽少，还比不上楚、汉在荥阳、成皋之间那样艰难。当时刘、项双方都不肯先退，先退的一方必定处于被动。您以仅及敌之十分之一的兵力，就地坚守，扼住敌人咽喉使其不能前进，已经半年了。敌人的底细已经清楚，锐气已经枯竭，局面必将有所变化，这正是使用奇谋的良机，万不可失去这个大好机会啊！"曹操对荀彧，不管别人信与不信，反正自己是真信。于是曹操继续硬撑，以"节电待机"模式等待时机。不久，袁绍的首席谋士许攸，家人因犯法入狱。许攸原本就对袁绍优柔寡断心下不爽，此时一怒之下便投了曹操,并献出"投名状":偷袭乌巢。曹操派出精兵奇袭乌巢,烧了袁军粮草,歼灭袁军7万余人,袁军惊惶失措,一时溃败,袁绍仅带800骑兵渡河逃生,从此一蹶不振。

官渡之战,是战略决战。曹操获胜,荀彧居功至伟。这场战略对决的胜利,让曹操从此雄起来了。

雄起了的曹操想封魏王,找荀彧商量,荀彧不同意。曹操几次三番,反复引导,荀彧始终态度不变。曹操很生气,荀彧很惶恐,也很郁闷。曹操开始疏远荀彧。荀彧心情不佳,身体也配合着闹毛病,不久就去阴间报到了。荀彧之死,一说病死,一说自杀。

荀彧是儒生,有汉室正统观念,有法理追求。他希望自己辅佐曹操成就"周公"那样的美名。可对曹操来说,刘邦这种货色都可以做皇帝,我当个魏王有何不可?荀彧选了一个能干大事的团队,却忽视了另外一个因素,事是干大了,曹操与荀彧的分歧也大了。这个极其重要的因素就是价值追求。荀彧与曹操的价值追求并不一致。

荀彧给我们的启示是:选择团队,不只要看平台大小、看能力高低,还要看团队文化,尤其要看"一把手"的价值观。当然,如果一个团队的"一把手"是经常调整的,那你只看有没有好的发展机会也是可以的。不过,如果这个团队的"一把手"大多坐不稳,那么这个团队文化就一定不健康,还是远离此处为上策。价值观不一致,是没法一起长期过日子的。

投机分子许攸

许攸以谋士为职业，为别人谋很睿智，为自己谋很愚蠢，可以说是高参，却不能算是高人。

许攸是河南南阳人。虽说与荀彧同为河南人，价值观却完全不同。荀彧看重法理，许攸讲求实用。两人都是从袁绍那里"跳槽"，投了曹操，荀彧是在曹操处于低谷的时候，许攸是在曹操成了气候的时候。同为"跳槽"，时机不一样，目的不相同。

许攸是个精明的机会主义者。他在从业问题上，很喜欢搞投机。他从朝廷乱象中，嗅到机会，忽悠冀州刺史王芬、沛国周旌等发动政变，废汉灵帝，另立合肥侯为帝。他们以防黑山贼为名起兵，汉灵帝得知消息，下令罢兵，并召王芬入朝。王芬登时吓尿，自我了断了性命。许攸只好偷偷跑路。

袁绍从洛阳逃出，来到冀州，许攸便投到袁绍门下，负责出谋划策。献帝逃出长安，奔向洛阳，请诸侯相救，许攸看到机会，建议袁绍迎天子以令天下，袁绍自己想称帝，不从，白白让曹操捡了个大便宜。曹操攻打徐州，许昌空虚，许攸深知机会难得，力谏袁绍发兵抄曹操的老窝。袁绍因为儿子病重，无心用兵，又把机会给丢了。许攸又急又气，大呼"庸主！"挨了袁绍二十军棍。

曹操"挟天子以令诸侯"，呈持续上升势头。袁绍也没闲着，在灭了公孙瓒之后，虎踞四州之地，谋士成群，战将如云，拥兵数十万，牌面上实力远胜曹操。袁绍雄心勃勃，要与曹操决一雌雄。公元200年，袁绍率军进击，曹操起兵迎击。许攸对袁绍说："曹操兵少，如今集中兵力来抗击我军，许昌空虚，如果派出精兵，轻装前进，连夜奔袭，必破许昌。然后迎天子讨伐曹操，曹军必乱。就算他不崩溃，我们前后夹击，令他首尾不能相顾，疲于奔命，也一定能击败他。"袁绍说："我必先抓曹操！"

两军相持日久，双双疲惫，各自硬撑。在这个关键时刻，许攸把自己的砝码放到了曹操这一边。许攸叛逃曹营，曹操闻知，喜不自禁，赤着脚出门迎接，由衷地感叹："子远来了，大事可成！"许攸献计说："今孟德孤军独守，既无援军，亦无粮食，此乃危急存亡。现在袁军有粮食存于乌巢，虽然有士兵，但无防备，只要派轻兵急袭乌巢，烧其粮草，不过三天，袁军自己败亡！"曹操依计，袁绍完败。

曹操为何说"子远来了，大事可成"？曹操太了解许攸了，没有妙计，没有胜算，许攸决不会"跳槽"。许攸也绝不是因为家人违法被捕，一怒之下就投了曹操。他清楚，他这个砝码放在袁绍这边，袁绍不一定赢，但放在曹操这边，曹操就赢定了。

许攸后来又助曹操攻下邺城，取了冀州，自恃功高，常出妄言，不分场合，直呼曹操的小名"阿瞒"。弄得曹操很不开心。一次，许攸出邺城东门，对左右说："这家人，没有我，进不了此门。"曹操得知，终于忍无可忍，下令将许攸收入大牢，之后又取了其性命。

罗贯中在《三国演义》中为许攸赋诗一首："堪笑南阳一许攸，欲凭胸次傲王侯。不思曹操如熊虎，犹道吾才得冀州。"其实，许攸的要害不只在狂傲，更在于投机成性。曹操杀他，主因不是他狂，而是不可靠。不可靠，还有才，留着必生后患。这样的人，曹操决不会让他活太久。你看曹操是怎么对待关云长的？曹操不杀云长，爱惜的不是他的能，而是他的义。你把有德才的人杀了，谁还敢跟你玩？

许攸给我们的从业启示是："跳槽"虽可以，品牌不可丢。你在单位兴盛时"跳槽"，人们可能敬你；你在单位危机时"跳槽"，人们一定会防你。"跳槽"后助新东家是本分，可害老东家就不厚道，那么新东家就不太可能对你厚道。

陶谦择人失误

徐州的"一把手"是个好差使，又是一个不好干的差使。徐州是大平原，气候好，土地肥，宜种粮，老百姓日子过得也不错，所以在徐州干"一把手"难度不大。徐州是交通咽喉，属于军事要地，一遇上战乱，就是兵家必争之地，此时这个"一把手"就不好干了。徐州的"一把手"陶谦，工作干得不错，口碑很好。

陶谦是个有德行的好人，心善，爱民，没野心，对朝廷衷心。陶谦这种"一把手"，在和平时期，能够干出中等偏上的业绩，若是搞测评，多半是优秀。可一旦碰上非常态，他就没多少办法。陶谦满脑子都是保平安。可是，"保"字当头，定无平安可求。如同国足，一到关键时刻，就祭出"保平争胜"的符咒，回回逃不掉出局的命运。

陶谦当然和国足的教练们不是一个水平，他很快清醒地认识到，自己干不了这个"一把手"。所以，他决定让贤。让给谁呢？他看好了刘备。为什么看好给刘备？他看上了刘备的人品好。

刘备接手之后，没过多久，就让吕布给抢了去，后来又叫曹操给夺了去。陶谦原以为，刘备能守住徐州，可以让徐州百姓免受战乱之苦，结果却是老百姓屡受战乱之苦。

群雄并起的时候，没有一股子狠劲，保不了百姓的平安。刘备虽然胸有大志，口碑也很好，但如果没有诸葛亮这类的人才辅佐，也就是一个信誉上佳的"包工头"。可曹操为何称刘备为英雄呢？因为刘备能够吸引并用好诸葛亮这类的人才。

他们为啥不自主创业

诸葛亮、司马懿、周瑜、陈宫、荀彧、许攸等人，都是足智多谋，本领超强，为什么都给别人打工，而不选择自主创业呢？

选择职业，有一个重要参数，就是社会容量。有些职业，社会容量极小，比如皇帝，一个朝廷在同一时期只能有一位。有些职业，比如公务员，需求量就非常大。像三公九卿等高级职位，容量也不大，但与皇帝这个职位相比，容量还是大了十余倍，而且具有比较强的流动性。

一般来说，社会容量小的职位，收益就高；容量大的，收益就低。收效越高的职位，门槛也越高，竞争也越激烈，风险也就越高。皇帝这个职业，收益最高，竞争也最惨烈，成功的概率非常低，而且一旦失败，脑袋就可能丢了。这大概就是诸葛亮、周瑜他们选择给人打工的主要原因。

董卓弄权，十八路诸侯起而讨之，一时间群雄并起。不少人想自主创业，弄个皇帝干干。可最后创业成功的，只有曹操、刘备与孙权。"大众创业"变成了"三国演义"。

前面谈到择业，都是讲的政治人物，如果在经济领域选择职业，是不是有所不同呢？数量上的区别是有的，但并没有质的区别。一个国家只能有一个政权，却必须有各行各业，这是区别。但任何一个行业，最终都会在一定范围形成"三国演义"，自主创业成功的概率同样是非常低的。

最近，有些互联网巨头饱受指责，说你们不搞科技创新，却与老百姓争饭碗，不厚道啊！这些指责有无道理呢？当然是有的。百姓是企业的衣领父母。你搞企业，不能让老百姓满意，就失去了存在的价值和意义，就必然陷入生存危机。但是，这里有一个悖论，又不可不察。大家都知道科技创新是第一生产力，可生产力的发展并不是所有人的福音。甚至可以说，从眼前从局部看，科技进步带来的生产力的跃升，给大多数人带来的是当下的生存危机。

主要原因有这么几个方面：

科技创新催生新的产业，就让大多数人从事的职业不再属于先进生产力的范畴，那么这些人的收入、地位就会下降。

科技创新催生新的生产力，会让许多人过去掌握的技能降低或失去价值，甚至失去工作岗位。换句话说，生产力的进步将淘汰没有一同进步的人。

生产力的进步，必然要求更大范围更大规模地整合资源，因为只有如此才能把生产力的潜能完全释放出来。科技创新越快，生产力跃升越大，小摊、小贩、小企业倒闭消亡的就越快越彻底。

这就是规律，不以任何人的意志为转移。这个规律要求人们不断地自我"转型升级"，树立新观念，学习新知识，发展新技能。这个过程一定是伴随着痛苦的。科技创新不是敲锣打鼓、不是莺歌燕舞、不是结伴旅行，而是激烈的竞争与无情的淘汰。

但是，许许多多的人实现不了"转型升级"，也不接受落后就要被淘汰的规律，他们要生存就得保护既得利益，他们必然要反抗，所以前进的道路总是曲折的。

科技创新的过程，也是某些职业的社会容量调整的过程。新行业新职业的出现，有可能给适时进入者带来"超额利润"。随着从业者的增加，利润就逐渐下降。从世界500强企业和富豪榜的排名中，可以清晰地看到这种变化。

回到择业的话题上来。选择职业，需要有三个维度的判断：一是现有社会容量，二是未来社会容量的变化趋势，三是自己的爱好、特点与客观条件。

不追随的孔融与祢衡

一个组织当然少不了领导者与追随者,但是并非所有人都适合做领导者或追随者,有些人则更适合当自由人。

个别足球运动员,主要是前场球员,当教练把他固定在某个位置上的时候,就表现平平,甚至成了最薄弱的环节,可一旦给他自由发挥的空间,就会有出人意料的贡献。比如曾经在鲁能泰山踢球的塔尔德利。

曹操与孙权都是典型的领导者,关羽和张飞则是典型的追随者,而孔融与祢衡则更适合当自由人。自由人在组织中,很容易成为搅局者,一般情况下是不能被领导者接纳与容忍的。即使在曹操这样卓越的领导者身边,孔融与祢衡也没能避免身首异处。

领导者与追随者是相互成就的。一位领导没有一支追随者队伍,则无法建立一个高效运转的组织。你要进入组织,就得有服从意识、有规矩意识与纪律观念。追随者又可分为两种,一种是盲目的追随者,比如张飞,只要是大哥说的,我就听;一种是勇敢的追随者,比如诸葛亮,既能服从刘备的领导,又能对刘备的决策给出有效的反馈。之所以称之为勇敢的追随者,是因为哪怕是善意的合理的不同意见,也是充满风险的。

孔融与祢衡和领导有了不同意见,不是服从领导的意志,也不是进行恰当的反馈,而是把自己当成第三者,去评论领导,甚至是直接辱骂领导。这样的行为是不能被组织允许的,也没有那位领导能忍受得了。

像孔融、祢衡这类人能够改变自己来适应组织需要吗?连曹操这样的猛人都收拾不了他们,怎么可能会自我改变呢?他们的出路在哪里呢？在三国时代，可选择的余地很小，如果他们像孔子那样当个老师还是可以的。如果放在现代社会，他们更适合做一个自由职业者。

有些人，既做不好领导者，也当不好追随者，却偏偏想在组织中施展才华，他们往往郁郁不得志，一生不得开心颜。孔融与祢衡因择业错误，葬送了自己的才华，还丢掉了自己的性命，足以证明择业的重要性。

第二章

择 人 论

"世之至难,莫如知人。"不知人,难有好的人际关系。资历是铜牌,本事是银牌,人际关系是金牌。

和谁一块玩,关系到能否活出春天的气息;与谁一起走,关系到能否在冬日里潇洒走一回。范仲淹曰:"噫!微斯人,吾谁与归?"与谁同行,相当关键;与谁同行,不好判断。"三国"中人,各有各的择人观。因不同的择人观,入了不同的伙,也就有了不同的人生境遇。

选对了行,如鱼得水;选对了人,如沐春风。

刘备的"磁场"

能够干好"一把手"的人,身上必有磁场,能吸人,还吸得瓷实。刘备身上就有磁场,这个磁场更吸引男人。刘备与关羽、张飞一见如故,结成异姓兄弟,比亲兄弟还铁。赵云碰上刘备,未经深交,便心心相印,难舍难分。

刘备的磁场是由什么构成的呢?首先是有抱负,志向远大;其次是重情义,以仁为本;最后是有身份,属皇家后代。刘备身边聚集的人才并不是很多,却大多有追求、有本领、有底线。

刘关张"桃园结义",他们为了一个共同的目标,走到一起来了,那就是为复兴大汉而奋斗终生。正是有了这样一个共同的追求,他们才凝聚成一体,并且在任何考验面前,都能够守得住底线。

陶谦请刘备统领徐州,四处流浪的刘备,认为此举不义,断不接受。仓促逃亡的时候,刘备决不放弃百姓,独自逃生。刘备为了仁义,可以牺牲眼前利益,可以不顾自身安危。刘备以仁义待人,吸引的是仁义之人。张飞当阳桥头,敢一人面对曹操大军,非不畏死,为义也。关云长身在曹营,面对曹操的百般诱惑、千般关爱,始终心系大哥,非不为财色所动,乃"义"字当先也。赵云为了救刘备的孩子,孤身杀入曹营,非目无曹军,实心里只有主公也。

刘备择人,重道德判断,兼顾实用价值。刘备团队的核心成员,都有一些共同的特质:

在人生态度上,皆属于乐观派。刘关张在创业初期,多次失败,却从没有丧失信心,始终坚定地追求恢复汉家江山的大业。

在价值追求上，皆重精神、轻物质，个个都有使命担当，人人都能守得住底线。

在行为方式上，都是偏进攻型，不善于防御。虽讲仁义，却也都喜欢掺和事，路见不平就出手。他们一辈子冲冲杀杀，最终也没有留下地盘。

在人际关系上，都是以利他为先。他们经常死里逃生，除了个人本领超强以外，更重要的是不顾个人生死。在危机时刻，往往是向死而后生。

在自我认知上，都有高估自己的倾向。这一方面成就了他们的不屈与勇敢，另一方面也因自高自大，常有策略失当。关云长的大意失荆州便是典型案例。诸葛亮晚年征伐不断，也是这种心理的反映。

这样的团队，在危局中经常会爆发出惊人的智慧与战斗力，也会把一个好局轻易地葬送掉。

曹操的"能量场"

曹操谋士成群、战将如云。为何？因为曹操有强大的"能量场"。

曹操的"能量场"主要由两大方面构成：一个是他本人的雄才大略，另一个是他"挟天子以令诸侯"的优秀平台。许多人投奔曹操，就是觉得他是"潜力股"，值得一起去赌。

曹操择人，不同于刘备。他以能力为先，兼顾仁义。许多人认为曹操是奸雄，不讲仁义。主要证据是，曹操刺杀董卓不成，在逃亡路上，杀了自己的异姓叔叔吴伯奢一家，并说出了"金句"："宁让我负天下人，不让天下人负我。"其实曹操有奸诈、有大气、有自私、有仗义，性格特质是"宽带网"、多"频道"。因此，他选人用人，也是多样化的。亦因此，他手下什么样的人都有，不只来自五湖四海，而且品种五花八门。

曹操爱才惜才，真的是求贤若渴。关云长被曹操俘获，曹操对这位俘虏处处当大爷敬着，天天当大神供着。可这位关爷硬是不买账，知道了大哥刘备的去向之后，不辞而别，去找大哥。有人建议曹操，趁早杀了云长，决不可放虎归山。曹操不仅不听，还派人给关云长送了"通行证"。赵云为救刘备的儿子，在曹军中杀进杀出，曹操见了，下令不准射杀。可见曹操肚量之大，可知曹操对忠勇之士爱慕之深。

曹操不求为人所爱，但求人为我用，或者只要不为别人所用也可以将就。你看不上我没关系，我看上你就行。刘备的谋士徐庶，被曹操看上。曹操知道徐庶是孝子，就把他母亲给劫持了，逼得徐庶不得不辞别刘备，进了曹营。进了曹营的徐庶不给曹操出主意，曹操也认了。曹操看上司马懿，派人去请，司马懿装病。后来曹操又派人去找司马懿，直接交代，要是还不肯来，就绑了来。司马懿只好乖乖地去上班。

刘备择人慎重、用人放手。曹操择人标准宽、尺度大，进入门槛低，使用起来就格外慎重。曹操的用人原则是：疑人要用，用人要疑。他对司马懿这类雄才奇才，都是控制着使用，充分利用他们的脑子，尽量不让他们拥有实权。如果说，刘备善于收拢人心，曹操则更擅长控制人心。曹操不怕部下有野心、二心或坏心，他只管让部下们用心工作，而不敢轻易把"野、二、坏"放出来兴妖作怪。

曹操是怎么做到的呢？他用的是"两手"：用心观察，时常敲打，该杀就杀，此为"一手"；礼贤下士，论功行赏，有为有位，此为"二手"。也没什么新鲜玩意，无非是"胡萝卜加大棒"，恩威并行而已，可曹操比一般人用得异常娴熟精妙啊！像司马懿这种一等一的人杰，在曹操面前也是天天弄出一副孝子贤孙的模样。

曹操的势力能够迅速壮大，并牢牢控制了华夏腹地，可以说主要是得益他的"人才观"。他择人，不受流行观念的束缚，对人才不求全责备，善于用人所长，精于克人之短，形成了自己独特的选人用人方式。

人才观就是事业关。人才观不开放，事业关就打不开。只要是人间的竞争，归根结底都是人才竞争。人无完人，苛求完美，便少有可用之人，也就降低了竞争能力。

率先垂范的孙策

孙策是东吴的奠基人，不只是打下了地盘，还聚集了一批人才。

孙策聚人与刘备、曹操皆不相同。刘备以仁义聚人，曹操以事业聚人，孙策以侠义聚人。刘备用人不疑，曹操疑人要用，孙策以己行率众行。

孙策外号"小霸王"，能征善战，侠气十足，好逞能斗狠，因此吸引了不少侠义之士。孙策攻刘繇之时，梦见汉光武帝，便问此地可有光武帝庙。有人说，有庙在岭上。孙策便要去，张昭说："不可。岭上乃刘繇寨，倘有伏兵，奈何？"孙策不听，披挂绰枪上马，带着程普、黄盖等十三骑，出寨上岭，进庙焚香。之后，出庙上马，对诸将说："我欲过岭，探看刘繇寨栅。"众将皆以为不可。孙策不从，众将只好随同上岭。早有哨兵飞报刘繇，刘繇说："此必孙策诱敌之计，不可追之。"太史慈兴奋地说道："此时不捉孙策，更待何时！"说罢，竟自披挂上马，绰枪出营。

孙策看了半晌，正要回马。只听得岭上大叫："孙策休走！"孙策与众将一字排开，太史慈飞马赶到，高喊道："哪个是孙策？"孙策道："你是何人？"答曰："我便是东莱太史慈也，特来捉孙策！"孙策笑道："我便是。我不惧你！我若怕你，非孙伯符也！"两人大战五十回合，太史慈佯装败走，引孙策追赶。等孙策远离众将，太史慈回马再战，又是五十回合。孙策一枪搠去，太史慈闪过，挟住枪；太史慈也一枪搠去，孙策亦闪过，挟住枪。两个人用力一拖，都滚下马来。两人弃枪，揪住厮打，正难分难解，忽听喊声后起，原来是刘繇的接应军到了。孙策正着慌，程普等人也到了，接着周瑜亦领军赶到，双方战至黄昏，风雨暴至，两下各自收兵。

后来，孙策用伏兵活捉了太史慈。孙策出营迎接，亲解其缚，脱下自己的锦袍给太史慈穿上。两人惺惺相惜，太史慈归降。孙策设宴款待，太史慈说："刘君新败，士卒离心。某欲自往收拾余众，以助明公。不知能相信否？"孙策起身谢道："此诚策所愿也。今与公约：明日日中，望公来还。"太史慈应诺而去。诸将说道："太史慈此去必不来矣。"孙策说："子义乃信义之士，必不背我。"众人不信。次日，立竿于营门，以候日影。恰将日中，太史慈引一千余众到寨。孙策大喜。众将皆服孙策之知人。

孙策在和对方交战的时候，也在观察与识别人，从表现看其内在。这个也是一位合格领导的基本功夫。

孙策像江湖上的带头大哥，碰上事喜欢自己打头阵。这是他的优点，又是他的短板。领导带兵，必须以身作则，但并非在每一个方面都冲锋在前。刘备在重感情、讲仁义上以身作则，打仗的时候就是兄弟们先上。曹操在哪个方面以身作则是不确定的，有时候在执行法纪的时候以身作则，如"割发代首"；有时候也能奋不顾身，比如刺杀董卓；有时候也重感情，比如哭祭典韦；有时候也讲义气，比如放走关羽。孙策是在冲锋陷阵上以身作则。不管是大战小战，孙策一般都是打头阵。孙策与严白虎交战，孙策欲出，张纮劝道："夫主将乃三军之所系命，不易轻敌小寇。愿将军自重。"孙策说："先生之言如金石，但恐不亲冒矢石，则将士不用命耳。"

孙策的话，确有道理。靠实干来影响人、吸引人、带动人，好像是一种非常有效的方法，但是任何领导方法都必须与角色、职责、任务、阶段、情景等联系起来，才能判断其优劣。对于初创公司，人员少、规模小、管理相对简单，主要领导冲锋在前是必要的。在进入成长期、成熟期的大公司里，冲锋陷阵、奋勇当先，是基层干部的优良品质，是高层领导的突出缺陷。主要领导凡事都亲自动手，其他人就很少有动手的机会，至少会带来"四个不利于"：不利于留住人，不利于培养人，不利于自己能力的提升，不利于自己的身体健康。那些曾经成功又很快衰败的企业，如果细察其中原委，就会发现一个共性，那就是主要领导不放心、不放手，习惯于亲自上手。

孙权的"心流"

孙氏入吴，根基不牢，孙策一死，地动山摇。接班人孙权是内忧外患，远有强敌，近有世仇，身无寸功，不服者众。孙权与刘备、曹操两位大佬不同。刘备与曹操都是创始人，孙权是继承人，而且还是一位十八九岁的青年。继承人面对的一个重大问题，就是如何对待前一任"一把手"留下来的人。在这个问题上，大多数继任者都会犯同样的错误，而且沉醉在这个错误之中。

孙策是位很高明的人。他临终前，有两次特别重要的谈话。一次是和孙权谈的。他先把印绶挂在孙权脖子上，然后说："举江东之众，决机于两阵之间，与天下争衡，卿不如我；举贤任能，各尽其心，以保江东，我不如卿。"另一次是和张昭谈的。他说："若仲谋不任事者，君便自取之。正复不克捷，缓步西归，亦无所虑。"

孙策和孙权的谈话，就是今天的任前谈话。谈话的内容，就是孙权的优点与缺点。谈优点为的是增强孙权的自信，谈缺点为的是约束与激励。孙策既担心孙权年轻，容易冒进；又害怕孙权不思进取，误了霸业。

孙策和张昭的谈话，有托孤的意思。他说如果孙权不能胜任，你可以取而代之。真正的意图，是让张昭死心塌地辅佐孙权，绝其私念。人家如此信任你，再不尽力，那就是不义了。他说"缓步西归"，是指出万不得已的退路，为的是"留得青山在"。

孙策考虑得周密，孙权也不含糊。孙权懂得谁的人并不重要，重要的是能为我所用。怎么才能为我所用，无非给其舞台，再加上有所敬畏。

两军对阵，攻城略地，不是孙权的强项。他领军对垒，负多胜少。

孙权的强项是什么呢？是在看不见的战场上，征服人心。而这恰恰是"一把手"最重要的职责。

举一个例子。孙权让周泰守汉中，令朱然、徐盛辅佐。朱然、徐盛不太服气。一日，孙权亲赴汉中，宴请诸将。席间，孙权逐一敬酒。他到了周泰身边说："请将军脱掉上衣。"众人不解，周泰疑惑地脱下上衣，满身伤疤尽显，真正是体无完肤。孙权指着伤疤，逐一问何战所伤，周泰一一回答。孙权大哭，众将皆服。你看，孙权的思想工作做得多么生动，又是多么入情入理。

程普、黄盖等是爹爹孙坚的人，周瑜、张昭等是哥哥孙策的人，而且哥哥孙策临终前交代："内事不明问张昭，外事不决问周瑜。"前任交代重用的人，后任往往不太会真心重用，但孙权却用得非常好。

世上许多新任"一把手"，均习惯于换人。把重要岗位换上自己信任的人，这是一策，却是下下策。因为信任是在互动中建立的，你连机会都不给，怎么建立信任？又如何形成广泛的统一战线？前任信任的人，并非天然。聪明的做法，是先弄清楚，某个人与前任"一把手"的信任关系是如何形成的。如果这个信任形成的基础是你不能认同的，这个人当换。如果这个人的确有能力有贡献，大家也比较认可，换人便是得不偿失。

能把前任信任的人用好，那才是高人。

不能只看平台

人靠平台马靠鞍。大部分人都想到一所好学校学习，进一家好单位工作。袁绍就掌管着一家好单位，想到他这儿工作的人就特别多。大家的想法对不对呢？

白岩松先生有很多金句，比如这一句："让一条狗天天上央视，也会成为名狗。"不知道白先生这话是自谦，还是有感于他的一些同事，离开了央视，便在茫茫人海里，失去了消息。不管是什么触动了岩松的心弦，他这金句还是相当生动地道出了平台的重要性。但是，对这个金句还是要做进一步分析的。

一条狗，天天上电视，固然可能成为名狗。可问题是，它怎么才能天天上电视呢？能进电视台的人很少，进了电视台能天天上电视的人更是凤毛麟角。大平台的好处不少，但坏处也不少。

比如：人才太多，竞争激烈。单说袁绍手下的谋士，便是一抓一大把。荀彧、荀攸、许攸、田丰、沮授、审配、郭图、逢纪、辛平等，个个都自认为可比管仲、乐毅，弄得袁绍不知道听谁的好。这些人，有的投了曹操，有的被曹操杀了，有的让袁绍杀了，基本上都没有得到善终。

比如：论资排辈，难有机会。刘备哥仨去投袁绍，连个正式座位都轮不上，经过曹操说情，才弄到一个小板凳。这时候，你可以说袁绍等人还不了解这哥仨的本事。可是，关羽温酒斩华雄，立了大功，显了本领，可袁绍还是嫌弃他们资历太浅，不屑与其为伍。刘备哥仨只好另寻出路。

另外，当然这个另外很重要。大平台的掌门人，大多自大。如果是创始人，还有自大的本钱。可像袁绍、袁术这样在平台上长大的人，自大起来是相当可怕的。创始人自大，属于膨胀；继承人自大，属于无知。跟着无知的人玩分蛋糕的游戏，还有的玩；跟着无知的人做蛋糕，极可能被当作蛋糕切了。

刘备哥几个，像摆地摊的，城管来了，就得跑。曹操是"借壳上市"，用着别人的营业执照。袁绍是祖传老店，名头很响，实力很大，吸引的人也最多。孙坚曾在其手下听过令，曹操曾经在其单位扛过活，刘备也给他打过短工。

袁绍代表着排在500强前列的老公司，曹操代表着刚刚"借壳上市"的新兴产业公司，刘备代表着一个创业小团队。奔袁绍这样的大平台去的是常人，奔着曹操这样的新兴公司去的是高人，奔着刘备这种创业团队去的是异人。

诸葛亮制造主公

别人选择主公，诸葛亮制造主公。

诸葛亮为何不选择曹操与孙权，而是选择了实力最弱的刘备？恐怕不只因为刘备是汉室正统，还因为刘备能凝聚人却不精于用人、不善于用兵。这就给诸葛亮充分发挥自己的才能提供了前提与保障。

下属与领导的关系大致有这么几种情况：一种是不善于琢磨领导的思路、意图与心理，经常和领导踩不到一个点上，不是自己郁闷就是埋怨领导；一种是极善密切联系领导，像是领导肚子里的蛔虫，总能讨领导欢心，自己在领导身边小心谨慎，离开领导便时有得意涌上心头；还有一种比较少见，就是能够引导领导，让自己的意图变成领导的想法，甚至让领导不得不听自己的意见，或者是心情愉悦地听自己的想法。

诸葛亮便是能够"领导"领导的高级干部。他是怎么做到的呢？

首先是移情。第一步，把自己当成产品，把领导当客户，想一想自己这个产品，有哪些功能，这些功能可以满足客户什么需求。第二步，把自己当成客户，把领导当产品，想一想如果自己是领导，会有怎样的需求。第三步，把自己的能力与需求同领导的特点与需求进行综合分析研判，确定客户最本质的需求与自己的供给能力之间的匹配度，做出是否进行交易的决策及其行动策略。

刘备的目标是重振大汉，他有汉室后代的金字招牌，有仁义侠义的好口碑，有能打仗的将士，紧缺的是有谋略会用兵打仗的战略家、军事家，而这正是诸葛亮的强项。他们之间的供需高度契合，这才有了刘备的"三顾茅庐"。人的价值与产品的价值一样，不论绝对价值有多高，如果不在紧缺状态，在客户心中的价值都会下降。

诸葛亮看清了自己对刘备这支流浪"特战队"的价值，先是用口碑营销，吊起刘备的胃口，接着用"饥饿营销"，激发刘备的渴望，让自己在供求关系中牢牢处于主动地位，这就为他日后在这个团队中更好地发挥作用奠定了心理基础。

其次是定义。就是用精练生动的语言描述团队的目标、价值观，以及行动策略。客户把自己钟爱的产品买到手，必定是急于把玩一下产品，再打开产品说明书，看看有哪些功能，如何操作。所以，好的产品必有好的设计，且有简明易懂的说明书。诸葛亮的说明书，就是《隆中对》。《隆中对》不仅描绘了天下大势、刘备集团的愿景，还充分地设想了场景与解决方案。

刘备两次前往隆中，都没见到诸葛亮，及至第三次，诸葛亮正在午睡。等到诸葛亮醒来，口吟一诗曰："大梦谁先觉？平生我自知。草堂春睡足，窗外日迟迟。"别小看了诸葛亮这首小诗，他这是给自己打广告。这类概念式文艺范的广告，能够有效激发客户的美好想象。

再次是效果。说明书讲得再好，客户最终还是要看消费体验。诸葛亮虽然用《隆中对》征服了刘备，可关羽和张飞并不服气，他必须用最短的时间取得令人信服的结果，才能真正占领"市场"。诸葛亮出山之后，便是与曹操集团的新野之战，诸葛亮设计，火烧博望坡，大败到夏侯惇、于禁、李典，杀了夏侯兰，大获全胜。关羽、张飞相对感叹："孔明真英杰也！"

诸葛亮能够"领导"刘备，可以自己制造主公，最重要的一点，不是能力，而是取得了刘备的信任。领导多有矛盾心理，希望下属有能力、会干事，又怕下属有野心、不可控。

刘备请诸葛亮出山相助，说："备虽名微德薄，愿先生不弃鄙贱，出山相助。备当拱听明诲。"诸葛亮说："亮久乐耕锄，懒于应世，不能奉命。"刘备便哭着说："先生不出，如苍生何！"一时间泪沾袍袖，衣襟尽湿。诸葛亮这才说："将军既不相弃，愿效犬马之劳。"

诸葛亮就是用言行，让刘备强烈地感受到，自己遇到了一位不愿入世的高人，不用担心这个人有一天会取代自己的领导地位。能力强的人，取得领导信任是很难的。所以，在稳定固化的体制内，英雄无用武之地是常态。诸葛亮能够"领导"领导，首先源于领导遇上了重大危机，其次才是诸葛亮自身有足够的智慧。

形似诸葛的陈宫

陈宫与诸葛亮有些形似，都是足智多谋，都想自己制造主公。但陈宫有诸葛亮之形，却无诸葛亮之神。

曹操暗杀董卓失手，急忙逃命。董卓下了通缉令，曹操被陈宫的手下拿获。陈宫敬重曹操刺杀董卓的行为，上演了著名的"捉放曹"，放弃了县令的工作岗位，计划与曹操一起创业。同行路上，曹操误杀吕伯奢一家，陈宫发现曹操乃不义之人，欲杀之，又觉得杀之不义，便弃曹而去，投了陶谦。

曹操攻打徐州，陈宫到曹营劝和，曹操不应。陈宫游说张邈与吕布合作，攻打曹操的根据地兖州，逼迫曹操从徐州撤军。从此，陈宫一直在吕布军中出谋划策。吕布亦多从陈宫之言，多次击败曹操，濮阳一战，差一点就要了曹操的性命，因而让曹操见识了陈宫的厉害。吕布任性自负，不可能对陈宫言听计从。吕布困守下邳，陈宫建议吕布引军屯于城外，与城内形成掎角之势。吕布口中称"是"，回家和老婆严氏一说，严氏一句："一旦有变，妾岂得为将军之妻乎？"吕布便将陈宫之言置于脑后。由是，下邳失守，吕布与陈宫一同被曹军俘获。

曹操一心劝降陈宫，陈宫不肯，从容赴死。曹操将其厚葬，并将其家人送许都奉养。

吕布是"三国"第一战神，有无敌之勇，而陈宫智谋过人，有胜人之策，两人组合起来，岂能不成大事？陈宫选择吕布，便是想让吕布成为自己的"躯体"。他不是为吕布所用，而是让吕布成为他的战斗利器。可是，陈宫还是失算了。吕布无谋，却傲气十足，"马中赤兔，人中吕布",岂肯任由他人摆布？陈宫与诸葛亮都想选择一位能让自己施展才华的主公，陈宫是见事不见人，先是看错了曹操，最终又看错了吕布；诸葛亮是以事察人，决不盲动。

吕布与刘备都不善谋略，但刘备有自知之明，讲仁义又不拘泥于仁义；吕布自视甚高，无职业操守却对女人有情有义。刘备的妻儿陷于吕布军中，张飞自责，刘备说："妻子如衣服，兄弟如手足。"而吕布为财色可以背叛组织，还因妻子一句："妾岂得为将军之妻乎？"便可置团队利益而不顾。刘备决策，皆服从于事业的大目标。吕布决策，经常往岔路上走。所以，给刘备当谋士易，为吕布做谋士难。

陈宫自身也是一个自信心爆棚的人。他内心看不起吕布，自以为可以操控吕布，却不能把握吕布的心理特点，与吕布交流不讲策略，常常伤了吕布的自尊心。所以，吕布对他是既依赖又不满。诸葛亮在刘备面前始终是"打工仔"的样子，随时准备"下岗"的架势。弄得刘备反而要小心谨慎，生怕诸葛亮哪一天炒了老板的"鱿鱼"。

如果有机会选择领导，有本事又自负的人，最好是远离，因为他会无意当中害得你很惨；当然，如果你擅长阿谀奉承、投机取巧，在这样的领导手下也很容易得到便宜。

不断"跳槽"的吕布

市场配置人才，最大的好处，就是可以让人才向最善于使用人才的团队流动；也有缺点，就是有些人才会被竞争对手收买，可能使团队蒙受重大损失。所以市场经济必须有诚信与法治左右护驾。

"三国"时代，相当于"市场政治"时代，又没有诚信与法治保护，"跳槽"现象十分普遍，且大多会损害原单位的利益，吕布就是其中的典型代表。吕布"跳槽"一次，就毁掉一个团队，害死一位"一把手"。

吕布的单兵作战能力，无人匹敌，当然是抢手货，领导见了自然都想为己所用，并且生怕被别人抢了去。怎样办才好呢？基本套路也就是三种：认为义子，变成女婿，高官厚禄。

吕布先是在丁原手下，被丁原认作义子。董卓派人，许以高官厚禄，诱惑吕布"跳槽"，几乎没费什么周折，吕布就向钱财官位屈服了，还取了干爹丁原的脑袋，作为"跳槽"的见面礼。

董卓得了吕布，甚喜，却也没什么笼络人心的高招，还是学习丁原，当了吕布的义父。人类是动物界最难以接受教训的物种，因为人总认为自己比别人聪明、有本事或者魅力大。丁原死在义子吕布手上，并不影响董卓仍想当吕布的干爹。起初，吕布对这位干爹还是蛮忠心的。很快，新的考验又来到吕布面前。王允设计，一女二许，先是把貂蝉许了吕布，成了吕布的丈人爹，又把貂蝉送给的董卓，给吕布制造了老公公"扒灰"儿媳妇的事实。在干爹与丈人爹之间，吕布选择了丈人爹。吕布再次"跳槽"，同样是杀掉了干爹。

王允这位丈人爹，也没当多久，就被董卓的部下给弄死了。俗话说，事不过三。从此，吕布就有了"三姓家奴"的响亮品牌，响亮是响亮，却是臭的，再也没人敢接纳他。吕布也就只好在陈宫帮助下，成为"三国"初期实力最强的"包工队"头儿。后来，曹操整治"包工队"，捉了吕布与陈宫，都给弄死了。

  吕布一生，是"跳槽"的一生，也是可悲的一生。他选择与谁同行，谁的生命就即将直到尽头。可悲的原因不在"跳槽"，而在为财色而"跳槽"。吕布这个人，也不是完全没有原则，他对自己的女人也是有情有义的。为了貂蝉，他可以杀干爹；为了给老丈人曹豹报仇，他起兵夺了徐州；为了保护自己的妻子严氏，他选择守候媳妇而不是守望下邳。可惜，他虽勇武，终归还是保护不了自己的女人。

  人的职业生涯很长，"跳槽"的自由是必要的。但为什么"跳槽"是必须思考的，单纯为财色去"跳槽"，风险是很高的。你得到的是财富或美人，失掉的是个人品牌价值。另外，和经常"跳槽"的人共事，是高风险的。你随时都有可能被出卖。一般来说，经常"跳槽"的人，多以自我为中心，缺少责任心，也缺乏长远眼光。

  在职场上，"跳槽"要慎重，和多次"跳槽"的人共事，一定得小心。

不爱"跳槽"的田丰

吕布经常"跳槽",田丰不爱"跳槽"。经常"跳槽"与不爱"跳槽",哪个好?哪个坏?其实,跳不"跳槽"并不是判断一个人品行的可靠标准。

田丰是儒生,天资聪慧,博学多才。少年丧亲,按规矩守丧。守丧期已过,仍然笑不露齿。在家乡获得了很高的声望,被太尉府征调,当上了公务员,当过侍御史。他看不惯宦官当道,官场黑暗,辞职回家。不久,又到了冀州,成为冀州牧韩馥的部下。这位冀州牧对田丰,先是以礼相待,后来感觉这个田丰忒烦人,慢慢地就不爱搭理他了。

袁绍以反客为主之计,取了冀州,成为冀州牧。袁绍听说田丰人品好、本事大,就带着厚礼,以谦恭的态度与恳切的言辞,成功地引进了田丰这枚人才。

田丰在袁绍这里,基本上重复了过去的戏码,先是得到赏识重用,然后是遇到嫌弃,基本上闲置不用。到官渡之战前,田丰力谏袁绍,说此时不是最佳战机,胜算很小。袁绍不听,田丰硬劝道:"万一不能如愿,后悔就来不及了。"袁绍听得气恼,说:"你这分明是动摇军心!来人,给我关进牢房。"

田丰很不幸。袁绍果然大败,田丰不幸言中。狱卒对田丰说:"您一定会得到重用。"田丰说:"我命休矣!"狱卒不解。田丰说:"如果主公胜了,一定高兴,我还能活命;如今败了,我也活不成了。"不出田丰所料,袁绍觉得田丰一定在耻笑自己没听他的意见,便派人杀了田丰。

袁绍昏不昏?田丰冤不冤?

荀彧对田丰的评价是："刚而犯上"。荀彧的诊断十分准确，田丰就是"三高"病患者：才华高，智谋高，品行高。他的病理是什么？就是潜意识里觉得自己各方面都很高级。他哀叹袁绍听不进自己的建议，还自以为洞察袁绍的心理，可并没有觉察到自己自视甚高的弱点，更没有深刻地理解普遍的人性。

田丰谋略虽高，言行却不能让"一把手"受用。他只知道自己需要尊重，却不清楚如何尊重"一把手"；他以为自己主意正，而且是真心对"一把手"好，便理直气壮，就不讲方法。殊不知，"一把手"也大多是常人，别人处处比他高明，他也不高兴，迟早会不用。你的"产品"很好，就是没有人买，你只怨顾客不识货，显然不是聪明的做法。如果仗着自己的"产品"过硬，压根不考虑顾客的感受，那就只有等着破产倒闭了。

人皆有好胜之心，希望比别人高明，不希望别人比自己厉害。因此，有才华即是潜在风险，有贡献就是现实危机。怎样化解？有才华便需谦虚谨慎，有贡献必须退让分享；用自己的才华照亮他人，把自己的成果分给他人。美女要懂得"不约"，高人必定会"不要"。田丰是高手，但不是高人。高手是能力异于常人，高人是克服了人性部分弱点的高手。

田丰如果"跳槽"，到了曹操手下，也会被弄死，大概会死得晚一些；如果到了刘备那儿，或许不至于被杀，但是一定会被弃。

吕布频繁"跳槽"，源于不把他人放在心里；田丰不爱"跳槽"，则是太把自己当回事了。

曹操的杀与放

前文说过，田丰如果在曹操手下，迟早也是死。此话依据何在？杨修之死，便是推理依据之一。杨修才学过人，德行过人。杨修给曹操当主簿，处理大小事务，让曹操非常满意。曹操曾对杨修说："我不及你，至少差三十里。"

请注意，如果"一把手"以俯视的心态夸你，比如说："小鬼，干得不错嘛！"这一般是好现象；如果"一把手"像曹操夸杨修这样夸你，那是凶多吉少。如果"一把手"觉得你高过自己，除非目前离了你还不大行，否则一定会收拾你，至少是不会重用你。

而有才华的儒生，又大多有"双显"的毛病：露才显己，扬德显己。他们有了一定职务之后，便会不自觉地评论"一把手"的过失。不可否认，他们中有不少人，主观上并不是为了显摆自己，而是怀揣着对单位对群众对"一把手"负责的理想。但是，"一把手"大多并不这么看。

曹操与这类儒生相处，也很不开心，但他能忍。曹操厉害的地方，就是当忍则忍，不用忍时便不忍。这也是后人称他为奸雄的原因之一。

曹操的杀与放，一般不会为情绪所左右。杀吕布，因其不可驾驭；杀陈宫，因其不为自己所用；杀荀彧，因其已经同床异梦；杀许攸，因其狂傲且不忠；杀杨修，乃为绝后患也。

官渡之战，曹操大胜，缴获了袁绍的来往书信，其中有不少是曹操的部下与袁绍暗款款曲。而曹操一概不看，统统烧掉。这可不是一般干部能做到的。有多少"一把手"，就是想知道部下对自己的态度，听到

"小报告"便记在心里，逮着机会便给人"小鞋"穿。这样的"一把手"也许升得了官，却一定干不了大事。

对于"一把手"来说，放过别人的过失，放过别人的短处，便是给自己机会，更是给事业机会。曹操最著名的"放"，是放走了关羽。曹操为何放虎归山？我们不妨听听曹操是怎样说的。

关羽得知刘备在袁绍处，决意去寻大哥，欲到相府辞别，曹操悬回避牌于门。一连去了数次，皆不得见。关羽明白是曹操故意不见，即写书一封，辞谢曹操。

曹操得报，关羽已出东门而去。有一将挺身而出，说道："我愿将铁骑三千，去生擒关某，献与丞相！"众人一看，乃是将军蔡阳。曹操说："不忘故主，来去明白，真丈夫也。汝等皆当效之。"程昱说："若纵之归袁绍，是与虎添翼也。不若追而杀之，以绝后患。"曹操说："吾昔已许之，岂可失信！彼各为其主，勿追也。"又对张辽说："云长封金挂印，财贿不以动其心，爵禄不以移其志，此等人吾深敬之。想他去此不远，我一发结识他做个人情。汝可先去请住他，待我与他送行，更以路费征袍赠之，使为后日纪念。"

曹操放走一虎，却给一群虎狼树立了榜样，也给自己树立了诚信、积累了人脉，一举多得，"投入产出率"是非常高的。反观一些单位的"一把手"，手下有人才辞职的时候，千般阻拦，万般刁难，最终弄得不欢而散。其格局、胸襟、方法与曹操相比，那是天壤之别。留不住人才，是自己的错，自己错了，怪罪别人，为难别人，是无能的表现。

必须善用关羽

在中华民族古老的英雄史上,有两"羽"属于神一般的存在,那就是关羽和项羽。这两位战神,一位靠义而名垂千古,一位因绽放之死而受万世敬仰。但是,这两位都是悲剧英雄。这种悲剧能否避免呢?很难,又不是不可能。

我们先来分析一下项羽。"羽之神通,千古无二"。专业能力超群的人,大多自负。项羽也不例外。自负的人看不清自己,看不清对手,既不知己又不知彼,怎么可能不败?项羽至死也不明白自己死在哪里。

垓下之围,项羽自忖不能脱身,就对部下说:"我从起兵到现在已经八年,经过了七十余战,抵挡我的人都被我攻破,我打击的人都表示臣服,未尝败北,遂称霸天下,现在困于此,不是我不会打仗,而是天要亡我!今日是要决一死战了,我要为诸君痛快地一战,必定要胜利三次,为诸君击溃包围、斩将、砍旗,让诸君知道,是天要亡我,非我不会打仗。"于是他分骑兵为四队。此时,汉军围困数重,项羽对他的骑兵们说:"我为你们杀掉对方一将!"于是他命令骑兵们分四面向山下冲,约在山东面会合。项羽大呼驰下,斩杀一汉将。赤泉侯杨喜追项羽,项羽大喝一声,杨喜的人马俱惊,退后数里。项羽与骑兵分为三队,汉军不知项羽在哪队,就也分三队包围。项羽飞驰而出,又斩杀一汉将,同时杀近百人,再会合骑兵,仅损失两骑,项羽问:"怎么样?"骑兵们钦佩地回答:"和大王说的一样!"

项羽一路逃到乌江,遇见乌江亭长,亭长劝项羽回到江东,以图东山再起。项羽觉得无颜见江东父老,将自己坐下马赐予亭长,自己下马步战，一口气杀了汉兵几百人，而后挥刀自刎。

上面这段记述，极富画面感，非常生动感人，大英雄的形象跃然纸上，同时也把项羽的缺点暴露无遗。项羽把自己的败归因于天，而且还要证明给部下看。我们看，项羽自负到了何种程度！是不是已经无可救药啊？

我们常讲危机意识，可什么是危机又如何化解危机呢？一个人能力超强，便是潜在危机；又干成了大事，做出了重要贡献，现实危机就到了。这时候，如果能够内省，及时谦让避让，做到分享共享，便有可能化危为机。

项羽顽强战斗、英勇赴死的大丈夫气概，是可歌可泣的。

他作为事实上的"一把手"，把好局下成了惨局，把惨局走成了败局，是有深刻教训的。从角色要求上看，项羽干的并不是"一把手"的活，种的并不是自己该种的田。

关羽与项羽可以说是一脉相承，自大自负，听不进别人的意见。关羽自认为东吴怕他，不敢取荆州，让吕蒙偷袭得手。荆州一丢，蜀汉便丢了根基，从此走向衰落。

从用人的角度来分析，项羽是"一把手"，失败的责任在自己身上；关羽不是"一把手"，失败的责任不全在自己身上；而作为"一把手"的刘备，至少负有一半的责任。刘备的管理方法主要是用情，也就是今天人们常说的以情感人。但他对部下，特别是对自己的结义兄弟关羽、张飞严重缺少批评与约束。刘备对张飞是使用不当、约束不力，对关羽则是一味示好、警醒太少。

关羽这类能力强、重义气的人，不怕阳谋，可在阴谋面前往往不堪一击。关羽以义待人，有人亦以义待他，也有人利用义败他。关羽勇冠三军，有人畏其勇，有人假畏其勇而巧胜之。勇与义是关羽之长，亦是其之短。长与短是一体两面，他自己是解决不了的。作为领导，要用好关羽这样的人才，就必须采取措施，保护他们的短处，以防被对手利用。

一定慎用张飞

张飞这种干部是一定要慎重使用的。我们不妨想一想，曹操会用张飞这类干部吗？如果用，会用在什么样的岗位上？

吕布与张飞的结局差不多，吕布让自己的下属绑了，献给曹操，然后被曹操杀了。张飞让自己的下属把头砍了，献给了孙权。

张飞与吕布，均为骁勇暴烈之人，都是敢打能打，同样是小孩子脾气。张飞沾火就着，吕布给个糖块就跟人走。张飞战力略输吕布，吕布信义大逊张飞。论打仗，张飞是一流大将，吕布是超一流选手。论忠义，张飞是一流的，吕布是不入流的。论管理，两人都是暴而无恩，没什么领导力。

张飞只带二十余骑，当阳桥头一声断喝，吓退数万曹军，由此留下美名。这胆量、这气势，够爷们！真英雄！不过，这位英雄的缺点也是忒突出了。缺点一：只有大哥，没有大局。鞭打督邮、拒绝与吕布合作、不愿意去求诸葛亮入伙等都是缺乏大局意识的表现。张飞的忠，是忠于人，不忠于事。

缺点二：只有兄弟，没有下属。张飞心里，只有大哥刘备与二哥关羽，根本没有诸葛亮、赵云等人的位置，更别说其他将士了。张飞丢掉徐州与丢掉脑袋，都是因为不能理解人尊重人。张飞忠于小圈子，而不能惠及群体。缺点三：毫无自律能力。动不动就闹情绪，稍不如意就使小性子，离开大哥便没人能劝得住。自己违反纪律，还逼别人一同违反纪律，别人要是不从，就得吃他一顿打骂。

张飞这种干部，平时能干事、能成事，有忠心、有担当，但常常陷领导于被动,关键时刻坏大事。套用一首诗来评价他,就是:盈利能力强,情义纯度高;若论亏损额,二者都抵消。

如果张飞在曹操手下,曹操会怎么使用他呢?或许曹操会让张飞担任贴身侍卫,级别待遇给的高高的,就是不让他单独带兵执行任务。又或许让他当个副将、干个先锋官之类的,只让他打个硬仗、搞个突击,不让他负责日常管理。当然,对他及时论功行赏也是不能少的。

张飞与吕布一类的人才,操作能力超强,领导能力为负,适合干个副职,干不了"一把手"。张飞成事的时候,都是听人指挥、任务明确的时候;张飞坏事的时候,都是自己主事的时候。张飞只听刘备的,不得不听诸葛亮的,是必须慎重使用的;吕布是谁的话都听,又谁的话都不听,所以连曹操都不敢用。

业务能力不等同于领导能力。能当好中层干部,不等于能胜任高层领导。张飞用自己的脑袋验证了这个道理。可惜,这种案例一时半会儿无法写进《领导干部选拔使用安全操作规程》,所以千方百计让自己"丢脑袋"的案例仍然层出不穷。

谨防"马谡式"悲剧

诸葛亮是害死马谡的人。领导害了下属的事常有，领导自己认识到的不多。

诸葛亮理论水平很高。马谡算是诸葛亮的爱徒，理论水平也很高。领导一般会犯同样的错误，就是自己在哪个方面造诣深，就偏爱哪个方面的干部，带来用人不公与用人不当。即使智慧如孔明，也难免犯这样的错误。

诸葛亮时常叫马谡来讨论问题。需要注意的是，领导叫你来讨论问题，目的并不是相同的。有时候是领导没有考虑清楚，希望听听你的意见，从中受到启发，找到思路或办法；有时候是领导有主意了，但不确定，想在你这儿找到信心，或者加以完善；有时候是领导已经拿定主意了，只是想考考你，或者有意培养你。所以，如果领导常征求你的意见，你最好还是抱着领导培养自己的心态来对待。

马谡不明白其中的道理，诸葛亮找他讨论问题，他就觉得自己也不是一般水平，慢慢就有了傲娇之心。

诸葛亮让马谡率兵守街亭，马谡到达街亭后，没有遵守诸葛亮依山傍水部署兵力的指令，意欲将大军部署在远离水源的街亭山上。副将王平说："街亭一无水源，二无粮道，若魏军切断水源，断绝粮道，蜀军则不战自溃。请主将遵令履法，依山傍水，巧布精兵。"马谡自信地说："马谡通晓兵法，世人皆知，连丞相有时也得请教于我，而你王平生在戎旅，手不能书，知何兵法？"接着又洋洋自得地说："居高临下，势如破竹，置死地而后生，这是兵家常事，我将大军布于山上，使之绝无反顾，这正是致胜之秘诀。"王平再次谏阻："如此布兵危险。"马谡见王平不服，便火冒三丈地说："丞相委任我为主将，部队指挥我负全责。如若兵败，我甘愿革职斩首，绝不怨怒于你。"王平毫无退让地说："我对主将负责，对丞相负责，对后主负责，对蜀国百姓负责。最后恳请你遵循丞相指令，依山傍水布兵。"马谡固执己见，将大军布于山上。结果正如王平所料，魏军切断水源，火攻街亭山头，蜀军不战自溃，街亭失守。这才有了诸葛亮挥泪斩马谡的故事。

马谡是理论工作者，他的特点与张飞相反，想法很多，实操能力几乎为零。他帮助诸葛亮分析形势与问题，大体还靠谱，让他领兵打仗，那是相当不靠谱的。这样的例子早已有之。战国时期，赵国名将赵奢的儿子赵括，自幼学习兵法，也常与父亲谈论兵法。后来，赵孝成王任命赵括为主将，代替老将廉颇与秦军交战。赵括将廉颇的防御策略变为主动进攻。秦将白起佯败，诱赵军追击，进了包围圈，被断了粮道。赵军四十多天无粮可用，饥寒交迫，人心涣散。赵括奋力突围，被乱箭射死，数十万赵军投降，被秦军坑杀，赵国从此一蹶不振。如此鲜活的用人不当的案例，诸葛亮当然是知道的。但理智往往战胜不过情感。诸葛亮是人，不是神。所以说，选人用人，单靠一个人是不行的。得有制度，得有方法，得靠群体。

并不是说，理论强的人就一定带不了兵、打不了仗，但理论与实践相结合，得有一个过程。马谡失街亭，主责在诸葛亮，而不在马谡。反过来说，马谡死的也不冤。自己没有实战经验，却瞧不上在死人堆里摸爬滚打出来的王平，不听王平的一再劝阻，也是咎由自取。当然，如果对王平再提高一下标准，他也是有问题的。什么问题呢？马谡是理论家，属于文人。文人都要面子。对这类人提建议得讲究方式方法，不能伤了他们的面子。主要的方法，是启发式或请教式，也有一种说法叫"助推"，还得有仰视的姿态。你要是硬劝，他一定会将错误进行到底。

偏好与偏爱，如果不能有意识地抑制，是会害人的，甚至会害死人的。马谡就是一个例子。对此，当领导的与做家长的，都需要时常反思。

诸葛亮因人施策

前面说了诸葛亮用人上的失误。但他在用人上,还是相当有功力的,总体上说还是知人善任的。诸葛亮用人,有两大强项。

第一大强项,用人所短。我们常说,领导用人,要用其长、抑其短。诸葛亮既能用人之长,也善用人之短。赤壁之战,诸葛亮分配完作战任务,独留下关羽无事可干。关羽很不高兴,说亮哥你这是什么意思,这么重要的战役,怎么不让我参与呢?你这分明是瞧不起我呀!诸葛亮说,其实有一项最重要的任务,就是担心你完成不了。关羽自然不服。诸葛亮说,曹操此战必败而逃,必经华容道。我意由你来守华容道,又怕你念曹操不杀之情,放了曹操。关羽说,我愿立军令状。诸葛亮笑而应允。

曹操败走华容道,关羽终究还是忘不了旧情,放走了曹操。

诸葛亮怎么算定曹操会败走华容道,又为何明知关羽会放走曹操,偏用关羽来守华容道?因为当时曹魏实力强大,周瑜与诸葛亮都不想让曹操死在自己手上,以免与曹魏结下死仇。诸葛亮用关羽,可以说是一举三得。一是让关羽还了曹操的人情,二是自己拿到了关羽的把柄,三是避免了与曹魏结下深仇大恨。

第二大强项,善用外人。用好内部人力资源,甚是不易。诸葛亮不仅善用内部人,还善于将外部人为自己所用。曹操视刘备、孙权为劲敌,亲率大军南下,打算先灭刘备,再拿下孙权。孙权内部对是战是降意见不一。多数人认曹军强大,难以战胜,不如暂且假意降服,再谋后路。只有鲁肃等少数人主张联刘抗曹。孙权不想降,却一时下不了决心。此时，周瑜的意见就相当关键。周瑜的态度是什么呢？是隔岸观火。没有东吴正面对抗曹军，刘备哥几个根本没有招架之力，只能逃跑，再次沦落为"流浪特战队"。在危急关头，诸葛亮用了一招，让周瑜改变了态度。

诸葛亮对周瑜说："曹操谋士成群，猛将如云，东吴根本不是对手，还是降了吧！我有一计，只给曹操送上两个美女，不费东吴一兵一卒，保证让曹操退兵。"周瑜问是哪两个美女，诸葛亮说："就是大乔二乔啊！曹操早已建好了铜雀台，说是专为二乔建的爱巢。"周瑜听罢大怒道："我与曹贼势不两立！"这才有了赤壁之战，有了赤壁之战，才有了三国鼎立。

联刘抗曹虽是鲁肃的主意，但没有诸葛亮的"助攻"，这个联盟断难结成。孙刘联盟形成，周瑜率东吴大军正面迎敌，约等于为刘备所用，刘备哥几个便可以跟在后面"捡漏"了。诸葛亮的这次"神助攻"，应该算是另类"绝杀"。

诸葛亮为何三言两语就让周瑜改变了主意？因为诸葛亮了解周瑜的性格特点。周瑜性格偏硬，富有攻击性，还特别好面子。诸葛亮对周瑜说曹操想抢他的女人，这对周瑜是天大的侮辱。造机器，得用好力学；用好人，得使用心理学。不同性格的人，你给他传递相同的信息，他们的心理与行动是完全不同的。这一招用在刘备或者曹操身上，那是没有用的。

我们说，互联网时代，企业比拼的是整合外部资源的能力。其实任何时代，整合外部资源都是非常重要的策略。只是互联网为更大范围地整合外部资源提供了条件。

无论是用好内部人，还是借用外部人，掌握人的性格特点与心理活动规律都是核心。对吕布这样的人，最管用的是色。对关羽，只有义气才能打动他。而周瑜看重的是尊重，鲁肃看重的是机会。

防不胜防的"笮融式"

吕布专克"一把手",谁当他领导谁就等于找死。但吕布是不善伪装的,这类人比较好防,做得到两个字就行:不贪。贪财易招祸,贪才也是一样。吕布太能打,总有人想为己所用,结果总是被其所害。"三国"中最难防的人,不是吕布,而是另外一个人。这个人是谁呢?我们先说说这个人的一些线索。

他是丹阳人,也就是今天的安徽宣城人。这个人阴险歹毒,专害朋友,专杀恩人,却名声不错,甚至有不少塑像,受人供奉。因为他曾为佛教在中国的发展做出过突出贡献。

黄巾起义时,他在家乡聚了几百人,投奔陶谦。陶谦是个厚道人,见他有些能耐,就收留了他,并委以重任。令他管理下邳,还负责广陵、下邳、彭城三地的粮草、税收的运送。他借这个机会搞了大量财富。

后来,曹操以为父报仇的名义,起兵攻打徐州。这个人听说后,就带着人悄悄跑路,向着老家安徽进发。他路过广陵,郡守赵昱见好朋友来了,热情迎接,设宴款待。这家伙见广陵物阜民丰,便动了贪念,起了杀心,借酒宴之机,杀了赵昱,劫掠财物南下秣陵。秣陵的头儿叫薛礼。薛礼和赵昱一样,以礼相待,还给了他一块地盘。后来孙策打到这儿,打败了薛礼,薛礼投奔他,他却把薛礼给杀了,又投靠扬州刺史刘繇。刘繇让他协助朱皓攻打诸葛玄。他又把朱皓给杀了。刘繇大怒,起兵讨伐。他还是老办法,逃跑。他逃到深山当中,后为山民所杀。

这个人很特别,特别值得研究。他搞了钱财,不是完全用于自己挥霍，也不像某些"铁公鸡"自己经常看着钱傻乐。他用钱建豪华寺庙，办盛大佛事，也会时不时地散点小钱给老百姓。所以，领导与同事大多觉得他是个好人。

他的名字叫笮融。

"笮融式"的人物是最难防范的，他们的骗术极为高明，等你明白过来的时候，已经晚了"三春"。他们的骗术高在哪里呢？就是善于利用人性的弱点。人性最大最根本的弱点是自利，而利用这个弱点的方法有许多。比如：给人小恩小惠，无节操地夸赞别人，不要脸地讨好上级等。别看这些方法没什么技术含量，但几乎没有人能够对此免疫。如果用投资收益率来评估，绝对是第一流的"投机"策略。当然，也有高级一些的方式方法，比如：形象工程，花式总结，虚假传播等。笮融用的就是利用宗教搞形象工程这一招。更高级的策略是替领导搞形象工程，通过满足领导的欲求，达到自己的目的。

人的贪欲、成就感、虚荣心等，皆容易被人利用。有没有办法防范呢？窍门是有的。

先说一个生物领域的案例。人的肠道内，有革兰氏球菌和革兰氏杆菌。有人将前者称为有害菌，把后者叫作有益菌。事实上，肠道内如果没有革兰氏球菌，或者革兰氏球菌占比过高，对人的健康都是不利的。二者之间合适的比例是：革兰氏球菌不低于10%，革兰氏杆菌不高于30%。

人与人之间的关系，特别是领导与下属之间的关系，是不是健康有益，有一个重要的指标，就是舒适度。太舒适与极不舒适，都是不健康的。怎样才是健康有益的呢？可以考虑革兰氏球菌与杆菌的健康比例。多数情况下，相处是愉快的，意见是比较一致的，但也有不舒服的时候，也有意见相左的时候。这种关系就是健康的有益的。

如果你的下属，处处都顺着你，事事都干到你心里，天天变着花样地赞美你，篇篇汇报材料都弄得给花儿一样，那就一定是心怀计谋、另有所图。一个正常人，自己都会跟自己闹别扭，自己的心思都会时常变化，怎么可能把领导看成一朵花？怎么可能啥想法都和领导一样？

　　心地善良的人，不会刻意表现自己；有底线的人，不会无底线地讨好他人；干实事的人，没精力作花样文章。这些道理都很简单，实践起来却很困难。因为这是和天性作斗争。

如何选择领导

许多人，整个职业生涯都没机会选择自己的领导，实在是一种不幸。可话说回来，若真有选择的机会，我们也未必知道如何选择。勇武盖世的吕布，把选择权弄成了卖身权，智谋过人的陈宫，把选择权用成了生命大冒险。如果我们有机会选择领导，又该如何判断呢？

前文说过，看一个人是否适合当"一把手"，有一个简单的方法，就是了解他在没有权力的时候，能否聚人，聚了多少人，聚的是什么人。这种方法只是"粗探"，了解的是大概情况，还有没有方法作更深入的判断呢？

我们知道，领导必须有领导力。要选择领导，当然要选择领导力强的领导。领导力是什么呢？它的概念有上百个，这些概念强调了领导力的不同维度或不同构成要素，各自都有道理。我们不可能花太多时间去研究领导力，然后再去选择领导。我从方便大家进行选择判断的角度，给领导力作了这样的定义：一个人通过给予的艺术，凝聚与激发人们去追求与实现某种目标、价值或愿景的能力。

首先领导力的核心是给予。没有给予，绝没有真正的领导力。其次是给予的艺术。同样的给予，方法不同，效果就不一样。给的让人有意见，或者心里不舒服，也可能会损害领导力。能够给予的多，给予的艺术性高，领导力就强。理解了这一点，选择的思路就出来了。领导能给予什么？领导给予的方法是什么？你需要什么？将三者做一个匹配度分析就成了。他能给予的是你需要的，给予的方式是你认可的，你就不用犹豫了。

为了进一步理解领导能给予什么，我们可以将领导力进行多维度的解剖分析，这里只介绍三个维度。

从强弱维度上区分领导力，可分为硬领导力与软领导力。硬领导力也可称为显性领导力。有权力进行岗位调整、职位升降、薪酬分配、法纪约束等，都是硬领导力的构成要素。这些东西虽然每个有权力的领导都会使用，但使用的方法却千差万别。袁绍舍不得给予，曹操奖与罚的力度都很大，孙权重奖轻罚，袁术是谁会哄他开心他给予谁的就多。软领导力也可称为隐性领导力。帮助、关爱、情感、知识、智慧、理想、思想、价值观等，是构成软领导力的基本要素。陶谦善用关爱，刘备善用情感，司马懿善用智慧。

从时间维度上区分领导力，可分为短期领导力、中期领导力与长效领导力。靠有形可见的给予，比如职位、财富、资源等获得的领导力；靠行使权力，比如处分、惩罚等负给予而获得的领导力；皆属于短期领导力。短期领导力的特点是，见效快，有效期短。通过给予帮助、关爱、情感等无形可感的东西而获得的领导力，属于中期领导力。通过给予知识、经验、智慧、思想、价值观等而获得的领导力，属于长效领导力。历史上有那么多的皇帝、诸侯，能让我们记住名字的已经很少了，但老子、孔子等智者，至今还影响着我们的思想与言行。

从数量维度上区分领导力，可分为有限领导力和无限领导力。职位、资源、财富、平台等都是相当有限的，而关爱、情感等也受到个人精力与时间的限制，通过这些方面的给予获得的领导力也是有限的。而智慧、思想等是可以无限分享的，由此获得的领导力可以影响的人数也是无限的，可以突破地域、穿透时间。

最后，再直白一点简单一点说，领导力等于输出力。一个人能够输出什么，以什么样的方式输出，决定了他具有怎样的领导力。每个领导的输出力都是不同的。从选择领导的角度说，就是看供需是否对路。你最需要得到什么，你最喜欢什么样的给予方式，就是你选择领导的方向。

如何搭班子

与许多人不能选择领导相对应，许多领导也不能自主选择自己团队的核心成员。当领导，不能自己组建团队，也是一个相当大的问题。当然，即使给了这个权力，也有许多人使用不当。

选择团队成员，没有一定之规。"一把手"的特质不同，团队的发展阶段不同，团队的层次不同，对团队构成的要求便不相同。

刘备这样的"一把手"，不能用许攸、荀彧之类的谋士，也不能用吕布这种猛人，因为许攸不太讲感情，荀彧用谋会不择手段，吕布自视甚高，而刘备的领导力主要软领导力，驾驭不了这些人。曹操的领导力，可以说硬软兼备，各类人都可控制，只要能力匹配就可以。孙权虽然没曹操的狠劲，却很会琢磨人的心理，择人的范围也是很宽的。

创业时期与成熟时期，团队面临的形势和任务是不同的，团队成员的搭配自然也不相同。初创时期，大家压力大，个人欲求少，这时候对核心成员的选择主要看能力与互补性。到了成熟期，进入收获季，大家的压力小了，想法多了。这时候，就不能只看能力与互补，还要看格局与价值观。我们经常听到人们说某个人"卸磨杀驴"。其实这种做法并非全无道理。不用推磨了，改用磨浆机了，还用驴干什么？当然如果驴识时务，要求不是太高，好好养着也是一个好的选择。

基层班子与高层班子，主要职责不同、主要工作对象不同，在班子组成上也不能用同样的策略。基层班子的搭配，重在解决问题上各有所长；高层班子的搭配，重在认识问题上各有所长。基层班子需要的主要是推动工作落实与解决现实问题的能力，高层班子需要的是构建愿景与发现并化解潜在风险的能力。

在班子搭配上，虽说没有一定之规，也还是有基本的套路可以遵循的。这个套路可以称为"五搭"。

一搭能力结构。一个班子，如同一支球队，有前锋、前卫、后卫、守门员，不同位置的球员，要掌握不同位置的技术。你搞上一群前锋或后卫，即使他们能力再强，也不是最优。一个班子里，都是曹操，个体能力是强，整体之和可能还不如一个曹操；倘若都是刘备，大家都以泪相对，和谐是有了，可没人冲锋陷阵了。

二搭性格类型。人的脾气性格不同，有的外向，有的内向，有的善交际，有的善实干，有的富有进攻性，有的容易妥协忍让，有的乐观，有的悲观。班子成员性格都差不多，没办法干好工作。想想看，如果一支球队都是范志毅这种霸气性格，大家肯定玩不下去。可如果没有他这种类型的球员，球队的硬度就上不去。

三搭年龄结构。我们经常讲"代沟"，觉得这是个问题。对搭班子来说，有"代沟"是件好事情。年龄的差异，意味着知识、经验、处事方式、思维方式、价值观等诸多方面的差异。就是说年龄结构的搭配，自然地包含着多个方面的搭配。东吴的班子，在年龄结构上是比较合理的。因此在决策的时候，常有不同视角、不同观点、不同方案。好的重大决策，一定出现在由众识到基本共识的过程中。众口一词，出不来最优决策。

四搭性别结构。"男女搭配，干活不累。"男女搭配，决策有趣。男女之间，在思想上更容易起化学反应，更可能彼此接纳对方的观点，还可以无意之间调节班子的氛围与生态。一个班子，女性占三分之一左右，是一个比较合理的结构。班子里女性过多，反而容易带来生态的恶化。当然，在有些行当，班子中男性占三分之一，也是一个不错的搭配。

五搭地域结构。五湖四海，不太容易。难度大的事，一旦做成了，意义也大。地域不同，内含着文化与价值观的不同、立场与视角的不同，可以多视角地看待与研判问题，有效降低犯大错误的概率；坏处是统一思想的难度大，降低决策效率。另外，班子成员地域结构单一，其他地域的群众必然有意见，内耗就会增加，积累到一定程度，就会形成内部的对立与斗争。

"一把手"如果自己搭班子，也和打仗一样，要知己知彼。首先得知道自己的特点，其次再去找与自己互补的伙伴。最后一定要懂得，别人手下的能臣，在你手下未必好用；而别人的弃将，也可能成为你的得力助手。

如何建队伍

"一把手"除了必须搭好班子，还要建好队伍。要建好队伍，就要明确角色、定义功能与建立关系，在这个基础上来选人育人用人。选人用人，讲究德才兼备，需要重能力看贡献。从理论上说，这些都十分重要、十分关键、十分正确。但是，只有这些东西是远远不够的。

人的德是变化的，环境条件不同，一个人呈现出来的德行便会不同。比如张飞张翼德，在大哥刘备身边，虽然也瞎嚷嚷，基本上是听话顺从的；不在大哥身边的时候，便经常喝大酒，动不动就打人骂人侮辱人。所以说，此一时德行好，不见得彼时亦有好德行；此一时德行不佳，未必将来德不如人。笼统地考察一个人的德，得不到多少有用的信息。

人的能力属于快变量，抛开自身学习提高的部分不论，一个人在不同岗位、不同团队中体现出来的能力也有很大不同，其贡献自然也大不一样。关羽做小商贩的时候，如果搞业绩考评，一定很差，估计会被末位淘汰。现在，有不少企业喜欢搞末位淘汰，要让这个办法起到好的作用，必须得有员工流动的机制，否则就会内耗。如果一个人不在合适的岗位，组织对他才能与贡献的评判极可能是片面的，甚至是完全不靠谱的。

要把正确的选人用人理论与原则落地见效，必须有具体可靠的方式方法。而方式方法是多样的、发展的，也是需要因时因事因地制宜的。这里只介绍一种基本框架。这个框架以六个维度来考察人的潜在特质，可以为选拔使用人提供大致靠谱的参考依据。这六个维度可概括为：

"三力三性"。

"三力"是思考力、影响力与决断力;"三性"是导向性、能动性与坚韧性。

思考力是一个人捕捉信息与加工处理信息的能力。可以从知识储备量、敏感度、思维方式三个维度来衡量。由于知识储备是快变量,而且与敏感度有密切关联,因此可以重点考察敏感度与思维方式。

对敏感度的识别,可以采用测试法、观察法等进行分级。高敏感度的人,适合做高管、幕僚、战略规划、战略投资、风险预警、安全控制等方面的工作。诸葛亮、司马懿、鲁肃等敏感度都很高。低敏感度的人,适合执行类、重复性的工作。典韦就是低敏感度的猛人。人家拉他喝酒,他半点警惕性都没有,喝大了,武器让人偷走,等发现人家来刺杀曹操,却没有合适的武器来对抗,白白丢了性命。典韦忠心、能打,但不适合将兵。曹操用他做贴身警卫,用的是得当,却没有给他配个好搭档,也是失误。

思维方式是对信息的加工处理方法。这是一个非常重要的特质。有的人说话,既抓不住重点,又没有情景,说明他的思维方式是混乱的;有的人说话,细节备陈,情节生动,说明这个人习惯陈述性思维;有的人说话,简明扼要,直奔主题,逻辑清楚,说明他抽象思维能力强;有的人说话,高屋建瓴,条理清楚,见解独到,说明这个人有很强的系统思维能力。综合性工作岗位,需要系统思维;操作性、程序性的工作岗位,需要陈述性思维;思维方式混乱的人,能够比较踏实地从事没技术含量的事务性的杂活。

影响力是反映一个人与他者关系的重要指标。判断一个人的影响力,关键是分析其来源,然后才是强弱。袁绍的影响力是资源型的,虽然很大,却难维系长久。刘备的影响力是魅力型的,可长久,但很难满足一些人的现实利益,短期内影响面较小。曹操的影响力是能力型的,既能给人现实利益，又能给人较高预期，他吸引的各类人才就比较多，却也为部分道德偏好很高的人所不齿。选择下属，并非影响力越大越好。不同的领导岗位，需要不同类型、不同程度的影响力。一般员工，不需要太大的影响力。但特别需要团队合作的岗位，得有处理人际关系的能力。像足球运动之类的项目，这种能力就尤为重要。

决断力是选择的能力。很多人都有选择障碍，没有选择权的时候怨天尤地，有选择权的时候无所适从。有些人不知道如何选择，有些人害怕承担选择的后果。刘表便是一位不善决断的领导。这样的人在重要领导岗位上便是一种灾难。但是，在许多不需要决策的岗位上，有许多决断力很强的员工，也不是什么好事。他们极可能制造出这样的生态：不安心自己的工作，不专心本岗位职责，却热衷于评论领导的决策。你手下是一群评论员，还能干成什么事业？

导向性反映的是一个人的动力类型，包括信仰、目标、价值观等。这是一个慢变量，又是一个不太容易辨识的变量。在人才招聘中，主考官常会问："你为什么选择这个单位？"或是："你对这个单位了解多少？"这都是在考察一个人的动机、目的与价值观。有人看重现实利益，比如吕布；有人看重精神追求，比如关羽；有人目标远大，比如刘备；有人随遇而安，比如刘禅。不同导向的人，各有利弊，关键在于怎么使用、如何激励与怎样约束。

能动性反映的是一个人的性格特质。有人是主动型，也叫"自燃型"，不用扬鞭自奋蹄，比如孔明；有人是被动型，拨一拨，转一转，比如陶谦。有人是进攻型，出手自带侵略性，比如周瑜；有人是防御型，从不惹是生非，比如赵云。有人是成就型，心思永远在远处，比如孙坚；有人是安逸型，喜欢老婆孩子热炕头，比如刘表。搞生产的，不能有太强的侵略性；搞营销的人，图安逸的人干不成；被动型的人，你用他谋划战略必误大事；你用攻击性强的人搞外交，极可能搬起石头砸自己的脚。孙权用周瑜管军事，让鲁肃管外交，便是用人所长。

坚韧性是一种富有弹性的意志力。无恒心则无恒业。但是，这个"恒"不是线性的硬性的，而是有弹性的。其弹性主要表现在三个方面：

其一，不能撞上南墙不回头。有时候得调整方向，有时候得调整策略，有时候得调整方法。总之，志气不可泄，"治气"不可为。周瑜献计，引刘备入吴，诸葛亮设计应对，孙权在处理过程中，灵活调整策略，始终以联刘搞曹为目的，而不计小节上的得失，从而维护了孙刘联盟的基本盘。

其二，抗得住挫折。世上没有一帆风顺的事业，却有无数抗不住逆风的创业者。袁绍、项羽等都是经不住打击的典型，完全行不了逆风船。刘邦、刘备们就不一样了，他们都是在失败堆里淬炼出来的，都有坚韧的品质。

其三，富有弹性。弹性，不是软绵柔，而是该柔的时候，柔得优雅；该弹的时候，弹得劲道。曹丕、司马懿、鲁肃等都是极富弹性的人。

以上六个维度都可以划分为三五个等级，细化出具体衡量标准。限于篇幅，这里就不做详述。

在择人上转型升级

领导，领导，主要是领人与导航。让大家想干能干会干的，是好领导；领导亲力亲为地让大家看的，叫好运动员。"一把手"的核心职责是领人。在人身上下对了功夫，会事半功倍；在具体事上下对了功夫，那是事倍功半。很遗憾的是，很多领导都喜欢事必躬亲，自己累熊了，或者被问题弄怂了，又埋怨下级无所作为。

"转型升级"是近几年的热词。为的是解决长期以来的粗放式发展带来的一系列问题。其实，粗放问题不只在发展上，安全上、生产上、工艺上、经营上、监督上等各个方面，无一不存在粗放。但是，最粗放的还是人的工作。最突出的表现，就是不把做人的工作视为专业。比如，组织评价一个人的时候，如果这个人从事的工作是作用于客观物质对象的，像生产、经营、建设、科技等，便说这个人有专业；如果这个人从事的工作是作用于人的主观世界的，像人力资源、组织宣传、工会与共青团等，就说这个人没有专业；而且许多政策都不承认政工类的职称。大家都说"人是生产力中最活跃的因素"，却又把研究这个"最活跃的因素"的人，当作没有专业的人。这就不只是粗放，还是粗心与粗暴。

说这些人没有专业也不是全无道理，因为这些人也大多没有对人进行深入的研究。但是根本原因并不在这些人身上，而是组织并没有要求他们去深入研究。许多领导并不希望他们真的有研究。

"三国"是乱世，各个集团的主要任务是军事斗争，最需要的是两种人才，一种是谋士，一种是战将。至于士兵，那是顾不得选择的，只要不是老弱病残就可以了。曹操择人，主要看能力，用的主要是"市场手段"。他的主要谋士、许多大将，都来自竞争对手。这些人的能力都经过了"市场"检验，曹操要做的就是怎么管好用好。刘备集团择人相对慎重，坚持宁缺毋滥的原则。这就对择人的技术有了更高的要求，因此也就有了诸葛亮的"七观法"：问之以是非而观其志；穷之以辞辩而观其变；咨之以计谋而观其识；告之以祸难而观其勇；醉之以酒而观其性；临之以利而观其廉；期之以事而观其信。

诸葛亮的"七观法"，对人有了一个比较全面的衡量，但基本上是以经验判断、定性评价为主，也还是比较粗放的，这也是"挥泪斩马谡"这类悲剧产生的重要原因。即使如此，古人做的也比今天的许多单位要好很多。

下面举几个例子。

比如考察干部，通常的方法就是：群众推荐，个别谈话，征求领导班子的意见。这些程序性的东西似乎很周密挺周到，但结果多是引导出来的。你要看看最后形成的考察材料，除了一大堆正面肯定，还有一条缺点，这条缺点又是"龙虾两吃"：不是工作不够大胆，就是作风不够民主，无非是一个问题的两面。而正面肯定基本上都是套话，大多是千人一面。这样的决策依据，有与没有并无实质区别。真正起作用的是领导的感觉或听说，人事部门一番折腾的作用，就是证明领导的感觉或听说，相当正确。不可否认的是，有些领导的有些感觉或听说，确实是有道理的。但是依然得说，这种操作是比较粗放的。

比如配班子，多数单位对专业结构、年龄结构比较重视，但对地域结构、性别结构，尤其是性格搭配就考虑较少。如此形成的领导班子，往往是物理性质的堆砌，起不了化学反应，达不到整体优于个体之和的效果。你很难在一家单位，找到对领导干部与领导班子性格特点方面的分析，顶多能在考察材料当中发现诸如"有魄力""不够大胆"之类的零星断语。这些断语，又多是考察人员听来的，是没有经过认真鉴别分析的。

比如招录员工，多数单位注重的都是学历、经历、年龄与性别，考试的内容也多是知识信息，很少有单位去考察一个人的动机类型、思维模式与性格特点。而恰恰是后者与本单位、本岗位的匹配度，才是最重要的。比如，思维活跃的人不适合重复操作、安全责任大的工作岗位；本分保守、内向安稳的人，不太适合从事开拓性、协调性要求高的工作。

在人的发展上实现"转型升级"，其他方面的转型升级就会事半功倍。怎样才能在人的发展上实现"转型升级"呢？

最关键的是领导要真正把选人用人当作专业来对待，首先自己要成为这方面的行家。既然领导的主要职责之一是用人，就不能习惯于在自己过去的专业领域找感觉，而是要系统地学习与钻研"人学"。领导尤其是高层领导，必须让自己成为"人学"专家，否则就会误人误事。

其次是领导要把作用于人的主观世界的部门与人员，真正当作专业部门与专业人才。不能是谁听话就让谁去干，更不能谁与自己感情深就让谁去干。管人的人，讲原则、顾大局、人品优，是基本素质，但不是充分条件，还必须对"人学"有精深的研究。

总起来说，就要向"四化"转型升级，即：通过人事干部队伍的专业化，带动识人的精细化、班子建设的精益化与人才培养的系统化。

第三方鉴定

在奥运会赛场上，有不同类型的竞技项目。像跳高、赛跑一类的竞技项目，谁跳得高、谁跑得快，很好测量，裁判几乎没有自由裁量权，赛出的结果大多没有异议。像跳水、体操之类的竞技项目，无法准确测量，裁判自由裁量的空间就比较大，争议也比较多。选人用人就类似于跳水、体操比赛，很难公平，更难让大家都觉得公平。

人都有感情、偏好与认知局限。内部人选内部人，基本不可能客观公正。即使做决策的人，完全处于公心，别人也不会认同。

人的德才，很难评价；评价结果，很难获得公认；而人本身又是发展的变化的。这就决定了选人用人是组织的第一难题。这个第一难题又决定了，"一把手"威信降低、丧失的主要原因是用人，组织衰败衰亡的根本原因也在用人。

汉灵帝在位的时候，用的基本上是三种人：一种是自己的亲戚，主要是外戚；一种自己的身边人，主要是宦官；一种是跑官买官的人，特点是贪且无能。一个单位发生危机，如果分析一下用人情况，大致上跑不出这几种情况。

任何一个组织都非常重视用人，并一直致力于通过制度建设解决用人问题。汉代有举孝廉制，曹魏集团创造了九品中正制，隋唐形成了科举制，一起沿用到清末。各种制度，各有优缺点，都没有从根本上解决选人用人问题。制度、程序等只能保证过程公平，并不必然导致结果公平。

市场经济诞生之后，产生了一种新的用人形式，就是由市场来配置人力资源。同时产生了一个新的行业，就是专门从事人力资源服务的专业公司。三国时期也有类似的行当，叫作人物鉴赏师。当时比较有名的人物鉴赏家，叫作许劭。那时候的有志之士，想出来做事，要谋得一个较理想的职位，最好是找许劭给出个鉴定。桥玄很看好曹操。他对曹操说："你去找许劭，找他给你出个鉴定。"曹操找到许劭，许劭不肯给曹操出鉴定，后来曹操不知用了什么办法，让许劭开了口。许劭给曹操的评价是："治世之能臣，乱世之奸雄。"

桥玄也是高官，他认定曹操是个人才，为什么还要让曹操找许劭做鉴定？因为第三方鉴定更有说服力。这种做法的好处有这么三条：一是最大限度地减少了情感、立场、偏好等因素的影响，增加了评价结果的客观公平性；二是提高了评价结果的准确性，因为专业人员，见的人多，业务能力更好；三是更具公信力。

既然这个办法好，又为什么没有坚持与发展起来呢？情感这个东西，也是有利有弊的。体现在用人上，情感会影响用人的公正性，情感又有利于增强凝聚力。把用人搞得给购买机器一样，一切都取决于技术标准，领导的权威就会降低，团队的执行力便会下降。也就是说，这种办法改变了领导与下属的关系，让领导觉得这很成问题。用人是个技术活，又不完全是个技术活。所以，这个办法就没有得到继承与发展。

到目前为止，人类社会还没有找到完美的选人用人的游戏规则。或许，保持领导的决策权，加上人事部门的专业判断，再辅以第三方评价，是一个较好的制度安排。

如何避免成为丁原与董卓

丁原、董卓先后认吕布为义子，两人都让吕布给杀了。刘备收留过吕布，让吕布夺了他的根据地徐州。丁原与董卓是认错了人；刘备明白吕布是只狼，却想借用狼威，虽然把猎人给吓住了，自己却叫狼咬了一口。很多"一把手"在用人上，都有过后悔的心路历程，都有伤心往事欲说还休。

为什么那么多人喜欢给吕布当干爹？因为吕布的本领太高太强。本事大，如同女人之妖艳，一般人抗拒不了。吕布的案例充分证明，择人只看本事，是非常危险的；亦说明，在择人问题上，光思想重视，无深入研究，是解决不好的。

古人对识人，相当重视，也有一定研究。

孔子说："视其所以，观其所由，察其所安，人焉廋哉？人焉廋哉？"注意看一个人平时的所作所为，观察他过去的经历，考察他的秉性习惯，一个人怎么隐藏得住呢？庄子在《列御寇》中给出了九条识人之策，即：远使之而观其忠，近使之而观其敬，烦使之而观其能，卒然问焉而观其知，急与之期而观其信，委之以财而观其仁，告之以危而观其节，醉之以酒而观其态，杂之以处而观其色。这些方法，看起来并不十分复杂，用起来却不容易。所谓"人才易得，伯乐难寻"。伯乐既需要专业能力，更需要人生境界，所以难寻。

做不了伯乐，还要择人，很可能就会重蹈丁原、董卓的覆辙。要做伯乐，也窍门，那就是聚焦"一种变量"，做到"四个克服"。

"一种变量"就是慢变量。人身上有许多变量，这些变量可分为三种：快变量、中变量与慢变量。用果树来比喻，慢变量是根本，中变量是枝丫，快变量是叶、花与果。我们常说："士别三日，当刮目相看。"这里说的就是快变量。技能、经验、业绩等就属于这一类。人脉、知识、眼界视野、目标愿景、思维方式、气质气派等属于中变量。我们也会说："江山易改，本性难易。"这是在说慢变量。行为习惯、性格脾气、道德操守、理想信念、价值观等都是慢变量。庄子的"识人九策"，讲的都是中变量与慢变量。孔子说："巧言令色，鲜矣仁。"强调的就是慢变量。识人择人，抓住慢变量才是关键。

识人择人用人，最难的不是外在的客观对象，而是克服自身的弱点。因此，领导要成为伯乐，起码要做到"四个克服"，即：克服实用主义，克服情感依赖，克服赞美欲求，克服行权享受。

只看眼前，是人性的弱点之一。人类在漫长的进化史上，绝大部分时间内与其他动物没有多少区别，都不关注长远。追求实用，不是错误，奉行实用主义，便是大问题。董卓用金钱收买吕布，王允用美色诱惑吕布，都是实用主义的做法。只看能力，只重业绩，高薪"挖墙角"，这些都是实用主义观念在作祟。

人是情感动物。情感是一把"双刃剑"，一面是美德，一面是偏执与偏见。丁原认吕布为义子，就是要利用情感因素，而丁原恰恰为情感所误，毫无防备地让吕布砍了脑袋。吕布对董卓是有情感的，但准父子之间的情感敌不过男女之间的情感，为了貂蝉，吕布把自己的干爹干掉了。情感会导致偏见、导致极端，这也是人性的一大弱点。

人皆渴望赞美，这又是一把"双刃剑"。渴望赞美，是人类最重要的心理机制之一。你帮助他人，做有利于整体利益的事，才能获得赞美。人若是听到批评，内心狂喜，岂不是要天天干坏事？不过，这个机制的坏处是，容易被投机分子所利用。善于"拍马屁"的人，往往能从他人身上得到便宜。领导常被赞美弄晕，因此而看错人、做错事。像袁术就是被赞美淹死的。

权力是"春药",行权是令人愉悦的。意见与异见会影响领导行权的愉悦,当然会自然地产生排斥心理。提不同意见的人,大多会不受待见。尽管每个单位都有选人用人的程序、规则与决策制度,但这些东西在实际运行中往往就是摆设。毕竟,没有几个人能够毫无顾虑地提出与"一把手"相左的意见。像曹操、刘备、孙权等虽然能够听谋士的建议,但起决定性作用的,还是生死存亡的竞争压力。没有外部压力,"一把手"一般沉迷于行权的愉悦,也就难免会犯错误。

"三国"猛人的慢变量

观察人的慢变量，也有一个相对简单的分析模式，就是看一个人如何处理利他与利己的关系。利己与利他属于价值观的范畴，并且对团队生态的形成起着决定性作用。

从利他与利己的处理上，大致可以分为六种：利己利人的人，专门利人的人，利己不害人的人，损人利己的人，损人不利己的人，损己损人的人。

利己利人的人，是第一等的，可以放心使用的。利己利他兼顾，可以增加团队利益的总量，这是其一。其二，这种人更善于妥协，更容易长期合作。其三，移情能力强，不太会走极端，更少犯灾难性的错误。像鲁肃、诸葛亮等便是利己利人的。没有这两位，便难有吴蜀联盟，也便没有赤壁之战，三国演义的历史也许就不会发生。

毫不利己的人，是第二等，可以作为团队支柱来使用。完全从美德的范畴来看，毫不利己的人是应该排在首位的，从实际效果上分析，便只能退居次席。首先，只利他不利己，团队的整体利益未必增加。其次，这类人一般瞧不上一般人，而且爱憎分明，难以形成广泛的统一战线；再次，多自负，喜赞美，容易被人"捧杀"。王允一心为汉室着想，不惜献出自己的生命，不惜牺牲貂蝉的青春与名节，换来的不是汉室的复兴，而是更大的变局。他拒绝董卓旧将李傕等人的请降，便是一个灾难性的错误决策。关羽在义与利面前，始终把义放在首位，却没有逃脱被人"捧杀"的命运。

利己不害人的人，排在第三位。这类人可以增加利益总量，或者是不减少利益的存量。徐庶为了自己的母亲，离开了刘备团队，进了曹营，却不给曹操出任何建议。他让自己母亲的利益得到了保障，也没有损害别人的利益。刘备也可以算是利己利人与利己不害人兼有的类别。刘禅则是利己不害人的类型，他快乐着自己的快乐，对他人也无意去打扰。

损人利己的人，排在第四位。这类人损害别人的利益，造成利益的转移，并不必然减少利益的存量。曹操、司马懿等就处在利己利人与损人利己之间，在这个区间内如何行动，他们分人分事区别对待。有时候损人利己，有时候利己利人。曹丕与曹操类似，他的利己性更突出一些。孙权也具有损人利己的特点，但他的手法更柔和更隐蔽，似乎是在兼顾别人的利益。

损人不利己的人，排在倒数第二名。这类人就是见不得别人好，受不了别人比自己强，占不了便宜就感觉自己吃了亏，别人不好就像自己赚了便宜。周瑜有时就会犯这样的毛病，他受不了诸葛亮的才华，时常不顾大局，一心想对付诸葛亮，整天和诸葛亮较劲。当然这不是周瑜的常态。公孙瓒就经常干这种损人不利己的事。一个单位，如果人文生态受到破坏，损人不利己的人就会不断增加。他们的想法就是：不让我好，谁也别想好。

损人损己的人，是天然的"副班长"。这类人大多有些本事，而且欲望强烈，个性生猛，敢于冒险。袁术、董卓、吕布、李傕、郭汜等皆属于此类。他们容易被个人现实利益所左右，急于当下的满足，无视整体的损失，忽略长远的风险，最终导致害人害己的结果。他们分不清孬好香臭，很难听取不同意见，很难顾及他人，很难长期合作。他们能成事，但迟早会坏事。

性格、修养、价值观等均属于慢变量，很难改变。即使有了一时的改变，也会像"瘾君子"一样，随时都有可能复发。

不同性格、不同修养、不同价值观的人，需要有不同的用法。像张飞这种暴脾气的猛将，得有震得住他的领导，控制着使用。像鲁肃这类宜人型的干部，要给他信任与舞台。像吕布这类特别能战斗又分不清香臭的人，需要的是恩威并重，始终不能放松管控。

昏君、暴君与阴君

我们在小说、电视剧里，看到的昏君、暴君都十分明显，在真实的历史与现实的生活中，并不如此容易分辨。这里说是昏君、暴君与阴君，泛指"一把手"。

先说说足球裁判。坏裁判，有昏哨，有黑哨，有阴哨，品种多，特色异。昏哨的特色是业务烂，看不清局势，控不住局面，分不清对错。黑哨的特色是心黑，谁有关系、谁给好处、和谁有私人情感，就偏向谁。阴哨的特色是心阴。"阴"就是阴谋，不暴露真实的意图。比如，他想让A队赢，怎么吹哨呢？他在B队踢得起势的时候，频繁地吹A队犯规，表面上公平，甚至有些偏袒B队，实际上是在灭B队的势。

这几种"哨"的共同之处，就是损害比赛、损害足球运动。

一说到昏君，我们就会想到昏庸无道，其实昏君也是各有各的昏法。昏君的特点类似昏哨，就是业务能力差；或者说，个人素质与角色要求不相匹配。但昏君也有不同类型。

有一种昏君，特点在笨，脑子不够用，自己还感觉良好。自己不行，感觉还很好，二者统一，才能成就一个昏君。他们观势受欲望左右，行事受情绪驱使，用人受喜好控制。袁术就是这一类。

有一种昏君，严格说是庸君。自我要求严格，道德品行良好，口碑形象也不错；凡事循规蹈矩，大事议而不决，关键时刻拿不定主意；耳根子软，好听小道消息，经常偏听偏信；在用人上犹豫不决，决而多错，越是关键用人，越是不靠谱。刘表就是这一类。

有一种昏君，属于不务正业。他们脑子很好用，但主业玩得稀巴烂，副业玩得很灿烂。比如汉灵帝刘宏。刘宏好玩女人，还特别喜欢建筑。他设计了当时很先进的自来水系统，不仅在宫中搞，还要大量推广，希望惠及大众。为了筹集建设资金，他搞了一个卖官集资政策，把官场弄成了市场。历史上这样的"一把手"不少，像李煜、宋徽宋等都是这一类。

暴君与昏君不同。暴君的特色是私欲膨胀、残忍无道。他可以给你机会，可以给你好处，可就是不会给你尊重。暴君可以给你任何东西，但决不会给你人格尊严。通常人们认为暴君是没有人性的，这种认识并不准确。暴君实际上是把人性的弱点，放大到极致。暴君手下，必生暴臣，必出暴政。董卓就是这一类。

现在有些"一把手"，虽然没权力随便杀人，但和古代暴君一样，喜欢践踏别人的尊严以显示自己的权威。人也好，物也好，事也好，都是他们满足私欲的资源，都是他们耍威风的工具。

阴君与暴君、昏君更不一样。阴君的特色是两面性，脑袋聪明、心理阴暗，用两个字来说就是"奸诈"。"奸"是心理，"诈"是手段。心理阴暗的"一把手"善于利用人性的弱点，把组织资源当作满足私欲的手段，对外拉关系、对内送人情、对上颂扬、对下表扬，上边满意、下面开心。

昏君式的"一把手"是放任自己人性的弱点，让自己舒服；暴君式的"一把手"是极致地放大自己人性的弱点，满足自己的淫威；阴君式的"一把手"是极致地利用人性的弱点，巩固与扩张自己的权力。

昏君失职，暴君失道，阴君失魂。跟着昏君，可以混事，不能成事；跟着暴君，能够做事，迟早坏事；跟着阴君，可以得到好处，容易失掉灵魂。

雄主、明主与圣主

先说一个死要面子的故事。

吴郡太守许贡,给朝廷写了一封密奏,说孙策这个人类似项羽,不可让他在江东自由发展,应该尽快调到朝廷,尽早加以控制。这份密奏被孙策手下得到,孙策一怒之下杀了许贡。许贡的门客伺机为其主人报仇,终于抓到了孙策打猎的机会,用毒箭射伤了孙策。伤的位置很特别,箭伤面部,也就是破了相。医生对孙策说,这个伤没有性命之忧,但最怕生气,我用上膏药,疗养百日便可痊愈。

孙策是个大帅哥,很在乎自己的形象,而且特别要面子。有一天,他照镜子,看到自己的惨状,越看越恼,羞愤悲怒一齐奔涌而出,大吼一声,伤口破裂,口出鲜血。不久就一命归西了。

项羽、孙策等都是把面子看得比性命还重要的"一把手"。

再说另一个故事。曹操的爸爸,让陶谦的手下杀了,曹操便起兵攻打陶谦的徐州,说是要报杀父之仇。曹操的儿子让张绣的手下杀了,后来张绣迫不得已要投降曹操,曹操对张绣高接远迎,好像压根就没有旧恨。难道曹操对爸爸近对儿子远?当然不是。曹操决策的依据,不是有没有仇恨,而是对事业有没有好处。

齐桓公、刘邦与曹操等都是把事业放在私情之上的"一把手"。项羽、孙策等属于雄主,而刘邦、曹操等属于明主。

雄主的特点,好面子、逞英雄,是其一;不太善于用人,习惯亲自动手,是其二。"亲自"好不好,得看角色。"一把手"啥事都亲自,总体上是不好的;副职就可以多一些亲自。一线岗位,亲自就是基本要求。另外，初创阶段，"一把手"亲自，是可以的；可到了成熟阶段，依然亲自，就不合适了。"一把手"喜欢亲自，留不住人才，培养不出人才，做不大事业。

明主的特点，就是心明眼亮。心明，就是心中有大局有定力，分得清是非轻重缓急；眼亮，就是眼睛看得远看得准，看得见人心看得出人才看得出机会。明主站得高，看得远，待人处事，能从长远考虑、从大局出发、从根本入手，会照顾到相关方的利益。但是，明主聚焦的是自己的大业，并不真心培养人。他们对人，虽能人尽其才，却往往会"过河拆桥""卸磨杀驴"。

圣主的特点，用今天的话说，就是以人为本。何为以人为本？就是把解放人、发展人、成就人放在首位，把事业当作成就人的平台、舞台。明主是把事业放在首位，把人当作成就事业的资源。现在大部分企业都有人力资源部，其主要职责就是把人的价值充分挖掘出来。圣主式的"一把手"不会设置这样的部门，他们把资源作为成就人的工具。圣主式的"一把手"，更适合引领组织由优秀到卓越，不适合处于初始创业阶段的组织。

雄主式"一把手"，善于具体操作，自己亲自干事；明主式"一把手"，善于谋篇布局，善于让别人干事；圣主式"一把手"，善于发展人，让人自我成就。

奸贼、奸雄与枭雄

曹操是位争议最多的历史人物。陈琳说："操豺狼野心，潜包祸谋，乃欲摧挠栋梁，孤弱汉室，除灭忠正，专为枭雄。"许劭说曹操是："治世之能臣，乱世之奸雄。"陈寿说："汉末，天下大乱，雄豪并起，而袁绍虎掺四州，强盛莫敌。太祖运筹演谋，鞭挞宇内，具申、商之法术，有韩、白之奇策，官方授材，各因其器，矫情任算，不念旧恶，终能总御皇机，克成洪业者，唯其明略最优也。抑可谓非常之人，超世之杰矣。"

那么曹操到底是个枭雄、奸雄还是做出了杰出贡献的明主呢？

首先可以排除的是，曹操不是奸贼。贼的要害在偷，偷的手段阴险狡诈，便是奸贼。总的来说，通过关系，使用伎俩，使自己的收获大于贡献，便可以说是贼。如果在这个过程中，用了欺骗手段，伤害了其他人，那就是奸贼无疑了。曹操是在汉献帝走投无路的情况下，把这个有名无实的皇帝接到了许都。虽然曹操此举有自己的政治考量，虽然汉献帝成了个象征，但曹操的做法起码算不上是偷。

像受了惊吓的小白兔一样，四处乱跑，不知该向哪里跑才好的献帝心里说：我好想有个家！曹操让汉献帝有了一个家，可在曹操之前并没有人愿意且能够给他。所以，无论从哪个角度看，说曹操是奸贼不太公允。

曹操不是奸贼，是奸雄吗？

曹操曾经说过："夫英雄者，胸怀大志，腹有良谋，有包藏宇宙之机，吞吐天地之志者也"。其实，曹操说的就是自己。他曾对刘备说过，当今天下，称得上英雄的，也就是两个人，你和我。

在曹操看来，英雄要具备两个条件，一个是大志，一个是良谋。有了这两个条件，才可能干成改天换地、顶天立地，惊天动地的大事。干出这样的大事业，就称得上英雄。要干大事业，必有"包藏宇宙之机"。这个"机"一旦使出来，在自己人看来，就是足智多谋；在对手看来，就是诡计多端。所谓"兵不厌诈"，作为政治家与军事家，"奸"是应有之意。当然，这个"奸"是带引号的。

"老骥伏枥，志在千里，烈士暮年，壮心不已。"从曹操的诗词中可以看到，他的事业心与责任感多么强烈啊！曹操的诗词，有忧患意识、问题导向，多带悲凉之气，而且情真意切、大气磅礴。说他是奸雄，还是在些冤枉人家了。

曹操是不是枭雄呢？

何为枭雄？枭，恶鸟也；雄，强也。这个词至少可以有两种理解，一种是凶残而本事大，一种是霸道而本事大。不管是哪种，都是在智慧与境界上不太够水准。曹操亦"凶"亦"霸"，却不是一味凶蛮横霸，而是因人因事因势而异。如此说来，曹操那是在枭雄之上的。

奸贼，用的是阴柔手段，不暴露自己的野心。看一个人是不是奸贼，抓住一个字就行，这个字叫"偷"。

奸雄，手段不论阴阳，但不掩盖自己的雄心。看一个人是不是奸雄，一看结果，是不是有大成就；二看手段，是不是祸害同伙。

枭雄，用的是强力手段，毫无掩饰自己的雄心。看一个人是不是枭雄，一看结果，是不是有大成就；二看待人，是不是尊重人。

老话说："害人之心不可有，防人之心不可无。"职场中的普通人，和奸雄、枭雄共事的概率比较小，但遇到小奸贼的可能还是比较大的。那些为了个人向上爬，造谣中伤人的，常打小报告的，整人黑材料的，挑拨离间的，把别人成绩弄到自己身上的，都可以称之为小奸贼。总之，笑里藏刀，暗地里害人的人，便是奸贼无疑。

  贼人应防，但不可斗。贼人在暗处，你不好分辨；贼人目标集中，就是获取自己的利益，你和他斗得不偿失；最重要的是，贼人没有底线，不择手段，你很难斗得赢。难道应该放任贼人任性而为吗？莫急，贼人都是自己作死的；你越和他斗，他活得越久。

忠臣、能臣与贞臣

当领导的都希望部下是忠臣,最好像诸葛亮那样,既忠心耿耿,还有雄才大略。这事挺好玩的,领导们也不想想,人家那么大的本事凭什么一定要忠于你呢?反过来想,下属们会不会认为,领导只对自己好,而且一直如此,才是好领导呢?

忠臣,就是忠于"一把手",遵守既定伦理,遵从现有秩序,不事二主,从一而终。

一般来说,忠臣的"忠"来源于感恩之心。这里有两个要件,缺一不可。一是领导有恩于他,二是他是知恩图报的人。建立这种君臣关系的难度,主要在一个"恩"字上。因为这个"恩"无法测量只能感受,领导深感施恩不小,下属可能感觉不到。人与人之间,对"恩"的敏感度,差异很大,而且受环境的影响也很大。

忠臣也有另外的形成逻辑。有些忠臣,表现形式是忠于领导,本质上是忠于自己的道德情操。像关羽坚持追随刘备,实际上他追随的是一个"义"字,而刘备在他心里就是"义"的化身。诸葛亮又是另外一种"忠",他忠于自己的承诺。

因感恩而忠的人,是可交之人;而忠于自己道德情操的人,不仅可交,还堪大用。

能臣与忠臣不同,能臣忠于事业,手段服从目的,看重平台,善抓机会。所以,能臣比较容易"跳槽",他一旦遇到新的诱惑,发现新的机会,就会投入别人的怀抱。能臣有两大特点:一个是事业永不停步,投入大,效率高,成果多;一个是进步永不满足,升了一级就盘算再升一级，总是渴望登上更高的舞台。

能臣多自我膨胀，老子天下第一。吕布被曹操俘虏了，他见了曹操，便说："你有了我，这天下还有谁能与咱俩抗衡啊？"能臣多无团队意识，不太会分享成果，每次做成大事，仿佛功劳全是他自己的。许攸在曹营，就经常说："曹阿瞒，没有我，你哪有今天？"

能臣干活很有数，自我认知特没谱，因此就特别需要控制使用。最重要的是控制节奏，把握好使用的度；一定得让他认识到，离了他太阳照样从东边升起；不能让他立功太多，也不能让他提拔太快。这种人如果立功太多、提升太快，不是自毁，就是毁了他人或组织。

贞臣，忠于真理，手段服从信仰，看重名节，充满浩然正气。贞臣认理不认人，重名不重利。为了自己的名节，不惜牺牲性命，因贞而近愚。沮授、田丰等便是这样的人物。

忠臣与贞臣不一定是能臣。忠臣里面有相当一部分人是没有独立思想与独立人格的，因此便极有可能好心办坏事。对于能力并不突出的忠臣，最好放在对创造性要求不高的岗位上。贞臣多有自己的思想观点，但往往认死理、缺变通，好思路、好主意不一定能够落地见效。因此，贞臣更适合做研究、当参谋、搞监督，如果让他们当指挥员，很可能弄得鸡飞狗跳。当然，让他们短时间内去治理一下乱摊子，也算是用其所长。

"兵熊熊一个，将熊熊一窝。"领导与下属是相互成就的，而且领导居于主动的一方。下属身上的问题，一定有领导的因素在。主要领导对下属不信任，手下便难有忠心耿耿干事业的人。主要领导心思不在工作上，能臣也成了碌碌无为的人。主要领导没有信念坚守，贞臣也就成了沉默的人。

"一把手"只想让下属"吃药"，是不可能解决问题的。问题恰恰在于，许多"一把手"都习惯让下属"吃药"。没有领导的爱臣，哪有下属的忠心？因此说，领导的最高境界是领导自己。

圆融、圆滑与狡猾

在东吴团队里，周瑜善用兵，张昭善经营，鲁肃善外交。如果没有鲁肃，孙权的事业恐怕要打折。搞外交，必备的性格特点，就是圆融。大家都知道，外交工作需要智慧。大智慧的外在表现，一定是圆融。没有大智慧的人，做不到圆融。

鲁肃的突出特点就是圆融。圆融的人，有原则、有热情，求同存异、与人为善，可以争取最大多数，团结一切可以团结的力量。在企业里，如果他们从事作用于人的主观世界的工作、群众性工作、协调性工作、市场营销等工作，定会玩得风生水起。

袁绍之败，原因颇多，手下没有圆融之人也是原因之一。袁绍的谋士，田丰与沮授，明知袁绍好面子，出主意、提建议的时候，偏偏弄得袁绍没面子。用荀彧的话说，就是"刚而犯上"。好主意得不到采纳，还白白搭上自己的性命。而郭图之流，又比较狡猾，专门揣摩袁绍的心思，讨袁绍的欢心；背地里拉帮结伙，搞阴谋诡计。狡猾的人，无底线，求自利，把人卖了还想让别人数钱。他们不顾团队利益，只谋个人私利，是不可用的。当然，如果是在三国时期这种尖锐的敌对斗争环境里，让这种人去做分化瓦解敌人的工作，也会收到不错的效果。需要警惕的是，这种人也极可能被敌人收买。

曹操团队里的贾诩可以算作圆滑的人。贾诩算无遗策、奇谋百出。他知道曹操猜疑心重，而且自己又是从张绣阵营中投诚过来的，怕遭不测，便闭门自守，不与人交往，以此得到善终。圆滑的人，原则性不强，求自保，不害人，也就是俗话说的"老好人"。人们对"老好人"

多有偏见。其实,"老好人"多有智慧,识时务、知进退、不争抢,也能够守规矩、尽职责,不足之处是缺少进取意识与斗争精神。这类人不太适合做"一把手",也不适合监督岗位,但是,班子里有一两位这样的副职,却能够增加班子的弹性、改善班子的生态。

说段题外话。提拔干部,只能从正职中选拔,是不太科学的。有些干部,当正职不合格,做副职特优秀,是可以越级提拔的。一支球队,如果都是前锋,可能既进不了球,也守不住门。一个班子的成员,如果都是曾经优秀的"一把手",不太可能组成一个好班子。"幸运"的是,总会有些不那么优秀的"一把手"被提拔了。

值得重用的人

什么样的人，可以信任、值得重用？什么样的人，能够赢得竞争、跑赢人生？稻盛和夫说："人生要有三把钥匙，强烈的愿望、良好的心态、美好的利他之心。"

一个人要干一番事业，必须持有发自内心深处的、提升至信念高度的强烈愿望。心不想，事不成；心不唤，物不至。愿望再强烈，没有良好的心态，就可能走弯路、走邪路，就可能经不住打击、受不了挫折。不能利他，团结不了人，也得不到人心，就成就不了大业。

世上有能够把这三个方面统一起来的人吗？愿望强烈，心态就不太好控制，利他也就有难度；心态好，愿望可能就不太强，利他的能力一般也不强。把这三者统一起来，难度不小。当然，难度虽大，还是有的。鲁肃算是一个。鲁肃做过两件比较典型的事：一件是出资赞助周瑜，两人因此成为好朋友；一件是帮助孙权制定了发展战略，并促成了孙刘联盟，因此取得了孙权的信任，也和诸葛亮成了好朋友。鲁肃把自己家的粮食给了周瑜，是利他；把自己的智慧献给孙权，是利他；客观上帮刘备逃过一劫，是利他。鲁肃为什么要利他？鲁肃有强烈的愿望，平定天下，干一番事业，此为其一；看好周瑜、孙权是能成大事的人，认清了帮助刘备也是帮助孙权，此为其二。能够清楚利他与利己的深层联系，使得鲁肃具备了良好的心态，并导出利他的美好行动，此为其三。

鲁肃看得远、思得透、谋得深，是个有大智慧的人。跟这样的人相处，只想着如何做事就行了。如果碰上这样的同事，那是一种幸运，只选择信任就够了；如果有幸碰上这样的下属，那是一种幸福，只选择重用就行了。

需要提防的人

祢衡傲视一切，动不动就骂人，让人下不来台，的确让人讨厌，但是，这种人一切都在明面上，并不可怕，不需要提防。真正需要提防的是另外一些类型的人。

李严便是需要提防的。李严后来改名李平。这个人有些才干，他担任过县令、太守等职，在不同岗位上都有比较出色的表现，做出过比较出色的业绩。刘备临终托孤，让诸葛亮为主，李严为辅。相当于孙策临终前，将孙权托付于张昭与周瑜。可见李严深得刘备信任。

李严有能力、有业绩，野心也不小。为了满足自己的野心，常使小手段，压制同僚，因此他的群众威信较高，却在同事中的口碑较差。他在和诸葛亮一起辅政时，一直试图将诸葛亮拉下马，自己取而代之。诸葛亮从大局考虑，采取退让安抚策略。可李严得寸进尺，胆子越来越大，行为也更加恶劣。在诸葛亮北伐时，负责后勤保障的李严，给诸葛亮写信，说是粮草一时无法供应，建议丞相考虑撤军。没有粮草，如何打仗？诸葛亮只好收兵。李严却故意装作不知情的样子，说现在粮草充足，丞相怎么不打了呢？目的就是引起刘禅对诸葛亮的猜疑。诸葛亮终于忍无可忍，拿出证据，罢了李严的官职。

李严属攻击型性格，是能臣中的小人，能成事，会害人。这类人要防，但相对好防。因为他比较容易露出狐狸尾巴。

郭图式的人物，就更难防一些。郭图是害死人不用偿命的"高人"。他什么人都"坑"，可以说是三国"神坑"。郭图是袁绍的谋士，几乎没有给袁绍出过什么好主意，但他的主意袁绍就是爱听爱信。沮授建议去营救汉献帝，郭图说弄个皇帝过来是个累赘，袁绍觉得郭图说得在理。官渡之战前，田丰、沮授说现在打曹操，时机不对，胜算太小，郭图说咱们实力占优，得抓住战机，不能坐等曹操壮大，袁绍觉得郭图的分析在理。袁绍官渡之战失败，郭图对袁绍说，田丰一定在看你的笑话呢！袁绍就派人先回去把田丰给杀了。

郭图最大的本事，是洞悉领导的心理，专门往领导心坎上出主意，讨领导欢心，图自己的利益。在职场上，这类人也常见，且多深得领导喜爱。他们不是"拍马屁"，而是"悦马心"。即使"马"掉进坑里，只要一出来，立马就想继续受"悦"。这类人相当难防；尤其是在和平时期，他们往往会春风得意。

还有更难防的，比如司马昭。司马昭深得其父司马懿的真传，在曹魏集团中屡立战功，却屡屡辞让，使曹家丧失了警惕，最终"偷"走了曹氏政权，并结束了三国鼎立的局面。在现代职场中，司马昭这样的人物很少，但另一种版本的"司马昭"还是有一些。他们干事业的能力一般，却极善于利用组织资源，上下左右送人情，特别善于抓关键人物。同时，抓住时机，打个小报告，整个黑材料，搞点小动作，悄无声息地扫除前进的障碍，在没有多少人看好的情况下，出其不意地上位，时不时地创造"传奇"与"神奇"。

李严有侵略性的诡计，郭图有不露声色的狡猾，而司马昭是宜人式的阴谋家。李严是大害，郭图是"神坑"，司马昭是"神偷"。这三类人，一种比一种危害大，一种比一种难防。

专骂老板的人

祢衡是一位和鲁肃截然相反的人。祢衡爱骂人,尤其喜欢骂老板,所以大家都很讨厌他。

一次聚会,大家约定不搭理他。等祢衡到了之后,有人躺着不动,有人坐着不动,没有一个人说话。祢衡见状放声大哭。有人问他哭什么,他说:"躺着的是尸体,坐着的是坟墓。我到了坟地,怎么能不哭呢?"可见,祢衡人缘很差,但是非常聪明。

有人报喜不报忧,有人言过不言绩。祢衡是后一种。祢衡的言行,容易让人联想到鲁迅。鲁迅见佛也杀,见鬼也砍,见了人也要一声棒喝,时刻都在呐喊。不过,祢衡与鲁迅还是不一样的。祢衡自傲,俯视一切,他骂人是为了显摆自己。骂平常人显不出水平,所以他专门骂有名气、有地位的人,尤其爱骂"老板"。鲁迅呐喊,是恨其不醒,怒其不争,目的是解放人、拯救人。祢衡针对的是个体,鲁迅着眼的是共性。

祢衡被黄祖所杀,鲁迅忧愤而死,都寿命不长。后人怜惜祢衡而怀念鲁迅,这便是性格决定命运。

职场上,偶尔也有祢衡与鲁迅这样的人。他们满眼都是问题,天天发表评论,从不给人留面子。该不该做这样的人?这些人好不好、可不可用呢?

领导的心态是复杂的变化的。大家都报喜,都说好听的,领导是开心的、高兴的,但偶尔也会有所怀疑,希望听到不同的声音,如果你有不同的声音,领导一般能听得进去,起码不会太烦。即便如此,你总是唱衰,定然不会受领导待见。所以,看人看事看势,需多视角、多维度，不可偏执、不可固执己见。老是看好的方面与老是看不好的方面，都谈不上好。要知道，不给别人留余地，就是不给自己留机会。干事的机会都没有，骂人的机会也会失去。

鲁迅的出发点是为了组织或他人向好，祢衡的出发点是为了自己被重视被重用；两人也有共同的问题，就是导致组织的思想混乱、负面情绪增加、凝聚力降低、品牌形象下降。那么，应该如何对待这样的人呢？最好是坚持"两最"原则：最好不要让他们进入核心团队，最好是静下心来琢磨他们"骂"的有没有道理。对他们本人不可太近，对他们的声音不可不"亲"。

为什么这样做呢？一方面，他们是有本事的人，发表的意见让人反胃却有道理，用来警醒与吸收是有好处的；另一方面，他们眼里永远都是问题，无论你如何对待他们，他们也不会让你安宁，说得难听点，就是给脸不要脸、蹬鼻子上脸。

大自然需要乌鸦，但没有人把乌鸦当宠物。老板们有权有利，尤其需要"乌鸦"，但如果把"乌鸦"当宠物，哪里还有开心的日子？不开心的日子算什么日子！

自己人与自欺人

人们做事，总免不了用自己人；可到头来，好像大多选不对自己人。这是为什么？

德才兼备、五湖四海、民主决策，这些择人的制度规矩，组织总反复强调，结果还是落实不好。这到底是为什么？

有时候，仿佛真的是选准了自己人，可这位或这些自己人却守不住阵地，转眼间自己的阵地上就出现了一波自己最不愿意看到的人。这究竟是为什么？

刘备与关羽张飞结成异姓三兄弟，后续一位赵子龙，组成仁义"小虎队"，又聘请了"经纪人"诸葛亮，形成了核心圈子，从此闯入江湖英雄榜前三名。刘备依靠这帮自己人，忠心不二，浴血奋战，从"下山虎"变成了"盘山龙"；刘备亦因这帮自己人，只能成为"蜀山龙"，而不能成为"中原虎"。圈子太小，活动范围大了，控制不了。

曹操用人，看能力，凭贡献，英雄不问出处。他的团队成员来自五湖四海，品种也是五花八门，实力也是五岳独尊。他的圈子大，圈的地盘也最大。他这个群体里，有忠心耿耿的，有三心二意的，也有心怀叵测的。曹操因这个庞大的圈子而成霸业，也因这个庞杂的圈子而失家业。

刘备搞情感"小圈子"，弄得人才枯竭，让曹魏给灭了。曹操搞利益的"五湖四海"，事业是做大了，家业却成司马家的了。

对于做大事成大业的人来讲，所谓"自己人"是个悖论，所谓"五湖四海"也是一个悖论。

人们为什么偏爱重用自己人，因为用自己人可得"三心"，即：放心、同心与用心。没有这"三心"，事难做、功难成、业难兴。什么样的人是自己人？无非是具有利益认同、情感认同与价值认同的人。利益是有限的，人多了，就分得少，也难分得好，这就决定了自己人多不了。情感虽然无限可分，可你对人人都好，就约等于对人人不好，所以情感的圈子也大不了。价值认同，容量虽大，但难度也大，任你是什么样的价值观，也容纳不了"五湖四海"。

曹操的"五湖四海"终归容纳不了刘备的"湖"与孙权的"海"。等曹氏集团强行兼并了刘备的"湖"与孙权"海"，曹氏集团自己的"五湖四海"又暗流涌动，曾经的自己人就会变成对立人。扩大朋友圈，可以消灭对手；可消灭了对手，原来的朋友圈就会分裂为新的敌对圈。都是悖论啊！

人们习惯视血亲姻亲、同学战友、老乡同事等为自己人，这种惯性思维对不对呢？既然是习惯，必然有道理。虽说袁绍与袁术两兄弟成仇，反不如"刘关张"异姓兄弟同心，但毕竟有着血缘关系、共同经历与相似文化背景的人，更容易沟通与理解，更可能达成共识。问题在于，干大事不同于交朋友。交友不在多，在精。干大事，必有大群体。在大群体里，用的所谓自己人多了，必出两大问题：一是自己人会分裂，会内讧；二是自己人之外的若干小群体会联合起来，与所谓的自己人明争暗斗。结果就是自己人这个群体的彻底瓦解。

既然用自己人的结局必定是自己人的瓦解，为什么还有那么多人不选择用五湖四海的人呢？因为"五湖四海"极容易造成一团浆糊。你以价值观择人，持不同价值观的人便不认为你是五湖四海，他们觉得你心胸狭隘；你以能力择人，有些没被选中的人便认为你不是五湖四海，因为他们觉得自己更有能力；你既看价值观又看能力，会有更多的人断定你不是五湖四海，因为他们既不认可你的价值观，又不认可你对他们能力的判断。而那些被使用重用的人，又极可能觉得自己人品正能力强，只想表现自己，心中缺少大局，结果可能就是没有多少真心为事业着想的人。

缘于并不限于以上原因，绝大多数"一把手"都觉得自己在用人上有"一手"，可只要他在一个单位主持工作的时间超过3至5年，在用人上没有突出矛盾的就几乎没有；而且越是在用人上下了大功夫，自我感觉又特别好的"一把手"，离开"一把手"的位置后，后悔自己用错人的概率就越高。当然，如果有巨大的生存危机或竞争压力等因素除外。

用自己人与不用自己人，同样会陷入悖论。有没有办法打破这个悖论呢？除了向内求，别无他法。如何内求？不把事业当成自己的事业，在择人上也就没有了自己人与其他人的分别；还要不把事业当作事业，只视为人生丰富的过程，如此也就无所谓别人的继承与背叛，因此也就没了用错人的后悔。

说一千，道一万，择人终归择的不是别人，而是自己的境界。境界上不去，怎么择人，都不过是自欺欺人。

关羽与项梁

关羽与项梁都是讲义气的人，也就是通常意义上的好人。品德好的人，可以放心使用吗？

我们先来看项梁。项梁是项羽的叔叔，和张良是好朋友。张良是刘邦的谋士。刘邦攻入咸阳，拥关而居，大有不让项羽入关的意思。项羽听了大怒，要灭刘邦。项梁担心张良的安危，就把消息告知张良。张良说："我不能自己偷偷跑路，得告诉刘邦一声，否则那是不义呀！"项梁听了，觉得有理，就同意了。张良不仅把消息告诉了刘邦，还给刘邦出了对策。项羽设下"鸿门宴"。项梁在"鸿门宴"上刻意保护刘邦，给刘邦死里逃生创造了机会。项梁泄露了重大军事机密，成就了自己的义，间接地葬送了项羽的命。

关羽的行为与项梁类似。他为报曹操不杀之恩，在华容道上放了败逃的曹操。

关羽放了曹操，是诸葛亮有意为之。他利用关羽的人格特点，实现了自己的战略意图。因为诸葛亮知道，刘备集团实力不够，还不能与曹氏集团结下死仇，他就是有意给关羽一个送人情的机会。

项梁是在项羽完全不知情的情况下，私自与对手通风报信，直接坏了项羽的大事。而且，项梁之后在项羽面前的一系列非正常表现，项羽依然毫无警觉。

一个人品德好，做出的事不一定对大局、对整体有益。品德差的人，做出的事也不一定对大局、对整体无益。其中起关键作用的是领导善不善于识人与会不会用人。

择人的要害不是判断人的好坏，而是认识了一个人之后如何合作或怎样使用。

第三章

择 偶 论

> 这一部分，原计划放在"择人论"一章，后考虑这事相当特殊，便决定独立成章。
>
> 人人都知道择偶是大事，大多数人都把择偶当大事，但真正把这件大事办好，也是难度不小。正因为难度太大，操作不当是常态。谈恋爱的时候，甜蜜蜜；共枕眠后，恨悠悠。故法律也只好允许"破产重组"。问题是，"重组"成功的概率还是很低。许多所谓的成功，也多是成功地把自己的期望降低而已。
>
> "低声问，向谁行宿，城上已三更。"姑且看看"三国"男女，如何选择与谁共眠。

人生自是有情痴

人们把玫瑰视为爱情的信物,以此象征美好、纯洁、热烈等,总之是想得很美。很少有人扫兴地说:"这玫瑰会凋谢的。"因为这么说,会招打。人类解决问题的兴趣有多浓,欺骗自己的兴致也就有多高。求索与自欺,都是为了同一个目的,尽量开心地活着。不尽如人意的是,自欺的帷幕很容易被时间的风吹得明明白白。

"人生自是有情痴,此事不关风和月。"爱情的美好与愉悦,那么真实地让人心醉,不由人们不向往不追求;爱情的易碎,那么真切地叫人心碎,又不由人不痛苦不恐惧。人们感叹:"易求无价宝,难得有情郎。"为何?

爱情是果,不是因。热恋与失恋,如同穿衣吃饭,都是对果的体验。"众生畏果,菩萨畏因。"要打开爱情的秘密,就得寻因。找到了因,才能"穿出"爱情之美丽,才能"吃出"爱情之健康。

有了无价宝,何愁有情郎。

华中师范大学戴建业教授说过:"对爱情婚姻万万不可'胸怀大志','志向'越大必然痛苦越深,要求越多收获越少。两人世界里,你可以对自己'高标准',但不可对伴侣'严要求'。"宋丹丹说:"女人到最后都是嫁给自己,幸福与否全取决于你。"跟谁过都是和自己过。改变自己的是神,改变别人的是神经病。男人与女人,都是如此。

自己是因。自己若是无价宝,天涯何处无芳草?爱情的基础是相互可用性。这个相互可用性,包括繁殖后代、物质利益、事业发展、生理满足、心理满足、生活安排与人生安顿等。相互可用性的本质是合作需要。双方有合作需要与能力是因，爱情是果。因变了，爱情的果就会变化。一方没有合作能力了，或者有合作能力但不是对方需要的了，或者不是令对方愉悦的了，爱情这个果便会失去营养。一方没有合作能力，另一方仍然不离不弃，这叫有道德。但道德既不是爱情的因，也不能给爱情保鲜。爱情的悲剧，正是因为误把果当因。把果当因，就只会在别人身上找原因，找来找去，都是泪，都是怨，都是恨。把爱情当成因的人，便是情痴。情痴的本质，就是不懂得爱情。情痴把自己的需求变成他人的负担，却以为自己很高尚。情痴往往可以收获极致的爱情体验，但极致体验又极可能导向毁灭。

择偶，其隐秘的底层逻辑就是寻找合适的合伙人。如果碰巧合适，就会心动，就会心身愉悦，这便是让人如痴如醉的爱情。年轻人谈恋爱，都以为爱情要纯粹，其实主要是荷尔蒙在作祟。爱情是美好的，也是危险的。因为爱情不是纯洁的，里面有复杂的算计。其中有基因的算计、潜意识的算计、有意识的算计等。情的生生灭灭，便是计算的结果。所有的算计都包含许多变量，所以爱情破产是大概率事件。你要在爱情的战场上获得主动地位，唯一的方法就是提高自己的供给能力。

古代男女结婚，不讲爱情，只看合作价值。现代人便想当然地以为，这种没有爱情的婚姻是没有幸福可言的。这实在是一个误读。因为合作的需求越集中，变量就越少，获得并保持满足的概率也就越大。电视剧《父母爱情》中，农民出身的军官江德福和资本家的女儿安杰，结婚之时并无爱情可言。江德福看上了安杰的美貌与气质，安杰需要江德福的军官身份与实惠，彼此的意图非常明确，都不是那么纯洁。但婚后的感情却逐渐加深，竟收获了意想不到的爱情。江德福不指望安杰爱他，安杰也不敢奢求爱情，两人都知道自己需要什么，这种因清醒的合作关系而产生的情感反倒更加长久。

爱情是人类供给能力与合作需求大大提升后的产物，尤其是在女性的供给能力与合作意愿全面提高之后，爱情才仿佛成为婚姻的必须品。爱情并不能扩大与巩固婚姻基础，而仅仅是丰富了男女关系的体验，以及提供了更多的可能性。

孙尚香的被动择偶

"三国"里的女性不多,孙尚香是比较典型的一位,所以先聊聊孙尚香。

尚香是东吴小公主,吴侯孙权是她哥。孙小公主的个性,用两个字概括,就是"侠"与"娇"。"娇"是让爸爸妈妈宠爱出来的;"侠"是由爸爸哥哥影响出来的。这位小女子和刘备的组合特别有趣,完全是喜剧画风。油腻中年男刘备,跪地撒娇涕泪双流,二八小美娇尚香手拂其面,说道:"乖,别哭,有我呢!"

孙尚香在刘备身上特别能找到感觉。这是一种奇妙的混合感,有母亲疼爱幼子的温情,有英雄拯救弱者的豪情,有为夫解困的亲情。

小孙与老刘共枕眠,可以说是偶然事件。当时,孙刘两家有矛盾冲突,也有共同利益,所以,到底是合作还是斗争,东吴内部意见不同,"一把手"孙权的想法也时有变化。赤壁之战后,曹操伤了元气,一时顾不上孙刘两家。来自曹操的压力小了,孙刘联盟的基础就不牢了。孙权派鲁肃索要荆州,刘备不还。周瑜就出了一个歪招,假意招刘备为婿,骗刘备入吴,借机扣押,以要回荆州。《三国演义》为了给诸葛亮"塑身",费了许多笔墨,渲染"周郎妙计安天下,赔了夫人又折兵。"其实,刘备能够抱得美人,又得美人相助回归,除了得益于诸葛亮的计谋之外,还有两个更重要的原因。

其一是利益,也就是东吴的利益。孙权想要荆州是真,不想跟刘备集团闹翻也是真;不想放刘备走是真,不便强留也是真。孙权不是怕刘备,而是担心曹操。孙刘开撕,是曹操最想看到的。孙尚香嫁刘备,主要是为了东吴；帮刘备逃走，表面上是为刘备，骨子里还是为东吴。为东吴大局着想，是孙家的家风，孙坚、孙策、孙权与孙尚香等人都是如此。

其二是个性，也就是孙尚香的个性。这个小女子有很强的英雄情结，喜欢表现，特享受被需要的感觉。像当今少数女性，喜欢开车，不喜欢乘车。对她们来说，自己操控才有安全感，一切尽在掌握中才有愉悦感。这样的女人，最需要男生依赖，而不是男子汉的关爱；只有个别时候，才渴望男人宽厚的肩膀。进了东吴的刘备，像一只受惊的兔子，只往尚香的香怀里钻，不由令孙姑娘心生欢喜。

孙尚香择偶，是以家国利益为先的。所以，她和刘备之间没有太多情感纠缠，该陪刘备归蜀汉时，毫不犹豫；该离开刘备回东吴时，毫无留恋。尚香公主不是无情，可她把自己的私情压在了家国利益之下。

经常丢老婆的刘备

刘备共娶了四个女人，分别是甘夫人、糜夫人、孙夫人和吴夫人。有人说，刘备克女人。反正他的女人，不是弄丢了，就是异常死亡。

刘备在最困难的时候，娶了糜夫人。糜夫人是糜竺的妹妹。糜竺是大商人，后来跟随刘备，成了刘备的重臣。糜夫人和刘备过着流浪生活，没等到刘备创办荆州根据地就死了。

甘夫人是个美人，生了刘禅，跟着刘备颠沛流离，没过上几天好日子，好不容易在荆州安定下来，她就到另一个世界去了。孙夫人是孙权的妹妹，嫁给刘备，又离开刘备。吴夫人是吴懿的妹妹。吴懿是降将。

刘备娶的四个女人，除了甘夫人，其余三位，不是为了经济利益，就是为了政治目的。屌丝逆袭，与有资源的女人搞"混改"，可以说是一条康庄大道。古今中外，成功案例不胜枚举，刘备不是例外。

刘备对自己的女人，不是很放在心上。每回吃了败仗，丢了地盘，刘备都是丢下老婆孩子，自己跑路。幸亏他的兄弟们仗义，不只是对大哥肝胆相照，对大哥的家人也是尽心尽力，关羽、赵云等为了救嫂子与侄儿，身家性命都能豁得出去。

刘备不太拿老婆当回事，可他的老婆们并没有丝毫怨言，反倒是体谅有加、关爱有加。难道她们脑子进水了吗？当然不是。她们的脑子比一般人都清醒。她们要的是闯天下、干大业的男人，知道这样的选择必定要失去很多常人看重的东西，比如家庭温暖、儿女情长等。"要了……就不可能再要……"，"要……还要……"，两种不同的思维方式，获得的满足感幸福感是完全不同的。

"兄弟如手足，妻子如衣服。"这话是刘备说给兄弟们听的，并非刘备的真实想法。在与谁共枕眠这个问题上，刘备还是很慎重的，但他坚持的原则，就是是否有利于事业的发展；他决策的标准，就是两个"能否"：能否对事业发展有帮助，能否理解他一心扑在事业上。

在对待女人的问题上，吕布与刘备恰好相反。吕布是女人在先，事业在后；刘备是事业在先，女人在后。吕布疼爱女人，却丢了疼爱女人的条件；刘备投身事业，可他的女人大都没有等到他事业成功的那一天。两种男人，哪种更好？哪个更值得嫁？这得看你最想要什么，以及你自己拥有什么。

有没有二者兼备的男人？不能说没有。不过，你要考虑的是，这样的男人为什么会娶你。连孙尚香都难以兼得，你得想清楚自己比尚香公主强在哪里。

诸葛亮择妻

诸葛亮的媳妇是美人还是丑女,有不同的说法。诸葛亮是位大帅哥,一米八四的身高,容貌甚伟,才华横溢,风流倜傥。这样一位才貌双全的青年,娶了一位丑媳妇,很符合多数人特别是女人的期待。大多数人还是宁愿相信这事是事实,因此就给诸葛亮戴了一顶高帽,说他重才不重貌,与好色的庸俗男人完全不同。

诸葛亮娶丑妻成了一个美丽的童话。

诸葛亮的媳妇不是美女,应该是事实。诸葛亮的老丈人很欣赏诸葛亮,一心想招其为东床快婿,他对诸葛亮说:"家有丑女,黄头黑色,才堪匹配。"意思是,我有一个女儿,长得很丑,一头黄毛,面色乌黑,只有才华可以和你匹配。爸爸说自己儿子不才的较多,说自己闺女丑的情况较少,即使是谦辞,也不会说得如此具体,估计确实是丑得上档次了。当时,民间把诸葛亮当作笑谈,说是:"莫作孔明择妇,正得阿承丑女。"这也说明诸葛亮的媳妇是真的丑,还说明大家并不认可诸葛亮的选择。

诸葛亮找媳妇是重才不重色,还是另有别的意图?我们看,黄承彦当面提亲,诸葛亮当时就答应了,并没有考察黄承彦的女儿是丑是美、是不是真有才华。这说明什么?说明诸葛亮可能看重的是黄承彦,而他的女儿并不是其关注的重点。黄承彦也很特别,诸葛亮一答应,他就回家收拾一番,让女儿带着嫁妆,直接送到诸葛亮家中来,连过夜都等不及。

这位黄承彦可不是一般人物,他的岳父叫蔡讽。蔡讽是荆州名门望族，他的大女儿嫁给了黄承彦，二女儿嫁给了刘表，儿子蔡瑁是大商人。这就是说，黄承彦有一个官商结合的利益群体。

诸葛亮是跟随叔叔从山东来到此地的，并没有多少人脉。他要实现宏图大志，黄承彦的关系网便是十分珍贵的可利用资源。

我们不是诸葛亮，无法断定诸葛亮是重才不重色，还是看中了黄承彦的关系网，或者是二者皆有，不可用"小人之心度君子之腹"。但有一点是肯定的，诸葛亮追求的并不是甜蜜的爱情。连个面都不曾见，爱情从何而来？

爱情是奢侈品，不是必需品。诸葛亮就是诸葛亮，早就把爱情想得清清楚楚、明明白白。那么，黄承彦的女儿会不会幸福呢？那得看她想要的是什么。你觉得某个人幸福，她可能觉得自己很不幸；你认为某个人太不幸了，她可能心中时时荡起幸福的涟漪。幸福这种东西，世上只有一个地方生产，那就是自己的内心。世上有一种东西，只能自产自销，那就是幸福。

在任务中成长的貂蝉

貂蝉说:"姐就是一个传说。"

传说中的貂蝉,是位貌若天仙的奇女子,还是一位乘风破浪的姐姐。据传说,有一天晚上,貂姐刚来到花园,正要"举头望明月",骤然起了一股清风,吹来一片云彩,让那一轮皎月躲了进去。那月儿见了婵姑娘如此美丽,羞得不好意思出来"综艺"了。无独有偶,唐代的杨贵妃,到花园赏花,她刚摸到花瓣,花儿就卷了起来,羞得只好做"蒙面唱将"了。从此,"闭月羞花"就成了形容美女的专用词,貂蝉与杨贵妃也成了"女神"的化身。

貂蝉姑娘是美丽特工,她的上线是司徒王允。王允给貂蝉的任务是,离间董卓与吕布的关系,唆使吕布刺杀董卓。貂蝉能够使用的手段,就是色诱。如果以电影做比喻的话,这个大片的编剧是王允,导演兼女主角是貂蝉,吕布与董卓分别是"男一"和"男二"。

现在有不少女生,一听到父母阿姨安排相亲,心下就不爽,不是撂脸子就是直接拒绝,搞得彼此都不开心。其实,也可以换一种心态来对待。当作完成一项工作,锻炼一下自己的工作能力;当作去表演一段小品,培养一下自己的表演能力;自己可以从中收获成长,也不辜负关爱者的一片苦心。读书是学习,接触人也是学习。现代女生已经不知道,能够自主地接触男人的自由,也是前辈们拿生命换来的。

在过去那样一个女人嫁谁由男人做主的时代,貂蝉"幸运"地获得了与三个男人密切接触、交流互动的机会,逐渐由被动接受进入主动操控的人生新阶段。这个转变是她思想观念的一次大解放,是自我意识的一次大觉醒。她由一位懵懂少女蜕变为力求掌握自己命运与改变他人轨迹的"女王"。

或许就在王允跪下来，给她灌输使命意识、向她布置任务、求她拯救汉室与生民的那一刻，她就对自己的力量有了新的认识，她就对由男人给女人定义的道德伦理有了新的判断，她就对美色与情感的价值有了新的理解。而另外三个男人对这位美人的认识还停留在传统观念的世界之中。一个是三维世界的生灵，另外三个是二维世界的生物，胜负已经不言自明了。

美人一旦摆脱了观念的束缚，男人便是"池中鱼""掌中物"。

貂蝉和《色戒》中的王佳芝，接受的是类似的任务。在执行任务的过程中，貂蝉爱上了吕布，佳芝爱上了易先生。貂蝉得到了吕布的宠爱，佳芝被易先生抛弃；貂蝉完成了任务；佳芝没有完成任务，还搭上了性命。她们的主要差别在哪里呢？貂蝉在任务中成长，佳芝在任务中迷失；貂蝉是情感的主人，佳芝是情感的奴隶。

张学良先生说过："自古英雄多好色，好色未必真英雄。"这话是男权思想的反映。正常男人皆好色，只是条件、观念与底线有不同；男人女人都好色，只是方式与观念有差异。男人女人都是人，有共通的特性，其中之一就是好色。

好色是大自然针对双性繁殖动物而制定的激励机制所导致的心理与行为，目的就是让人们努力且开心地多造人。只是，人们自以为是在享受情感，不知道自己是在为大自然勤奋"打工"。这便是管理的最高境界，也是"老庄"一直倡导而不被理解的管理艺术。科学领域也好，哲学领地也罢，人类都没有什么发明创造，只是在大自然中有所发现而已。科学与哲学的专利均属于大自然。科学家与哲学家都是大自然的代理人。

好色容易迷失，容易受骗。因此，恋爱是重大风险"投资"，择偶是重大风险决策。在恋爱与择偶决策时，多理性不"在线"，所以说"恋爱的女人智商为零"；而决策实施后，则理性必"上线"，故多有后悔与遗憾，还经常出现"破产"与"清算"。"清算"的时候，理性又会"下线"，于是就把遗憾"清算"弄成了惨案。

貂蝉也好色，但她是"色"的主人，能够享受"色"，而不被"色"驱使。这便是女人与"女神"的根本区别。历史上，还有一位可以和貂蝉媲美的"女神"，她的名字叫西施。

二乔的大丈夫

美是一种稀缺资源，美人是极度稀缺资源。美并无绝对客观标准，而审美又是一种情绪体验，都是美人便让人失去审美体验，因此美人必定是稀缺的。稀缺的当然是珍贵的。稀缺的珍贵的，必遭妒引盗，是非常不安全的。所以说，美人是自带财富的，又是自带风险的；既是福，又是祸。

三国时有位桥公，桥公有两个女儿，两个女儿都是美人。美到什么程度呢？倾国倾城，顾盼生姿，风情万种，明艳照人，令人过目难忘。这两位美人很少不出门，有人偶尔看见了，便止不住逢人就要感叹一番。所以，世人几乎皆知"二乔"，大概比今天的"网红"更有影响力。如果她俩搞带货直播的话，估计就没有薇娅、李佳琦等什么事了。

关于二乔的美丽传说，影响多大呢？远在北方的曹操是这样说的："一愿扫平四海，以成帝业；二愿得江东二乔，置之铜雀台，以乐晚年，虽死无憾！"连曹操都知道，孙策肯定是慕名已久。建安四年，也就是公元199年，孙策攻取皖城之后，便伙同周瑜去"钓妞"。他俩找到桥公，求取两女为妻。桥公自是欢喜。孙策娶了大乔，周瑜娶了二乔，哥俩非常高兴。孙策对周瑜说："桥公二女虽流离，得吾二人作婿，亦足为欢。"

那么，大乔与二乔会不会同样高兴呢？估计也是高兴的。孙策与周瑜均为天下英杰，两人同是25岁，一个是雄略过人、威震江东的"孙郎"，一个是风流倜傥、文武双全的"周郎"。孙策与大乔、周瑜与二乔，均堪称郎才女貌，珠联璧合。

天公作美，又不太会给予十全十美。孙策和大乔婚后一年多就死了，周瑜也只活到 36 岁。

"二乔"嫁于孙郎与周郎，是幸运还是不幸呢？这个只有当事人才能回答，所谓甘苦自知。从世俗的观念来看，她们是幸运的，又是不幸的。幸运的是，她们的丈夫是帅气的英雄，令人羡慕；不幸的是，她们的丈夫要征战沙场，并不能陪伴左右，且英年早逝。他们从"月上柳梢头，人约黄昏后"开始，以"不见去年人，泪湿春衫袖"结束。

美人的好处是自带财富，可以有更多的选择。坏处是有那么多人想得到美人，他们各有优势，且什么手段都用，便极可能被"坑"。总的来说，美人可以比平常人收获更多的人生体验。

美人的悲剧是，在有诸多选择的时候，并不清楚最重要的是什么；清楚什么最重要的时候，已经没有多少选择了。

人生的有趣之处是，没有选择会痛苦；有太多选择的时候，又丧失了选择权力。婚姻自由本质上是责任自负。自由的意义也是责任自负。美人要对自己承担更多的责任。

"人妻控"曹操

万花丛中过，偏爱他人妻。

曹操在选择与谁共眠上，也有不同于一般人的操作。把别人的女人操作到自己床上，是曹操的最爱。当然，他操作的也不是一般人的女人。

古人特别重视贞节，曹操不是应该喜欢处女吗？有人持这样的观点：曹操睡的女人，大多是名臣名将的媳妇，这种操作类似于政治联姻，可以得到其老公旧部的拥护。

这种观点恐怕靠不住。你睡了人家领导的老婆，因此人家对你就跟对自己曾经的领导一样，这恐怕不符合人的情感逻辑。相反，人家更加痛恨你，才是讲得通的。张绣就是因为曹操睡了他婶婶而反水的。另外，那时候，领导的老婆与下属也不会太熟悉，没有多少影响力。关羽与刘备比亲兄弟还亲，他和嫂嫂们也是没多少交流的。

曹操的操作并没有什么奇特之处。为何如此评判？看看当今世人世象，便可知晓真相。今天的一些富豪、官员，以及"富二代"与"官二代"，他们喜欢与什么样的女人共眠呢？美人、明星，最好是美女明星。美人，正常人都喜欢，多数人得不到；明星，多数人都喜欢，多数人不敢想或者得不到。那么谁得到了，就能满足征服欲，就会收获自豪感。这便是红颜多薄命的深层逻辑。美人感受到的是深爱，收获的是虚荣，并不清楚自己不过是男人取得自豪感的一种资源、一个媒介。

名臣名将的漂亮媳妇，类似于今天的美女明星。曹操在这些女人身上，可以找到另类的征服欲与满足感。他征服的不只是身下的美人，还有美人的前任，并因此使自己的满足感、自豪感成倍地翻番。别忘了，曹操的爷爷是太监，是被人瞧不起的，他把名臣名将的老婆压在身下，大概会有一种翻身得解放的兴奋。一些美女明星身边总不缺男人，不能说这些男人心里完全没有爱，也不能否认有些男人心里也有类似曹操的心理。

　　曹操的操作又和一般人不一样。曹操经常"搂草打兔子"，打了胜仗，顺便睡别人女人。但他对自己的正妻们还是很关心的。曹操的原则是："不慕虚名而处实祸。"当然，他对这个原则贯彻的并不是很好。

休掉曹操的女人

现在说说曹操的正妻。

三国时期,不是一夫多妻制,而是一妻多妾制。妻子只能有一位,小妾可以有许多。曹操的原配妻子是丁夫人。

建安初年,投降后的张绣反水。曹操正和张绣的婶婶搞娱乐活动,毫无防备,仓皇逃窜,差点丢了老命。曹操虽然死里逃生,却让他的大儿子曹昂丢了性命。曹昂的亲娘死了由丁夫人养大。丁夫人没有生养,因此视其为己出。曹操逃回来之后,丁夫人不干了,哭着向曹操要儿子。曹操好言相劝,丁夫人哭闹不止,曹操失了耐心,两人就翻了脸,丁夫人就回了娘家。

过了几天,曹操就去老丈人家去接媳妇。这情节,和平常人家是一样的。曹操到了老丈人家,见丁夫人正在纺线,就站在门口说:"我来了。"丁夫人就像没有听见一般。曹操就走过去,摸了摸丁夫人的头发说:"还生气啊!"丁夫人依然没有什么反应。曹操很尴尬,又抚摸着丁夫人的后背,说:"我错了,跟我回家吧!"丁夫人还是不搭理他。曹操只好拉起丁夫人的手,说:"别闹了,回家吧!"丁夫人甩开曹操的手,继续纺线。曹操叹了一口气说:"看来咱俩的缘分尽了,我可走了!"丁夫人依旧不吭声。曹操便转身向外走,走到门口,又回过身来,看了半天,说:"我真走了!"丁夫人还是头也不回。曹操出来,对老丈人说:"看来是没有办法了。你就让她另外嫁人吧!"

曹操也是位英雄,有权有势,丁夫人作为一个已婚弱女子,为何决意离开曹操呢?因为她已经厌倦了和曹操在一起的日子。儿子的去世不过是帮她下定了决心。

谈恋爱，体验激情与浪漫，感受温情与爱意，是恋爱的内容之一，却不是最关键的。什么是恋爱的核心要义呢？寻找与体验合适的生活方式。毕竟，爱情只是生活的一小部分。

你选择与一个人共眠之后，和你"共眠"的就不只是这个人，还有这个人的人生观与生活方式，以及所有和这个人有关系的人与事。所以，择偶择的不是"人"，而是自己的生活方式，也就是你想过什么样的日子。

恋爱不是尝试爱上一个人，而是尝试能不能爱上这个人及其关系，没有包含"及其关系"的爱情都是空中楼阁，不是得重建，就是会坍塌。

曹操怎么嫁女儿

当今女生，比之三国时的女人，那是自由得多了。自由归自由，但在选择结婚对象这件事上，还是经常与父母产生冲突。在嫁与不嫁、嫁给谁、如何嫁等问题上，父母与子女各有烦恼。

父母更在乎实际与实惠，女儿更看重爱情的浪漫与情绪体验。故事是怎样发展的呢？故事大多有两种版本：一个版本是，强势的父母如愿以偿，女儿被迫放弃情郎，可这位女生以后无论是嫁给谁，都感觉不是如意郎。因为失去的才是最好的，她心里会永远驻着那个曾经的情郎。另一个版本是，父母拗不过任性的女儿，或者勉强同意，或者断绝了关系，总之是两人终成眷属，彼此都是幸福的模样。但是，爱情融化不了生活的琐碎，浪漫代替不了"柴米油盐"。日子一久，这女生便会蓦然想起父母当初之言，悔不当初的情况便会出现。

很难说，哪种故事好，哪种故事坏。所有的故事里都有事故。没有事故，便没有故事，而人多是故事中人。或者说，没有故事的人生是平淡的。如果说平平淡淡才是真，可这就失去了爱情的炽热与浪漫。

三国时期，还没有爱情这一说，便只有父母嫁女儿的故事。这里说说曹操嫁女儿的故事。曹操大概有六个女儿，曹宪、曹节、曹华三位嫁给了汉献帝；另外三个，分别嫁给了荀恽、何晏、夏侯楙。反正不是皇帝，就是高官。后人说，曹操嫁女儿，完全出于政治目的，不是为了控制皇帝，就是为了扩大盟友。

这种说法对不对呢？对，也不全对。他把三个女儿都嫁给了皇帝，肯定有政治上的考量。可要说他一点也不考虑女儿的利益，也不客观。

曹操作为事实上的"一把手",难道他的女儿不嫁皇帝、不嫁高官,才是替女儿着想?他把女儿嫁给一位平头百姓,他的女儿就一定会高兴、必定会幸福?而曹操把女儿嫁给皇帝,她的女儿成了刘氏,便不再向着曹家了。当曹丕要废皇帝刘协的时候,曹节站出来,对曹丕一通臭骂,然后跟着刘协离开了皇宫。这岂不是"偷鸡不成,反蚀把米"?

至于曹操的女儿们开心不开心,历史上没有记载。但从曹节的表现看,曹操的女儿还是蛮随曹操的,很懂得维护自己的利益。懂得利害、知道取舍的女人,尽管不一定能掌握自己的命运,但一定能管理好自己的情绪。爱情只是人类丰富情绪体验的一个门类。说不定她们婚后也能产生她们并不知道叫爱情的东西。

现代父母,当学曹操吗?不应当。这个事,得抓早、抓小;到了关键时刻,提个建议,当个参谋,是可以的,硬阻拦,得不偿失。婚姻之事,你不让她亲口尝一尝,她是辨不清香臭的。作为子女,曹操式的父母能不能接受?可以不接受,应该有理解。毕竟,父母的话,虽不是至理名言,却也饱含现实的经验教训。经验教训越深刻的父母,干预就越直接,态度也更坚决。他们的言行背后,极可能是一部血泪史。

影视剧中,常有豪门儿女,因婚姻不自由而恨不生于平常百姓家。此恨绵绵,皆因他们不知道平民之苦。

关羽拒婚

关羽镇守荆州,孙权想和关羽拉近关系,便派诸葛瑾去荆州说媒,要娶关羽的女儿作儿媳妇。

诸葛瑾见了关羽,说明来意,关羽听了很生气,说:"虎女焉能嫁犬子!"这事也就黄了。后来,孙权派吕蒙专门算计关羽,偷袭荆州,杀了关羽父子。荆州失守后,关羽的女儿也没了下落。

后人说,关羽缺乏政治智慧。刘备都能娶孙权的妹子,你关羽的女儿怎么就不能嫁孙权的儿子呢?就是不同意亲事,话也不该说得如此难听。况且诸葛瑾还是诸葛亮的亲哥,你不给诸葛瑾面子,也得体现一点诸葛亮的面子吧!

关羽为何如此粗暴地拒绝?是不是好的选择?暂且放下不论,先来看看孙权为何让诸葛瑾来跑这趟差?又为何不先去代刘备与诸葛亮,而是直接来找关羽?同一件事,不同的人去干,找不同的人来干,效果是可能完全不同的。这个道理孙权明白得很。如果先去和刘备或诸葛亮商量,促成这桩婚姻是大概率事件。可孙权偏偏让诸葛瑾与关羽谈,必然是另有意图。

孙权一心想从刘备手里拿回荆州,并非真心与刘备长期结为联盟。所以,这件事孙权一定要避开刘备与诸葛亮。直接和关羽来谈,谈成了有收益,谈不成亦有收益。如果关羽同意,这个联盟就不是孙刘联盟,而是孙关联盟。不管关羽如何向刘备、诸葛亮汇报,他们之间的关系都增添了复杂性。事实上关羽坚决不同意,孙权有了什么收益呢?孙权的收益就是关羽的更加自负与更加大意。孙权都想和我关某做亲家,还让丞相的哥哥亲自来，分明是他敬我怕我嘛！

下面再说说关羽为何拒绝。关羽虽不太懂政治，却也是见过世面的。人家来提亲，又不是来抢亲，关羽没道理如此无理。在这个没道理的背后，一定埋藏着另外的道理。什么道理？关羽心里已经有了女婿的人选。虎女不嫁犬子，当然是嫁龙子啦！关羽就是想把女儿嫁给刘备的儿子。这可不是妄加猜测，刘禅就先后娶了张飞的两个女儿。如果关羽还在，荆州不丢，女儿不失，恐怕张飞的女儿就不是首选。

关羽的选择是否正确呢？这种事难下定论。可以肯定的是，不把鸡蛋放在同一个篮子里，是一种较好的安排。如果关羽让诸葛瑾去找刘备与诸葛亮商量，应该算是上策。话说回来，如果关羽能让诸葛瑾去找刘备与诸葛亮，荆州也就不会丢在他手里，此关羽也就不是彼关羽了。

关羽就是关羽，孙权熟悉关羽，而关羽不懂孙权。提亲并不简单，拒婚不是小事，其中大有文章。皆不可等闲视之、任性为之。

夫妻恩爱缘何来

曹操的首任妻子丁夫人，不愿和曹操过了，自己回了娘家。没提条件，没要财产，不知道是不敢还是不想或不屑。曹操的继任妻子卞氏，也不是一般家属。

卞氏原是倡伎。倡伎与娼妓不同，倡伎卖艺不卖身。曹操辞官回家，读书游玩，期间认识了卞氏，便纳其为妾。曹操的眼光果然毒辣，这位卞氏，日后成了曹操的福星。

曹操刺杀董卓失败，逃出洛阳。袁绍传信，说是曹操已死，曹操的手下大多想走。此时，卞夫人走上前台，对大家说："曹君的生死不能只听传言。如果这个消息是假的，你们今日辞归乡里，明日曹君平安归来，诸位日后还有何面目相见？为避未知之祸，轻率地放弃一生名节，值得吗？"众人听了，面面相觑，均感羞愧，便留了下来。卞夫人凭一己之智，为曹操稳住了"后方"。

卞氏的胆识，肯定是打动了曹操。所以，在丁夫人回娘家后，曹操便立卞氏为妻。卞氏也就成了卞夫人。曹操姬妾成群，有十几个孩子。卞夫人把曹操的女人们团结得跟一个人似的，待这些女人们的孩子跟自己亲生的一样。曹操只管前台专心工作，后台开心娱乐。曹操高兴的时候，也搞家庭宴会，有时会以卞夫人的名义，把丁夫人请回来。丁夫人只要来，卞夫人都把自己的位置让给丁夫人坐。曹操因此对卞夫人更加喜爱。

曹操崇尚节俭，他的女人都不穿锦缎绣品，室内的帷帐如有损坏也很少更换，缝补一下照样用，被褥之类只要能取暖就好，从不在意工艺。卞夫人更是以身作则，她的服装无文绣，饰物无珠玉，居室内的家具一律不用彩漆绘画，多是一色素黑。曹操对此甚为满意。

曹操知道，再节俭的女人也是爱美的。有一次，他得到了几付精美的耳环，高高兴兴地拿回来，让卞夫人挑选。卞夫人看了看，只拿了其中一副中等档次的。曹操问她为什么？卞王夫人淡淡地说："如果选最好的，那是贪心；如果选最差的，就是虚伪；所以我择中间的。"曹操听了非常高兴。

卞夫人懂得曹操的性格，曹操不愿说假话，更不喜欢别人说假话。夫妻之间，彼此懂得是最重要的。懂得比爱情更有价值，懂得也能够让爱情更加温暖，懂得也能够让爱情更为恒久。没有彼此懂得的爱情，不论有多热烈，迟早会转冷变阴。

卞夫人也是人，也有常人的烦恼。她的弟弟卞秉，一直随曹操征战，立功不少，提拔很少。卞秉免不了找姐姐抱怨，咱不要照顾，也得要个公平吧？卞夫人觉得是这个理，就给曹操商量。曹操说："就是因为他是我小舅子，才不能提拔呀！"卞夫人理解老公的难处，也就罢了。卞氏不只懂得曹操，更懂得大局为重。

夫不管妻只引妻，妻不累夫只助夫。成功的男人背后，必定有顾大局的女人。她们顾的不只是老公的大局，也是自己的大局。不识大局、不顾大局的爱，往往是毁灭性的力量。世上最惨烈的悲剧，都是盲目的爱或爱情导致的。

曹刘孙为啥都娶山东媳妇

山东这个地方，盛产第一夫人。曹操、刘备、孙权都有一位山东临沂的夫人，而且都是他们喜欢的夫人。这是为什么呢？

曹操的原配夫人丁氏，在曹昂死后，回了娘家。此后曹操立卞夫人为正妻。曹丕称帝后，尊其为皇太后。卞夫人是琅琊人。琅琊也就是今天的山东临沂。卞夫人为曹操生下四个儿子，分别是曹丕、曹彰、曹植和曹熊。

刘备有甘夫人、糜夫人、孙夫人和吴夫人。其中糜夫人是东海人。当时的东海位于今天的临沂以南、徐州以北，连云港一带地区，曾长期隶属山东。

孙权有位王夫人，也是琅琊人。王夫人为孙权生下三子孙和与四子孙霸。孙和曾被立为太子。因全公主嫉恨王夫人，多次恶意中伤。一次，孙权病重，全公主散布谣言，说王夫人时常面露喜色。孙权晚年多疑，听说后大怒，从此失去对王夫人的信任。王夫人忧郁而终，孙和的太子位亦被废掉。孙皓当上皇帝后，追封王氏为大懿皇后。

三国时的三位"一把手"，都有一位夫人是山东人，这里面不排除有偶然因素，也不能排除其中有必然逻辑。这个逻辑大概也与山东不出皇帝有关密切的关联。

下面来看看三国时期三位夫人的特点。

卞夫人当了正妻之后，把曹操喜欢的当成自己喜欢的，而且比曹操更用心，比如对曹操的女人们比对她自己还好；把曹操倡导的当成自己倡导的，而且比曹操本人落实的还好，比如朴素节俭。曹操那么多女人，但他的后院基本保持和谐，起码表面上没有出现鸡飞狗跳的情况，这与卞夫人的表率作用是分不开的。

糜夫人与刘备分多聚少，吃了不少苦，没享过什么福，史上对她的记录很少。可她为了不让赵云分心分神，全力保护刘禅，自己投井自杀。宫斗戏里，皇帝的女人们勾心斗角，弄死别人孩子的事情屡见不鲜，像糜夫人这样为了别的女人的孩子而牺牲自己的女人实属罕见。

谢夫人是孙权的原配，没有生子。因孙权有了新欢而受到冷落，抑郁而死。步夫人是孙权宠爱的一位美女，孙权想立她为后，但大臣们不同意。大臣们认为徐夫人更合适，但徐夫人好吃醋，孙权很生气。步夫人病死后，孙权最宠爱的就是王夫人了。其原因主要是王夫人善良平和不吃醋，不给孙权添烦恼。

这三位有几个共同点：一个是漂亮，山东女人的漂亮，是牡丹式的，大气但不够婉约；一个是以丈夫为中心，想丈夫之所想、急丈夫之所急；一个是有担当，关键时刻有主见、能抗事，不惜牺牲自己。

网上有篇文章，分析全国各地女人的特点，其中说山东女人，平时对男人的爱，体现出来的是霸道，搞得男人心里不痛快，可到了关键时刻，那叫一个全心全意、真心实意。比如，男人得了严重的肾病，有些地方的女人便想着换人，山东女人首先想到的是换肾，恨不得把自己的肾给自己的男人换上。

山东是孔孟之乡，山东人深受儒家思想影响，重情重义重礼，把面子看得比什么都重要，当然也偏保守。保守不利于开拓创新，但如果一个山东女子嫁给一个干事创业的男人，则恰好一种互补。这大概是三国时期的三位"一把手"都喜欢山东女子的原因之一吧！或许这也是山东不出皇帝的一个重要原因。虽说"不想当元帅的士兵不是好士兵"，但都想当元帅的军队，恐怕也好不到哪儿去。山东兵还是有很多领导喜欢的。

事实上，山东人也不是不想，而是他们的价值观决定了他们一般不那么选择。

再说丁夫人与孙尚香

为什么要专门再说说丁夫人与孙尚香呢?因为这两位女生独立意识比较强,多少有点现代女性的味道。

在女生很难获取生活资源的时代,面对曹操这样的优质资源,丁夫人果断地与曹操分手,回到娘家,以耕织为生。这种勇气值得点亿万个赞。

孙尚香也是位有主见的女生。她的婚姻虽说是服从了家族事业需要,可她不是盲目服从,而是坚持自己看了刘备本人,感到满意才成。这种自我意识,亦是非常可贵。

本章分析的择偶,都是历史现象。那个时候实行的是一妻多妾制,女生基本没有择偶权;女生没有社会职业,不能参与公共事务。今天的社会已经大为不同。男女平等已经成为社会共识,一夫一妻制成为婚姻制度的主流,女生已经进入社会各个领域。随着数字化智能的到来,女生与男生在体能方面的差别,在职场上基本没有什么分别了,反倒是女生细腻敏感的长处愈发突显。因此,上述许多分析放在今天必然有许多不合时宜。

在择偶上,女生有了比男生更多的选择权。在夫妻分工上,男主外女主内的格局早已打破。在性观念上,汉代大儒董仲舒搞的贞操观也已作古。在富裕生活中长大的年轻人,择偶观已经出现了多样化的趋势。多数人的心态是,随性随缘,合得来就在一起,合不来就一拍两散。尤其是女生的独立意识越来越强,不再把男人当作依靠,她们相信一个人也可以把日子过得生动有趣。许多女生有了心仪的对象,会主动出击,不再等着被选择。男生的中心地位基本丧失，男权思想基本没了市场。

总之，择偶已经不再是简单的生存需要，更自由更美好的生活成为在一起的主要考量。年轻人依然追求爱情，但对"海枯石烂"已经不那么迷恋；年轻人依然喜欢甜言蜜语，但更在乎情趣相投、"三观"一致。

在一起，只是生活的一部分；不在一起，生活亦有更好的可能性。在与不在，生活都在。

第四章

谋 势 论

前面三章，重点讲了何去何从、与谁同行。方向有了，同行的人有了，接下来就是如何前进的问题了。解决如何前进，也有"三问"：怎么看？怎么办？怎么干？

怎么看？就是识势；怎么办？就是厘清思路；怎么干？就是行动方案与推动落实。

时来天地皆借力，运去英雄不自由。有的商界名流，一夜之间，人生反转；有的影视明星，忽然之间，人生翻车；有的龙头企业，正风生水起，忽风云压顶。这些现象，虽领域各异、形式不同，亦皆重事不重势所致也。

成大事，须识大势、蓄大势、用大势。成大事者，会用显势，更善蓄未发之势。

用大势，亦非只乘势、顺势、借势之一途，蓄势、待势、逆势等诸法皆各有其大用也。

势在人心

《三国演义》开篇即言，天下大势，合久必分，分久必合。这八个字，说的就是大势发展变化的基本规律。

势是看不见、摸不着的东西，怎么理解、如何认识？简单地说，势是一种场，外显为力；这种场里有两种因素，相互作用，相互转化，一个是阴，一个是阳。中国古人用"阴阳"两个字概括了万事万物，用阴阳转化囊括了万事万物演变的根本规律。

对此，我们体会最深刻、最直接的是股市。牛市来了，大家都去买股票，满心欢喜买到手，满怀期待发大财，天天关心着股价飙升，忽然之间，熊市就来了，跑都来不及了。牛市即为阳，熊市即为阴。阳盛阴生，阴极阳生，此为势的转化规律。

人间的势，如何形成、怎样变化？由客观环境与人的心理互动而成，环境变，人心变，人心变，环境再变，势亦为之变化。自然条件、生产力水平、制度与文化等构成了客观环境的主要内容。

有些商业巨头，因势成事，成了商界领袖，成功典范。可在登上高峰之后，多半会跌落或滑坡。原因何在？他们抓住了彼一势，忽略了此一势也。他们乘势而上，将势最大化地转化为事，而事成之后，随之而来的便是势的转化。此时，这个势的核心是人心需求的变化，而不是客观事物的发展趋势。而有些商业巨头，只看到了事物的发展趋势，却没有看清人心的变化趋势，等待他们的自然是悲剧了。

当初，人类发明了汽车，汽车代替人力车，就是事物的发展趋势。汽车代替人力车，许多人就会失去工作，让社会失稳失序，那么汽车的发展就会受到抵制。也就是说，此时汽车发展的人心之势并未形成。福特看清了这个势。看清以后怎么办呢？造便宜的汽车，给自己的员工多发工资，让自己的员工买自己生产的汽车。通过内循环来蓄势，势起来了，外循环便势如破竹。

如今的互联网、数字化、智能化企业，面对的形势与当初的汽车制造商大体相同。许多企业看到了互联网、数字化、智能化发展的大趋势，却看不清人心构成的这个更大的"互联网"结成的大势。这个由人心构成的势由哪些因素决定？无非是大众当下之得失也。"大云物智移"无疑给人们带来了普遍的便利，却也让大多数人失去了安全感、失去了自身技能的价值，也让许多群体失去了工作岗位与经济来源。

此时，事物发展的客观趋势与人心构建的"心势"是相互制约的关系。事物发展的势已经外显，而人心并未形成促进此一事物发展的势，此时那些自以为眼光独到、任性而为的人，必然要付出代价。方向正确的事，必须与人心之势相配合，才能成事成人。看到了事的正确方向，同时认清了人心之势的不相协调，然后积极慎重地谋势、造势、蓄势的人，叫作先驱；只看到事的正确方向，看不到时机尚未成熟，而满怀激情去做事的人，大概率会成为先烈。

曹操看到了汉室将灭这个大趋势，也看到了人心仍多在汉这个当下的形势，所以，别人视汉献帝为累赘，曹操则视之为宝贝。紧紧抓住汉献帝，积极谋划曹魏帝业，这就是曹操的立足当下、着眼未来，这就是曹操处理人心之势与历史趋势的艺术。

今天，大家都在讲可持续发展。为什么？原来的发展不可持续了，过去的那种势落下去了，需要新的势补充上来，所以大家都在谈动能转换。谈归谈，多转换不好。因为势的变化要有个过程，需要恒心与耐心，不可能一蹴而就。不转，跟不上长远趋势；硬转，必失去当下之势。而当下之势一丢，长远之势亦不能及也。

天命即是势的转换

太史令王立,曾经对汉献帝说:"天命有去就,五行不常盛。代火者土也。代汉而有天下者,当在魏。"曹操听说后,让人转告王立说:"知公忠于朝廷,然天道深远,幸勿多言。"曹操又把王立的话告诉荀彧,荀彧说:"汉以火德王,而明公乃土命也。许都属土,到彼必兴。火能生土,土能旺木,正合王立之言,他日必有兴者。"

我们在小说中、在史书上,经常看到上述类似的东西。这些说法是迷信,还是有意制造舆论?应该说,二者皆有,但还有更重要的"第三者",那就是人势演变的规律。

大汉由起到兴,再到衰微,同万物由生到灭一样,遵循同一个规律。可是,汉亡,谁兴呢?此一势衰,何一势升呢?该当如何分析判断呢?古代中国用的是"五行论",即:"金木水火土"相生相克,形成了万事万物的发展变化。"五行论"是原始的系统论与方法论。用"五行论"来分析,什么过了,什么就衰败;什么亏欠了,什么就要上升。

前文说过,社会之势,核心是人心。我们可以把"金木水火土",理解为人们需求的变化。需求如何变化?无非是缺什么就想要什么。当人们吃不饱穿不暖的时候,发展生产、改善生活就会形成共同需求。需求积累成势,就会要求改革,改革不成,就会爆发革命。人们盼望的首先是变革,变革不起,或起而不兴、兴而不成,革命之势才会形成。

在由穷到富的过程,效率是第一位的,"富起来"是人们的共同心声。此时,敢为人先的人,令人敬佩;登上富豪榜的人,让人羡慕。随着社会财富总量的快速增长,以及贫富差距的迅速扩大,效率不再是人们的首选，公平正义就成了人们的共同心声。这时候，必然要反腐败、反垄断、反为富不仁、反不正当竞争、反奢侈浪费。前一阶段，富人可以大胆发财、任性嘚瑟；后一阶段，富人如果不注重分享，甚至一如既往地嘚瑟，一定是没有好果子吃的。

当舆论场里充满"富二代"的豪华婚礼、演艺明星的天价片酬，尤其是"富二代"与演艺明星的分分合合成常态的时候，大势就要转化，"富二代"与演艺明星的幸福生活就走到尽头了。官员们天天灯红酒绿，门前整日车水马龙，此时官场地动山摇的时刻也就快到了。

人心是联系的发展的变化的。有时候，人们会幸福着你的幸福；有时候，你的不幸便是人们快乐的源泉。这些不同的心理便构成不同的势。任何一个人及其事业，都会因势而兴，亦会因势而亡。所谓得意忘形与自以为是，多源于只看事而看不到势的演化方向。富人、艺人与官人，如果不知道老百姓在想什么，还一心想着发大财、成大名、做大官、干大事，那是一定会倒霉的。只要是社会公众人物，就得密切联系群众。但密切联系群众不是目的，找到蕴藏在群众中的势的演变规律，因势择事才是目的。

综上，势的演变亦如春去夏至、秋尽冬来，任何人也阻挡不住、改变不了，因此亦可称为天命。天命的特点就是无常。

谋事不察势的王允

王允任司徒之职，属于朝廷核心成员。这个干部的特点是：忠心，善于谋事，却不能察势。

王允用美人计、离间计、借刀杀人计等连环之计，让董卓与义子吕布反目成仇，借吕布之手杀了董卓。王允亦因此有了主政的实权。董卓死后，他的部下李傕、郭汜、张济、樊稠等率部逃往陕西，派人上表求赦。王允说："卓之跋扈，皆此四人助之。今虽大赦天下，独不赦此四人。"使者回报李傕等人。李傕听了，很是沮丧，便说："求赦不得，咱各自逃生吧。"谋士贾诩说："各位若是弃军单行，一个亭长就把你拿下，不如诱集陕人，并本部军马，杀入长安，与董卓报仇。胜了，奉朝廷以正天下；不胜，再走也不迟。"众人觉得这个主意好，便安排人散布流言说："王允将欲洗荡此方之人矣！"弄得人心惶恐。然后再者人呼："不如反了吧！"众皆愿从。于是集众十余万，分作四路，杀奔长安。

王允得报，派吕布率兵迎战。李傕等人，用两路兵马，缠住吕布，另两路兵马，去攻长安。长安城内，有董卓旧部，开了城门。吕布虽勇，亦无力回天。众人劝王允逃，王不肯，为李傕等人所杀，也有说是自杀。

王允凭一己之谋，便杀了不可一世的董卓，又因自己的一个决定，成了他人的刀下之鬼，问题出在哪里？善谋事而不察势也。

当时的形势是，朝廷失去控制能力，诸侯环伺，虎视眈眈，董卓虽灭，余势尚在，皇帝安危，仍在旦夕之间。此时，追责不是主要任务，安抚人心、扩大朋友圈才是。而王允看不清形势，分不清主次，忙着赶尽杀绝，把意欲投降的小丑逼成了亡命之徒，白白送了性命。

王允不接受李傕、郭汜等人的求赦，单论事，这个决定并没有错。若是论形势的需要，那就是大错特错了。时势不决定对错，只决定谁能留下。

像王允这类谋事不察势的领导是相当多的。这里说一个电力行业的故事。改革开放之后，经济发展加快，电力短缺严重，拉闸限电是常态。电力行业想多装机，苦于没钱，于是就出台了一项政策，放开市场，鼓励社会各方集资办电。这一招果然灵验，电力发展迅猛，很快就由紧缺转变为过剩。过剩之后，电厂开工不足，效益不好。不少地方就想把电厂转交电力系统，电力系统又不要。如此一来，利益冲突便日益突出，"电霸""电老虎"的舆论渐起渐盛。由政府主导的电力体制改革便因势而出，电力系统被动了接受了厂网分开的第一轮重大改革。

集资办电没错，电力改革正确。需要反思的是，为什么你千方百计地谋事、汗流浃背地干事，换来的却是批评、指责与被动改革？

事成则势易也。干事快，则势易疾；成事大，则势易巨。只关注干成事，而无视势之变易，事成之日，必途穷之时也。善做事而不察势者，主动作为换来的，必然是被动挨打也！

刘备蓄势

刘关张"桃园结义"之后，组成了一支流浪"特战队"，四处给人打工，帮人打怪。帮太守刘焉打过黄巾军，救过被黄巾军追杀的董卓，后来又参加了诸侯联军讨伐董卓。斩华雄、战吕布、救孔融等，事干了不少，力出了不少，名气也大了不少，可就是没有挣下自己的"一亩三分地"。

机会终于来了。

曹操攻打徐州，陶谦四处求援，可没人愿意为陶谦去得罪曹操，独把刘备、孔融等来了。刘备进了徐州城，陶谦诚心让城，刘备坚辞不受。及至曹军退走，陶谦大喜，设宴款待孔融、田楷、刘备兄弟等，宴饮结束，陶谦请刘备上座，拱手对众人说："我年纪大了，两个儿子又难当大任。刘公乃帝室之胄，德广才高，可领徐州。"刘备连连摆手说："孔文举令我来救徐州，为义也。今天要是据而有之，天下人将以我为无义之人矣。"糜竺、陈登、孔融都来力劝，刘备一脸严肃地说："汝等要陷我于不义耶？"陶谦推让再三，刘备是再三不受。陶谦只好说："如你必不肯从，在此附近，有个地方，叫小沛，足可屯军，请玄德暂住军此地，以保徐州，可好？"刘备沉吟，众人又是好一番劝说，刘备才勉强答应下来。

机会来了，刘备不取。刘备到底是真心还是假意，后人对此有不同看法。有人说刘备就是重义，有人说刘备真是会演戏。这些说法，过于浮浅。

心怀宏图大志的刘备，太需要一块根据地了，太渴望得到徐州这种战略要地了。但就在此时此地，他想要是真，不要也是真。此时，他不敢要不能要，因为时机不到。此刻，他不要，是为了将来更好地要。不要，才是走在通往徐州道路上的正确姿态。

刘备是在蓄势。

从事的层面看，刘备是假装不要；从势的层面看，刘备是真心不要。刘备要的是比徐州更重要的东西，那就是人心。人心向背才是大势。刘备每次不要，口碑就上涨，民意就渐渐成势。势成则事易。

在和平时期，常有人跑官、买官、要官，造成恶劣影响，让组织很头疼。跑官、买官、要官，其危害并不在"跑、买、要"，而在于这些人大多没有民意基础。密切联系领导的人，同样密切联系群众的可能很小。人的精力有限，眼睛习惯向上看，往下瞧的时间就不多；心思用在升职上，花在干事上的功夫必然少；老百姓自然是不会满意。

跑官、卖官、要官的人，善于谋事，不善蓄势。官是有可能升，却干不了多少正经事。一遇上些风雨，便可能坏事。不是坏了组织的大事，便是自己出事。

攒什么都不如攒人品，这是从势上说的；放在某一具体事上，就不一定。

曹操退而待势

职场中的人，大多知进，不能待、不知退。两三年得不到提升，心里就着急；不管形势如何，不论什么样的人在主事，只要提拔了就开心。他们不知道，有些水是不能下的，有些鱼是不可渔的。而曹操年纪轻轻就懂得这个道理了。

曹操20岁就进入官场，担任郎官。郎官是个什么官？郎官就是皇帝的侍卫，郎中令就是侍卫长。这是汉代培养年轻干部的一种方式。他们在皇帝身边，可以增长见识，也可以培养对皇帝的忠诚。这些人相当于后备干部，大都很快就被安排到领导岗位上。

不久，曹操就被任命为洛阳北部尉，相当于副县级的公安局局长。这个岗位很重要、又很难干。京城治安，事关重大。负责京城治安，自然责任重大。京城里住的都是什么人物？皇亲国戚、豪强恶霸、明星大咖，都是些不好惹的角色。所以这个活不好干。曹操不怕这个，立志要干出个样子来。他一到任就贴出告示：打今儿起，大家伙都规矩点。谁要是犯了事儿，定当依法治罪，到时候别说咱没打招呼。

没几天，曹操碰上了硬茬。这一晚，一位喝大了酒的，违犯了宵禁，让警员抓了回来。这人对曹操说："你知道我是谁吗？我是蹇图，蹇硕的叔叔。"曹操说："我谁也不认识，就认识王法。给我拉出去，打！"手下一通大棒，把蹇图给打死了。曹操一夜之间名声大振，也因此得罪了权贵。曹操从严执法，权贵们虽恨之入骨，也不好在明面上收拾他，他们就给皇上建议，说曹操的能力强，该重用提拔。然后，曹操就被安排到一个边远的地方，担任县令。过了一段时间，曹操又调回京城，担任议郎。估计权贵们还是看着不顺眼，又把曹操外派出去。经过几番折腾，曹操明白，眼前这个局势，不适合干事，更适合投机；此时，少有人慧眼识英雄，更可能"会演是英雄"。于是，曹操决定退出官场，潜心学习修炼，耐心等待时机。

恰恰就在此时，朝廷任命曹操为东郡太守。由正县一下子提拔到正厅，一般干部抗拒不了这么大的诱惑。曹操可不是一般干部，他以身体有病为由，辞官回家。曹操在家主要做三件事：读书学习、观察思考、研习武艺。

做事与做官，是需要有条件的。是不是适合干大事、干正事，需要看大势、看时势、看局势，然后还要选择干什么事，以及和什么样的人一起干事。

有职场上，直线上升太快或线性增长过久，一般都不是好事。古今中外，无数政坛明星，都变成了流星；也有许多人，见风起势，不辨清浊，由"弄潮儿"变成了跳梁小丑。聪明人知道什么时候进取，什么时候停步，什么时候要给自己"墩苗"。

卧龙静而蓄势

"董卓专权肆不仁，侍中何故竟亡身？当年诸葛隆中卧，安肯轻身事乱臣。"天下大乱，群雄并起，诸葛亮却独卧隆中，不像大多数有为青年纷纷"下海"创业。这是为何？

诸葛亮并没有闲着。他在干着两件事：一是给自己造势；二是观察形势，等待时机。势不至，事不成。懂得待势，不急于干事，便可称为孔明。

诸葛亮是怎么蓄势的？也是两个方面：内强素质，外树形象。内强素质又是抓两手：读书学习，调查研究；外树形象还是抓两手：结交名士，夸夸海口。

诸葛亮懂得，酒不香不行，酒再香藏在巷子深处也吸引不了顾客。诸葛亮更懂得，好酒得卖给懂酒的人，顾客来了也不急于出手。前者是造势，后者是待势。什么时候出手呢？这就得察势。如何察势？还是两个方面：一个是天下大势，另一个是各路豪强的内部局势。

一个人需要抓住机遇，加快发展。但机遇不是凭个人主观愿望就能抓住的。能不能抓住机遇，先要看自身条件，然后是选准时机。自身条件不足不行，时机把握不好也不行。这是一个人在职业发展上特别需要重视的两个方面。什么时候进入职场，进入什么样的职场，得充分调研，认真分析，择机而动。

人往高处走。职场中人希望不断晋升是正常心理，但假如掌握不好火候，硬去抓机会，便会事与愿违，徒增烦恼，甚至会招致意外之祸。

比如：现在职场中的一些人，看到机会，也给自己造势。势是起来了,事却成不了。为什么呢?因为他们没有像诸葛亮那样去造势。诸葛亮造势抓的是两手:我的能力可比管仲、乐毅,可我并不想出山。如此形成的势,赢得的是尊敬、羡慕,而不是嫉妒或打压。那些造势不成反坏事的人,自己的能力与贡献没有得到有效传播,反而过早地暴露了自己的目的,往往就成为众矢之的,带来的结果当然是事与愿违。

　　需要注意的是,诸葛亮的策略,并不适合所有人。其一,诸葛亮的实力太强,能和他竞争的人很少;其二,诸葛亮所处的时代,机会比较多。如果你面临的是僧多粥少的形势,还摆出一副不想喝粥的姿态,那就可能真是没有粥喝了。即便是如此,也须谨记蓄势待发。

诸葛亮的"隆中对"

刘备三顾茅庐，第三次才见到诸葛亮，两人连夜长谈，谈出了著名的"隆中对"。"隆中对"的重要性，类似于遵义会议。

当"一把手"，找人谈话很重要，找什么人谈话更重要。可惜，大多数"一把手"，顺利的时候只和自己谈话，只听自己的话；偶尔听别人的话，也是喜欢听顺从与赞美的话。只有在困难的时候，才会主动找人谈话；只有在危难的时候，才能听进真人的话。顺境中，"一把手"常把"鬼话"当人话；逆境时，"一把手"才可能听懂什么是人话。但也仅仅是可能性，并非必然性。

刘备的"流浪特战队"始终打不开局面，才有了刘备和诸葛亮的相见恨晚与相谈甚欢。诸葛亮与刘备谈的内容，就是形势、愿景与战略。这个玩意儿，一点也不新鲜。如今领导们在工作会议上的讲话，基本上就是三大部分：成绩与经验，形势、目标与任务，重点工作及措施。《隆中对》没有这么全面，主要是分析大势，提出愿景与明确战略。

诸葛亮是如何分析大势的呢？诸葛亮分析的无非是"三大要素"及其相互关系。哪"三大要素"？人心、人才与地盘。

曹操劫持了皇帝当招牌，占据北方要地，招揽了大量人才，抢占了天时。但是，大家都知道他架空皇帝，搞得汉献帝很不开心，因此他的合法性就受到质疑。因而，在"人心"这个核心要素上就打了不小的折扣。从总体上来说，曹氏集团的实力还是最强的，其目标是一统天下。

孙权这边虽然底子并不厚实，但有长江天险可依，并且孙权很擅长团队建设，文有张昭，武有周瑜，群臣用命。这是优势，但也有短板，就是没有称帝的法理，实力上也难与曹操抗衡。所以他目前的主要目标是巩固自己的地盘。

刘备这支"流浪特战队"的主要优势，集中在刘备自己身上。一个是皇族的身份，一个是仁义的个人品牌。因此，就有了人心这个核心要素上的强大优势。但劣势也很明显，就是没有地盘。没有地盘，就很难扩充兵马。兵马不足，便只能四处游击。

孙权不甘心臣服曹操，曹操不会坐视孙权做大，这正是刘备的机会。在市场上，两大头部企业死掐，往往会有新兴势力脱颖而出。"鹬蚌相争，渔翁得利。"道理浅显易懂，可鹬蚌如果不争，如何成就渔翁？所以说，人忙活一辈子，不过是自己与自己的战争，绝大多数人，一辈子也赢不了自己，却误以为是老天或他人跟自己过不去。当然，能战胜自己的，就不是"人"了。是什么呢？是"仁、圣、神、佛"。有人说，人生三个阶段：利己、越己与悦己。大多数人，一辈子也走不出第一阶段。人生真正的智慧，彻底的觉悟，实际上就是战胜了自己。自己赢了不自己，便是他人的机会。

形势就是这么个形势，那么诸葛亮给刘备开出的"药方"是什么呢？

长期愿景：匡扶天下，恢复汉室；

中期目标：建立政权，三分天下；

近期目标：谋取荆州，扩大地盘。

基本策略：联吴抗曹。

诸葛亮分析形势、谋定方略，牢牢抓住人心这个根本，紧紧围绕关系的构建来谋篇布局，正是其取得成功的关键。现代企业都讲社会责任，都搞品牌建设，却也有很多企业抓不住关键。不懂人心，不知道如何赢得人心，是其一；不懂得关系的重要，不知道如何处理相互关系，特别是不会协调同行之间的关系，是其二。因此之故，越是努力，越是难受；越是奋斗，越成困兽。

人心易变。如何变，取决于关系。关系变，人心变，这是基本规律。纠结于人心易变，是无能的表现。

形势比人强。汉末能够形成三国演义，根本原因并不在于诸葛亮的谋略，而在于时势。汉末外戚与宦官争权夺利，朝政混乱，纲纪不振，民不聊生，董卓乘虚而入。但这个军阀完全不懂政治，很快就失去了控制力，搞得群雄并起。其中，袁绍集团代表的是士族豪门势力，曹操代表的是寒门豪杰势力，刘备高举皇家正统旗帜聚中下层士大夫与基层民众的势力，孙权代表的是崛起的外部势力。总之，袁绍代表的是旧的传统势力，而曹操、刘备与孙权代表的是新兴势力。所以，袁绍的傲慢是士族豪门的傲慢；袁绍的败，根本上是落后势力的败；袁绍的无能主要是旧势力的无能。

今天的市场形势与"三国"极为相似。以数字化、智能化、物联网与生物工程，以及新能源等为代表的新技术、新产业、新物流、新商业出现以后，必然与旧产业、老企业等产生激烈冲突。这个冲突会造成什么局面？三国形成之前，多数人看好袁绍，后来袁绍败给了曹操，出现了三国，最后是司马氏统一了天下。

想想"三国"，看看今日，未来什么企业会败，什么企业将赢，一目了然矣！

鲁肃的"隆中对"

举什么旗？走什么路？这是团队发展的首要问题。三国时期，可以说有三个"隆中对"，一个出自孔明与刘备的对话，地点在隆中；一个出自鲁肃与孙权的对话，地点在吴郡；一个出自毛玠与曹操的对话，地点在兖州。在举什么旗、走什么路的问题上，可以说是"英雄所见略同"。

孙权与鲁肃对饮，笑着对鲁肃说："当今汉室，如大厦即倾，四方纷乱不已，我继承父兄基业，企望建成齐桓、晋文那样的功业。既然您惠顾于我，请问有何良策助我成功？"鲁肃说："过去，汉高祖耿耿忠心想尊崇义帝而最后无成，这是因为项羽加害义帝。如今曹操，犹如过去项羽，将军您怎么可能成为齐桓公、晋文公呢？以鲁肃私见，汉朝廷已不可复兴，曹操也不是一下子就能除掉。为将军考虑，只有鼎足江东，以观天下形势。天下局势如此，据有一方自然也不会招来嫌猜忌恨。因为北方正是多事之秋。您正好趁这种变局，剿除黄祖，进伐刘表，尽力占据长江以南全部地方，然后称帝建号，以便进而夺取天下，这如同汉高祖建立大业啊！"孙权又说："我如今尽一方之力，只是希望辅佐汉室而已，你所说的，非我所能及。"

鲁肃的话说到孙权心里去了，但此时孙权对鲁肃还了解不多，交情不够，就说了一番场面话。孙权说归说，干还是要干的。公元208年，孙权命甘宁西攻江夏，斩太守黄祖，进而准备夺取荆州。

曹操怎肯让孙权拿下荆州？于是，起兵南征。

曹操七月发兵，刘表在八月就病死了。鲁肃对孙权说："荆楚与我们江东邻接，顺水而往可达北方，外连江、汉，内隔山陵，如金城坚固，沃野万里，士民富足，如果占了这块地盘，建立帝王之业的基础就有了。如今刘表刚刚去世，两个儿子素来不和，军中的将领分为两派。加之刘备是天下枭雄，与曹操存在矛盾，寄身在刘表那里，刘表嫉妒他的才能，不敢重用。如果刘备与刘表的儿子们协力同心，我们就安抚他们，与他们结盟；如果他们之间离心离德，我们就另作打算，以成就自己的大事。我请求前往荆州向刘表的儿子们吊唁，并慰劳他们军队中的将领，劝说刘备安抚刘表的部下，同心一意，共同对付曹操，刘备一定乐于从命。如果这件事处理得好，则天下就可以平定了。现在如不速去荆州，别让曹操赶在前面了。"

鲁肃与孙权的两次对话，谋定了东吴的发展战略。

天下大乱，英雄并起，汉家江山将灭。这是鲁肃对大势的判断。在这样的形势下，东吴该什么办呢？在举什么旗的问题，分两个阶段：第一阶段，挂羊头、卖狗肉，举汉家旗、扩大自己的地盘；第二阶段，公开称帝，亮明旗帜，平定天下，成就霸业。选择怎样的实现路径呢？第一步，拿下荆州，平定江南。取荆州，又有两个策略。如果刘表的两个儿子及刘备不闹分裂，就采取联刘抗曹的策略；如果他们闹分裂，那就拿下荆州，巩固江南。待时机成熟，再谋取天下。

刘备与孙权，面对的是同一个天下大势。但刘备的势与孙权的势又有不同。刘备势小，孙权势大。因此，诸葛亮和刘备议定的战略路线，只有一个，就是联孙抗曹，三分天下；鲁肃与孙权议定的路线，却是两条道路，一条是灭刘，一条是联刘。如一时不能灭刘，那就联刘搞曹。这个"刘"起初并不是刘备，而是刘表集团。

鲁肃心里比较清楚，曹操实力太强，以东吴目前的实力，孙刘联合，共同搞曹，形成三足鼎立的局势，是最现实的选择。这个认识和诸葛亮完全一致。但鲁肃要考虑孙权的心理，他给出两个选择，孙权就相对容易接受。

诸葛亮、鲁肃都是战略家、外交家。战略家的强项，便是大势看得准；外交家的特长，就是会说话。

毛玠的"隆中对"

曹操治理兖州的时候，正值群雄并起，曹操的实力还比较弱。此时，大家都忙着抢地盘，都想称王称霸，曹操该怎么办？

毛玠给曹操出了个主意。

毛玠是何许人？毛玠字孝先，河南封丘人。年轻时当过县吏，后来想到荆州投奔刘表，途中听说刘表政令不明，转投曹操。曹操治理兖州，任命毛玠为治中从事。毛玠对曹操说："现今国家分裂，君主流离，民众失业，饥饿流亡，官府没有能维持一年的储备，百姓没有安定的心思，这种状况是难以持久的。袁绍、刘表虽然兵民众多，力量强盛，却都没有长远的考虑，没有树立基础，没有得到人心。用兵之事，合乎正义才能取胜，保守权位需要财力，因此，应当拥戴天子以命令那些不肯臣服的人，致力于耕植业，积蓄军用物资，这样一来大业就可以成功了。"曹操听了非常赞同，就转任他为幕府功曹。

毛玠的这段话，可以算是发生在兖州的"隆中对"。

毛玠首先分析了形势，以此提出了发展战略与具体路线。"奉天子"是政治路线。别人抢地盘，我们"奉天子"。天子代表着正当性，奉天子意味着正义性。有了天子，就可以名正言顺地号令天下，这样来抢地盘就能够得到更多支持。"修耕植"是经济路线。大家都在横征暴敛，甚至是直接抢劫，谁能让老百姓有地种、有饭吃，谁就赢得了人心，得了人心就有了基础。"畜军资"就是军事路线。乱世，没有枪杆子是不行的，但是，打仗从战略上打的是人心，在战场上拼的是消耗，没有军粮是打不赢的。在粮食极度短缺的时候，谁不缺粮食，谁就不缺士兵。

毛玠提出的政治路线、经济路线与军事路线是完整统一的，与当时的形势是高度契合的。三个方面，缺一不可。毛玠搞的就是生产建设兵团。土地国有化，耕作集体化，农民战士化，战士农民化；官兵合一，军民合一，耕战合一。可以说是：政治正确、策略高明、方法得当。曹操正是采纳了这个建议，才赢得了先机。

当时，在对待皇帝的问题上，主要有三种做法：一种是废立，一种是另立，一种是自立。董卓是废立，袁绍想另立，袁术是自立。这三位都败了。沮授曾给袁绍建议："挟天子以令诸侯。"袁绍不听。沮授的建议，与毛玠相比，还是差了些层次。

曹操则是拥立，也就是"奉天子以令不臣"。曹操拥立天子以后，他的竞争对手看懂了，也知道晚了，但并不甘心，所以他们说曹操是"挟天子以令诸侯"。只改了三个字，性质就变了。这个就是制造舆论。舆论在一定程度上，可以改变人心向背，人心向背一变，势也就随之变化。

枪杆子与笔杆子，哪个重要？都重要。乱世，枪杆子重要一些，因为枪杆子可以控制笔杆子；治世，笔杆子重要一些，因为笔杆子可以统治枪杆子。

现代企业，产品质量与品牌形象哪个重要？都重要。但现在也有一些企业，先做策划宣传，然后才组织生产。也就是先谋势后做事。

削了对手丢了朋友

对手是另类朋友，朋友是潜在对手。

赤壁之战，是大势转换的分水岭。曹操大败，退回北方，由战略进攻转入战略防御。刘备得了荆州，收获了战略要地，进入扩张阶段。孙权巩固了政权，提高了声望，壮大了实力。三国鼎足而立的局面基本形成。

这对刘备、孙权是好事还是坏事？这得看他们怎么看与怎么干。

他们是怎么干的。孙刘联盟的共同敌人是曹操。曹操的实力下降，一时构不成威胁，孙权与刘备便开始相互算计，由朋友向对手转变。围绕荆州的归属，双方斗智斗勇。先是刘备一方占了主动，最终让吕蒙偷袭得手。蜀汉政权自占领荆州而兴，到失去荆州而衰。东吴与蜀汉长期争斗，也为后来的司马氏统一天下创造了条件。

人心的一个突出特点是贪。自己贪，也认定别人贪。这个也被称为"囚徒困境"。刘备集团认为不趁机扩大实力，将来不是被东吴灭，就是被曹魏亡。孙权集团认定，不遏制刘备集团的扩张，东吴是保不住的。

不扩张是死，扩张是亡；怎么做都不对，奋斗是一场空，"躺平"是空一场；这也是"囚徒困境"。这个困境来自人心的矛盾，是人心的困境。

那么，有没有新思路新出路呢？当然有。那就是适势适时适度，核心是适度。

三国鼎足而立，谁也不甘心，都想一统天下。为什么要一统天下？大家都认为，只有灭了另外两家，自己才是安全的。赤壁之战前，曹操最强，想独霸天下。孙权次之，想巩固地盘，刘备最弱，还没有自己的地盘，谋求的是立足之地。此时，孙权与刘备存在直接的现实冲突，如果曹操不起兵南下，孙刘就会打起来；曹操南征，矛盾就转移了，孙刘就联合起来，共同对付曹操。因此说，曹操当时南征是不合时宜的。赤壁之战后，刘备趁势扩张，是合适的。但他扩张过快，快到孙权不能容忍，快到自己的人才与军事力量无法支撑，这便是过度了。孙权拿下荆州，让一直在攻击曹操的刘备集团，调头与孙权集团作战，硬是把有利之势弄成了不利之势。因此，从战术层面看，孙权是胜了；从战略上看，却是败招。总之，他们都想彻底消灭对手，结果却是与对手一同灭亡。

对手可能伤害自己，对手也可能是成就自己。与对手是死掐还是合作或者是有斗有和？没有标准答案，要视具体情况而定。

曹操三次半途而废

赤壁之战后，曹操主要发动了三次战争。第一战的对手是韩遂与马超，第二战的对手是孙权，第三战的对手是张鲁。曹操三战都是半途而废，令人不解。

曹操为什么不赶尽杀绝，而是自行退兵呢？曹操是怎么想的，史书上没有记载，即使有，也靠不住，我们只能猜测。曹操的做法大概有一个原因、一个目的、两种顾虑。

先说顾虑。一个顾虑是后院不稳，怕反对他的势力背着他搞阴谋，不敢在外征战太久；另一个顾虑是如果外部威胁完全消失，内部矛盾便更加突出，自己的地位更难维护，不能把外部对手打没了。

一个目的，就是增强自己的权力地位。虽然我不能让你喜欢我、不恨我、不想弄死我，可我可以让你们不敢、不能给我明着干。

最后说说原因。曹操长期在外征战，过去没有后顾之忧，如今为何如此没有自信、没有安全感呢？曹魏政权大致由三种人组成，一种是曹操的铁杆，希望并支持曹操称帝；一种是东汉的铁杆，对曹操存有着强烈不满，总想找机会拿下他；还有一种人希望保持现状，既不易大汉的旗帜，也不削弱曹操的实权。起初，曹操虽操实权，但对皇上也算不错。当然，这个不错是相对的。相对于董卓、郭汜等人，曹操已经相当好了。所以，这三类人，都寄希望在曹操统领下，统一天下，建功立业。后来，曹操干了一件事，让曹魏政权的内部形势发生了重大变化。

建安十八年，董昭挑头，发起封曹操为公的倡议。这事是不是由曹操唆使，我们不得而知，但一定是对上了曹操的心思。曹操也明白，如此会引发不满，甚至是内部分裂，就弄了一出自欺欺人的表演。其实也是老套路，无非是再三推辞，然后就成了众望所归，实在是不能辜负了大家，只好从了。曹操这一番表演，有没有把别人骗了不清楚，却实实在在地把自己骗了。曹操对皇上的态度大不如前，曹操要篡汉就几乎成了朝野共识。如此一来，大汉的铁杆就起了二心，一些中间派也不再与曹操同心。

在这种形势下，曹操就不能不挑起外部矛盾，又不能真心消除外部矛盾。既然曹操如此明白，又为何为了"公"这个虚名而丢了大势呢？人心里潜伏着一个贪，靠自己很难制服它。曹操再聪明也架不住身边人忽悠。有宏图大志的人，身边总少不了"卖拐"的人，一不小心就被他们忽悠瘸了。

第五章

成事论

> 想不想、会不会、敢不敢,是成事三要素。自大、自满、自醉,是败事三要素。以人为本,是成事的根本。
>
> 定战略,须识天下大势,知社会心理;做成事,须识人心,知己心。借心势,懂心事,成事之前提也。
>
> 以道取得最大公约数,以术驾驭个人心理,是成事的基础。
>
> 得道取法用术,学习与思考是基础。
>
> 幼年学事,少年做事,青年闹事,成年干事,老年生事;人人如此,如此而已!

还是先说人心

乌桓之战,曹操赢了。赢了之后,曹操干了一件很奇怪的事情。他发布命令,严查当初反对乌桓之战的人。

官渡之战后,袁绍去世,儿子争权,内部分裂,袁绍的儿子袁尚、袁熙投奔乌桓。曹操为防止袁氏东山再起,决定起兵进攻乌桓。先头部队逼近乌桓,主力部队还在后面,张辽提出突袭,多数将领反对,曹操采纳了张辽的建议,张辽突袭成功。

这个时候,曾经提反对意见的人,心里是在打小鼓的。没想到曹操还要查,心里就更加忐忑,大家也以为曹操肯定是要追责问责。可曹操就是曹操,曹操可不是袁绍。曹操对提反对意见的人,一一奖励,搞得大家一头雾水。曹操说:"这一仗赢得悬啊!我不能老是凭侥幸打仗,我得感谢你们的提醒啊!"

曹操打败了检讨自己,打胜了感谢别人。这样的"一把手"招不招人喜欢?不喜欢的人恐怕不多。能遇到过这样的"一把手"的人,肯定也不多。不多就对了。人人皆能如此,如此便没了价值。

曹操与张绣干架,张绣降。因曹操睡了张绣的婶婶,张绣觉得很没面子,为了挽回面子,张绣就反水了,而且杀死了曹操的儿子曹昂、大将典韦。后来,张绣自己玩不下去了,问谋士贾诩怎么办,贾诩说:"投降曹操啊!"张绣一听就急了,他说:"我都投降过一回,又反了一回,还把他儿子给杀了,你怎么能出这样的主意呢?"贾诩说:"曹操是个有抱负的人,急需广揽人才。连你这样反叛过他的人,他都能接纳,还有什么人不能包容呢?他接纳你,就是给天下人才树立了榜样。

你的价值大得很，请尽管放心就好了。"

张绣也没别的好主意，就又投了曹操。曹操果然给了张绣极高的礼遇与极高的待遇。

那么，像张绣这种反复无常的人，曹操还给了如此高的待遇，怎么树立正气呢？曹操这样做是基于客观现实的。当时正是乱世，人心浮动，谁也搞不清谁能成事，谁也不知道谁可信任。用曹操的话说，就是"上下相疑之秋也"。这时候，最重要的就是建立信任关系。别人猜忌的时候，信任的力量便愈发强大。

曹操取得的实际效果是怎样的呢？据说，在曹操去世前，手下的谋士已经有102人，这是蜀汉刘备与东吴孙权无法比拟的。应该说，到曹操那里去，是人心所向。

你要做大事，不记仇不行，只记仇也不行。盲目煽动仇恨是危险且愚蠢的。怎样才行？赢得众人心才行。

刘备一生最重要的决定

三顾茅庐的故事,可是说是家喻户晓。但史料记载有不同。《三国志》的记载,是刘备请的诸葛亮。《魏略》与《九州春秋》的记载,是诸葛亮主动找的刘备。究竟哪个为真呢?

要知道,诸葛亮出山的时候,刘备从袁绍那儿到了刘表这里,已经六年了。这么长的时间,两人难道从未相见吗?诸葛亮的媳妇,管刘表叫姨夫,是很近的血缘关系,应该是经常往来的。刘表和诸葛亮常见面,刘表与刘备也时常相见,那么诸葛亮与刘备见面的可能性是很大的,至少是有所了解的。

而曾经认识或者了解,是两人真诚合作的前提。就像两个青年男女,虽然没有确定恋爱关系,但相互之间都有好感,经人介绍后在一起的可能性就大。那么问题来了,刘备为什么突然之间执意"求婚"呢?当然是外部形势起了变化。什么变化?曹操要来攻打荆州,刘备眼看待不下去了。在生死存亡的关头,刘备思来想去,也没什么办法,大概觉得也只能求助诸葛亮试试运气了。

为什么说刘备是碰运气呢?因为当时的诸葛亮,没有任何职业经历,没有任何业绩。按现在的话说,诸葛亮是没有任职资格的,是一位地地道道的职场"小白",如果录用的话,也只能试用。虽然看着顺眼,但并没有谈恋爱,此时决定结婚,是有点冒险的。可是,刘备的这次冒险,真的让刘备"冒"出来了,从此"咸鱼"翻身得解放。

刘备决定向诸葛亮"求婚",是他一生最重要的一个决定;"求婚"的过程,也是他人生最精彩的时刻。刘备的过人之处,就是当他决定

"求婚"的时候,他要得到的就不只是这个人,还有这个人的心。刘备结识关羽、张飞的时候,不是三个人愿意合作就完了,而是结为异姓兄弟。不只是三个人在一起,还要三颗心在一处。他们三个决意不求同年同日生,但求同年同月死。

刘备要得到诸葛亮的心,是有先天条件的。但这些先天条件,对于常人来说却是不利条件。刘备的先天条件是什么呢?首先是年龄差距。当时,诸葛亮26岁,刘备46岁。年龄大的人对年轻人,会不自觉地摆长者架子。其次,刘备是有业绩、有名气的人,而诸葛亮还是一位待业青年。从业者对待业青年,往往会摆出师傅的架子。

刘备就是反其道而行之。他放下了架子,虚心请教,真诚相邀,诸葛亮不仅被感动,而且铭记了一辈子。所以诸葛亮在《出师表》中说:"盖追先帝之殊遇,欲报之于陛下也。"

共事先共心,是刘备当"一把手"的一个要诀。

学习型组织的真义

干事，分三种。一种只是干事，不学习、不思考、不总结，永远是低水平重复；一种是在干中学，干有所感，干有所悟，经验日益丰富；一种是边学边干，学中干、干中学，用理论指导实践，把实践经验变为系统化的知识，并上升为理论思想。

第一种干法的人，一生只能"打工"，还不一定能成为熟练工。第二种干法的人，可以成为技师、工程师、专家或管理者。第三种干法的人，可以成为导师、科学家、理论家或统帅与领袖。

干事业，首先得成为一个爱学习的人；干大事业，必须得有一个爱学习的群体。

为什么学习型组织很重要？先说一个现代故事。华为在某一国家发现了一位数学天才。任正非决定在那里为他成立一所研究院。许多人对此不理解，觉得应该把他引进来，何必为这么一个人专门在当地成立一所研究院呢？后来，正是这位数学天才，让华为的"5G"走在了世界前列。

任正非很了不起！没有他这个决定，极可能没有华为的"5G"领先。道理何在？这个数学家，在所在国有自己的圈子，这个圈子里有一群数学人才。失去这个圈子的数学家，就不再是原来那个数学家了。人是关系的总和。关系变，人随之变。为什么"名师出高徒"？高手的朋友圈，多是高手。高手中间才能出顶尖高手。高手到了民间，还是高手，但水平就很难提升。闭关修炼，只能是阶段性的。闭关之后，就得找高手过招。

建设学习型组织，核心是形成高手群体，造就顶尖高手。

再说一个"三国"故事。孙权对吕蒙说："你现在当领导了，不可以不学习。"吕蒙说："军务繁忙，哪有时间学习？"孙权说："我经常读书，收获很大。要说忙，谁能比我还忙？我让你读书，不是让你成为学问家，只需粗读，知道历史，掌握其中的规律罢了。"吕蒙听了，开始读书学习。

鲁肃和吕蒙议事，听了吕蒙的话，大惊道："卿今者才略，非复吴下阿蒙！"吕蒙说："士别三日，当刮目相看。大兄何见事之晚也！"

孙权的话有三层意思。第一，当领导，不读书学习是不能胜任的。第二，磨刀不误砍柴工，忙是学习不够的表现，而不是不学习的理由。第三，领导学习的目的，不是做学问，而是借鉴历史、掌握规律，以指导实践。

建设学习型组织的目的，不是建设大学式的组织，而是建设卓越实践的组织。形不成学习氛围的组织，只能低水平重复实践。这样的组织，越是加班加点，浪费的资源越多，衰败的就越快。

真正的核心竞争力

人才是核心竞争力。这话人人耳熟能详,但这话并没有说到点子上,甚至可以说根本不成立。

东汉末年,汉室衰微,及至董卓作乱,一时群雄并起,忽然之间,一批批的人才如雨后春笋般冒出来,而且啥样的人才都有,能干皇帝这行的都出了好几位,谁能说东汉末年没有人才?

袁绍手下聚了大批人才,谋士如云,战将成林。可是这些谋士能臣,有的自负,有的狂傲,有的"跳槽",有的钩心斗角。袁绍集团很快就衰败了,几乎是白手起家的刘备却建立了蜀汉政权。你还能说人才是核心竞争力吗?

这两个例子,至少可以说明两个问题:其一,缺人才是个伪命题,尤其是在今天这个普遍受教育的时代;其二,人才有可能是竞争力,更可能会"内卷化"。

任何组织真正缺的都不是人才,而是让人成为人才的能力。任正非说:"人才不是华为的核心竞争力,对人才的管理能力才是企业的核心竞争力。"

三国时期,主要领导靠什么形成自己的核心竞争力?曹操靠智,刘备靠义,孙权靠情;刘备死后,诸葛亮靠法。曹操驾驭人,刘备凝聚人,孙权感化人,诸葛亮管理人。由此形成各自独特的核心竞争力,形成了三国鼎足而立的局面。

人与人才之间隔着一道门,这道门就是组织的人才观以及由此决定的组织生态。现在企业都有一套复杂的干部管理、人才培养等政策制度体系，但是，没有人才的问题仍然非常突出，选人用人的矛盾依然异常尖锐。为什么？主要是没有形成良好的组织生态。

难点在哪里呢？没有制度、不遵守制度不行，把制度执行死了也不行。现在，许多单位在人事方面出了问题，就忙着建制度、改制度，或者对没有严格执行制度的领导给以处分。这样的努力不过是表面文章，并不能解决问题。原因很简单，我们知道矛盾是普遍存在的。干部、人才的使用也存在矛盾。没有制度不行，有制度执行不力也不行。但是，制度是按照一般规律来安排的，可杰出的人才不遵循一般规律。刘备如果按干部制度办事，就没孔明什么事了。一个待业青年凭什么当"二把手"？听干部意见，也没孔明什么事，关羽、张飞就瞧不上诸葛亮，一百个不服气；听群众意见，还是没孔明什么事，诸葛亮自比管仲、乐毅，大多数人都不以为然。所以，用人是一门艺术，"一把手"得是艺术家。

突破现有制度，破格使用人才，而不产生"内卷"，是一个组织具备核心竞争力的重要特征之一。也可以这么说，让人才成为人才的能力，才是一个组织的核心竞争力。

刘备集团的组织体系

干大事，必须建立组织。组织是有机系统、生态体系。系统由什么构成？角色、功能与关系。

刘备要创业，搞了个"桃园三结义"，建立了自己的组织。刘备是大哥，关羽是二哥，张飞是三弟。大哥、二哥、三弟，形成角色；角色之间是什么关系呢？兄弟关系，以"义"字为准绳来运行与维护这种关系。相互之间有怎样的功能定位呢？大哥是主事的，弟弟是负责操作的。

这时候，他们哥仨组成的还只是一个团伙，算不上一个有机系统。直到诸葛亮等加入，刘备集团才真正算是形成了具备有机体特点的组织。

团伙升级为组织，需要完善角色定义、功能定位与关系准则。它们是以目标、任务与价值观为统筹的，以法治精神为准绳来运行的。角色定义主要有三个维度：名称、职责、标准。功能定位也有三个主要维度：位置、结构、权责。关系的建立也有三个重要维度：流程、制度与价值观。

刘备集团，以仁义为核心价值观，举的旗是复兴大汉天下，基本战略是"三分天下"，现实策略是联吴抗曹。在诸葛亮到来之前，这个团队主要靠情义来运行。小团队，用情义来运维，效率高，成本低。但是，大团队，只用情义，就扯不清了。人们会计较远近亲疏，便会有"内卷"产生。在诸葛加入之后，发生过一件很重要的事情，就是在赤壁之战前，诸葛亮和关羽立下了军令状。诸葛亮在有意识地告诉大家，今后不能搞哥们义气,而是要以军法从事。诸葛亮给刘备集团注入了法治意识。

组织不是机械系统,你输入一个指令,不见得会取得你想要的结果。在这个有机系统中,人越听话,组织越不听话。因为人的主观能动性一旦丧失,就无法及时有效地应对变化。大家都听话的结果,就是重大目标任务的失败。就像现在的自动驾驶汽车,之所以目前还不能取代司机,就是因为它是听话的机械系统,而司机不是完全听话的生态系统。自动驾驶只有解决了不"听话",才能真正取代司机的位置。

既要听话又要不听话,这是组织体系建设的难题。所以,大多数组织都在权力地放与收上纠缠不休,都在执行力与创造力上难为两全。

以何治理

　　管理一个组织，得有管理思想，也就是人们通常讲的道。一些企业整天抓管理，经常搞管理变革，可就是没多少效果，主要就是缺道。道相当于中药里的君药。君药不对，只调臣药，不只没效果，还极可能伤人。

　　中国古代管理思想很丰富，号称诸子百家。其中最有影响的是儒、法、道、墨。一般来说，儒与法主要在官场，道与墨主要在民间。官场多是儒法结合、外儒内法。不得志的士人，多尚道。江湖以墨家为主，尚侠。帝国时代，这四种思想相互制衡又相互补充，构成了治理思想的生态体系。

　　三国时期，曹魏集团以法家为治理思想。法家的特点：以法治理，不论情面；关注目的，不论手段；论功行赏，不论贵贱。所以，曹魏集团吸引了大批寒门豪杰，迅速在群雄之中脱颖而出。法家思想路线，特别适合扩张战略，尤其适宜砸碎旧世界，但在形成秩序、保持稳定上就有着明显的缺陷。同是崇尚法家，秦国二世而亡，曹氏被司马家取代，并非偶然。一旦扩张停滞，多数人得不到上升机会，不满就会累积，久了自会生变。既然君权不是神授，既然当官不论血统，这个家你能当，我为何不能当？

　　三国时期，袁绍集团主要以儒家为治理思想。儒家讲究君臣父子关系，重视秩序，有利于稳定，不适合残酷激烈的竞争。袁绍决策大多按部就班，鲜有奇招妙计，即使在两军对抗的战场上，也不善于使诈，经常失掉大好机遇。其深层原因，还是把儒家思想用死了。

三国时期，刘备集团初期是墨儒结合、内墨外儒的治理思想。刘备打的是皇族正统的牌，举的是仁义的大旗，内部以侠义为思想与行为准则。诸葛亮入伙后，去墨尚法，形成儒法结合的治理思想。有了法家思想的指导，刘备哥儿几个才由"流浪特战队"转化为有自己根据地的政治军事集团。

西汉初期，刘邦政权崇尚黄老，注重休养生息。刘邦夺取天下后，重点任务由军事斗争转化为经济发展与社会建设。饱受战乱之苦的百姓，最渴望的就是安安稳稳地过日子。黄老思想正契合了这种需求，刘邦政权也因此得以稳固。人心稳，政权稳。

人类创造了很多治理思想，并不断创造新的治理思想，没有哪一种思想绝对正确。时代发展、形势变化，阶段有不同、任务有变化，治理思想亦必须与时俱进。

建设企业文化的道理也是同样。现代企业都重视培育企业文化，很遗憾，真正有文化的企业并不多。因为多数企业只关注以文化人，而不愿意让人多"闻"。一个人孤陋寡闻，再听话、再勤奋、再能干，也不过是台机器。机器哪里有什么文化？企业文化也得与时俱进，也只有与时俱进才有企业文化。

企业文化一潭死水，不可能有企业的源头活水。

必须抓住地利

地利属于战略要素,所谓"天时不如地利,地利不如人和。"天时、地利与人和并不是孤立的。天时、地利可以促进人和,而人和也可以帮助成就天时与获得地利。

在军事上,有战略要地。荆州是战略要地,蜀汉因得此地而兴,因丢此地而衰。在具体战役上,高地、险地是地利。谁先占领高地、据险要之地,谁就占据了有利地位。孙刘联盟能够漂亮地打赢赤壁之战,占据长江天险便是一个极为重要的因素。

那么,在球场、职场与市场上,有没有地利呢?

足球运动本质上是利用空间、时间与整体来改变双方实力对比的艺术。身体、技术与战术等不过是利用时空的手段,胜负则是利用时空的结果。足球场是一块平整的草地,没有高地,到哪里去寻找地利呢?足球场上的地利,取决于球员的站位及其相互关系。传控球的目的,主要是调动对手的位置及其相互关系,其次才是消耗对手的体力与消磨对手的意志力,使其向有利于本方进攻的方向转化。前场抢断与快速反击,之所以得分效率高,就是因为对方球员的站位及其相互关系是着眼于进攻而展开的,因而失去了防守的地利。教练多强调跑位,因为跑位就是抢占有利地形。所谓用脑子踢球,就是懂得如何抢占有利于地形。

职场行为是本领、时机与人际关系的艺术。在职场上,没有清晰的地盘,地利又体现在哪里呢?明显的地利是岗位,谁的职务高、权力大,谁就占据了有利地形。其实,职场上的地利有"三要素":本领、岗位与人际关系。你有本领,就是站在高处;你的本领,可替代性越小，你在高处就站得越稳。可你有本领，不一定得到机会，这就是人际关系出了问题。你有本领，还能处理好人际关系，获得理想岗位的概率就高。

市场竞争本质上是创造与制造差别的艺术。你有我优、你优我廉等，属于制造差别；你无我有，便是创造差别。你有我优与你优我廉，都属于"人和"的范畴；而你无我有，便是占领了制高点，属于地利的范畴。你无我有，便是领先；领先者的地盘在短时间内是没有对手的。

大部分企业都是在搞同质化竞争，少数企业制造差别开展竞争，个别企业创造差别展开竞争。同质化竞争的企业短命，制造差别竞争的企业会兴盛一时，创造差别竞争的企业会独领风骚。

创造差别的企业会招来模仿者、追赶者，如果它不能持续创造差别，就会进入同质化竞争。同质化竞争，自然会让企业陷入困境。这时候，诸多企业就着于搞改革。而大多数改革都在聚集于调整生产关系，且多集中于权力、利益的改变，而没有聚集于创造差别。于是，改革热热闹闹，总结头头是道，其实并无多少实效。主要的作用，就是为下一次改革创造了条件。

许多企业的所谓改革，都是在老地盘上循环往复。他们不是不想抓地利，是他们看不到地利。

刘备败于规模扩张

赤壁之战后,刘备集团迅速扩张,直到关羽大意失荆州,形势又急转直下,很快就走向衰败。

荆州丢失的责任,全安在关羽身上,不太公正。关羽丢了荆州,还搭上了性命,的确与他自负高傲的性格有关,却不是主要原因。

刘备在赤壁之战前,带领着"流浪特战队",一直在打游击,并没有多少经营根据地的经验。打游击与建设政权、巩固地盘,需要不同的思想路线。而刘备集团并没有来得及完成思想路线的转变。

地盘多了,规模大了,就需要更多的人才,还需要更多类型的人才。刘备集团并没有完成组织路线的调整,自然带来了人才供求的失衡。

冲动是魔鬼。可以说,荆州丢在刘备集团的规模冲动上。昔日的很多强国都是如此亡的,今天的许多企业也都是这么死的。

市场形势大好,多数企业家都忍不住急速扩张,搞得供大于求,市场转冷,留下一大堆低效无效资产,接下来就是资金链断裂,企业破产。规模扩张过快,还会带来人才短缺。人才不足,管理与服务都跟不上,市场就维持不住,结局也就不言而喻。

企业规模扩张还有一种形式就是多元化。企业是多元化好还是专业化好?人们有不同的看法。多元与专业,各有其优势,各有其短板。是优势尽显,还是暴露短板,根本的是管理思想、组织架构、制度安排、人才结构与企业文化等与发展战略、企业规模等是否匹配。

专业化的,死掉的很多;多元化的,也是一样。总体来看,走专业化的企业,表现稍好一些,但这并不表明专业化才是最佳选择。只是说明专业化企业，治理起来相对简单；多元化企业的治理就复杂得多。任何一个国家的经济体系都是多元化的，国家能够驾驭多元经济，企业也应该能够做到。

规模没有合理的架构支撑，便是"危楼"；规模没有人才支撑，就会"塌方"。有了这两件条件，就可以扩大规模吗？还是不成。你不关注人心还是成不了事。你必须清楚，你的规模扩张，让哪些人受益，又令哪些人受损。你不能只考虑内部，还要考虑社会。要谨记，不能让大多数人受益的扩张，即使方向正确、思路清楚、措施得当、落实有力，也是自寻死路。

赏罚不贵分明贵不同

任何一个组织都有奖惩激励机制。但是,奖励机制与惩罚机制是根本不同的。很多人,包括制定制度与执行制度的人,都不清楚这一点。你知道这个根本不同是什么吗?曹操或许是知道的。

曹操在发兵宛城时,颁发军纪:"士卒无败麦,犯者死。"谁损害了老百姓的麦子,就是死罪。这条纪律非常简明、非常严厉。

在行军途中,曹操的战马受到惊吓,窜到麦田里。曹操成了第一个违犯军纪的人。制定纪律的人违犯了纪律,怎样办?曹操把执法官叫来议罪。执法官说:"以春秋之义,刑不加于尊。"意思是:您是老大,依据春秋案例,不受这条军纪的约束。曹操说:"制法而自犯之,何以帅下?然孤为军帅,不可自杀,请自刑。"说罢,拔出佩剑,割下自己的头发,扔在地上。这就是"割发代首"的典故。

今天看来,割发代首就是一个笑话。但在三国时代,却是非常重的处罚。那时,人们的观念是身体发肤受之父母,不可毁伤,割发就是不孝,不孝是大罪之一。曹操割发,起到的效果,约等于自杀以谢罪。所以,执法官立即发出通报,全军为之震惊,再无人违犯军纪。

曹操的战马,也许是真的受到惊吓,但更可能是曹操有意为之。理由是什么呢?曹操制定的这条纪律非常苛刻,很难执行到位。损坏了老百姓的几棵麦子,就要被杀头,没有几个人理解,更没有几个人相信;尤其是那些能征惯战、战功赫赫的将领。曹操又为何制定如此苛刻的制度呢?为的是赢得人心。他要让自己与自己的军队在老百姓心里与其他军队明显地区别开来。可是,在用人之际,曹操也不想因此失去自己的将士，更害怕因此果真丢了大将。怎么让全军上下警醒起来，避免违纪行为发生呢？当然是拿自己开刀啊！

惩罚制度，贵在受罚者寡；受罚的人越多，组织就越失败。奖励制度，贵在得奖者众，获奖的人越多，组织就越成功。惩罚制度的目的，是无人受罚；奖励制度的目的，是人人立功。这就是奖励与惩罚制度的根本区别。

有些单位的领导，下属犯了错误，等于给自己出了难题，依法依纪处理，怕得罪人，或者下不了狠心；有些单位的领导，下属犯了错误，恼怒于下属给自己惹了祸，怕自己担责，出手就是重拳。他们共同的特点都是没有在如何让下属避免犯错误上下功夫。

不在避免人犯错误上动脑筋、下气力，就会在处理人上伤脑筋、费功夫；对下属没有爱心，自己与组织都会伤身。法网恢恢，疏而不漏。但立法与执法者的本心，是让人处"网"外，而不是以收网为业。

奖与罚贵在有不同的立法与执法原则。同样是奖励也有不同的侧重点。物质上的奖励，侧重点是了结过去。你的业绩好、贡献多，得到的就多。多得了，就平账了。物质奖励一定要及时，时间一长，就算不清账了。精神上的奖励，侧重点是倡导某种价值观。获奖的是个人，着眼点是大家。精神奖励一定要有鲜明导向，一定要大张旗鼓，必须得有仪式感。职务的晋升，也是一种奖励，其侧重点是着眼于未来的。提拔的人不一定是业绩最突出的人，但一定是自身特质与组织发展目标任务匹配度高的人。业绩突出、贡献很大的人，不一定是适合提拔的人。这个观念相当重要。

刘邦就非常精通这些道理。他在基本平定天下后，进行奖赏。他给曹参的物质奖励最多，因为他的军功最大。他给萧何的排位最高，因为他需要萧何帮他治理天下。他对曹参的奖励主要是为了了结过去，而对萧何的奖励则重点是着眼未来。这种安排在当时也有很多人觉得不公。

所以，公平不公平关键要看立足点与着眼点，绝对的公平是不存在的。

另外，惩处的着眼点主要是为了未来，所以惩处一定要说透原委，一定要广而告之，一定要触动大家的内心。如果对问题轻描淡写、避重就轻，再重的处分也没有多少效果。惩处是为了治病救人，治的是当事人的"病"，救的是大家伙。

有效的执法，必定是法在前、情随后。

志决而事易

电视剧《北辙南辕》中，尤珊珊对冯希说："在我们成年人的世界里，'有志者事竟成'是一句假话。"冯希对尤珊珊说："在我们未成年人的世界里，'有志者事竟成'是一句真话。"

"有志"与"成事"之间有没有关系？如果有关系，到底是什么关系？我们看看从关羽"过五关斩六将"的故事中能否得到一些启发。

关羽为了保护大哥刘备的妻儿，有条件地降了曹操。什么条件？保证大哥妻儿的安全；只要得到刘备的消息，就得让我回归。曹操以为关羽重义，只要自己对他有情有义，就能收服他。于是，曹操把以情义感人、以事业留人、以财色诱人等各种办法都用到了极致，也的确是管用有效，结果还是出乎曹操预料。关羽说："你的情义我必报，不报不走，报了必走。"弄得曹操不敢给他立功的机会。直到袁绍来攻，其手下大将颜良威震曹军，曹操才被迫让关羽出战。关羽杀了颜良、文丑，报了曹操之恩，又得到了大哥刘备的下落，便找曹操辞行。曹操避而不见，关羽留下书信，直接走人。曹操得到报告，有人主张追杀，曹操摇头说："这样有情有义的人，你们都得学习啊！"曹操出城相送，还赠送了一件战袍。

曹操送了战袍，却没发临时"通行证"。曹操是在关羽过了"五关"之后，才派人补发临时"通行证"的。曹操或许就是要考验一下关羽的意志坚不坚、能力行不行。此行关隘重重，关羽开始了一个人的"长征"。接下来就是大家都熟悉的"过五关斩六将"的故事，在此不再赘述。

从关羽的这段故事中可以看到，关羽的"志"是坚定的。曹操为了让关羽易志，各种手段都用尽，感情投入也是真诚的，可关羽要追随刘备的志向始终没有丝毫动摇。这就不能不说，"有志"与"成事"是有关系的。

　　从关羽的这段故事中还可以发现，关羽在"有志"与"成事"之间所走的道路是有特色的。这个特色就是"义"与"志"的统一，核心是利他与利己的统一。关羽用行动让曹操清楚地认识到，自己追随刘备的意志是不可动摇的；同时也用行动让曹操获得了实实在在的利益。不充分地展现自己的坚定意志，曹操就不会甘心放行；不给曹操实际利益，曹操就没有理由放行。面对一个意志坚定且有情有义的人，曹操若是杀了，就砸了自己的牌子。

　　从关羽的这段故事中可以得到这样的答案：志不坚，不成事；志坚，并不必然成事。在"有志"与"成事"之间还有一个道路问题。条条道路通"成事"，只是在这条道路上不能只有自己的利益。

顺序很重要

结构关乎规模，顺序影响成败。

顺序，有次序、顺利、和谐之意。次序对了，事则顺，顺而和。

顺序造就差别、影响成败的事例很多。就拿做饭来说，完全相同的材料，操作顺序不同，饭菜的色香味便不同。如今流行各种类型的比赛，参赛人员的出场顺序是非常重要的，一般都是由抽签决定。因为同等水平的表演，出场顺序不同，得到的分数就不一样。

曹操想一统天下，面对诸侯并起，应该先打谁呢？有人说，袁绍的实力最大，是主要对手，应该先打他。曹操认为，袁绍这个人成不了大事，而刘备是有雄才大略的人，不能让他成了气候，得想办法把他灭了；灭刘备前，得先把吕布解决掉。

中国共产党领导人民开展革命斗争，起初学习俄共，先占领大城市，总是失败；毛泽东提出"农村包围城市"，先农村，再城市，便由胜利不断走向胜利。

考试的时候，老师一般会告诉学生，拿到试卷要先审题，审完题，然后依先易后难的原则来答卷。答完卷子，要复核。复核要先复核高分题。要是先做难题，有把握得分的题就有可能没时间完成了。要是先复核低分题，高分题就可能来不及复核。

企业有许多规程、流程，其主要内容就是顺序与标准，先做什么后做什么，做到什么程度可以转入下一个流程。如果不按顺序操作，轻则影响效率、质量，重则会带来设备损坏或造成人身伤亡事故。

再正确的决策，都有可能因顺序不合理，而导致失败。做事先厘清顺序，既是科学方法，也是良好习惯。善于厘清顺序，也是一种十分重要的能力。

时机、时机还是时机

时机约等于运气。运气青睐有准备的人，时机钟情懂它的人。不懂得时机，运气就少了多一半。

做事需抓时机，所谓机会稍纵即逝。时机合适，便成机遇；时机不当，只能"尿急"。袁绍时机合适不干事，时机不当硬干事，终至坏了大事。该打曹操的时候，他按兵不动；该养精蓄锐的时候，他强攻曹操。不是天不相助，是自失天意也；不是袁绍不想抓机遇，是袁绍不懂机遇也。

如今大家皆笑袁绍，实不知多是"五十步笑百步"而已。在激烈竞争的市场上，像袁绍一样，该出手时不出手、不该出手乱出手的人，何其多也！

谋职需抓时机，所谓来得早不如来得巧。诸葛亮在刘备壮志难酬、一筹莫展的时候，才献上"隆中对"，出山做了刘备的谋士。鲁肃在孙权政权未稳，急需心腹良臣的时候，才投奔东吴，一出山就在孙权心里占据了重要位置。

在职场上，不该出头的时候，硬出头，会遭"削头"；该出头的时候，偏缩头，坐实了"龟头"。总起来说，硬出头的多，爱缩头的人少。反观诸葛亮，进入职场之后，也不是事事出头，而是关键时刻显身手。

怎么抓好时机？人人都看到的时机，都不是时机；形成共识的时候，就已经失掉时机。时机是孤独寂寞的，只能偶遇知己。看准时机的，永远是个别人。如此说来，民主决策岂不是有违规律？当然不是。民主决策的意义，是让高人站在众人的肩膀上，是让非常之人站在高人的肩膀上。

许多企业的所谓重大决策，都不怎么重大。因为他们研究的多是大家都在做的事。你把大家正在干的事，机械式地反复研究、程序性地慎重决策，实质上是错过时机。大家都在干的事，需要的是争分夺秒、是精益精进、是模式创新，而不是在干不干上反复讨论。

干事需要硬撑

前途光明看不见，道路曲折走不完。这就是刘备前半生的真实写照。

干事业，只有坚持远远不够，还必须硬撑。世上成功的人不多，因为能坚持的人少，能硬撑的人少之又少。坚持是眼看不行了，依然不肯放弃。硬撑就是屡战屡败、屡败屡战；已经不行了，多次不行了，还是会再来。

刘备是"硬撑"的形象代言人。好钢的特质，一是有硬度，二是有韧性。刘备就具备这样的特质。刘备和关羽、张飞组成的"流浪特战队"，一出道就屡受挫折与打击。他们剿杀黄巾军有功，朝廷不给封赏；投奔袁绍的联军，袁术瞧不上，不屑与其同堂议事；好不容易有了徐州，又让吕布给抢了去；再次拥有徐州，又让曹操给破了，并且把他们兄弟给打散了；刘备不得已再投袁绍，差点让袁绍给杀了；哥几个好不容易凑到一起，投奔刘表，又被刘表闲置了。刘备基本上走的就是不断归零的道路。从零开始，刘备是坚持的；不断地从零开始，刘备是硬撑的。

正是刘备的这种硬撑，才让刘备等到了诸葛亮这位天才般的政治家、战略家与军事家。从此，刘备的事业便不断走向光明。刘备此前的"0"前面，从此有了"1"，这些"0"也就有了崭新的价值与意义。

运气青睐有准备的人，运气不忍辜负硬撑的人。

硬撑需要帮扶

撑不住的时候，需要有人说："你能行的！"如果你相信这句话，你大概率是行了；如果你不相信这句话，你一定是不行了。

官渡之战是一场消耗战，消耗战主要消耗的是意志。足球比赛，打到加时赛，比的主要就是意志力，到踢点球的时候，比的主要是心理素质。打加时赛前，主教练要干的最重要的事，就是增强大家的信心。

官渡之战打到后期，曹操撑不住了。他想退兵，但下不了决心，便写信给荀彧。荀彧急忙给曹操回了一封信，正是因为这封信，让曹操熬来了转机，并最终把危局转变为胜局，一战奠定了曹操统一北方的大势。

荀彧这封信，没有任何计策，就是给曹操打气。荀彧在信中说："今军食虽少，未若楚汉在荥阳、成皋间也。是时刘、项莫肯先退，先退者势屈也。公以十分居一之众，画地而守之，扼其喉而不得进，已半年矣。情见势竭，必将有变，此用奇之时，不可失也。"

荀彧先讲不可退兵的理由，举了楚汉战争的例子，说明谁先退谁就输了，此时退就是败。然后说，不退便可赢。此处荀彧用的是鼓励与赞美。他说，您率兵以一当十，让袁绍大军半年不得前进一步，这足以证明您胜过袁绍十倍。现在是双方势竭，正是胜负转换的时候，此时正是出奇制胜的时刻，不可失去良机。

荀彧没有送粮食，没有献良策，他给曹操的是看不见的精神力量。

打大仗，都会安排预备队。透过官渡之战，可以发现另一种"预备队"也很重要。曹操的"预备队"就是荀彧。荀彧不在现场，便可能有不同的视角来判断战场局势，提出新的思路。战争进入相持阶段，不只是当局者迷，还有当局者疲。当事人单靠自己的意志是撑不住的，这就需要局外人输入能量。

现在有一些企业聘请外部顾问，便是很高明的安排。这些外部顾问，便是企业的战略"预备队"，在关键时刻，他们便是"荀彧"，能够助力企业起死回生、转危为机。

"一把手"的血性

三国时期的人，多有血性。这种血性来自两个方面：一个是战火的洗礼，另一个是对人生价值的追求。

徐庶的母亲，见徐庶从刘备处来到曹操这儿，痛心儿子弃明投暗，自杀身亡，体现了一个人追求正义的血性；关羽刮骨疗毒，体现了一个人面对伤病时的血性；田丰从容赴死，体现了一个人面对死亡与人格之间选择时的血性；典韦血洒战场，体现了一个人面对死亡时担当尽责的血性；而夏侯惇则鲜明了演绎了血性的深刻内涵。

夏侯惇是西汉开国元勋夏侯婴的后代，少年时便以勇武闻名乡里。十四岁的时候，有人侮辱他师傅，他便将那个人给杀了。公元194年，在随同曹操于吕布作战中，被流矢射中左眼，他以手拔箭，带出了眼球，便一口把眼球吞了下去，继续战斗。后人对夏侯惇的评价是"险不辞难"。

"险不辞难"，就是在面对困难与危险时，表现出异于常人的勇气与优雅，这便是血性的内涵。夏侯惇生吞其睛，画面实在血腥，却正是大雅。所谓大雅若俗。

血性是与情景、职责等联系在一起的。

刘备毫无英武之气，看上去似乎是没有血性的人。他与吕布作战，每战必败，屡败屡战。一次，他在大败而归之后，立即对他的幕僚说："谁能打败吕布，我把山东之地全给他。"这说明，刘备在逃命的过程中，一直在思考对策。

曹操在赤壁大战中，被孙刘联军打得落花流水。他仓皇逃离战场，回望火光渐远,问左右道:"此为何处?"左右回道:"此是乌林之西,宜都之北。"曹操见此处山川险峻、树木丛杂,便哈哈大笑。众将不解,曹操说道:"我只笑周瑜无谋、孔明少智,若是我来用兵,在此处设一伏兵,结果会如何呢?"曹操话音刚落,便有伏兵杀出,原来是赵云受诸葛亮之命在此埋伏。

曹操如是大笑三次,先后有赵云、张飞、关羽引伏兵截杀。罗贯中在《三国演义》中写这段故事,意在表现诸葛亮的神机妙算,却也从另一个侧面展现了曹操抗挫折的超人能力。别人都惊魂未定,他还在思考对局、还能哈哈大笑,这样的人谁能不服?

刘备与曹操表现出来的,就是"一把手"的血性。

"一把手"的血性,不是冲锋陷阵,而是在失败面前不气馁、在危机面前不慌乱、在危险面前不畏惧。

送人情的学问

助人为乐，是一种好品德。但也有一个容易忽视的问题：你是挺乐呵的，被你帮助的人可不一定开心。常听到这样的话："送人情，谁不会？"的确如此，只要愿意，正常人都会。但是，"会"不等于精通，更不等于"送"的水平高、效果好。

曹操就是高手。

汉献帝逃出西安，东躲西藏，饥寒交迫，狼狈不堪。此时，曹操来了。曹操知道皇帝当下最需要的是温饱，但曹操满足皇帝需求的方法是很高级的。

曹操带来了皇上急需的生活用品，他对皇帝说："这些用品是先帝赏赐给我爷爷爸爸的，我们家从没用过，是作为圣品，供奉起来的。现在是时候还给皇上了。"曹操短短几句话，却达到了两个极其重要的目的。

这时候，皇上已经混得连要饭的都不如了。要饭的，还可以光明正大地讨饭，皇上却连面都不敢露，心里的滋味真是没法言说。曹操带来了吃的穿的用的，皇上心里已经是相当温暖了。一般人肯定是相当得意，就等着皇上封官了。曹操却说，这些东西本来就是皇上家的，我不过是物归原主。皇上听了这句，就不只是温暖，还有赏识与感动。皇上此时一定深切地体会到，这个曹操真是位能臣，真是位赤胆忠心的能臣。不信此人、不用此人，还有何人可用？

话不在多，在于是否说到点上。曹操几句话，把帮助人，演绎成给人所需、给人尊严，令人感动，这就非常让人受用。

众人拾柴火焰高。做大事，一定得常做帮助人的事。你不帮人，谁肯帮你？帮人不只是帮事，还得暖心。老话说"好心被当驴肝肺"，就是因为没帮到人家心眼里去。助人为乐，不能只是自己乐，主要是让别人乐。

"一把手"的冒险精神

干大事、创大业、解危局，均需非常之人。非常之人，有非常之举，干非常之事，出非常之成就。成非常之事，必具冒险精神。

世上有谋的人不少，有勇的人更不少，有勇有谋的人就比较少。所以，我们需要"成团"，需要"团建"。秀才造反，三年不晚，主要原因是不敢。可是，没有秀才，就只有造反，没有进步。陈胜、吴广果断地揭竿而起，虽一时小成了气候，却提不出任何进步的治理体系。

吕布能打，马超能打，典韦能打，却均无谋。诸葛亮有谋，孙权有谋、曹操有谋，都不太能打。有谋的人，懂得"成团"的重要性；能打的人，大多对"成团"的意义认识不深透。吕布就是典型。陈宫想和吕布"成团"，吕布觉得有陈宫不过是锦上添花，没有陈宫我照样可以打胜仗，所以他们虽然"成团"，却搞不好"团建"。

诸葛亮、孙权与曹操，都是有勇有谋的人，都具有冒险精神，也都善于搞"团建"。

孙权让刘备到东吴成亲，诸葛亮与刘备都明白这是个阴谋。不去，孙刘联盟就可能破裂；去了，就有可能成为人质。能不能既娶了媳妇又不成为人质呢？

诸葛亮用了两大举措，便让东吴"赔了夫人又折兵"。一是谋划。围绕如何才能娶了孙尚香、娶了之后如何脱身如何返回谋定策略。二是"成团"。让赵云陪同刘备前往东吴。因为赵云是优秀的"特战队员"，既有极强的独立作战能力，又沉稳、还敏锐，能够把诸葛亮的策略落地落实。正是有了诸葛亮的谋划与"成团"，才让刘备的冒险之旅变成收获之行，最终赚了个媳妇还全身而退。

没有预判、没有谋划的冒险，叫鲁莽。前面说过，曹操刚出道的时候，曾经担任过洛阳北部尉。他上任后，弄出个告示，说是从今以后，谁要是犯了事，大棒伺候，这儿先打个招呼。

有一天晚上，手下抓来了个违反宵禁的，是当权宦官蹇硕的叔叔。这家伙一上来就拿蹇硕来吓唬人。没想到曹操不吃这一套，让拉下去打。手下一通乱棍，把人给打死了。大概这帮警察也是恨透了蹇硕，把气都撒到他叔身上了。你看，贸然拉亲戚也是一种冒险。

曹操也是初生牛犊不怕虎，冒险精神相当强。他"一战成名"，却把权贵们给得罪了，权贵们就变着法儿打压他。曹操一看没法干了，就辞了官，回家读书。曹操为什么要回家读书？曹操在实践中认识到，单凭勇武是无法在职场打拼的，他要增加新的认知、提高自己认知的能力。

冒险精神的要义，是用理性态度与科学方法看待问题、分析问题，用担当精神去挑战现实、解决问题。冒险而不失败，必须怕在前、勇在后；不是用勇敢消除害怕，而是用智慧去支撑害怕。"一把手"决定冒险，一定要更加注重搞好"团建"，用集体的智慧和力量去兑冲风险。

切忌有情变无情

马谡失了街亭，诸葛亮挥泪斩马谡。马谡当不当斩呢？当斩，又不当斩。

世上没有常胜将军。如果吃了败仗，就要杀头，谁还肯跟着你干？一般来说，只要不是有意逃跑，或者故意贻误战机，是不能杀头的。马谡之败，令蜀汉损失重大，撤职是可以的，杀头就过了。

可诸葛亮决定拿下马谡的人头，也是有道理的。马谡爱学习、爱思考，深得诸葛亮喜爱。由喜欢这个人的行为，转变为偏爱这个人。领导偏爱某位下属，其他人会嫉妒，而且在潜意识里希望这个人犯错误，以证明领导的偏爱是错误的。马谡没有实战经验，诸葛亮让马谡挂帅来守街亭，将领们是不服的，只是忌惮丞相的威望，大多不敢公开反对。马谡失了街亭，众将领关注的不是马谡的失败，而是诸葛亮如何处置。诸葛亮斩马谡，不是从严执法，而是遵从法的精神，那就是把单独的力量联合成共同的力量。斩了马谡有利于平息大家的怨怼，凝聚共同的力量。因此马谡当斩。

诸葛亮的哭，包含着复杂的情绪。其中有失去马谡的痛，有马谡被斩的冤，也有自己的悔。悔什么呢？悔自己害了马谡；悔自己的偏爱，害得马谡丢了性命。

违旨，要受惩罚；违纪，要受处分；违法，要被法办；还有一种"违"叫违众，犯了众怒，即使不违纪违法，也得"挨板子"。诸葛亮作为政治家，在处理马谡的问题上，不只有法律考量，还有政治考量。

领导喜欢某位下属，想培养某个干部，是需要艺术水平的。策略、方法、节奏掌握不好，那是把这个干部放在火上烤，会葬送这个干部的前途，甚至像马谡那样丢掉性命。不恰当的爱，是会害人的。真正的关爱，是让大家觉得领导对这个干部有点不公。有些领导，越是在自己即将结束职业生涯的时候，越急三火四地提拔自己喜爱或得力的干部，弄得议论纷纷、意见升温。好像是很关爱，实际上带来的是危害，而且极可能影响到这些干部的整个职业生涯。

作为被领导偏爱的下属，也需要警醒，得知避让、知退让。领导已经对你偏爱了，你还争还抢，把在火上烤当成正风光，如果你不被人当烤肉吃，那才叫怪呢！

感情这个东西，能成事，也会坏事；能成人，也会害人。有情之举极有可能变成无情之害。

"一把手"的关键时刻

成事需要坚持、需要硬撑，成事与坏事，都可能就是一念之差。因此，"一把手"有一些关键时刻，必须好好把握。什么时候是"一把手"的关键时刻呢？

从宏观上看，当出现变局、乱局的时候，就是"一把手"的关键时刻。汉灵帝去世，权力交接带来了政局不稳，这就是变局。此时，对手小皇帝的舅舅何进来说，就到了关键时刻。在这一关键时刻，何进听了袁绍的建议，让诸侯进京诛杀宦官，给自己带来了杀身之祸，还引出了董卓之乱，这就是一念之差带来的祸患。

王允设计，让吕布杀了董卓，朝廷处于乱局之中。董卓的旧将李傕、郭汜等人请降，王允不准，逼得他们孤注一掷，起兵进攻京城。京城守备不足，难以抵抗，王允身亡，皇帝被掳。这就是乱局之中依情绪、任性决策造成失误的典型案例。

从微观上看，当组织内部或外部出现异常状况的时候，就是"一把手"的关键时刻。东汉末年的"黄巾军"起义，就是非常典型的内部重大事故。朝廷只知道出兵平乱，却没有深入剖析成因，应对措施不系统，让平叛的诸侯演变成了"叛军"。

从心情上看，当你因为决策事项而心情不爽的时候，往往就是关键时刻。心情不爽的原因，不外乎事情急、难度大、问题重，不好决断。

关键时刻，盲目决策可能会恶化局势，议而不决必然会错失良机。这就对"一把手"提出了特殊要求，此时，首先要解决的是心理问题，既不能急躁冲动，又不能麻木不仁。其次才是决策问题，既要集思广益、深思熟虑，又要当机立断、雷厉风行。然后才是排兵布阵，把工作安排给合适的人，并给他合适的权力、人力、物力等资源。

"一把手"的关键事

一个单位，工作千头万绪，所以"一把手"大多日理万机。"一把手"都懂得要抓关键、抓重点，可又总是有抓不完的关键与抓不过来的重点。到底什么才是关键呢？

曹操也是一位管事比较具体的"一把手"，他虽然抓的事很多，但态度上是有很大区别的。这种区别体现在细节上。什么细节？只要提到人才问题，他便饭也顾不上吃，连已经送到嘴里的饭菜也要吐出来。

"一把手"大多认为自己求贤若渴，但如曹操这般对待人才的却是凤毛麟角。司空见惯的情况是，人才得敬着"一把手"，求着"一把手"，甚至是巴结着"一把手"，而"一把手"往往不自觉地把对人才的使用当成恩惠与恩赐。

干事是为了成就人，没有人就干不成事。"一把手"的关键事自然就是人事。"人事"主要是些什么事？人事的核心是人和。让人与人互相成就，让整体大于个体之和。

如何做到？

人要靠事业来成就，也要靠事业来凝聚。要让事业来成就人与凝聚人，这个事业就得是大家的事业，而不能只是"一把手"的事业。两者的根本区别，就是"一把手"把团队成员当资源还是当人才、当下属还是当战友、当主体还是当客体。

有了事业的基础，便可以聚人气，但并不必然生气顺。气不顺，便难以人和。所以，还需要"三个匹配"来支撑，即：责权匹配、人事匹配、功过与奖惩匹配。基本做到"三个匹配"，人心才服，人事才和。

有了这个"和"字，才有人兴与事兴。

完全做到"三个匹配"是难的，所以还要有价值观的培育、还要有心理疏导与思想工作。有了价值观这个前提，才好对话、沟通，才有理解、包容。

堡垒最容易从内部攻破。曹操从重视人才、重视人和而兴，自怀疑人才、打压不同意见的人才而衰。没有活力的单位、人心涣散的单位、"窝里斗"盛行的单位，要么是"一把手"不重视人事，要么是"一把手"不善做人事，要么是"一把手"怀着私心做人事。

"一把手"的关键事，是人事；其核心，是人和。

人心、人心还是人心

曹操拿下冀州后,到袁绍墓前设祭,哭得很悲痛。随行人员不解,曹操说:"昔日我与本初共起兵时,本初问我:'若事不成,何所依据?'我反问他:'足下意欲若何?'本初说:'我南据河,北阻燕,兼沙漠之众,南向以争天下,庶可以济乎?'我答道:'我任天下之智力,以道御之,无所不可。'此言如昨,而本初已丧,我不能不为之流涕也!"

袁绍看重的是地利,而曹操看重的是人才与人心。所以,曹操赢了,袁绍输了、死了。

袁绍的儿子袁谭,逃往南皮。曹操一路追赶,时值严冬,河道尽冻,粮船不能行动。曹操下令,让本地百姓破冰拽船,百姓闻令而逃。曹操大怒,欲抓回斩首。百姓害怕,便到曹营自首。曹操对百姓们说:"若不杀你们,我的号令就得不到执行;要是杀了你们,我又不忍心。你们快跑到山中藏起来,别让我的士兵抓获。"百姓听了,皆垂泪而去。

这是一个非常具有曹操特点的重视人心的生动案例,也是曹操可以成大事的一个形象说明。

做事的根本是人事,成事的目的是成人。人事的核心,是人心;成人的结果是自我的确立。人可以自我拯救,却不能自我成就。

人事工作怎么做?基本原则:以人为中心,以奋斗者为先,以人才为本。基本方法:相信群众、依靠群众、发动群众。

道理很简单,正常人都能明白,但做起来很难。难在多数人有"三怕":怕失去权力、怕让别人抢了风头、怕有人出卖或背叛。之所以有

"三怕",是因为现实生活中经常发生这样的情况。"人心不足蛇吞象",那怎么才能赢得人心呢？

基本原则是以人为本,具体操作要区别对待。

"女为悦己者容","士为知己者死"。像诸葛亮、鲁肃等具有成就导向的人,看重的是信任与舞台。他们需要权力,但掌握权力不是他们的目的,能做事才是他们的诉求。当得不到做事的舞台时,他们想的不是夺权,而是归隐,或者是另寻明主。对待诸葛亮这一类的人才,最重要的是让他们感觉到信任、尊重。如果他们感觉到猜忌、怀疑,他们就会心生退意。

"老骥伏枥,志在千里。烈士暮年,壮心不已。"像曹操、孙坚之类的人才,具有攻击性人格特质,控制欲极强,既要权力又要事业,永远也不会满足。这类人才,多富开拓精神,善于攻坚克难,不惧风险挑战。对于这类人才,需要的是把握使用的节奏,既要让他们看到希望,又要适当挫其锐气。要适时让他们去开拓新事业、新市场,并给予相应的奖赏。这类人才是不适合守成的,如果"一把手"不打算开拓新局面,最好是将这样的人才释放出去。

"相逢意气为君饮,系马高楼垂柳边。"像关羽、太史慈等之类的人才,具有自我完善型的特点,关羽重义,太史慈重仁。在权力与利益面前,他们以仁义为先。他们对组织、对"一把手"怎么样,取决于组织或"一把手"对他人怎么样,而不仅仅是对他们本人怎么样。你讲仁义,他们才可能认同你或追随你。对于这类人才,只要你对大家讲仁义,他们便以仁义回馈于你。

"仰天大笑出门去,我辈岂是蓬蒿人。"像许攸、杨修等之类的人才,自负自傲,生怕别人不知道自己有才华,逮着机会就卖弄自己的小聪明,好当评论员,看自己的长处多,看别人的短处多。对于这类人才,要给他"错配"实战的机会,让他干不能胜任的事,让他们在挫折中受教育、得成长。因为他们是很难被说服的。

"天下熙熙皆为利来，天下攘攘皆为利往。"大多数人关注的是职业发展与物质利益，解决共性的问题主要就是两手：一手抓制度，一手抓文化。用制度来"推动"，用文化去"引领"。

大树与小草，各有其用；养树与养草，各有其法。"一把手"要赢得人心，既要重视共性，又要重视个性。人才之所以是人才，就是因为他们个性鲜明，单纯用共性的方法解决不了他们的内在需求。

第六章

逆 性 论

> 逆天性,是成大事的前提,是重大决策正确性的保障。所谓"忘我",本质上就是逆天性,也可以称为人性的升华。
>
> 人性的弱点,体现在重大决策上,就是不喜欢与自己观点不同的意见,就是喜欢把正确的决策归功于自己,就是把错误的决策归因于客观或他人。
>
> 重大决策不能靠直觉,需要克服人性的弱点;克服人性的弱点,又不能只靠自觉,需要有一套工具方法,需要练就决策的"葵花宝典"。能否掌握决策的"葵花宝典",决定了一个人能否登上生活的制高点。
>
> 要当一个好官,就得抑制天性中的弱点。当官的洋洋得意,群众必是怨声载道。没有这个认识,当官就是一次冒险之旅。不是害人坏事,就是伤了自己。

学会"一屋不扫"

"一屋不扫,何以扫天下?"这话有无道理?得看怎么理解。这话出自"一室之不治,何以天下家国为?"仔细琢磨,就会发现,两句话的意思,有着根本不同。

两句话的差别,主要在两个字上,一个是"扫",一个是"治"。"扫"是操作,"治"是管理。诸葛亮就是"一屋不扫"的人,但他能够治天下。曹操更是"一屋不扫",他小时候就是一皮孩子,整天和小伙伴们调皮捣蛋,青年时期才开始读书学习,可他可以在玩耍中学习治理。

如果把"一屋不扫"理解为懒惰,这话就非常有道理了。懒惰的人当然是啥事也做不了。诸葛亮不做家务,可他让书童来做,自己也不闲着。他管理书童,并集中精力读书学习、研究历史兵法、分析天下大势。曹操虽然好玩,可他在玩中有思考、有感悟。他后来认识到读书重要,就辞去官职,专心读书。这两位都不懒,而且是脑子不懒。身体不懒,也可能会干事,但干不出大事来。只是一味地"扫",可能"扫"成技工、技师,"扫"不成工程师、科学家,更"扫"不出优秀的领导者。

人的天性之一,就是懒惰。上苍为何赋予人这种东西呢?两个目的,一是为了提高资源利用效率,二是为了让人们动脑子。人懒惰,还想活得舒服,也就是希望以最小的成本过上最好的生活,这就得动脑筋、想办法。人类的发现、发明、创造就是这么来的。

那么,勤奋是什么来的呢?逼出来的。人人都想以最小成本过最好的生活,可资源有限,无法满足,有人就会以多付出来满足生活需要。

其中有少数人发现了规律、梳理出策略、总结出经验、掌握了技巧，由此可以获得更高的投入产出率，而且还可以获得"超额利润"，比如名誉、地位等，于是他们就更加自觉地勤奋。

勤奋是懒惰的升华。完成这个升华的人，乐在其中，并不觉得自己是勤奋的。

大事不能多

成大事，必须勤奋。但勤奋，也可能坏事。忙得忙到点子上，否则就是瞎忙活与乱作为。

当领导的愿意多管事，原因有三：收获存在感，别人都不行，凡事不放心。三个方面是高度统一的。别人不行，自己的存在感、成就感才强；自己不放心，是因为别人不行；提升自我存在感，别人必须不行。陷到事务堆里的领导，经常会表现得很无奈。他表现无奈的核心意思，就是别人都不行，离了我不行。

领导要管大事，这个道理人人都懂，能做到的是极少数人。大事是"无用"之用，其价值与作用需要在具体操作层面上体现出来，不够直接、不够风光。所以，不少领导就止不住要去具体操作。在影视圈，谁都知道剧本重要，可最风光的、最赚钱的不是编剧，而是演员与导演。编剧手里没权力，不甘心也没办法。可领导手里有权力，就既要当编剧，又要当导演，还要当主演，结果就是什么也做不好。

多目标选择，不会有正确决策；多目标做事，不会成大事。

刘邦需要韩信打天下，又知道这个人不好控制，用不用呢？用。封不封王？封。刘邦当然希望韩信既能打天下，又能忠心不二；更希望韩信立了大功，还不要待遇。可这样的人少之又少，怎么办？变双目标选择为单目标选择，以能打天下为首要决策依据。

后人多认为韩信厉害，刘邦没啥本事。刘邦懂得聚焦主要目标做决策，韩信就不懂。这就是帅与将的区别。刘邦能够领将，韩信只能领兵。

刘备是位奋斗者，可他奋斗了大半辈子，还是没有立足之地。自从有了诸葛亮，刘备不再管那么多事了，事业却很快发展起来。事业壮大了，刘备又出来亲自做事，对诸葛亮的话也不像过去那样重视了，事业便开始衰落。

领导目标太多、亲自抓的事太多，一定是好事不多坏事多。

现在有一个非常普遍的现象，几乎所有的讲话、文件都反复强调主要领导亲自抓。这事就像运动员因过度疲劳而表现不佳，教练偏要这个运动员每天加练，结果就是越练越差。

领导要强调，组织要下文，多是因为对某项工作不满意，或者是出了问题。某项工作没做好的原因，可能是主要领导没亲自抓，但主要领导不亲自抓就一定出问题吗？肯定不是。

主要领导不亲自抓，事就办不好，极大的可能是主要领导不放权、不放手、不放心，造成别人不能干、不敢干、不想干。

主要领导是让别人干事的，不是亲自干事的。主要领导抓的事，一定要大，决不可多。主要领导要想聚集大事，让别人愉快地干事，最关键的就是抑制行权的快感与对失去权力的恐惧。

何进斥曹操

瞧不上比自己地位低下的人，是人的弱点之一。普通人会同情比自己地位低下的人，却很难尊重比自己地位低下的人；一般的领导，可能会了解下属的诉求，却很难倾听他们的建议。

汉末，外戚与宦官的斗争进入白热化。何进是外戚集团的首领，张让等结成宦官集团。在如何处理与宦官集团关系的问题上，何进集团意见不一致，何进犹豫不决。

灵帝有二子，长子刘辩，次子刘协。何进是刘辩的舅舅。灵帝病重，董太后劝灵帝立刘协为太子，灵帝也有此意。中常侍蹇硕奏曰："若欲立协，必先除何进，以绝后患。"帝然其说，因宣何进入宫。何进得信，急入私宅议事，欲尽诛宦官。座上一人挺身而出曰："宦官之势，自冲、质之时，朝廷滋蔓极广，安能尽诛？倘机不密，必有灭族之祸，请细详之。"何进一看，是典军校尉曹操，便叱曰："汝小辈安知朝廷之大事！"此时有人来报，皇帝已死，十常侍密不发丧，矫诏宣何国舅入宫，欲绝后患，册立皇子协为帝。

何进与袁绍等拥兵相胁，十常侍不敢妄动，才以立长不立幼的规则，立了刘辩为帝。何进等要铲除宦官，何太后不允。袁绍建议，可召四方英雄之士，勒兵来京，尽诛阉竖。此时事急，不容太后不从。何进听了说："此计大妙！"主簿陈琳说："若欲诛宦官，如鼓洪炉燎毛耳。但当速发雷霆，行权立断，由是天人顺之。却反外檄大臣，临犯京阙，英雄聚会，各怀一心，所谓倒持干戈，授人以柄，功必不成，反生乱矣。"何进笑曰："此懦夫之见也！"旁边一人鼓掌大笑道："此事易如反掌，何必多议！"何进一看又是曹操。曹操接着说："宦官之祸，古今皆有，但世主不当假之权宠，使至于此。若欲治罪，但付一狱吏足矣，何必纷纷召外兵乎？欲尽诛之，事必宣露。吾料其必败也。"何进怒道："孟德亦怀私意耶？"曹操退出，说道："乱天下者，必进也。"

果如曹操所料，先是何进被宦官所杀，接着就是董卓之乱。

何进在这一重大决策过程中，犯了许多人都经常犯的错误。

首先是先入为主。自己有了想法，听了赞同的意见就高兴，听了不同意见就排斥。他议事，不是为了完善决策，而是希望别人点赞。

其次是看人不看事。袁绍出身世家，就重视袁绍的意见；曹操等人年轻、出身一般，便排斥他们的意见。

再次是议而不决，决而不密，行而不疾。

何进如果听了曹操的意见，汉朝未必兴，但至少何进不会死得如此快、如此惨。或许也就没了"三国"，没了曹操的曹魏政权。何进不听曹操的意见，对何进是祸，对曹操是福。所以，前辈不听年轻人的意见，年轻人也不必郁闷。

"后浪"有高见，对"前浪"是很没面子的事情。"后浪"胜"前浪"，又是必然发生的事情。可"前浪"往往不愿听"后浪"的声音，结果就是死在沙滩上。

事关全局的重大决策，少了"后浪"的声音，一定奏不出最美的交响曲。

董卓为何立献帝

董卓的主要问题，不是好色，是分不清主次、抓不住重点，完全跟着感觉走。

董卓一类的领导，当下也有不少。他们做出一项重大决策，你搞不清他的目的到底是什么，大家便在那里瞎猜，基本上不往好的方向去猜。其实他自己也没有想清楚。

董卓掌控了实权，但局面并不稳定。这时候本应以稳定大局、以收拢人心为核心要务，可他偏偏要弄个大动作，一心一意把现任皇帝刘辩拉下马，扶小皇子刘协上马。

你要说他是为了更好控制吧，又说不通。因为他明明看到，刘辩是个怂包，碰上事，一点主意都没有；而刘协年龄虽小，胆子却比刘辩大，脑子也比刘辩好用。用好的换差的，不是更不好控制吗？

你要说董卓是真想立一个好皇帝，还是说不通。他掌了权，便拥兵自重，横行霸道，全不把汉家江山当回事，全不把皇帝当干部，更不把百姓疾苦放在心上。他完全没有为江山、为百姓去辅佐一个好皇帝的迹象嘛！

废帝是朝廷顶级大事，是有规矩的。给人个处分，都得有制度按杠杠来办，何况要撤皇帝的职！没有几项像样的罪名，是不能服众的。刘辩刚上岗没几天，也不好罗织罪状，董卓就说："今上懦弱，不如陈留王好学，可承大位。吾欲废帝，立陈留王，诸大臣以为如何？"陈留王就是刘协。话音未落，便有人大呼："不可！不可！汝是何人，敢发大语？天子乃先帝嫡子，初无过失，何得妄议废立！汝欲为篡逆耶？"董卓一看，是荆州刺史丁原。董卓怒道："顺我者生，逆我者死！"众人皆劝，丁原上马而去。董卓又问："吾所言，公道否？"尚书卢植答道："明公差矣。"董卓拔剑向前欲砍卢植，众人又劝阻。司徒王允说："废立之事，另日再议。"于是，百官皆散。

董卓令人收买吕布，杀了丁原，再次召集百官，命吕布排上千余甲兵，分列左右。董卓再问百官，群臣惶怖，独中军校尉袁绍说道："今上即位未几，并无失德。汝欲废嫡立庶，非反而何？"董卓怒道："天下事在我！我今为之，谁敢不从！汝视我剑不利否？"袁绍亦拔剑对曰："汝剑利，吾剑未尝不利！"两人持剑对立，李儒忙从中劝阻。袁绍手持宝剑退出，赶紧跑路了。董卓对太傅袁隗道："汝侄无礼，吾看汝面，姑恕之。废立之事若何？"袁隗忙回道："太尉所见极是！"董卓道："敢有阻大议者，军法从事！"群臣震恐，都说："一听遵命！"于是，刘辩就被废了。

董卓为何执意废帝？其实就是想耍威风。废帝本身就是目的，所以越是有人反对，他越是一意孤行。别人给他讲道理，他断定你跟他闹对立。

这样的情况在生活中是很多的。有的孩子，家长越是不让他做什么，他越是坚决要做；要是没人管他，他反而没了兴趣。有些"一把手"，想干某件事或想用某个人，越是有人反对，他的想法越执着，反对的人越多，想法就越坚定。他们要的就是自行其是的畅快，享受的就是行使权力的滋味。如董卓所言："天下事在我！"这是何等爽快、何等豪迈的事啊！人有了权，就想自由行权。这也是人性的一大弱点。

个性强的人，喜欢跟人较劲，享受过程而不顾后果。越是有人反对，决策越是果断。然后，就是把一手好牌，打得稀巴烂。

当家长或当"一把手"，要练出决策的"葵花宝典"，得拿董卓当镜子，常照照自己，看看像也不像。切不可像《红楼梦》的贾瑞，越让他看反面，他越是要看正面，看着看着，就把自己看丢了。

曹操烧书信

你的下属与对手暗送秋波,你怎么办?你的下属想给你戴"绿帽子",你怎么办?你或许想骂人,又或许想打人。这都是正常表现。

一般来说,交朋友都希望对方诚信,当领导皆希望下属忠诚。你向领导反映某个人的优点,领导未必相信;你向领导汇报某个人说领导的坏话,领导多半会真信。

能出力干活的人,领导未必相信他忠诚;经常赞美领导的人,领导一定很受用。受用久了,仿佛就是忠诚了。渴望别人的肯定与赞美,是大自然制定的奖励机制。这个机制也成就了人性的弱点,就是分不清忠奸,容易被投机取巧的人所利用。

但是,也有人不一样;不一样的人,取得的成就当然不一般。比如曹操与楚庄王。

官渡之战,曹军收获了袁绍的书信,其中有一些是曹操阵营里的人私通袁绍的。信息报到曹操这里,曹操下令,谁也不许看,统统烧掉。曹操不想知道是谁私通袁绍吗?肯定想知道。但曹操更知道人性。当时,袁绍势大,谁不想给自己留条后路?如今袁绍败了,这些人的想法自然也就变了。只要不看这些书信,他们便可以继续为自己效力,一旦看了,他们就会逃跑;即使不跑,也难踏实工作,这就白白削弱了自己的实力。

历史上还有这样一个故事:楚庄王平息内乱后,大宴群臣,大家开怀畅饮,都有些上头。大将唐狡借灯灭之机调戏楚王爱妃许姬。许姬大惊之下摘了唐狡头上的红缨,哭告楚王:"无红缨者即为调戏之人"。楚庄王听了，下令群臣，凡顶有红缨者尽数摘下，之后才重新点灯。如此一来，除了唐狡自己外，没人知道刚才大胆犯上之人是谁。事隔多年，楚庄王被攻危殆，幸有一将军奋勇杀敌，救回楚庄王。此人正是唐狡，他对庄王没有惩办他一直心怀感激，故而冒死报恩。

曹操与楚庄王的决策，都具备同样的特点，那就是不被人性的弱点所左右，为常人之不能为。

人是会变的，可能变好，可能变坏。真的与对手暗送秋波的人，真的在背后说过你坏话的人，真的冒犯了你尊严的人，未必就是不可用之人，未必就不是在关键时候能够为你挺身而出的人。

孙坚的得与失

塞翁失马，焉知非福。得到好东西，是福是祸不一定；遇上坏事，是喜是忧亦不一定。用这样的道理教育别人容易，用到自己身上往往不灵。即便如孙坚这等人杰，也难做到。

十八路诸侯会盟，起兵讨伐董卓。大家各怀心事，多不愿率先与董卓交战，独孙坚愿做先锋。董卓势大，且有吕布勇冠三军，诸侯皆畏。孙坚敢当先，对各路诸侯是好事；各路诸侯怕字当先、私字当头，对孙坚则是坏事。孙坚是犯傻吗？孙坚当然不傻，他想借机扩大自己的影响与实力。这便是逆向思维。

人都想提高投资收益率，希望以小的成本获得大的收益。万物都想以最低的成本过最好的生活。这是大自然赋予生命的生存法则，目的是提高资源的利用效率。孙坚想以高成本，获得高回报。这种思维方式，是异于常人的。

别人都看到是好机会的时候，就轮不到你了；别人都觉得是风险的时候，可能就是合适的机会。

让人意想不到的是，董卓是个纸老虎。诸侯怕他，他也怕诸侯。诸侯们正在"内卷"，董卓一把火烧了洛阳，劫持着小皇帝跑向长安去了。孙坚率先进了洛阳，顺带着弄了个意外收获，得到了皇帝的玉玺。

玉玺是权力的象征。按道理讲，孙坚得到这件重要的战利品，得上交盟军主帅袁绍。孙权思来想去，决定隐瞒不交。人的天性之一，就是贪。成大事，必戒贪。孙坚此时没有逆天性，私藏了玉玺，最后让玉玺害得丢了性命。

孙坚克服人性弱点做决策的时候，壮大了实力，赢得了声誉；在被人性弱点左右的时候，连性命都被上天收走了。是不是可以得出这样的结论：一个人克服人性的弱点的时候，就可以少犯错误或少吃亏上当；一个人不能克服人性弱点的时候，就会多犯错误或更多地上当受骗。

孙权的抗与降

诸葛亮"舌战群儒",可谓家喻户晓。可这个故事,只突显的一个真相,还有另一个真相,被罗贯中给刻意隐藏了。

曹操灭了袁绍等势力,稳定了北方,便起兵南下。刘表的儿子刘琮不战而降,献出荆州。刘备势穷,东吴情危。曹操写信给孙权,大意是:你要认清形势,与我携手,消灭刘备。你同意还是不同意,抓紧回复我。

东吴是降是战,内部意见不一致。鲁肃、黄盖等主战,张昭等老臣主降。孙权内心倾向于战,但不好决断。双方力量对比悬殊,战无胜算;在此等情况下,要增加胜算,必须统一思想。也就是说,选择战,得谋划周密,还得齐心协力。而这两点,单靠东吴内部,都解决不了。因此,在鲁肃提出联刘抗曹的建议后,孙权才同意鲁肃去找刘备与诸葛亮,才给了诸葛亮"舌战群儒"的机会。这是孙权借蜀汉的东风,借诸葛亮的东风。

孙权虽不是有意为之,却在无意之间创造了重大决策的经典案例。这个案例的核心是攻防模拟演练。一方模拟降,一方模拟战。如今军方普遍使用这种决策模式,一方扮演红军,一方扮演蓝军,通过反复的攻防演练,不断完善战争决策,持续提高正确决策的概率。孙权正是通过多次攻防演练,一面提高决策的正确性;一面统一思想认识,提高决策的执行效率。

双方经过初次模拟演习,谁也没有占据优势,相互不服,孙权还是拿不定主意。这时候,诸葛亮就起到了关键作用。

鲁肃深知孙权疑虑,事先反复交代诸葛亮,不要说曹操实力有多强。诸葛亮说，你放心，我自有办法。孙权问诸葛亮，曹操的实力到底怎么样？诸葛亮说，强啊！雄兵百万，战将如云。孙权又问，我是战是降？诸葛亮说，你实力不济，降也是不错的选择嘛！反正我主刘备是不会降的。听了诸葛亮之言，鲁肃急得直跺脚，孙权气得拂袖而去，张昭等主降派更是喜不自禁。

鲁肃对诸葛亮说："先生之言，藐视吾主甚矣。"诸葛亮仰面笑曰："我自有破曹之计，彼不问我，我故不言。"鲁肃听了，便入后堂见孙权。告诉孙权，诸葛亮有破曹之策，不肯轻言。孙权复出，置酒相待，彼此再议。

孙权听了诸葛亮的意见，心中甚喜。张昭等见孙权有意要战，又是一番力劝。孙权只好说："容我三思。"

孙权进入内宅，寝食不安。吴国太见状说："汝何不记吾姐临终之语乎？"吴国太接着说"先姊遗言云：'伯符临终有言：内事不决问张昭，外事不决问周瑜。'今何不请公瑾问之？"孙权便派人请周瑜。此时，周瑜已从鄱阳湖来到柴桑郡。文武百官闻之，一波一波来进言。鲁肃引诸葛亮与周瑜相见。周瑜说："战则必败，降则易安。吾意已决，来日见主公，便当遣使纳降。"鲁肃急了，说："将军奈何从懦夫之议耶？"诸葛亮说："子敬你不识时务呀！操极善用兵，天下莫敢当。"又说："我有一计，只用两个人，可退曹操百万雄兵。"周瑜问用哪两个人。诸葛亮说："曹操有两大愿望，一愿扫平四海，以成帝业；一愿得江东二乔，置之铜雀台，以乐晚年。将军何不以千金买此二女，送给曹操。曹得二女，必班师矣。"周瑜问："操欲得二乔，有何证验？"诸葛亮就给周瑜背了一段《铜雀台赋》。周瑜听罢，勃然大怒，离座指北大骂："老贼欺人太甚！"

次日孙权再开集思会，仍是意见不一。孙权问周瑜意见，周瑜说："臣为将军决一血战，万死不辞。"孙权听罢，拔出佩剑，挥剑砍掉身前奏案一角，说道："诸官将再有言降操者，与此案同。"这才有了赤壁之战，大败曹军。

这项重大决策的成功，得益于以下几点：

一是内部集思会，让不同主张的双方，反复攻防；

二是引入利益相关方，听取他们的意见，并参与攻防模拟；

三是集思会与单独交流相结合，创造畅所欲言的条件；

四是抓住周瑜等关键人物，了解他们的真实想法；

五是把决策完善的过程与统一思想完美结合；

六是议事民主，决断集中，不容犹豫。

整个过程表现出了孙权高超的决策艺术与超强的领导力。决策形成以及赤壁之战获胜后，孙权并没有冷落张昭等持不同意见的人，这都是少有人能够做到的。毛泽东关于抗美援朝的重大决策过程，与孙权的这次决策有很多相似之处。

意见完全一致的重大决策，一定不是最佳的方案。意见高度一致的时候，就是最危险的时候。但是，在我们的现实生活当中，当班子成员有了不同意见，尤其是与"一把手"的意见不一致时，往往会引发议论，大家反而认为不正常，班子成员之间也会产生隔阂，或者遭到"一把手"的冷落甚至打压。这也是许多"一把手"成就不了大事的一个十分重要原因。

人们为什么会把正常当作不正常？因为人都希望自己是正确的，而且渴望得到赞美。听不同意见、接受别人的批评，也得逆天性。

不能让自己的决策过程太容易、太舒服，属于"一把手"的底线思维。李世民是这样筑牢底线的：当房玄龄、杜如晦、魏征等人，半月之内没有不同意见时，便提出批评与警告。

李世民与孙权是个人修炼决策之"葵花宝典"的又一面镜子。这面镜子要正面看。

黑白之色

色情永远是热点，不禁不行，猛禁亦有害，因为好色是人的本性，这个本性利弊相伴。

大自然要永续运营，就需要给万物注入永恒的动力，于是，它赋予万物一个共同的愿望，那就是永存；实现永存的方式，就是繁殖；要加快繁殖，就得好色。怎么才能好色呢？它让动物体验"异体运动"的愉悦，并使这种愉悦成为一种难以抑制的冲动。

繁殖、特别是双性繁殖，不仅实现了物种的永续性，而且促进了物种的多样性和持续优化。同体繁殖，相当于复制，异性繁殖相当于创新。双性繁殖，虽然益处多多，却也催生了动物的两大弱点，一个是好色，一个是占有。因为好色，便要占有；为了占有，便去征服，征服导向冲突；冲突阻碍了整体利益的最大化。

猿猴、狮子等群居动物，争夺交配权的战斗是十分惨烈的。一个群体只能有一个雄性具有与雌性的自由交配权。这个特权是通过比武获得的。输掉比赛的雄性，只能冒着生命危险去"偷情"。这种规则的好处是可以提高繁殖的质量，坏处是剥夺了他人的权力，也降低了繁殖的数量。

人类的情况在本质上与此类动物没有太大区别。拥有较多生存资源的人，都渴望获得更多的异性。作为社会性动物，权力代表着对资源的支配力，财富意味着更好的生存力。有权有财的人，就具备了满足欲望的客观条件，所以就有了男人有权多好色、男人有钱就变坏这样一种社会现象。

好色是基因的表达，有利于基因的永续发展；雄性动物对雌性的强者通吃，有利于优生优育；却给高度社会化又能制造工具与武器的人类带来了诸多困扰。我们主要以曹操为例来进行简要分析。

曹操有六个"体制"内的女人。曹操并没有皇帝的名分，真正的皇帝有更多的编制，一般称为"三宫六院七十二妃。"一个有权有势的男人可以拥有多位女性，必然造成大量男性找不到配偶。这就会造成社会失稳失序，危及群体的生存。后来的一夫一妻制，主要就是为了解决社会稳定问题。

曹操有十五个儿子。为争夺继承权，他的儿子们展开内斗，骨肉相残，白白葬送了曹操和他的女人们的劳动成果不说，还连带着牺牲了相关人员的性命，自然也不利于基因的扩张与延续。过去，妻妾成群的大户人家，为争夺财产而内讧，是一种普遍现象。

曹操家里六位女人，还经常到"体制"外搞"采摘"。他因搞张绣的婶婶，激反了张绣。张绣领兵诛杀曹操，曹操虽然得以逃脱，他的儿子曹昂却丢了性命。

好色是本性，因好色而诱发的行为又不利于社会稳定，这就需要有约束人类本性的措施，于是道德约束应运而生。有人谴责道德有违人性。这话没错，可这正是道德存在的意义。如果不好色是人的天性，那么好色就是美德了。也有人指责某些人搞道德绑架。这话也没错，可这正是道德能起作用的原理。

当然，道德泛化则害人；道德不能够与时俱进，多数人就成了受害者。

纠结的人性

所谓人性的弱点,就是只要是人就有的弱点。人性的弱点,难以克服,就是因为你顺着它就会舒心,逆着它就会不开心。谁愿意不开心呢?

总体来说,一时克服它相对容易,一生克服它就非常困难;在逆境时克服它相对容易,在顺境中克服它则十分困难;在创业时克服它相对容易,在成功时克服它少有人能做到。

刘备、曹操、孙权等在创业时基本做到了,在基本取得成功后,便没有一个人做得到。历史上做得相对好的,是李世民。李世民是非常人。他的"非常"之处,主要体现在他知道,完全靠自身克服不了自己的弱点,得靠制度,还得靠别人帮助。

人性主要有哪些弱点呢?

人性的弱点都是和优点结合在一起的,利与弊联系在一起的。人类建立了很多制度,比如中超俱乐部都有大致相同的奖励制度,赢了奖金多,平了奖金少,输了没有奖金或者扣罚奖金。这种制度,好处是可以激发球队争胜的欲望;但也有副作用,就是不注重培养新人,不重视长远发展,造成低水平重复;还容易在球队之间与球队内部形成恶性竞争。制度的两面性,本质上来自于人的两面性,是人性的弱点在制度上的体现。

人类在自然进化与社会发展的过程中,也形成了一些没有文件的基本法则与奖惩激励机制。人性的弱点就是这些法则与机制的副产品,相当于一枚硬币的正反面。

以最小的成本过最好的生活，是大自然赋予万物的生存法则，当然也是人类的生存法则。大自然设计这个法则的意图，是促进资源的有效利用。这是一个很高明、特高级的设计。几乎所有的动物，只要吃饱喝足，就不再获取了，如此就可以保证资源不被浪费。当然，这个法则的副作用是催生了伪装与欺骗。因为动物们不是太贪，所以这个副作用带来的问题也就不太突出。

它在人类这种社会性动物身上，就带来了比较严峻的状况。一个是"懒"，一个是"贪"，一个是"内卷"。前两个是因，后一个是果。

人类过的是社会生活，因此"最好的生活"是比较而来的，没有最好只有更好。这就是竞争意识与竞争机制的由来。竞争意识与竞争机制又催生了两大竞争方式，一种是自强，一种是损人。有些人通过自己更高更快更强，去实现更好的生活，同时促进了人类的进步与发展。有些人因为又懒又贪还有智商，便产生了投机心理与行为，他们主要是盗取与剥夺别人的劳动成果，或者是自己不行也不让别人行。这就有了内斗与向下拉平；也就有了自己比别人好了就开心、别人比自己好了就闹心这样的心理特点。

竞争如果失去规范，必然导向冲突甚至是战争，冲突又催生了合作，战争促进了人类合作能力的迅速提升，由此才有了文明的诞生。但是，合作又为欺骗与投机等行为制造了基础、空间与可能性。欺骗与投机又制造"内卷"，导致冲突。

为了降低竞争机制带来的副作用，或者说为了培育合作精神，大自然又创生了一个崭新的奖罚激励机制。大自然用什么来奖惩呢？用情绪体验。当你得到认同、赞同、赞美时，就会得到愉悦之类的情绪体验；当你受到否定、批评、批判时，就会得到痛苦之类的情绪体验。大自然创造这个机制的目的是鼓励人们合作与利他，却同时制造了人性的两大弱点：其一，美丽的谎言乐意听，逆耳的良言不愿闻；又为投机取巧的人开了方便之门；也就是说，因为这个机制，让欺骗成为有效的投机策略，并因此成为人性的一部分。其二，乐意听与自己相同的信息、观点、意见与思想理论，并对令人烦恼的信息、观点、意见与思想理论进行阻断或审查，使自己处于虚假的氛围与盲目的乐观之中。

人都希望听到实话，但谎言比实话更容易令人相信；人都喜欢好人，却更乐于听到别人的坏事坏话；人都渴望真相，却更习惯传播与相信谣言。

人类无时无刻不面对着悖论：你重视什么、强调什么、鼓励什么、赞美什么，什么就会得到发展，又会被投机者所利用。这也是儒、道两家长期争论的焦点之一。比如：儒家强调仁，道家就说你这是在制造伪君子。

所谓修心悟道，其基本功课，就是认清与克服人性的弱点，让自心从悖论中解脱出来。

第七章
供 求 论

> 世上没有那么多"应该",做人与干事必须谨记。
>
> 人间无非"三场":官场、情场与市场。"三场"虽异,皆从一理,即是供求;理出一处,即为人心。清官、贪官与昏官,都与心有关;爱情、亲情与友情,都与供求有关。人的情感变化与行为决策,无一不受供求变化的影响。得江山与抱美人,都只有一个方法,就是解决好供求关系。需求与供给,是思考所有问题的基本点,是解决所有矛盾的关键点。
>
> 人心与供求是怎样的关系呢?

没有爱情的"三国"

"三国"时期,没有爱情这种追求,男女结婚没有恋爱这个过程。但是,这些没有恋爱的婚姻,似乎也能经受住时间的考验。没有爱情的掺和,供需关系反而简单;简单就相对容易平衡。

像曹操这类妻妾成群的男人,最需要的是什么样的女人?不是年轻漂亮的,不是才艺过人的,不是温柔贤淑的,也不是床上功夫了得的。对曹操来说,这些类型的女人都不缺。曹操最需要的是卞夫人这样的女人。卞夫人的特点,决定了曹操很难找到她的替代者。

用现代视角来看,卞夫人也就是一位全职太太,有啥不可替代的?

女性要不要做全职太太,是个有争议的话题。但是,做全职太太是风险极高的。丈夫在外面打拼,非常艰辛,可也经受了锻炼、得到了成长。全职太太的圈子相对封闭,见识就少,成长就慢。于是就有了落差,原有的平衡就会被打破,就需要新的因素参与进来。可太太并没有多少可以用来平衡的资本,只能对丈夫与孩子投入更多的关爱。但这样的平衡是脆弱的,极难长久维系的。太太觉得自己牺牲了事业,免不了抱怨;而丈夫则认为自己才是这个家的支柱,太太一旦抱怨,双方内心的平衡就被进一步打破,冲突就会爆发,危机随时可能变成婚姻解体的现实。

男人要自己的女人做全职太太,就得准备承受一个抱怨的世界;但是男人在外面闯世界,相对有更多选择,往往又不太愿意接受一个经常唠叨抱怨的女人。女人要做全职太太,就得接受逐渐没有共同话题的男人,就得学会独自操持家务而不去抱怨。接受抱怨与不抱怨,都很难。

卞夫人不仅自己不抱怨，还全力化解别的女人可能的抱怨，让曹操在外面安心干事业，回到家里尽情享受生活的愉悦。一群女人共享曹操这一个男人，免不了争宠夺利、争风吃醋，少不了钩心斗角、狗撕猫咬，搞得乌烟瘴气、一地鸡毛。而不争的女人，就成了曹操最喜欢的；而像卞夫人这样，自己不争，还自觉帮助曹操化解矛盾的女人，就成了曹操心里的宝。

卞夫人是怎么做到的？她不是懂得爱情，而是懂得供求关系。在女人不能从业，只能靠男人获得生活资源的社会里，女人最需要的是男人，年轻时需要丈夫，年老了需要儿子。男人也需要女人，但男人对女人的需要是多样的变化的。曹操有那么多女人，女人既是他的乐趣，也是他的烦恼；他最需要的不是给他带来最大快乐的女人，而是能够消除他烦恼的女人。

这样公平吗？不公平，又很公平。当你快要饿死的时候，你用一公斤黄金来换一公斤粮食，有人愿意和你交换，你不仅深感公平，还可能感激涕零。当你脑满肠肥的时候，如果有人希望用一百公斤粮食换你一公斤黄金，你会觉得这个人是神经病。爱情、婚姻与商品一样，不尊重供求关系的人，不是强盗，就是无赖，或者是天真。天真到不明白天真与强盗、无赖的区别。

爱情缘于供需对路，亡于供需失调。恋爱的男女，智商为零。这话并不准确，智商与需求是相互影响的。没恋爱的时候，恋爱是双方的刚需；结婚后，刚需就分化了，供求平衡就不容易实现了。平衡是动态的，婚姻必然是包含着委屈与辛苦的。

婚姻的关键不是爱，也不是你付出多少，而是相互需要，是双方的供求平衡。你付出的、你看重的，对方可能不需要或者是可替代的，也就不觉得重要、不那么珍惜，那么你的委屈与抱怨，对方就可能认为是不可理喻、蛮不讲理。智慧的男女，不是问对方："爱不爱我？"而是问自己这样几个问题：我能够给他（她）什么？是不是对方最需要的？我需要他（她）什么？他（她）有没有能力愿不愿意给我？他（她）没有我，会失去什么？我没有他（她），又会失去什么？失去的，是不是我可以接受的。

不考虑供求而谈情说爱、求海枯石烂，那叫做梦。

崔琰为何从容赴死

崔琰和诸葛亮类似,都是大才子兼大帅哥。但是,崔琰被老板给弄死了,孔明的老板死在了他的前面;崔琰的才华没能充分绽放,孔明却当了十多年事实上的老板。但他们以不同的方式,实现了自己的追求。

曹操搞了个文字狱,以莫须有的罪名弄死了崔琰。这种事并不奇怪,奇怪的是崔琰没有辩解、没有痛恨,也没有哀怨,搞得曹操很郁闷。这是为啥?

崔琰是懂得供求关系的人。他明白,他的死是曹操的需要。曹操创业的时候,需要他的才华;如今曹操考虑的是交班,忌惮的也是他的才华,他们之间的供求关系已经由匹配发展到不匹配。崔琰清楚,曹操是有意为之,并非误会,解释是没有用的。

崔琰又是对供求关系有深刻理解的人。曹操杀崔琰,实现了自己的供求平衡,可在崔琰这儿,就是失衡。失衡的一方,会不满、怨恨、抗争,甚至是背叛。崔琰既不解释,又不逃跑,也无怨恨,反而从容赴死,为什么?这就要说到人类创造得非常高明的另一种平衡机制。

曹操需要崔琰死,崔琰决意以死换得。崔琰得到的是什么呢?是气节与品格。人人惧死,人人不接受冤死,崔琰微笑着冤死,怎么不令人感叹、敬佩与铭记呢?曹操害怕自己的后人驾驭不了崔琰,搞死崔琰,解除了自己的后顾之忧。崔琰的从容赴死,实现了自己品格的永生;他们各得所需,实现了另类供求平衡。

人类为何搞出这类平衡机制?有政治需要,也有社会需要。从政治需要上说,"一把手"的供给是严重不足的,能当"一把手"与感觉自己能当"一把手"的人，远大于社会对"一把手"的需要，岗位与需求不平衡，就会出现失衡。怎么办？"酒不够，烟来凑。"你有当"一把手"的能力，但不去谋取"一把手"，真诚地协助"一把手"，可以得到品格之类的补偿，以实现心理上的平衡。如果"一把手"不用他，他就优雅洒脱地归隐山水，获得人格的高逸。或者从容赴死，实现境界的超越。从社会需要上说，人的能力差距悬殊，如果单凭能力贡献分配社会财富，很多人就会吃不上饭。可不按能力贡献分配，就没有人积极创造财富了。怎么办？还是"酒不够，烟来凑。"

　　道德、品格、情操等都是一种没有面额的无形"货币"，可以和任何现实利益进行交换，以实现"市场"平衡。没有现实利益上的牺牲，就得不到这类无形的"货币"。人们把吃亏、牺牲称为奉献。当说一个人在奉献的时候，就是给他发了无形"货币"。这种"货币"的主要作用是让人获得心理与精神上的满足。家庭的稳定、单位的稳定、社会的稳定，都需要这种"货币"。但凡失序失稳的地方，都缺少鼓励与赞美。生活在其中的人，要么是不懂得这类"货币"的价值、不会使用，要么是过于贪心，只想自己占有，不愿供给别人。

　　当然，这种"货币"也和真实的货币一样，有一个总量控制问题，短缺了不行，过剩了也不好。过剩了，就会贬值，就会生虚伪、出骗子；短缺了，就会物欲横流、弱肉强食。

法正的背叛

法正，字孝直。汉代很多人的名字中都有个"孝"字。因为当时朝廷以孝治天下，人人都想以孝示人。如同现代社会重视科技，什么公司都要冠上"科技"二字。如果一个人冠上量子物理学家的头衔，便会让人肃然起敬。

法正是位谋士，与程昱、郭嘉类似，多出奇谋。曹操曾感叹："吾收奸雄略尽，独不得法正邪？"法正的计谋主邪，这类人大多活不太久。法正四十多岁就命归西天。

法正在建安初年与同乡孟达一起投奔刘璋，若干年后才当了个县令，后又被任命为军议校尉。刘璋没多大抱负，用不上法正的奇谋。法正一肚子主意，派不上用场，情绪就不高，意见就增加。有了意见又不敢公开说，便私下议论。和什么人议论呢？当然是觉得自己怀才不遇的人。法正就常与张松私下交流，开始是谈谈感慨、发发牢骚，后来就直接议论刘璋，认为刘璋不是一个能干事的人。

建安十三年，张松向刘璋建议，断绝与曹操的交往，改与刘备交好。赤壁之战后，刘备实力增强，刘璋决定派人与刘备集团建立友好关系。张松推荐了法正。法正与刘备相见，受到热情接待。刘备"以恩意接纳，尽其殷勤之欢"。刘备的功夫没有白费，法正觉得刘备有雄才大略，是个明主，回到益州后，便与张松密谋，商定暗中戴奉刘备为主。

建安十六年，刘璋听说曹操要派兵攻打张鲁，刘璋担心自己将成为曹操的下一个攻击目标，张松借机向刘璋建议，请刘备入蜀。刘璋再次派法正去迎请刘备。法正见到刘备后，劝说刘备借这个机会，拿下刘璋的益州。刘备进入益州后，刘璋得知张松投靠刘备的信息，杀了张松。刘备与刘璋决裂。法正转入刘备阵营，成为刘备主要的军事参谋。

法正的案例，给了"一把手"们一个重要警示：有了人才，就得给他舞台；有了舞台，他是宝贝；不给舞台，他是祸害。像法正这种一肚子奇谋的人才，尤其如此。对竞争对手多用阳谋的人，一般不会和自己人搞阴谋；多向对手施阴谋的人，也极可能与自己人搞阴谋。

一个人事业的舞台，相当于他的市场。如果他的供给能力强，而市场容量小，供给大于需求，产品就会滞销，那么他必然想开辟新的市场、寻求新客户。刘备就成了法正的新客户。

一块石头引发的血案

一个馒头可以引发血案,一块石头也能引发血案。三国时期的一块石头改变了两个人的命运。

袁绍率领联军讨伐董卓,诸侯各怀心事,不愿出头,孙坚甘做先锋,率先进入洛阳,弄出个意外收获,得到了皇上的玉玺。孙坚有雄心,觉得这块玉玺日后有大用,就私藏起来。袁绍听说后,询问孙坚,孙坚不认。孙坚自知袁绍不信,怕生是非,便率部返回故里。袁绍私信刘表,让刘表拦截孙坚,收回玉玺。孙坚在与刘表的战斗中不幸身亡。

孙坚的大儿子孙策,投奔了袁术。孙策想继承父亲的事业,以玉玺做抵押,向袁术借兵。袁术也很看重这块石头,便与孙策成交。孙策依靠从袁术这儿抵押而来的军事资产,迅速扩张,打下了自己的地盘,一举奠定了东吴基业。而得到玉玺的袁术,却很快死掉了。

得到玉玺的孙坚、袁术败了、死了,送出玉玺的孙策兴了。难道这块玉玺有什么魔咒吗?是的。这块玉玺是权力的隐喻和象征,有野心的诸侯都想得到它,谁得到它谁就成了大家共同的敌人。玉玺只有一个,想得到的人众多,市场出现的严重的供求失衡,这就决定了拥有着需要付出极高的成本。像孙坚、袁术这种资产有限的"公司",得到玉玺就相当于巨额负债。

财富、职位、荣誉的获得都是需要付出成本的,自己"资本金"不足的时候,得到这些东西就是负债。如果负债较低,就相当于低息贷款,你可以通过努力,慢慢偿还债务;如果负债过高,就相当于背上了高利贷，你怎么努力也还不上债务，最终就会被破产清算。世上许多看上去很美很好很贵重的东西，往往是祸患的源头。这事难就难在人们大多高估自己的能力与贡献，把负债误作盈余，因而信心满满、千方百计地去负债。

在财富、职位、荣誉等面前，当反思袁术与孙坚，不妨参考学习孙策。有时候，不要才是最好的选择。

东吴的"吊丧观"

人走了,茶凉不凉?答案是:"不一定"。这不,刘表刚死,东吴就派鲁肃来了。

孙权派遣鲁肃吊丧,与今日人情世事并无多少不同。"东吴先吊刘表,非为刘表,而为刘备而吊也;后之吊刘琦,非为刘备,而为荆州而吊也。吊本为死,乃以为生;吊本为人,乃以为我。吊之无益于我,则当吊而不吊焉;吊之有益于我,则虽不必吊而吊焉。"古人已经把人情世故说了通透。吊唁确有情感因素,可大多数人吊唁,是给活着的人看的。

孙权与刘表之间,是债务关系。刘表杀了孙坚,于孙权是杀父之仇,属于血债。此时,曹操要来抢刘表的资产,刘表的资产没了,孙权的资产也难保。如此一来,刘表欠孙权的血债,就有了另一种偿还方式,那就是转移支付。这是啥意思?就是通过孙刘合作,共同对抗曹操,不让曹操抢到资产,这就约等于让曹操间接地替刘表还了债。鲁肃给孙权的建议是和刘表集团联盟,刘表死后,这个集团垮了,才修改为与刘备集团合作。

一个人没了资产,失去权力,如果他还有人脉有影响力,也就是具有转移支付能力。那么,对他来说,这"茶"一时半会儿是凉不了的。

在官场退下的领导,人走茶凉的感觉比较普遍且强烈。主要原因在哪里呢?没有做好培养人的文章。主要表现有四种:不培养人;培养人,但搞小圈子,犯了众怒,小圈子被人拆解或消除;培养人,却不是有德才的人,他们要么立不住、要么就背叛;培养人,又怕他们超越自己，这些人可能记住的不是领导的培养，而是领导的压制，或者他们虽有感恩之心，却无回报之力。

培养人类似开银行。银行当然要回本获利，为了回本获利，就得选择好的客户，真心实意地为客户着想，希望并帮助客户越来越好。客户好，银行才好。问题在于，人大多想超越别人、不愿被别人超越。因此，领导晚景多是阴雨秋风的现象便不足为奇了。

刘表与刘璋都是既不会培养人也不会用人的领导干部，如果不是有刘备哥几个在，他们就不只是茶凉，连茶碗也早让人砸了。

人与人之间供求的平衡，更接近金融市场，不只是"现金"交易，还有期货、证券、股票、信托与天使投资，也有透支、延期支付与转移支付等，其核心是有用性与可交换性。

为了陪伴儿子

曹操攻打徐州,许昌空虚,袁绍迎来良机。可是,偏偏就在这个时候,袁绍最爱的小儿子病了。许攸请求袁绍出兵,趁机拿下许昌。袁绍说,儿子都病成这样了,还出什么兵?许攸仰天长叹:"庸主,庸主,庸主啊!"

一个拿下曹操大本营的绝佳机会,为了陪伴儿子,袁绍毫不犹豫地放弃了。这个决策果真是昏招吗?

重大决策一旦碰上感情,会是什么结果呢?表面上会变得复杂,本质上依然简单。表面的复杂,是因为出现了多种价值判断。本质上简单,是因为并没有逃出供求关系的规律。

许攸以事业发展为价值标准,认为袁绍应该出兵。袁绍以亲情为价值标准,认为自己应该陪伴儿子。谁是谁非?从职业角色的维度上看,许攸是对的。从父亲这个角色的维度上看,袁绍是对的。两个都对,事情就复杂了。

复杂归复杂,两个人同样是被"市场规律"左右的。许攸看到的是"官场"机会,袁绍看到的是"情场"危机,都是害怕失去。但两个人的供求不在同一个"市场",买卖也就无法谈成。

人有多种角色,构成生活的丰富,也带来了做人的艰难。儿子、女婿、父亲、丈夫、女儿、儿媳、媳妇、母亲,再加上社会角色与职业角色,没有人能够把每个角色扮演得让利益相关方都满意,也没有人对自己扮演的所有角色都满意。有的成功人士,后悔当初因为事业,忽略了陪伴家人。任正非先生就说:"如果重来一次,我不会创办华为,我会陪伴家人。"果真会如此吗？或许，任先生的这一生，就是第 N 次轮回呢！从理论上说，兼顾是最好的。从现实来看，兼顾是很难做到的。生活中，我们是缺什么就想得到什么，有什么就不珍惜什么。任先生事业成功了，回过头来，感觉缺了亲情，便觉得宁可不要华为。此时，他忘记了，当初夫妻厮守的时候，是多么地不甘心过这种为柴米油盐发愁的日子。

你艳羡他的媳妇貌美如花，他羡慕你的老婆勤俭持家；你埋怨自己的老公从不顾家，她仰慕你老公的事业才华；你觉得他有一个好爸爸，他觉得自己的努力都被爸爸遮蔽啦。世上没有十全十美的事，也没有十全十美的人，有的是十全十美的追求，故而才有了"世上不如意事，十常八九"。供求关系的规律，常人逃不出，一辈子都是"规律"的奴隶；能够逃出来的，便是非常人，是得自我解放的人。

许攸长叹袁绍是个庸主，但也会人不少人感叹：看看人家老公，多么有爱呀！看看人家的爸爸，多会疼人呀！发出这些感叹的，都是常人。

张松为何出卖刘璋

人有生理需求，又有心理需求。生理上需要食色，心理上需要情感。因此，人可能图财害命、见色起意，也可能因情生恨、由爱生仇。心理上的供求平衡，比生理上的供求关系更为复杂。人在心理上的供求关系是怎样运行的呢？

黑色喜剧《蛮荒故事》，演绎了六个独立的复仇故事。其中两个故事令人印象深刻。

一个是一位戏剧学员的故事。这位学生，在学习期间，老师瞧不上他；他在毕业考核时，又受到评委的羞辱；在职场上，同样受到了同事的嘲讽。后来，这位同学当了机长。他千方百计把他感觉伤害过自己的人，骗上了飞机，导演了一出机毁人亡的悲剧。

另一个故事更为简单。一位西装革履的哥们，开着豪华轿车出行，路上碰到一位穿着脏兮兮T恤的男子，开着同样脏兮兮的破车，还没有及时给他让道。西装男超车时骂了T恤男，还出示了中指。不幸的是，西装男在行至一条河旁时，车胎爆了。他还没有完成更换，T恤男到了。T恤男砸了西装男的车，出了一口恶气后回到自己车上，西装男趁机把他连人带车顶翻进河道里。T恤男爬出来，西装男匆忙驾车而逃。T恤男说，我记得你的车号，你等着！西装男听罢，生了杀机。掉回车头，要撞死T恤男，又不幸翻下河道。T恤男点燃了汽车，西装男将T恤男拖进车里，两个素不相识的人就这样一起葬身火海。

再说一个三国时期的故事。益州牧刘璋手下有一位谋士，名叫张松。张松过目不忘、才能过人，深得刘璋赏识。后来张松因暗通刘备、出卖刘璋，被他哥哥张肃告发。刘璋怒而杀之。刘璋对张松很好，张松为什么要去勾结刘备呢？因为他记恨曹操。可记恨曹操干吗要出卖刘璋呢？

赤壁之战前，张松出使曹营，想与曹操结为好友。曹操没拿张松当盘菜。心高气傲的张松非常生气，发誓与曹操作对。张松敬佩刘备敢和曹操叫板，又见刘璋少胆略缺才干，便暗中劝说刘备拿下益州，取代刘璋。

那位学员受到了智商与行为的双重鄙视，尊严严重短缺，他以与鄙视他的人同归于尽的方式，实现心理上的满足。那位T恤男，因贫穷而被西装男侮辱，加剧了尊严短缺，便借武力优势实施报复，以平衡心理。这种报复激发了对方的报复，两个怒火满腔的人共同葬身火海，以死亡完成了各自心理的平衡。

尊严短缺的人，像一座危楼，需要尊严来加固；一旦伤及他的尊严，他就会倒塌，并砸死那些伤害他尊严的人。

最值得深思的是张松的案例。曹操伤了张松的自尊，张松为了在曹操那里讨回尊严，不惜伤害另外一个对他不错的人，还去勾结一个与他不曾有过交集的人。可见，伤人自尊而造成的危害是会外溢的。

当领导、交朋友、做同事，不只要关注身边人的物质需求，还要关注其情感需求，尤其要关注其自尊状况。情感短缺与自尊心受伤的人，最容易被打动，也极可能做出极端行为，并伤及无辜。

丞相肚子能撑船

丞相为何重要？因为这个职位暗含着一项特殊使命，需要完成一个特殊的任务。"丞相肚子能撑船"，就是由这项特殊使命与这个特殊任务所决定的。

我们知道，孙权在初设丞相的时候，大家都认为非张昭莫属，也有不少人推荐张昭。孙权说，张昭能力很强，功劳也很大，声望也很高，但他老人家性情刚直，要求严格，易招惹是非。孙权的话是真是假？有无道理？

我们先来再现一个片段。

孙权不用张昭，张昭不开心，称病不上班。孙权去看他，他对孙权说，当年你哥和太后，把你托付与我，我可是尽职尽责的啊！可是我这个人呢，说话直接，不会讨好人。

张昭表达了两个意思：我是监护人，是我照顾你，不是你照顾我；我真心对你，你却不能理解我的一片苦心。

孙权听了，也不客气，他说，我够给你面子了，可你从来不给我面子，整天当众教训我，我对你真的是够可以了。

张昭叹道，我知道不能不说，说了也白说，可太后的话犹如在耳啊！说罢，失声痛哭。孙权此时深为感动，勾起了往日的艰难回忆，抱着张昭，相拥痛哭。

哭归哭，感动归感动，孙权还是不让张昭当丞相。因为张昭是真不适合当丞相。

丞相在一人之下、万人之上，相当关键、十分重要、非常风光。正因为如此，这个岗位就不是一般人能干的。皇帝为什么要设这么一个岗位？皇帝的朝廷就像一个超级市场，他是总公司的董事长，臣子们都是分公司、子公司的负责人。他们之间有各种各样的内部交易活动，这就难免发生冲突，经常出现"贸易"不平衡，弄不好就会形成"朝廷"危机。所以，皇帝需要一个人来调和关系、化解矛盾。这个岗位可以叫丞相或宰相等。不管叫什么名称，这个岗位的使命就是调和皇帝与群臣的关系，协调群臣之间的关系；主要任务就是保障朝廷的有效运转。丞相的公司是经纪公司，丞相是高级经纪人。

丞相的经纪公司是由皇帝控股的，所以这个活不好干。丞相得有"三吃"精神：吃苦、吃气、吃亏。皇帝不想管、不便管、不好管的事，丞相都得接着；大臣们不好办、不敢办、不能办的事，丞相也不能不管；所以，吃苦是免不了的。皇帝的气必须吃，同僚的气也得适当地吃，下属的气还得适当地吃，一般的胃口消化不了。事干好了，在丞相这儿，是皇帝领导得好，君臣落实得好，自己要当成没事人，所以必须吃得下亏。

张昭是有个性的老臣，吃苦身体受不了，吃气性格不接受。孙权不让他当丞相还是蛮有道理的。

人人都想盈利，可丞相得"三吃"，那谁还愿意干？这个要靠皇帝用地位、待遇、面子等来满足丞相的心理需求。但是，当上丞相的人往往把握不好分寸，忍不住想抓权力或捞好处，结果就是干不下去了，或者把自己干死了。

转换到现在的场景，皇帝就是"一把手"或者是董事长，丞相就是"二把手"或者是总经理。"一把手"与"二把手"的关系大多不太融洽。解决这个问题的思路，大多是在如何划分职权上下功夫做文章。功夫下了不少，制度改来改去，效果依然寥寥。"二把手"的使命是给"一把手"平衡供求、协调关系，不能和"一把手"分权。"二把手"没有权力，如何完成使命？这就需要"一把手"根据"二把手"的工作情况，适时适当地给他提供资源，包括权力。"二把手"却不能把这部分权力真当成自己的。

用电力系统来比喻，皇帝相当于发电厂，丞相就相当于变压器，群臣相当于用户。该升压的地方丞相要就做升压变压器，该降压的地方丞相要当降压变压器。丞相不能随意发电，也不能随意用电。在这个系统中，除了发电机，变压器是"体格"最大的、"待遇"最高的。但是，变压器是不能发电的。班子出问题的单位，基本上是两种情况：一种是"二把手"甚至是其他班子副职不甘心做变压器，一心想做发电机，而且坚信自己做小一号的发电机是合理的。另一种情况是"一把手"，只想做发电机，却不会当调度员。

关羽的消费偏好

消费往往是非理性的。女生偏好购物，其意不在物，而在购。男生往往不解，说你买了又不用，不是浪费嘛！人皆有自己的需求偏好。这里说一个费诗劝关羽的故事。

建安二十四年秋，刘备自称汉中王，派遣费诗去拜受都督荆州的关羽为前将军。关羽得知黄忠被任命为后将军，大怒道："大丈夫怎么也不会与一个老兵同列！"因而不肯接受任命。费诗早有所料，就对关羽说："能成就大业的人，所任用的都不只是一种人。当年萧何、曹参与汉高祖刘邦自幼来往、交情深厚，而陈平和韩信则是后来才归附的。可在分封官爵次序的时候，韩信的爵位最高，但也没有听说萧何、曹参因此而有怨言。现在汉中王因为黄忠一时的功劳，给予他很高的恩宠，可要说到在汉中王心中的地位，怎么会把黄忠与您等同起来啊！汉中王与您就像是一个人，忧乐同享，福祸共当。我认为您不应该在意官号的高低，以及爵位俸禄的多少。我呢，不过是一个奉命行事的使者，如果您不肯接受任命，我马上回去，只是为您这样感到惋惜，恐怕您以后要后悔的。"关羽听了这番话，立即转阴为晴、转怒为喜，当即接受了任命。

关羽有"三高"：武艺高、品德高、自视高。"三高"的好处多多，在此不说；有好处，必有坏处，主要体现在自负与任性。因自负而任性。特别自负的人，像犟驴，只能顺毛捋。你要让他高兴，你要让他好好干活，最管用的不是送礼物、发奖金、给待遇，而是捧与夸。你怎么夸，他都不会觉得过分。关羽对自己的职位不满，费诗只是夸关羽在刘备心中的地位比其他人高，关羽就满意了、开心了、接受了。

大家知道了关羽的偏好，都顺着他、哄着他，不断地给他提供赞美这种"货币"，使关羽的"市值"大大高于实际价值，便形成了"资产"泡沫。感觉特有"钱"的关羽，便愈发任性，一直任性到丢了性命。

表扬与赞美相当于货币收入，批评与处罚相当于货币支出。当你得到的表扬与赞美过多，便是虚盈潜亏；当你受到的批评与处罚过多过重，便是虚亏实盈。前者是"福祸相依"的根由，后者是"吃亏是福"的原理。

有资源有权力的人，如果有消费赞美的偏好，赞美的供应链就会日益强大，形成个人的"资产"泡沫。有些领导习惯指责与批评下属，适当的批评可以抑制一个人"资产"泡沫的形成，但如果领导支出的批评过多，自己就会形成负债。张飞不仅责骂下属，还常打人，导致负债率过高，让债权人割了脑袋。

人皆喜欢赞美，但需牢记：赞美需要批评来平账。

不得志的费诗

费诗一番话，不太费事地说服了关羽。可见费诗是位高人，脑子好使，嘴巴会说。但费诗一辈子都不得志，是不是怪事？

费诗总是觉得，自己的能力与获得的职位不匹配，有劲没有地方使，有才没舞台演，所以心理失衡、心情郁闷。费诗的感觉是错觉还是客观事实？他的感觉大致上是对的。这就带出另一个问题：刘备不是一位具有雄才大略的明主吗，怎么会如此对待费诗呢？凡事都是有原因的。

公元221年，刘备集团做大了，多数大臣建议刘备称帝，少数内心不赞同的也不说话，独费诗上书反对，他对刘备说："您由于曹操父子逼迫天子并篡夺帝位，所以才客居万里之外，集合士卒大众，准备用以讨伐逆贼。今大敌尚未消灭，却先自立为帝，恐怕众人心中会感到疑惑啊！昔日汉高祖和项羽约定，先攻灭秦国的人可以称王。等到高祖攻陷咸阳，俘获秦王子婴，仍然怀有推让之心不去称王，何况现在您仍未走出门庭，就想自立为帝呢！我实在认为您不应听取群臣的提议啊！"刘备不仅不听，还将费诗贬为永昌郡从事。

这件事说明，费诗是敢于直言的人。敢于直言是一个人的好品质。物的品质好，大致会讨人喜欢；人的品格高，大致不会讨领导喜欢。因为他们维护自己的品格，极可能与领导或他人需求产生冲突。不能很好地满足他人需求，他人便不会买账。他人不买账，你的需求自然就得不到满足。直言的人，不得志是常态；得志是非常态。

刘备奋斗了一辈子，眼看着时日无多，而打败曹操更看不到时日。但自己也有了一定的实力，曹操与孙权想要灭他也不容易。此时称帝，便成了现实而紧迫的选择。更重要的是，称帝不只是刘备的需要，更是刘备群臣的共同需要。刘备一人称帝，大家共同升官，能有几人不赞同不乐意呢？所以，费诗的意见，完全没有市场。刘备具备了称帝的基本条件，如果不半推半就、顺水推舟，他便没有更多的职位来满足群臣的需求，人心就很难稳得住。

宝剑赠英雄，宝物卖识家。但是英雄也许爱枪不爱剑，识家也可能喜欢此宝贝不爱彼宝贝。刘备不是不懂得费诗及其建议的价值，而是当下不需要。人家急需要麻袋装粮食，你给人家推销爱马仕，那是瞎耽误功夫，还自讨无趣。

直臣得到的是名声，付出的成本是晋升的机会。费诗的问题是，他不把名声视为收益，核算下来便是亏损，因此就不得开心颜。

世上没有绝对的失，也没有绝对的得。

谯周劝降

曹操发兵攻蜀，刘禅没了主意，便召群臣来议，大家皆无信心，能想到的出路只有两个，一个是逃跑，一个是投降。逃跑只能向南逃，投降则既可投东吴、亦可投曹魏。

这时候谯周出来说话了。谯周何许人也？谯周是今四川西充县人，幼年丧父，少读典籍，精研六经，通晓天文，是蜀地名儒。诸葛亮担任益州牧时，授劝学从事。后主刘禅册立太子时，授太子仆，迁太子家令、光禄大夫。他反对姜维北伐，著《仇国论》，力陈北伐之失。随蜀汉投降魏国后，受封阳城亭侯，迁骑都尉。晋武帝司马炎泰始六年，授散骑常侍。同年去世，时年七十岁。

谯周出来说了些什么呢？首先，逃跑是不可行的。一来那边的人不会欢迎我们，二来这边的人也大多不会跟着我们跑，三来跑了去那边也养不了我们这些人。其次，东吴降不得。因为东吴迟早也得被曹魏所灭，那么我们就得投降两回。既然投降是件羞辱的事，那羞辱一次总比羞辱两次要好。

谯周说完，朝堂一片寂静，过了一会，才有人问："现在是大兵压境，人家会接受咱投降吗？"

谯周说：一定会的，而且会给我们安排得很好。因为还有东吴在，他们得给东吴树立个榜样，他们好好对待我们，就会让东吴君臣失去抵抗的动力与决心，他们不好好对待我们，东吴就只能拼死抵抗。

谯周说罢，君臣无语，蜀汉投降。

谯周一番话为何有如此大的力量。因为谯周抓住了君臣的需求。大家都认为打是打不过的，逃又无处可逃，那就只有降。可投降之后，人家会怎么安排，会不会被杀，就成大家普遍关心的问题。谯周的回答是，不仅不会被杀，还会得到很好的待遇，原因是他们要给东吴树立一个榜样。君臣的后顾之忧解除之后，投降就成了无可奈何之下的最优选择。

谯周的语言之力，来自替他人着想。

谯周在历史上是个有争议的人物，有人说他是卖国贼，有人说他有"全国之功"。

孙权为何杀臣子

孙权精于以情感人，可是到了后期，又表现得很无情。比如：逼退了张昭，杀了陆逊，对孙策、周瑜、鲁肃等人的后代也很一般。不只是孙权，曹操也是如此。

这种事历史上挺多的，越王勾践就干过。越王勾践打败吴王夫差后，范蠡急流勇退，决意归隐江湖，临走时给文种留下一封信，信中说："飞鸟尽，良弓藏；狡兔死，走狗烹。越王为人长颈鸟喙，可与人共患难，不能与人共享乐。子何不去？"文种看了信，称病不上朝，有人就对越王说文种图谋不轨，越王就赐剑于文种，并说："你教寡人伐吴七术，寡人用其三而败吴，还剩下四种方法，你替我带到先王那里试试吧。"文种就自杀了。

人还是那个人，王还是那个王，为什么前后不一样呢？非人在变，乃人之需求在变也。在创业阶段，君王渴望人才，人才也需要君王的平台，人才能够为王赢得竞争，君王也可以给人才更大的舞台。君王与臣子之间能够基本实现供求平衡。打下天下，创业成功之后，情况就大为不同了。君王这边，因为消灭了竞争对手，对人才的需要就没那么强烈了；没有了扩张，也没有更多的资源提供给人才了。君王既没有意愿也没有资源来养那么多人才。臣子这边，因为创业有功，便渴望得到更多回报，而且还居功自傲。君臣之间的供求矛盾一下子就尖锐起来。君王解决矛盾的最简便方法，当然不是千方百计满足臣子的需求，而是把臣子直接消灭掉。

还有另外一个供求矛盾也是很重要的。打天下的时候，君王需要的主要是军事人才，而治天下的时候，君王最忌惮的正是军事人才，最需要的是管理百姓的人才。

"鸟尽弓藏良可哀，谁知归钓子陵台？"这其中的根本矛盾就是君王的供求与功臣的供求无法实现平衡。功臣希望得到回报并非不合理，君王的需求又是现实所迫，所以只能是弱势的一方做出牺牲。范蠡明白这个道理，所以悄悄地走了，不带走一片云彩，换了个逍遥自在。

"一把手"在不同的阶段有不同的需求，做下属的要清楚，自己的能力不见得符合"一把手"的需求。供销不对路，你越努力就越走下坡路。

为何是魏灭蜀吴

三家归晋,为何是魏灭了蜀,晋灭了魏与吴?我们也可以联想一下,为什么南宋偏安一隅,没有恢复中原的雄心?

需求才是根本原因。

东吴想灭曹刘吗?想,但不那么强烈。想的原因主要有两条:第一,只有灭了曹刘,统一天下,孙权才能成为真正的帝王,君臣才能算得上朝臣;第二,曹刘的存在对东吴是巨大威胁,大家心里都缺乏安全感。不太强烈的原因也主要有两条:第一,处于富庶之地,小日子过得不错;第二,实力不够,打不过人家。对于东吴来说,维持三国鼎立是现实的选择。

蜀汉想不想呢?很想,但实力不够。蜀汉高举的旗帜,就是一统天下,恢复汉室,这个旗帜不能倒。更重要的是,蜀汉的地盘比较小,而且除了荆州以外,剩下的好地方不多。好地方少,财力就不足,人力也不够。刘备集团想北上,只是能力不够,但蜀汉领土上的本地人,并没有这样的想法。而且,刘备在日子过得比较舒服了之后,北伐的愿望也就渐渐消退了,停留在表面上了。

最想一统天下的,还是北方的曹魏与灭了曹氏政权的司马氏的晋。不是因为他们贪欲更强或理想更高,而是被生活逼出来的。

北方的日子不好过。北方地区,通常不是洪水就是大旱,风调雨顺的年景很稀罕。那时候,粮食亩产低,丰年也没有多少剩余,荒年来了,没有南方的粮食来调剂,日子就过不下去。因此,在冷兵器时代,基本都是由北向南打,并最终完成统一。这也是南宋对北归没多大兴趣的原因。

艺术源于生活，战争也源于生活，理想亦源于生活。艺术之中有理想，战争里面亦有理想。理想就是对更好生活的向往。日子过得有滋有味的，真想打仗的人不多。

市场竞争则有些不同。在市场中，初创阶段的企业野性特别足，头部企业兼并扩张的欲望往往比较强，反而是那些处于中间层的企业更想过安稳日子。结果如何呢？初创企业多数死掉，个别成长为大企业。头部企业常常因扩张过度而走向衰败。做企业、干事业，都不能不考虑自己的生活，但是如果不考虑别人的生活，企业就活不下去，事业也干不下去。企业与个人，没有利他心，不能满足他人的需求，最终是无法自利的。都想自利的结果，往往是让局外人受益。

是不是利他，起作用的不是绝对值，而是相对值。

第八章
奇 计 论

> 害人之心不可有，防人之心不可无。吃亏上当，自己才是内因，他人只是外因。因此，防人不如防己，害人不如修己。
>
> 问题在于，没有小人，君子如何彰显？没有欺诈，真诚何以为美？没有深渊，高山何以雄伟？
>
> 苍天不造无用之物，世上没有无用之人。万物各有其用、各得其所，又相生相克、相爱相杀；世上各色人等，各行其是、各有其用，相互折磨、相互成就。
>
> 没有奇计，何来智慧？

另类"空城计"

诸葛亮的"空城计",据说历史上并没有,但生活中不是计的"空城计",还是经常上演的。

我们在现实生活中,经常被人误解。被误解的成因之一:你的诚实之举,他断定有阴谋在后。正直的人,多会麻烦不断,你越是以诚相待,他越是坚信你奇计不断;你越是想证明清白,他越是增加怀疑。这便是"空城计"的基本原理。其核心是以己不骗,让他人自骗。诸葛亮并没有骗,可司马懿却认为有诈,奈何!

司马懿极其狡猾,以洞悉人的心理见长。他断定诸葛亮是位极其小心、擅谋而寡断的人,决不肯冒险而为。诸葛亮羽扇纶巾,谈笑自若,那是因为他深谋远虑、成竹在胸。翩翩风度的背后全都是殚精竭虑啊!当司马懿兵临城下,看到诸葛亮城门大开,坐在城楼之上,抚琴高歌,便心生疑虑。他仔细观察了一会儿,静神品鉴了诸葛亮的琴音与歌声,断然决定退兵。

有人对此提出质疑,理由是司马懿完全可以派出一个小队去试试呀!我的看法是,司马懿要是如此,便不是司马懿了。拿士兵的生命去一试真假,算是什么本事?司马懿怎么能干这种事呢!司马懿要用自己的眼睛、耳朵与经验,以及对诸葛亮的认知,做出自己的判断。他看到诸葛亮镇静自若,听到琴律不乱、歌声沉稳,结合诸葛亮不肯冒险的性格特点,便断定此处不是一座空城。因为他从琴音与歌声中嗅出了诸葛亮内心的不虚不乱。

司马懿是一个高度自信的人。司马懿底线思维能力超强,风险意识也超高，在官场与战场的残酷竞争中，屡屡化险为夷，几乎没有败绩，自信之树也就茁壮成长起来。这和赌钱的人一样，开始十分谨慎，赌注很小，每次都赢，自信就来了，胆子就大了，忍不住加大赌注，最后把老本都赔了进去。

在职场上，你把同事当对手，他的所言所行，在你心里就是另有企图，其实最初就是一个误会，或者无心之举，又或者是认知差异。如果你很自信自己能够得到某个职位，或者可以干成某件事，结果事与愿违，你就可能认为对方在搞鬼。这个就叫不欺而欺。

人家说实话、做实事，你不相信。你就是中了不是计的"空城计"。世上真正能骗你的，只有一个人，那就是你自己。别人不信你，你着急上火，心情不佳，也是中了不是计的"计"。

对自己要有自信，却不可太自信。没有自信，容易被人忽悠；太过自信，容易被人利用；都会做出令亲者痛仇者快的事情。

袁绍的"逼宫计"

骗自己,还以为是好计,袁绍创造了自己骗自己的经典案例。

宦官集团与外戚集团、士大夫集团搞内斗。袁绍与何进计划除掉宦官,何太后不同意。袁绍就给何进献上一计。这个计策,曹操坚决反对,何进却认定是好计。只因这一计,让何进丢了性命,袁绍也只好匆匆逃命。

袁绍的计策,就是让京外诸侯领兵入城,诛杀宦官。诸侯还没到,宦官们就得到信息,来了个先下手为强,将何进骗进后宫,乱刀砍死。袁绍、袁术闻讯急忙率兵营救,为时已晚,便顺手把宦官杀了个干净。此时,董卓来了。袁绍已经无力控制局面了。

当时,外戚与士大夫联盟比宦官集团略占优势,袁绍、袁术、曹操等手里都有兵马,完全有能力消除宦官威胁。何进被骗入宫,袁术被动仓促引兵进宫,便杀得宦官们死的死逃的逃,可见宦官们是不堪一击的。

曹操等人早就料到此计乃是引狼入室,何进与袁绍为何听不进去?主因就是一条,只想要好处,不愿担责任。让诸侯引兵杀了宦官,他们既可以在何太后那里充好人,也可以在朝野上下装清白。他们没有想到不敢担当、不愿付出的所谓妙计,往往会事与愿违。

现代官场上,类似的"逼宫计"也不少见。比如:看到那位同事有可能升迁,便散布人家的负面信息,给组织写匿名信,弄得组织只好空降一个干部过来。这类人中有没有整掉了别人而自己上位的呢?当然有。不过这种现象也就慢慢消失了。但是,他们虽然得到了升迁,却也背负着潜在的鄙视，只是他们一时感受不到罢了。

一个人太过自私，还想耍小聪明，往往就是聪明反被聪明误，白搭上卿卿性命。只想着自己独占好处的妙计，都只配两个词，就是"愚蠢或者卑鄙"。

贾诩的"离间计"

赤壁之战后,曹操消停了一阵子,觉得这么下去大家就失去斗志了,军队就没有战斗力了,于是决定西征。平常日子,好像都是常人,领导都觉得缺乏人才,可到了平定天下的时候,就会发现到处都有猛人。此次西征,曹操又碰上两个猛人,他们的名字叫马超、韩遂。

曹操西征,马超与韩遂就联合起来共同对抗曹军。两股势力一结合,曹军的优势就不大了,再加上远征,双方就成了均势,打成了相持。相持时间一长,曹操着急,马超、韩遂也有些撑不住,就想议和。韩遂来信约见曹操,贾诩说:"机会来了。"曹操问:"你有何妙计?"贾诩说:"也没什么新鲜玩意,老套路罢了!"曹操听了老贾得如此这般,就给两位回信,同意约见。第二天,曹操与韩遂、马超各带一行人相见,曹操对韩遂说:"咱俩聊聊。"两人骑马在一空旷处,马头对关马头,相谈甚欢,曹操还不时大笑,两人许久不散。他俩聊什么呢?被晾在一边的马超很是疑惑。其实,曹操并没有谈什么正事,只是和韩遂聊和他父亲等的往年旧事。

回到营地,马超问韩遂和曹操谈得怎么样,韩遂说什么也没谈,就是说了些往事。韩遂说的是实话,马超却更加怀疑。曹操趁热打铁,再出一招。

曹操给韩遂写了一封信,故意让马超知道。马超就来要看信,韩遂只好给他。马超见信中有许多涂抹,又问为什么。韩遂说,来信就是这样的,我也不知道,或许是草稿吧!马超说,曹操这么精细,怎么会送来草稿呢?把信摔到地上,走了。

马超与韩遂的联盟就此瓦解，曹操因此获胜。

我们在日常生活中，遇上这种连环套式离间计的概率很小，但是朋友反目、同事失和、班子离心的情况还是经常发生的。其中一个重要的原因就是猜疑。猜疑的原因也多是一些闲言碎语与鸡毛蒜皮。

再好的朋友也各有自己的圈子，不可因朋友与你不喜欢的人交往就心生芥蒂；同事之间难免有言差语错，不可因听到一些令你不快的说法便心生成见；班子成员一定有不同意见，不可因意见不同、观点冲突便心生忌恨。人与人之间，摩擦与冲突是不可避免的。你的心里不可能只有别人，别人心里也不可能只有你。宽以待人本质上就是善待自己。每个人都需要合作，而合作必须有包容与理解。

相信出朋友，同心结同事，信任成班子。没有胸怀气度，就会自己中自己的"离间计"。

司空见惯的"计"

几乎所有的"成功学"都会讲到一招，就要赞美他人；生活中绝大部分人，都有用语言讨好他人的经历。这也算是"计"吗？

是不是"计"，要看具体情况。"成功学"上说，只要是真心的，就是值得肯定的。肯定他人、赞美别人是一种好品质，可若是心存个人目的，那也就是一种心计。严格地说，怀着个人目的所谓的赞美，不管是否夸大了事实，便是"拍马屁"。"拍马屁"就是日常生活中司空见惯的"计"。

这种"计"不太受人重视，因为中计的人，不觉得是计。中计的人损失是延迟的、潜在的、日积月累的，有的一辈子也认识不到，即使认识到的时候也已经晚了，而且损失不是具体那一个人造成的。

中这种计的人大多是"一把手"，比如袁绍。袁绍手下谋士众多，可有不少谋士，不是真心为袁绍的事业出谋划策，而是一门心思在袁绍的平台上谋自己的好处。他们不为袁绍谋，而是谋袁绍。方法就是赞美袁绍。其中比较典型的一个就是郭图。郭图说出来的话，袁绍听了心里特别爽，由喜欢郭图这个人发展到喜欢郭图的主意。在郭图的带动下，袁绍身边巧言令色的人越来越多，袁绍也越来越自信，越来越听不进不同意见。这在平常时期好像也没多大关系，可到了节骨眼上，问题就大了。袁绍要打曹操，田丰、沮授都说此战必败，可郭图说战之能胜，袁绍决意开战。相信当时和郭图一样表态的人是绝大多数。这一战，让袁绍输了个底朝天。

袁绍是个比较极端的例子，但"拍马屁"得好处的情况几乎每时每刻都在发生，被"拍马屁"的人付出的代价是什么呢？失掉人心，失去凝聚力是常态，因此"翻车"的情况也不少见，只是没袁绍那么惨而已。

　　肯定与赞美是人的心理刚需，"拍马屁"的市场必然是广阔的。渴望赞美是一种积极的心态，但不可忘记"巧言令色必藏妖"。好朋友、好同事，应该相互点赞，但点赞之前要先除"妖"。

王允的"连环计"

王允为了除掉董卓,用了"连环计",虽说是"连环",本质上就是"美人计"。

王允这个计策能够成功,关键人物是貂蝉。貂蝉之所以能达到目的,利用的主要资源就是美与情。世上有两种东西具有神奇的力量,一个是美,另一个就是情。世上鲜有人能够战胜"美与情"的大联合。大部分人生悲剧,都出自"美与情"的圣境。搞特工的人,什么都可以动,就是不能动情,是这一行的共识,也是纪律。

爱美之心,人皆有之。人非草木,岂能无情!所以,"美与情"只要联袂出战,便胜过雄兵百万。正所谓:衽席为战场,脂粉作甲胄;盼来是枪茅,鏊笑胜弓刀。西施、郑旦令吴王夫差沉醉宫帷,貂蝉让董卓、吕布为情反目,更有无数寻常人成了枕席之上的无名"烈士"。而吕不韦在这方面的造诣,可以说是登峰造极、无人能敌。他利用美人,生下一个皇帝,自己成了仲父兼相国。昔日的美人成了皇后,他又利用帅哥迷惑皇后,巩固自己的权力地位。不仅创造了神奇,还给后人留下了数不尽的好奇。

"美人计"比其他所有的阴谋诡计都更有疗效,主要原因是,其他的奇计是纯假,而"美人计"大多真真假假、半真半假、时真时假,不太容易分辨。老话说:"日久生情",经常在一起滚床单,还能分得清哪是工作哪是情感,就连神仙也做不到,别说是"臣妾"了!

"美人计"的施予者,也会动情,是此计成功的关键,同时亦是隐患。本来就是利用,不料生出情感,就会道不清、理还乱。日常生活中许多"爱情"悲剧便由此产生。原本是你瞧上了她的漂亮、她看上了你的资源,却一定要演成一出爱情剧给人看,演着演着,彼此都中了自己的"计"。等到演累了,忽然就发现是上了当。于是剧情反转,由"撒狗粮"变成"撕裤裆"。

被有意之计所害,一方胜,一方输;被无意之计所害,往往两败俱伤。因为双方都觉得自己是受害者,都认为对方是骗子。"美与情"都是珍贵的、值得追求的,当然为此付出的代价也可能是高昂的。

孔融的死罪

曹操杀孔融，不以谋反论刑，而以不孝治罪，这是为何？

孔融是孔子的第十九世孙，自幼勤奋，家学渊博，能诗善文，是"建安七子"之一。孔融十三岁时，爸爸孔宙去世，他悲痛过度，不能站立，人们都夸其孝。孔融有大儒之风，听到别人有善行，就和自己做的一样高兴；听到别人的言论有可取之处，便接纳，当面夸赞其长，也指出其不足，如果不说，便认为是自己的过错。所以，许多名士，都很信服他。曹操也很欣赏孔融，便以汉帝之名，征召孔融，任命为将做大将，后又升任为少府。

孔融是儒士文人。士人多清高。真清高假清高，都尚清谈；真有才假有才，都有脾气。孔融是儒家，倡仁政。这与曹操的法治思想并不相合。孔融对曹操多有异见，曹操在创业时期，算是能勉强接受。到了后期，曹操对孔融的意见越来越大，迫于孔融的声望，不便下手。但是，杀不杀孔融也就成了曹操的一个心事。怎么杀呢？机会来了。

郗虑揣摩透了曹操的心思，上奏曹操，说孔融蔑视国法。奸人都善于琢磨主子的心思，他们打小报告，多能让主子"深以为然"。曹操看了郗虑的报告，就写信给孔融，故意挑拨二人的关系，并激怒孔融，让他跳出来，进一步暴露自己的缺点。

曹操见时机已到，又指示祭酒路粹给孔融罗织了"招合徒众""欲图不轨""谤讪朝廷""不遵超仪"等罪名，曹操最后以不孝之罪杀了孔融全家。

曹操说："世人多采其虚名，少于核实，见融浮艳，好作变异，眩其诳诈，不复察其乱俗也。"曹操以乱俗不孝之罪杀死孔融，可以达到两大目的。其一，不违人心。汉代以孝治天下，不孝是大罪；而孔融也是以孝闻名，曹操告诉人们孔融是个伪君子，伪君子比不孝更令人痛恨。其二，当时，儒士好清谈，经常议论朝政，观点犀利，言辞激烈，搞得朝廷左右不是。孔融是其中的典型代表。曹操杀孔融，主要是为了刹一刹这股清议之风。

曹操用的是杀鸡儆猴之策也。

司马光对孔融有这样的评价："岁其高气，志在靖难，而才疏意广，高谈清教，盈溢官曹，辞气清雅，可玩可诵，论事考实，难要悉行。"孔融有理想、有气节，想法比较多，文章写得也好，如果放在今天，篇篇都是"10W+"。他的观点想法，听起来很美，易引起共鸣，非常有市场，但操作性不强，这就让当权者陷入两难。听他的，行不通；不听他的，便有一意孤行之嫌。

面对这样的困境，曹操的解决办法就是"以毒攻毒"，你不是以孝为先吗？你不是以清高示人吗？我就让你做实了不孝，我就让你自证是假清高。

诸葛亮的"锦囊妙计"

东吴施出了"美人计",想以请刘备到东吴成亲为由,骗得刘备为人质,以换取荆州。诸葛亮就来了个将计就计。

刘备若去,可能被扣,甚至性命堪忧;刘备不去,孙刘联盟难保,又会再次失去根据地。刘备决定去闯一闯。临行前,诸葛亮给了赵云三个"锦囊"。正是有了诸葛亮的"锦囊妙计",刘备才抱得美人平安回。

诸葛亮的妙计妙在哪里呢?其妙有三。

其一,化隐为明,由被动变主动。周瑜给孙权的计策,成亲是假,扣人为真。这件事只有他们两人知道,属于秘密行动。秘密一旦暴露,其走向就起变化。诸葛亮让刘备的成亲团队在途中大张旗鼓地搞采购,到处放风说是为公主置办彩礼,让刘备与孙尚香的婚事成了街谈巷议的公共话题,这就让密谋成为舆论事件。这就使得刘备由被动的一方变成主动的一方。在孙权母亲等人的干预下,孙权应对舆情的方案,就是变假成亲为真结婚。

周瑜见状,再出一计,他给孙权去信说:"盛为筑宫室,以丧其志;多送美色玩好,以娱其耳目,使分开关、张之情,隔远诸葛亮之契,各置一方,然后以兵击之,大事可定矣。"周瑜以虚美人赚之而不得,便欲以实美人赚之。此计亦在诸葛亮预料之中。

其二,以丧志示人,麻痹对手,为脱身创造机会。刘备与孙尚香成亲之后,天天花天酒地,整日的孙尚香泡在一起,玩得非常开心,仿佛忘记了回归。刘备本来是演戏,演着演着,进入角色了,真的就不那么想回归了。刘禅后来的乐不思蜀,大概是从刘备这儿遗传的。这时候,赵云就急眼了。连赵云都觉得刘备沉迷酒色，丢了初心，东吴的人对刘备的戒备也不可能不放松。赵云一急眼，就想起了诸葛亮的"锦囊"。诸葛亮让赵云告诉刘备，曹操要攻打荆州，得想办法抓紧回来。

其三，以情感人，以理化人，争取孙尚香的帮助。刘备怎么才能脱身呢？刘备一反常态，在孙夫人面前唉声叹气。孙夫人问其何故，刘备说："我一个人在这里，既不能照顾孩子，也不能祭祀祖先，怎么能不郁闷呢！"孙夫人说："你不用骗我。是不是荆州危机，你想回去？"刘备就说："夫人真是聪明。如果荆州丢了，你这个丈夫是不是很丢人？"孙夫人说："我来帮你！"刘备自然又是一番表白与一番涕泪交流，把孙夫人感动得不行。

刘备在孙尚香及其母亲的帮助下，借祭祀之名逃出城，又碰上了前有拦截后有追兵的局面。危急时刻，赵云打开诸葛亮给的第三个"锦囊"，刘备一看，懂了！刘备故技重演，激得孙夫人侠义精神上头，出面摆平了追赶拦截的东吴将士，让刘备等人有惊无险地回到自己的大本营。

诸葛亮极其善于借力。借助吴人之力，破周瑜之计。怎么借力？抓人心这个关键，突出抓住一个"情"字。舆情、心情、亲情都派上了用场。

诸葛亮的预判能力超强，应对之策高明，但刘备也发挥了重要作用。诸葛亮也是把刘备善于用情的强项用到了极致。如果换成一副"面瘫脸"的关羽走这一趟，诸葛亮的计策怕是难能如愿。

刘备的托孤之辞

刘备临终之前,将儿子刘禅托付于诸葛亮,他对诸葛亮说:"如其不才,君可自取。"意思是,如果我儿刘禅不行,你可以自行其是。

刘备的托孤之辞,是仁义之举,还是奸诈之辞?是真心相托,还是预设之言?刘备是不是在给诸葛亮设计下套,后人有完全不同的看法。在《三国演义》中,刘备完全是真情流露。康熙的观点:猜疑语。康熙认为,这是刘备对诸葛亮不放心,故意给诸葛亮打预防针。

刘备到底是怎么想的,谁也不知道,大家只能猜测。或许刘备是亦仁亦诈、亦真亦假。刘备想让刘禅接班,肯定是真的,不然就不会托孤了;刘备也知道刘禅的能力,知道他带不了这么高的"负荷",也有让诸葛亮另选高明的意思。让诸葛亮另行选择,总比日后让别人推翻了政权要好一些。刘备是向最好处争取,也在力避最坏的结果。

这种半仁半计的做法,用到曹操身上可能没有疗效,但用在诸葛亮身上就会疗效显著。诸葛亮是高情怀的政治家,多有阳谋,鲜有诡计。诸葛亮听了刘备的话,深为感动,痛哭流涕,跪倒在地,向刘备做了表态发言。

那么,诸葛亮有没有违背自己的承诺呢?刘备死后,诸葛亮为蜀汉政权殚精竭虑,可以说是鞠躬尽瘁、死而后已。但是,同一个事实也有不同的看法。刘禅和刘协差不多,都是挂名皇帝,并没有实权。诸葛亮一直是蜀汉的实际控制人,直到累死在战斗岗位上。他并不是辅佐,而是掌控。所以,说他全心全意服务于蜀汉政权,可以找到许多证据;说他不肯放弃权力,也可以找到事实依据。

刘备的托孤之辞与诸葛亮的当场承诺，是不是有心机包含其中，谁也不知道，后人只能分析与猜测。怎么分析与猜测，并不取决于事实，而在于分析者的内心。

当我们怀疑一个人的时候，就能发现值得怀疑的许多证据。这时候，我们需要做的不是继续寻找证据，更不是作出结论性判断，而是反思自己。要力争让"旁观者"的自我走出来，打量自己，观察他人。如此，则可能发现之前找到的那些证据，还可以有另外的解释。

刘备的真

地盘与人心哪个在先？当然是人心。这个理多数人都懂，但到了具体操作上，能掌握好的人依然很少。

曹操攻占冀州后，马上安排清理户籍，盘点人口。崔琰就对曹操说，你不先了解社情民意，只关注自己的需求，这不是谋大事的作法。曹操听了，深以为然，对崔琰愈发尊重。曹操的地盘已经不小，也算是兵强马壮，可他依然不自觉地把扩大实力放在首位。

刘备也非常渴望有自己的地盘，非常渴望扩大实力，但他始终把赢得人心放在第一位。怎么才能赢得人心？当然是要替他人着想。刘备与诸葛亮第一次面谈，诸葛亮给他出的主意，就是先谋定荆襄。刘备说那是自己的本家刘表的地盘，谋之不义。刘表死后，刘琮继位，刘备还是不取。及至曹操率军来犯，诸葛亮说你再不取，可就坐失良机了。刘备说，即使继续流浪，也不能干这种事。

刘备想建立自己的根据地，但他有底线，真不想抢刘表的地盘，但是刘表的夫人蔡女士不信，他的小舅子蔡瑁也不信。这两位就经常在刘表那里挑拨离间，弄得刘表将信将疑。刘表对刘备的时信时疑，带来了内部不和，大家不能齐心协力，不能一致对外，危机便如期而至，很快就丢了荆州。

刘备的真，源于他的价值观。在蔡夫人、蔡瑁等人眼里，刘备的真便是假是计。在曹操眼里亦是如此。因为他们的价值观完全不同。

有句老话，叫"以小人之心度君子之腹"。一个人的真诚、真心，别人可能认为是私心或计策。未必是小人才这么认为。每个人面对的情景不同，每个人的心理特点也不一样，对客观事物的认识也会不同，甚至是截然相反，何况是对人心这种无形的东西呢！

有时候，别人的阴险你可能毫无感知，别人的奇计你可能毫无认知；有时候，别人的真诚你可能感觉是虚伪，别人的真情你可能认为是计谋。这正是所谓"心外无物"。

第九章

危 机 论

> 危机有三种，显性危机、隐性危机与突发性危机。除了个别偶然性突发事件引发的危机，以及天灾，其他所有的危机，都源于缺乏远见。
>
> 危机处理，考验的是功底。灵机一动，来自丰富的学识与丰厚的经验。处理危机的高手，都善于化解隐性危机，也就是治病于未发之时。
>
> 所有的危机，其最深层的原因，都是人性的弱点。因此，避免或化解危机的根本方法，就是克服人性的弱点。
>
> 天之道，损有余而补不足。真正的危机来自有余与不知足。人的问题是，看得破时忍不过。

"帅死了"是警示语

沉鱼落雁、闭月羞花，这是美女的专用词。夸帅哥的词也不少，但最形象最过瘾的三个字，就是"帅死了！"

如今人们夸男生，常用词是"小鲜肉"。这类词的诞生，与女性独立意识与自主能力的提升有关，因为其中包含了女性视角的欣赏、玩味与消费心理。"帅死了"之中，不只有欣赏，还有爱慕与臣服。

"沉鱼雁""羞月花"与"帅死了"，是一种极致的赞美。世上的事，但凡到了这地步，就有了风险。因此说，这些话同时也是警示语。当你听到类似的赞美时，当知道自己正处于危险的境地。

拓展开来说，当你经常听到赞美时，便是面临潜在风险；当你处于热烈赞美的惠风和畅之间，便是面临潜在危机；当你畅游在赞美的汪洋大海之中，便是于现实危机只有一步之遥了。

美人与帅哥得到赞美之后，就是加了"杠杆"；得到极致的赞美，就是形成了泡沫。泡沫总有一天会破灭。

帅与美本身就是一种天然财富。这类财富也有天然的风险，一是拥有者不那么珍惜，二是让拥有者不那么努力，从而成为人们常说的"花瓶"与"小白脸"。帅与美本身具有天然的权力。这种权力也有天然的风险，那就是滥用，其表现就是任性，误把任性当成自由与独立性。

帅与美，会遭人嫉妒；嫉妒与被嫉妒，都是潜伏风险。帅与美是一种天然财富，有财富就会招贼。像曹操这种专爱"睡美人"的男人还是挺多的。我们常说："会买的算计不过会卖的"。但是，美人与帅哥大多不遵循这个规律，他们一般算计不过会"买"的，也就是不会使用美这种权力。有些美女经常感叹看不准男人，其实就是不会正确行使权力。

美容健身，就是保值。现在，女生美容是普遍现象，大家习以为常。男生做美容，有些人就不太接受。男生美容也是有历史传统的。三国时期有位大英雄，长期坚持给自己的胡子做养护，被人们称为"美髯公"。这个人就是关云长。他的"美髯"像一片美丽的云彩。关云长也是可以供奉在美容院的。

有保值意识与行动的人，往往又不满足于保值，还渴望增值。得到赞美便是增值的实现形式之一。事物发展的规律之一，就是向相反的方向转化。因此，辩证思维特别重要。但人类改造自身的过程中，又碰上另一个规律，就是知易行难。知道了，还是做不到。经济危机的周期性爆发，是最典型的例证之一。忠言逆耳，可几乎没有人爱听，是最普遍的例证之一。

关云长就特别享受赞美，随着他地位的提升，逐渐形成了巨大泡沫。诸葛亮看得清楚，却也不敢戳破。关云长曾写信问诸葛亮怎么对待马超。诸葛亮一看，知道云长想和马超一比高下，急忙回信。诸葛亮在信中，先说马超好生了得，然后说他和您比嘛，还是有不足的。关云长看了非常高兴，就拿了诸葛亮的信，让部下来看。他的情况类似于当下的房地产，大家都清楚泡沫很大，但又不希望也不敢戳破它。

不戳破，风险就在；一旦破了，就不可收拾。关云长的"泡沫"最终还是破了，他不仅丢了荆州这个蜀汉的命根子，还搭上了自己的性命。

把赞美当作提醒与警示，是预防风险的有效方法。如果做不到，可以把关云长请到办公室里，以便常常想到他的痛失荆州。

那些能够做到的人，便是觉悟了的人。

有才华即是潜在风险

人多想美与帅，还想有才华。美与帅，便生风险；有才华，亦有风险。奈何？

因才华而生祸的人，数不胜数。祢衡就是其中一个。祢衡以文采与辩才闻名于世。如果在当今，他大概会上《奇葩说》，做辩手或当导师。

祢衡的才华有多大呢？孔融是这样评价的："淑质贞亮，英才卓砾。初涉艺文，升堂睹奥。目所一见，辄诵于口；耳所瞥闻，不忘于心。性与道合，思若有神。"

孔融非常欣赏祢衡，便向曹操推荐。祢衡看不上曹操，言行傲慢。曹操很不爽，又爱惜其才，就想杀其威风，便让他当鼓手。我们现在把这种做法叫"墩苗"。领导看上一位人才，感觉不成熟，需要磨炼，就会安排到低级的或次要的岗位，以磨炼其意志品质。在职场上，有些失意可能正来自领导的中意。只是当事人不明白，便闹情绪、发牢骚。

有一次，曹操组织群臣欣赏鼓乐。祢衡参与演奏《渔阳》鼓曲，别人都穿着统一的演出服，唯独他不穿。负责舞台监督的官吏说："你怎么不穿演出服？"祢衡也不搭话，当场就脱，直脱得一丝不挂，又一件件穿上，继续击鼓。搞得曹操很是尴尬，只好说："散了，散了吧！"孔融对祢衡说："你怎么能如此失礼？快去道个歉吧！"祢衡说："好！"提着一根三尺长的木杖就去见曹操。曹操听说祢衡来道歉，很高兴。祢衡到了门口，以杖击地，大骂曹操。

曹操治不了祢衡，杀又不舍得，便说："刘表不是想要他吗？就送给刘表吧！"祢衡到了刘表那里，刘表对他非常尊重。祢衡很高兴，常赞美刘表。刘表身边的人对刘表说："他那里是赞美啊？分明是明夸暗讽嘛！"刘表听了觉得有道理，便开始冷淡祢衡。祢衡因而旧病复发，又开始骂刘表。刘表就把他安排到黄祖那儿。

黄祖也是久慕祢衡才华，对祢衡尊重有加。可时间一长，祢衡的"骂人台"又开播了。黄祖是个暴脾气，一怒之下便说："给我杀了！"旁边的人早就被祢衡骂急了，把祢衡拉出去就杀了。祢衡的才华只存在了26年，便同他的肉体一起被人"杀"死了。

人有才华，会遭人嫉妒；有才华的人，多狂；狂，招人忌恨。这些都是风险，风险管控不当，危机就会到来。

才华相当于大树，才华越高，覆盖面积越大。大树底下无树可生，只有灌木与小草。可人不会甘心做灌木或小草，他们怎么办？当然是伐树。一个人有才华，当如何？谦虚低调是一策。但这并非双赢多赢的策略。所以，还要用自己的才华去帮助他人，用自己才华的光芒去照亮别人，在照亮别人的作为中成就自己。

祢衡是怎么做的呢？俯视别人，侮辱别人。像祢衡这种极端的例子极少，但有祢衡这种心理状态的人并不少见。许多怀才不遇的人，大都有自身的缺陷。人们对这些人，充满同情与不忿，而把怨愤倾泻到他们的领导身上。这种情绪可以理解，但也需要清楚，这只是一种情绪而不是理性的认知。

才华不等于能力。才华可以是创造力，也可以是破坏力。可以带来荣耀，也可以带来灾祸。真正有智慧的人，知道才华是用来造福他人的，并且知道这个世界上没有谁是不可或缺的、不可替代的。

显摆才华就是自招风险

说几位作死的人。

先说曹冲。曹冲是曹操的小儿子,而且是曹操最喜爱的儿子。喜爱的原因,一是极聪明,二是最小。小不是优势,最小便是优势。"曹冲称象"是大家熟悉的一个典故,能留下典故的人,都是不寻常的人。那么,曹冲有多聪明呢?这里说一个故事。曹操治军,以严著称;处罚起来,从快从重。一次,管理仓库的官吏发现马鞍被老鼠咬了,非常害怕,想去自首。曹冲说:"别忙,再等三天。"曹冲把自己的衣服弄得像被老鼠咬坏了一样,装作非常伤心。曹操见了问:"娃怎么不开心呢?"曹冲说:"听说衣服让老鼠咬了,主人会不吉利。我的衣服让老鼠咬了,所以不开心。"曹操说:"那是瞎说,用不着苦恼。"过了两天,看仓库的官吏去自首,曹操笑着说:"我儿子的衣服就在身边,还让老鼠咬了,何况放在仓库的马鞍呢!"

曹冲少年夭折。他的死,有人说是病死的,也有人说是被他哥哥害死的。司马懿是怎么看的呢?他说:"这孩子聪明外露,迟早得死。"就是说,曹冲即使不病死,也得被人弄死。

再说杨修。杨修出身于书香门第、簪缨之家,聪慧好学、知识渊博,是东汉著名的文学家。杨修被曹操所杀,曹操因杀杨修而留下千古骂名,可以说是双输。杨修死的时候,才刚满45岁。杨修死的怨不怨呢?怨,亦不怨。

杨修死在曹操对他不放心。不放心就会寻找问题,还会放大问题。曹操对杨修不放心的原因,是杨修聪明,还有意无意地显摆自己的聪明。曹操在门上写了一个"活"字,杨修说是"阔"。众人不解,杨修说,门框里加上"活",不就是阔吗!杨修每每猜测曹操的心思,还每次都猜对了,猜对了还卖弄,曹操自然是不高兴的,不得不提防的。更重要的是杨修暗助曹植,曹操便不能不为曹丕消除对手,以争取曹魏政权的平稳交接。

曹操曾对杨修说:"我才不及卿,乃觉三十里。"听到"一把手"这样的夸赞,该高兴还是要忐忑?杨修内心还是深以为然的,没有忐忑。不然的话,杨修就不会时不时地显摆自己的才华了。或许,杨修就是要证明曹操的话就是事实。因此说,杨修死的不怨。

下面说说曹植。曹植是大文学家,身边有一大群文人墨客。他的"七步诗",大家都熟悉。"煮豆持作羹,漉菽以为汁。萁在釜下燃,豆在釜中泣。本自同根生,相煎何太急?"曹丕做了魏王,对弟弟曹植不放心,想一杀了之;可杀了弟弟,又会落下骂名;曹丕内心矛盾,便让曹植七步成诗;成了,可以免死;不成,那就对不起了,怨不得我了。

曹植在诗中对哥哥曹丕说,我俩是亲兄弟,何必相煎太急!但是,他不知道,自己对哥哥也有"相煎"。你整天显摆自己的才华,还有一大帮人整天吹捧你,弄得大家都觉得哥哥不如你,这难道不是另一种形式的"相煎"吗?

大家可能会说,公平竞争嘛,你有才华也可以展示出来呀!是骡子是马,拉出来遛遛嘛!可是,文学才华不同于政治能力。普通人更欣赏文学才华,看不清政治能力。所以,许多政治家都喜欢向大众展现自己的文学才华,尽管许多人因此适得其反,暴露短板。曹操也是很喜欢曹植的,但曹操是文学家,更是政治家,他深知曹丕的政治能力高于曹植。

你有才华,必遭人嫉妒。嫉妒心理,可能导致两种行为:改变自己,追赶别人;抑制别人,缩短差距。抑制别人比追赶别人,相对容易,能人遭到抑制便是社会常态。一人受打击,多人心里舒服,对当下的团队或社会稳定有益，这也是一种平衡机制。

有才华，还刻意显摆，还洋洋得意，这就是作死。然而，有才华不显摆是难的。颜之推说："然而自古文人，多陷轻薄；屈原露才扬己，显暴君过；宋玉体貌容冶，见遇俳优；东方曼倩，滑稽不雅。"

才子亦是"柴子"，亦自燃，易被点燃。显摆才华，对他人亦是一种"相煎"。为了自己的安全，不可轻率地把自己的才华"点燃"。人间缺的不是才华，而是管理才华的能力。

有贡献就是现实危机

贡献大的人，多不得善终。崔琰之死就是一个典型案例。

曹操判了崔琰死刑。罪名是什么呢？曹操当了魏王之后，杨训上表，给曹操点赞。有人说杨训的表文，有讨巧阿谀之嫌，居心不良，而崔琰作为组织部部长，有失察之责。曹操就问崔琰什么看法。崔琰就找了杨训的上表，看完之后就给杨训写了封信。有人又把这封信送到曹操手里，曹操据此认定崔琰是"腹诽心谤"，给了"髡刑输徒"的处罚。就是剃光头发，去做苦工。

崔琰是美男子，仪容端庄。曹操给他这个处分，就是要侮辱其人，诛死其心。崔琰去做苦工后，曹操又派人去察看。察看的人回来后说，崔琰没有任何怨言，没有一点情绪低落，而是神色自若，毫无异常。曹操说："崔琰这是什么意思？难道要我亲自动手吗？"这话传到崔琰那儿，崔琰说："哦，明白了！"然后就自杀了。

那么，崔琰给杨训的信中写了什么呢？最重要的就是这一句："省表，事佳耳，时乎时乎，会当有变之。"意思是，随着时间的推移，事情是会变化的。这话可以理解为，人们对杨训的认识是会变化的。而曹操是这样理解的：随着时间的推移，曹操是会变化的，迟早是会篡汉的，人们对曹操的认识也是会变化的。

曹操理解的是不是崔琰的本意，并不重要。关键是曹操是有意除掉崔琰的。这就是欲加之罪、何患无辞。

曹操为何要除掉崔琰呢？

崔琰可以说是个全才。少时习武，尤精剑术，到了23岁才开始学经书，29岁时成为经学大师郑玄的弟子。黄巾起义之后，崔琰由读书转为出行，行踪遍布中原青、冀、徐、兖四州，向东到过寿春，向南去过洞庭湖地区。四年之后，重返家乡，读书弹琴。

袁绍慕名请崔琰做谋士。袁绍死后，他的两个儿子内斗，都想争取崔琰。崔琰推说有病，谁也不帮。因此被关押起来。幸得陈琳等营救，才保全性命。

崔琰是战略家，是有过大贡献的战略家，是光明磊落、一身正气的战略家，还是清高淡泊的战略家。他没有污点，还铁骨铮铮；品牌太正，威信太高；曹操对这样的人是不放心的。

对待功臣，曹操如此，孙权会有所不同吗？不幸的是，孙权和曹操没有不同。张昭辅佐过孙坚、孙策与孙权，在东吴集团居功至伟。尤其在孙权主政初期，张昭对巩固孙权的地位做出了突出贡献。但是，孙权在掌控了大局之后，便冷落张昭。张昭只好称病还家，不去上朝。更惨的是陆逊，他战功卓著，是军事天才，最后却让孙权杀了。

遵纪守法，勤劳致富，敬业升职，这叫取之有道。多劳多得也是有限度的。多到一定程度，就必须多劳少得。这就叫有德。人生直到一定阶段，事业发展到一定程度，只守道而无德，不仅难以再得，还可能失去所得。

有贡献，必陷危机；贡献越大，危机越大。化解危机的唯一办法，就是知止知退。司马懿是这么干的，曾国藩也是这么做的。

批评胜过冲锋陷阵

一说到冲锋陷阵，我们便向想到战场上的勇士，很少想到另一种更难得更可贵的勇士。这种勇士不只可能牺牲生命，还可能受到道德、精神上的摧残。

张昭对孙权，像父亲对儿子，常常批评教导，孙权就冷落他。张昭虽心有不甘，也只好退出权力中心，以此保全了性命。田丰与袁绍，常有不同意见，也曾大呼袁绍是"庸主"，"官渡之战"失败后，袁绍就派人把田丰杀了。孔融与曹操，大多意见相左；孔融不分场合，引经据典，议曹操是非，曹操找了个机会，灭了孔融一家。

张昭对孙权情同父子，对孙权巩固政权发挥过关键作用，可以说是恩重如山。田丰足智多谋、多有良策，而且事实证明都是正确的。孔融为人正直、才华横溢，群众威信很高。三个人面对三位不同的"一把手"，却同样因为批评而遇到嫌弃或招来杀身之祸。

批评可以让人清醒，但批评也会伤人面子。批评"一把手"会降低他的威信，而威信是"一把手"的重要资源，是其权力合法性的重要来源之一。你让"一把手"陷入权力危机，"一把手"必然要反击。所以，批评人就是一种看不见硝烟的冲锋陷阵。

不管你对领导有多大的恩情，不管你与领导有多深的交情，不管你为领导做出过多大的贡献，不管你有多高的才华，不管你有多高的威信与多大的名声，也不管你的批评是对是错，批评领导都会陷入危机。反过来说，出于公心，为了大局，为了正义，敢于批评领导的人，也是可爱可敬的勇士。

"一把手"批评下属,是不是冲锋陷阵呢?是的,但不一定陷入危机。这里的关键,一是平衡,二是公心,三是对事不对人。所谓平衡,就是"胡萝卜加大棒",批评与表扬相结合;所谓公心,就是不偏颇,不因人而异;所谓对事不对人,就是不做人身攻击,不侮辱人格。

　　"一把手"经常批评人,并且常伴有人身攻击,便会造成人际关系的恶化,并制造"两面人"的生态环境。但这不是最坏的局面。"一把手"最大的风险,是陷入恭维的汪洋大海。

保守即是冒险

足球比赛,一支球队早早地略有意外地领先,结局往往不好。弱队早早领先,结局大多不好。

2021年欧洲杯,英格兰与意大利杀入决赛。比赛刚刚进行了不足两分钟,英格兰就进了一球。领先后的英格兰队开始畏首畏尾,思想与行动都不够统一,有想进攻的,有想防守的,弄得攻无果、守无效,最后让意大利反败为胜。中国足球队多次碰到打平即出线的形势,几乎每一次都功败垂成,也是因为想保平,太想守,反而城门失守。

在赛场上,过于保守是一种不被察觉的冒险,比真正的冒险风险更高,因为有意识地冒险也有可能赌赢,而这种无意识地冒险只能等待运气的判决。职场与市场亦是同样。

刘表、刘彰等在自己的地盘上经营了多年,都有一定实力,也有一定威望,野心也常从心底往上冒泡泡,但他们都有一个共同的特点,就是胆小,因胆小而保守。因为胆小与保守,就总是幻想偏安一隅,以为自己不惹事,就能躲掉风险。及至大敌当前,就惊慌失措、慌不择路。这两位都想借助刘备保住地盘,又都怕被刘备抢了地盘,却给了刘备抢地盘的理由,白白地丢掉了自己经营多年的地盘。

打天下难,守天下更难。打天下的时候,可用的资源很少,守天下的时候,天下资源尽可利用,为什么守天下比打天下更难呢?原因之一就是认识不到位,具体就表现在这个"守"字上。打天下是创业,得了天下还是得创业。守业是守不住的,只能永远打拼、永远创造、永远向前。所谓:"逆水行舟、不进则退"。认识不到位,压力就不到位,思路就不对，措施就不够，江山就必然失守。

足球比赛有攻击阵形、防守阵形等变化，也有全攻全守与防守反击等战法。全攻全守，讲究攻与守的平衡；防守反击，虽侧重守，但其要点却是反击。不能有效反击的守，就相当于死刑、缓期执行。

小米的雷军先生说："竞争异常激烈，今天很牛，明天很傻，如果我们不努力的话，真的一夜之间就完了。"家业、职业、事业都不能守，一守就"瘦"，太瘦了就没抵抗力了，轻则求医问药，重了就得住院动刀子，弄不好就玩完了。

持家过日子，弄点钱就存银行，稳当是稳当，可日子永远也过不敞亮。职业不能进取，不能开拓新空间，活动范围就越来越小，就得受挤兑，上班慢慢就成了煎熬，说不定就会失去岗位。事业不拓展不精进，用不了多久，就会被"红海"吞没，不知道喂了什么鱼。

冒进是找死，保守是等死。冒进的要害是错误地认知情景，保守的要害是被他人定义情景。

连胜是危险之时

建安三年三月,曹操包围了张绣的穰城。不久,曹操得知袁绍要趁机攻打许都,只能回兵增援许都。张绣率军追击,刘表也出兵断了曹操后路。曹操早有准备,大败张刘联军。曹操迅速北撤,张绣又去追击。贾诩说不可,张绣不听,继续追击,又被曹操击败。

贾诩此时又对张绣说:"赶快再追,一定会获胜。"张绣说:"刚刚因不听你的建议,才落到这种地步,现在已经败了,为何要再追?"贾诩说:"形势已经起了变化,赶快去追,准能获胜。"张绣听了贾诩建议,收集散兵,再行追击,果然将曹操后卫部队击溃。

张绣就向贾诩请教,贾诩解释说:"这个道理很简单。将军虽然擅长用兵,但绝非曹公敌手。曹军虽然刚撤,但曹公必然亲自殿后,我们的追兵虽精,但将领比不过他们,他们的士兵还很有士气,所以我知道将军你必败。曹操之所以还未尽力就已撤兵,一定是后方出了事,所以击破将军的追兵后,一定会全力撤退,留别人断后,他留的将领虽厉害,却比不上将军,所以我知道将军用败兵也能取胜。"张绣听了,大为佩服。

后来,贾诩和张绣归降了曹操。曹操灭了袁绍后,实力大增,士气高昂。曹操决意南下灭刘伐吴。贾诩认为不可,曹操不听,这才有了赤壁之战,曹操大败而归。

足球联赛中,常有这样一些现象。三连胜的球队,下一场往往非输即平;三连败的球队,常常非赢即平;实力超强、风头强劲、连连获胜的球队,第一场失败一般不是强队,而是最不起眼的弱旅;某一场比赛，舆论一边倒的时候，爆冷的概率也最高。这些现象在世界足坛普遍存在。

打仗、踢球与做事，都得靠实力。实力不只是硬实力，还有软实力。硬实力是基数，软实力是系数。基数乘上系数等于实际实力。连胜的军队与球队，难免骄傲，多会得意，因而看轻对手、放松要求，带来实力的下降。越是面对弱小的对手，实力下降的越大。这就是强败于弱的内在逻辑。

胜不骄，败不馁。败不馁难，胜不骄更难。大胜与连战连捷，都是异常危险的时刻。捷报频传、喜气洋洋，必有败局潜伏其中。中国女排曾经创造了"五连冠"的辉煌战绩，其主帅袁伟民从来都是喜怒不形于色的。当"一把手"最忌讳得意忘形。

成功是失败它娘

成功人士,"翻车"的不在少数;成功的单位,很快衰败的就更多。当一个人处于"醉成功"的状态,便是陷入深层危机之中。

失败是成功之母,成功是失败它娘。吕布打仗很成功,自己也认为无人能敌,却让曹操给杀了;杨修学习很成功,自认为才华很高、聪明过人,还没来得及做事,就让曹操给弄死了;张昭成功地帮助孙权巩固的政权,自认为功劳不小、作用很大,孙权却不用他了。

胜利带来的风险,主要源于自得而麻痹;成功带来的风险,主要源于自信与自大。前者的主要表现是嘚瑟,后者的主要表现是傲慢。"醉成功"者多有两个必然:必然犯经验主义错误,必然听不进不同意见。

经验不与具体实践相结合,就是经验主义。经验是财富,经验主义是负资产。当一个人面临新形势、新阶段、新任务、新要求的时候,经验就经常以负资产的形式出现。而成功者面对的就是这样的形势。可"醉成功"者常习惯于走老路、念老经,或者是"穿新鞋、走老路。"

吕布成功地学会了打仗,习惯考虑如何作战,却不知道思考为谁作战。杨修学习有经验,习惯用这些经验来做事,就把曹操给惹毛了。张昭帮助孙权掌握了政权,却习惯以老师的方式对待孙权,把孙权给弄烦了。所以他们都由成功走向了失败。

一时的胜利带来的风险是暂时的浅层次的,只要认识到位、措施得当、落实有力,很快便可化解。持续的成功带来的危机是持久的深层次的,当事人很难认识清楚,破解的概率也非常小。因此许多成功人生演绎的都是悲剧人生。

好为人师也有危机

孙权称王后,要设丞相。大家都认为,这个位子非张昭莫属,可孙权偏不。

张昭有能力、有资历、有业绩、有人脉,孙权为什么就是不让他当丞相呢?孙权说,丞相这个位置嘛,也就是个虚名,干的都是些琐琐碎碎的事,怎么可以劳烦张先生呢!

孙权到底是怎么想的,我们不知道,只能猜测一二。张昭在孙权这儿,一直是亦父亦师亦臣的角色。一个人扮演三种角色,是很难的。往往是这个角色出彩一些,那个角色暗淡一些。孙权小的时候,羽翼还不丰满的时候,他可能不太挑剔;当他长大成人、大权在握的时候,想法与看法便会不同。

张昭这个人,责任心是有的,不想退出当下的舞台也是有的。他始终想同时扮演三种角色。孙权会怎么想呢?儿子闺女大了,还愿意父亲指指点点吗?学生当了领导,老师还经常谆谆教导,学生会高兴吗?肯定是不乐意、不高兴嘛!怎样是子女、学生乐意的呢?他们碰到问题,找你求助、向你请教的时候,你能给出好的主意。

孙权既不让张昭退养又不让他当丞相,他真正想让张昭担当的角色,实质上就是顾问。顾问,顾问,雇用你的时候,你就问;不雇用你的时候,就不问。张昭像父亲一样,凡事都想过问,孙权不让过问,他心里就郁闷。不是张昭糊涂,而是惯性思维作祟。当父母的对孩子大都逃不掉惯性思维。在领导岗位干久了,多是同样。

现在许多单位都有顾问、调研员、协理员等虚职。被安排到这类岗位的人，一般属于两种情况：一种是假顾问，既没打算雇佣你，也没打算让你问；另一种是真顾问，但仅限于一事一雇，一事一问。当然，事物都是发展变化的，两种顾问也是会相互转化。不管是哪种情况，无论是有何变化，当顾问的基本原则只能是：不雇不问，问必负责。

不多事的老父亲才是子女真爱的，不多事的老臣子才是领导偏爱的。

"一股独大"是隐性危机

一个组织，没有人能够一锤定音，成不了事；一个人一言九鼎，完全没有不同声音，又会坏事。在议事的时候，经常是"一股独大"，便是危机"受孕"的过程。

曹操、刘备、孙权开的都是"独资公司"，但他们在"公司"治理上，都不是"一言堂"。曹操与郭嘉、荀彧、贾诩等谋士共同议政，刘备与孔明共同决策，孙权与周瑜、张昭、鲁肃等共商国事。他们开创基业的智慧是"股份制"的，是集体智慧的结晶。

曹操多谋善断，即便如此，也不能保证自己的每一个谋略与决策都是正确的或最优的。曹操在听取他人意见的时候，做出的决策基本上都能达到预期目标；他在不听他人意见的时候，就经常出现决策失误。比如赤壁之战，曹操就没有听取贾诩的建议。刘备也是如此。他在听取诸葛亮意见的时候，发展的就比较顺利；他不听诸葛亮的意见，为了给兄弟报仇，起兵伐吴，就有了夷陵之战的惨败。蜀汉此战之后，元气大伤，再无回天之力。

"一把手"应该一锤定音，又需要听不同意见。道理很简单，落实起来又极难。难在哪里？不同的意见有益处，也有坏处。益处不用多言，坏处是什么呢？影响领导权威、损伤领导面子，是其一。其二，有些不同意见并不是善意的，有的可能是出于私心，有的就是想给你坏事。前者是领导自己需要克服的，后者是领导必须提防的。

如何提防？起码要做到"四个区分"开来。

善意的反对与恶意的攻击要区分开来，提意见还是唱反调要区分开来，闹别扭还是搞阴谋要区分开来，一个人还是一伙人要区分开来。

这些区分不能凭一时一事，也不能局限于一个视角。需要用较长时间来检验，需要多个事件来分析，更需要用不同视角来考量。

在进行"四个区分"时，也需要听取意见，但是特别有权威的领导，不能依据多数人的意见做判断。因为这类领导周围的人，大多会揣摩并顺着领导的心思去表达。领导对什么事什么人表现出了怀疑，他们多会在领导面前摁下确认键，或者不敢表达不同的看法，也有人会借机损坏别人从中获利，尽管他们内心的想法与领导并不一致。

内部对掐是现实危机

东汉末年,朝廷出现了两大势力,宦官与外戚。他们之间勾心斗角、狗撕猫咬,很快就把汉朝给掐没了,而且"狗头"与"猫头"都被砍了头。

袁绍死后,曹操集团用了什么策略呢?两个字:观察。如果发现袁绍的儿子们团结,那就抓紧打;如果分成了两派,那就坐山观虎斗。袁绍的儿子不愧是袁绍的儿子,没有一个是聪明的,他们为争夺最高权力,果真就形成了两派,自己打起来了。曹操为什么不打?曹操一打,他们就拧成一股绳了。对手成为朋友,只需要一个共同的敌人。

美国长期上演"驴象之争"。在冷战期间,美苏两个阵营对抗,美国面对着一个强大的对手,"驴象之争"的矛盾并不突出。冷战结束,外部的威胁似乎消除了,"驴象之争"就愈演愈烈,笑话百出。消灭了强大的敌人之后,自己会变成自己的敌人。

一个组织内部出现了两大势力,且当下没有重大外部威胁,内部危机必定会到来。

现在有些企业,董事长与总经理不和,各拉一哨人马,相互拆台、互相攻击,或明争或暗斗,或明争与暗斗并举,彼此杀来砍去,一时有胜有负,最终都是亏损。不只是双方受损,连无辜的员工也跟着倒霉。留下来的是企业生态的污泥浊水、乌烟瘴气与乌七八糟。而治理与恢复生态往往要付出一代人的代价。

企业治理体系的一个重要内容,就是"双防"。既要防止形成"一股独大",又要防止出现"双头怪兽"。而"双防"的核心内容是选人用人的制度化与科学化，通过科学评价与制度安排，让干部成为企业人，而不能成为哪个领导的人。如果一个企业的用人取决于一位领导的意志，那么出问题就是迟早的事情。但是，选人用人权是个很过瘾的东西，所以很多企业都因为领导太想过瘾，把企业给毁掉了。虽然都明白这个爱好不好，却总也戒不了。

内乱大都是从争夺用人权开始的。

最大的危机在用人失当

事在人为。一切危机的源头都是人心。用人不当，是失去人心的"最佳"方式。"一把手"不会用人，相当于醉驾。

灵帝去世，刘辨继位。刘辨尚未成年，政权交替面临危机。这场危机最终导致了东汉灭亡。孙策死的时候，孙权也是少年，也形成危机。但这场危机被化解于无形，东吴政权得到了巩固与壮大。同样是未成年人继位，结局为何完全不同？

原因颇多，根子在人。汉灵帝为刘辨留下的人是什么人呢？一部分是以"十常侍"为代表的宦官，一部分是以何进为代表的外戚。他们既没有业务能力，还特别喜欢内斗。请注意，这里讲的是没有"业务能力"。没有业务能力不等于没有能力，没有业务能力的人极可能有极强的内斗能力。没业务能力与内斗激烈是一体两面。何进更是糊涂蛋，分不清谁是可以依靠的、谁是可以争取的、谁是应该重点打击的，硬是把一个占得先机的局面，弄成了残局与败局。

孙策给孙权留下的是什么人呢？是专业能力突出的人，是看得清大局、讲团结的人。张昭经验丰富，善理内政。周瑜身经百战，是军事天才。黄盖、程普等能征惯战、忠心不二。孙策用的人，都不是自己的亲戚，可孙策让他们找到了父兄般的感觉。

袁绍手下人才济济，可大多热衷于搞"内卷"，拧不成"一股绳"。难道投奔袁绍的都是些有才无德之人吗？看看后来转投曹操的荀彧、郭嘉等人就知道，他们不仅才能高，人品也算一流。由此可见，问题还是在于袁绍管理人才的能力不够。有什么样的环境，就出什么样的人。

汉灵帝、孙策与袁绍等人，从正反两个方面证明了，一个组织出现的危机，本质上都是用人危机，而化解危机的根本出路，就在于解决好用人问题。用人问题说起来容易做起来难，可不是坚持德才兼备就能解决的，也不是用能人用有业绩的人就能解决的。怎样才能解决好用人问题呢？

用人贵在客观公正，但是客观公正是一种普遍的感觉，而不是客观公正本身。原则、制度、流程等都是形式，即使再正确、再完备、再规范、再严格、再落实到位，也不必然导致客观公正的共识。"一把手"始终要关注的是人心。制度、程序等都是死的，只有人心是活的，制度、流程等需依据人心之变化而适时调整。法制的核心，不是法，而是人。法是为成就人服务的，而不能让人成为"法人"。商鞅、王安石等人变法，之所以导致悲剧，最根本的原因就是没有关注人心。

历史证明正确的东西，不等于当时的策略是正确的。后人的评价，依据的是当下的人心，而不是历史现场的人心。所有的历史都是被人心改造过的历史。

张飞的危机处置

张飞喝断当阳桥的故事,通过多种艺术形式,广为流传。有一个贯口《莽撞人》,写得相当精彩。

录其部分如下:皆因长坂坡前,一场鏖战,那赵云单枪匹马,闯入曹营,砍倒大纛两杆,夺槊三条,马落陷坑,堪堪废命。曹孟德在山头之上见一穿白小将,白盔白甲白旗号,坐下白龙马,手使亮银枪,实乃一员猛将。心想:"我若收服此将,何愁大事不成!"曹操急忙传令:"令出山动摇,三军听分明,我要活捉赵云,不要死子龙。倘有一兵一将伤损赵将军之性命,八十三万人马,五十一员战将,与他一人抵命。"

众将闻听,不敢前进,只能后退。赵云仗常胜将军之特勇,杀了个七进七出,这才闯出重围。曹操一见,喝道:"这样猛将,岂能放走,在后面紧紧追赶!"追至当阳桥前,张飞赶到,高叫:"四弟不必惊慌,某家在此,料也无妨!"让过赵云的人马,曹操赶到,不见赵云,只见一黑脸大汉立于桥上。曹操忙问夏侯惇:"这黑脸大汉是何人?"夏侯言道:"他乃张飞一莽撞人。"曹操闻听,大吃一惊。"想当初关公在白马坡斩颜良、文丑之时曾对某家言道,他有一结拜三弟,姓张名飞字翼德,在万马军中,取上将首级如探囊取物、翻掌观纹一般,今日一见,果然英武。"

但见张飞胯下万里烟云兽,手持丈八蛇矛枪,立于桥头之上,咬牙切齿,捶胸愤恨,大骂:"曹操听真,嘚!现有你家张三爷在此,尔等或攻或战、或进或退、或争或斗;不攻不战、不进不退、不争不斗,尔乃匹夫之辈!"大喊一声,曹兵喝退;大喊二声,顺水横流;大喊三声,当阳桥断。有诗赞曰:"长坂坡前救赵云,吓退曹操百万军;姓张名飞字翼德,万古流芳莽撞人。"

曹操退后,张飞令军士拆了当阳桥,追赶大哥刘备。见了刘备与丞相,张飞如此这般做了汇报。诸葛亮听罢说,前边做的绝妙,拆桥就不应该了。张飞不解,诸葛亮说:"你一拆桥,曹操就知道你心虚,就会再追过来。"

张飞粗中有细、临危不惧,凭着大无畏的英雄气概化解了一次重大危机。但在危机暂时消除后,他又心虚了,怕曹军再追,就把桥给拆了。许多人在应对危机时,都会像张飞后面的表现一样,心里发毛发虚,老是想掩盖,就忍不住去描,结果是越描越黑。

《史记》中有这样一段话:"顺,不妄喜;逆,不惶馁;安,不奢逸;危,不惊惧;胸有惊雷而面如平湖者,可拜上将军也。"把这段话领悟透了,风险危机又有何惧?

化解危机的核心就是定义当前情景。张飞以勇气定义了当前的情景,又因胆怯暴露了真实情况。

都是好消息便是坏消息

"一把手"都想做正确的决策、干正确的事，都希望通过自己的正确领导，使自己的辖区出现莺歌燕舞的美好局面。

"一把手"刚当"一把手"的时候，多希望发现问题，愿意听取意见与建议。可时间一长，心态就变了。在他采取了一系列措施，并经过有力的推动落实之后，希望听到的就不再是问题、意见与建议，而是成效、成绩与成果。而"一把手"想要的东西，也总是能够如期而至，且常常似乎超出预期。

这种所谓的如期而至与超乎预期是怎么到来的呢？

孙权在接班之初，可以虚心地广泛地听取意见。他把张昭视为长辈、老师，对周瑜像哥哥一样尊敬。当孙权巩固了自己的地位，并取得了突出业绩之后，就变成了另外一个模样。他讨厌张昭像老父亲那样对自己耳提面命，刻意削弱张昭的影响力。孙权的变化与做法，自然会让他的臣子们逐渐明白，再像过去那样说实话、言实情是要吃亏的，再如从前那样提意见、出主意是不受待见的，于是他们开始言领导之所想。领导有什么想法，他们就支持什么想法；领导想要什么结果，他们就提供什么结果；领导想要什么经验，他们就总结什么经验。如此，结果必定是"如期而至"；这样的风气必然是愈演愈烈，这就有了"超乎预期"。

强势的"一把手"的确能够有力地推动工作，能够迅速地改变局面，但也必然会造成矛盾的转化，由问题的此一方面转变到另一方面，也就是物极必反。此时，正确的做法是调整思路、策略与措施，以避免由一个极端走向另一个极端。可是此时"一把手"已经不愿听到不同的声音，已经没有人敢于提出不同的意见和建议，局面也就只能持续向另一个极端发展。直到新的"一把手"到来，必然又是一次反向操作"方向盘"。

  好消息令人开心，坏消息让人警醒；两种消息各有其价值，各有其用途。当你听到的都是正面消息、好消息时，必有隐性危机；当你听到坏消息，就不高兴时，隐性危机就快要变成显性危机了。

  只有阳光明媚，或者只有风雨雷电，都不叫自然。有惠风和畅，也有凄风苦雨，这才是自然。

给对手留生路

赤壁之战，曹操死里逃生。不是曹军忠勇，也不是曹操命大，更不是关羽仗义，而是周瑜与孔明都不想当杀死曹操的恶人，都想通过给曹操留活路，而给自己留后路。

有些时候，不给对方留出路，自己就会陷入危机，甚至是绝境。市场上，两家企业血拼，恶战过后，两败俱伤，占领市场的，大多是另外的企业。现实生活中，个体之间、集体之间，鱼死网破的案例比比皆是，原因多是不给对方留出路，或者是双方都不知道各让半步。也有一些人，不是不明白，就是想较劲。

认知的有限性，导致了对资源有限性的认知，同时造就了争抢意识与对抗心理。长期生活在资源短缺的环境里，争抢与对抗会成为本能反应，仿佛别人有了自己就没有了。资源是有限的吗？资源既有限又无限。有限源于认知的有限，无限存在于认知之外。柴草是有限的，可人类又发现了煤炭与石油；煤炭与石油是有限的，可人类又可以利用水能、风能与太阳能等可再生能源；可再生能源将来也不够用，但人类必定会利用似乎是无限的宇宙能源。宇宙之外还有什么？人类目前还一无所知。不知道不等于不存在。资源是如此，市场是如此，职场是如此，人生的路亦是如此。

人人都知道"狭路相逢勇者胜"，却不清楚相互为什么相逢于狭路。人生是原野，不是走现成的路。只看到现有的路，处处是狭路；看到了无限的原野，则不必相逢于狭路。市场的智者、职场的智者、人生的智者，不和别人狭路相逢。他们能够开拓新的市场，能够开辟新的职场，能够创造新的活法。人需要提高生产力，更需要提升生活力。

把现成的路留给别人，需要提高认知能力，转变思想观念与思维方式。认知能力弱，心胸就小，眼界就低，一走就是狭路，到处都是危机；认知能力强，心胸就大，眼界就高，便能发现新路，就可创造生机。

个体的危机，人类的危机，在深层次上，都是认知危机。再宽的路，大家都挤，就成了"独木桥"；再险的山，奋力攀登，便是登高的天梯。真正的勇者，不予别人狭路相逢，只做别人的开路先锋。他们勇于另辟蹊径，是开时代之先、风气之先的领路人、开拓者，而不是打败别人的暂时的胜出者。

"欲思其利，必虑其害。"想要没有错，可你得知道别人也想要，得给别人留下空间。你今儿不给别人留路，明儿必定有人截断你的去路。

第十章
决 策 悖 论

  我们经常自己和自己说话，因为每个人都有多个维度的自我。比如主观自我、旁观自我、叙事性自我与理想化的自我。这些自我，各有不同的诉求，各有不同的价值观，各有不同的核算体系。他们经常开会、时有争论，有时能求同存异、有时也针锋相对。这就给我们带来了许多困扰与烦恼，困扰到焦躁不安，烦恼到抑郁成疾；也给我们带来了决策悖论与选择焦虑。

  我们很难对最佳选择达成共识，也可以说世上并没有什么最佳选择。关于选择的真相是，我们通过努力奋斗，让之前的选择变成了最佳的模样；或者是通过某种解释，让之前的选择具有了最佳的形象。

  明知道躺在床上更温暖，但还是一早要起床；明知道什么都不做更轻松，但依旧选择追逐梦想，这便是创造生活的力量。这也就是通过努力奋斗让之前的选择变成最佳的模样。

  不争就是慈悲，不辨就是智慧。我虽然没有积极进取、不懈奋斗，但我活得自由而洒脱；我虽然不去争论、不去解释，但我活得自主而独立，这便是对人生的大觉悟。这也就是通过解释，让之前选择具有了最佳的形象。

对曹操的争议

如今，一些流量明星，因言行不当，人设沦陷，一夜"翻车"，由偶像变为"人渣"。这些人冤不冤？在回答这个问题之前，当思山有阴阳、日有黑白、月有圆缺，凡事都有一体两面。

曹操也曾"翻车"。当时曹操气候渐起，每到一处，常觅美人，搞"无证驾驶"。为此，曹操把儿子曹昂、侄子曹安民和大将典韦的性命赔了进去，自己也差一点就丢了性命。这说明什么问题？正常人都想让自己开心，但世上没有无代价的开心。

让自己获利、让自己开心的"自我"，可称为"本我"或者主观自我。曹操的"本我"享受快乐，付出的是失去亲人的代价，然后就得承受痛苦的主观体验。

曹操是三国中最具争议的人物。曹操的能力是公认的，分歧在他的人品，焦点在于篡汉。有人说他是英雄，有人说他是奸雄，也有人称他为奸贼。曹操自己是怎么说的呢？

曹操在《述志令》中是这样说的：我年轻的时候，只想做个郡守，好好施政，教育百姓，能留下个好口碑，也就知足了。这个想法没能实现，就辞官回家，读书射猎。没想到天下大乱，自己又想讨贼立功，目标是封侯做个征西将军。根本没想到如今当了丞相。不是我说大话，假如没有我曹操，天下不知几人称帝、几人称王。有些人见我强盛，又不信天命，便私心相评，就说我有野心，对我耿耿于怀。

曹操在《述志令》的表述，就是"叙事性自我"或者叫"自传式自我"起作用的结果。

曹操的话大致可信。曹操务实，他的目标是随着客观条件的变化而不断调整的，年轻时并没有太大的野心。但他的话也不可能没有一点水分。他当了丞相之后，完全没有称帝的想法，恐怕也不现实。此时，曹操有两个选择，一个是做周公，可以留下美名；一个是做皇帝，得实利但可能留骂名。曹操选择了前者，没有称帝，却也没有留下美名，这又是为何？

还是因为曹操务实。他想留下美名，更不想丢掉权力。因此，他给汉献帝一个虚名，自己掌握实权。从曹操的角度看，没有我曹操，你刘协不只没有虚名，恐怕连性命也难保。在别人眼里，曹操就是窃国大盗。

曹操的决策是奔着两全其美去的，但还是有不少人骂他是奸贼。可见作为社会性的"自我"是自己无法定义的。

一个人如果主要通过"叙事性自我"与社会性要求进行协调，本我就得做出一些妥协与让步，内心就可能出现不平衡、感到憋屈、委屈、伤心，如果协调不成功，就有可能抑郁或者绝望。

一个人如果主要通过本我与社会性要求进行协调，就有很大可能出现叛逆心理与行为，然后形成"叙事性自我"来实现自我安慰或安顿。但这种安慰或安顿也时有焦虑或痛苦。

每个人还有一个"旁观者"的自我，主要作用是以"第三方"的立场来进行自审自省，有时也会审视他者。这个"旁观者"的自我，类似于我们常说的客观立场。

曹操脑袋里住着许多个"小人"，会轮流主持工作，让曹操表现出多面性的人格。其实每个人都有若干不同的自我，他们之间既独立又联系、既合作又斗争。他们需要经常"开会"，矛盾与争议时常发生。他们也会互不搭理，就像好朋友闹意见。有时候，我们会对家人、朋友吼道："请你们出去，让我一个人安静一会！"因为此时，你脑袋里有好几个自我在七嘴八舌，争论不休，正烦得要死，哪里还有心情听别人唠叨。你此刻最需要的是给自己脑袋里的"小人"们统一思想。

自我对自我都时有争议，那么无论你怎样选择如何行动，他人对你的争议也是很难避免的。

利己还是利他

曹操是不是利己主义的典型代表？刘备是不是特别讲究仁义的人？答案是：没有共识。

人不为己，天诛地灭。大家对这句话都很熟悉。美好的利他之心，是成功的根本。大家对这句话也不陌生。

两种似乎矛盾的说法，又好像都有道理。因为我与你、你与他看似清楚分明，实际上又模糊不清。

其一，每个人的头脑里都有若干个"自我"，他们对什么是"己"、什么是"他"，有着不同的看法；对怎样是利己、如何是利他，也有不同的意见；对利己或利他结果的评估，也有不同的认知。

其二，人是一切关系的总和。如此一来，"己"与"他"就是互相联系的、不好区分的，那么人的某种行为到底是利己的还是利他的也就不太好分辨。

由于每个人对关系的认识不同、理解不同，因此就可能造成这样的情况：利己之心导致的行为，可能让别人感觉是利他之举；利他之意带来的行为，也可能让别人认为是极端利己；又或者本欲利己反害己、意在害人却成全了人。

曹操俘虏了吕布，不舍得杀，便征求刘备意见。刘备说，你愿意做丁原，还是想当董卓？曹操听罢，就把吕布给斩了。刘备怂恿曹操杀吕布，是真为曹操着想吗？大概率不是。刘备是真恨吕布，他怂恿曹操杀了吕布，既解了自己心头之恨，也让曹操免去了后患。

吕布这个人，仗着自己能打，为了自己的利益，经常与人翻脸。吕布败给曹操，逃到徐州，刘备收留了他。他却趁刘备与袁术交战，把刘备的根据地徐州给抢了。刘备是恼在心头，又没有办法，此时正好借曹操之手，以解心头之恨。

这个故事是很有嚼头的。

吕布乘机抢下刘备的徐州，是利己之举。这一利己之举改变了他和刘备的盟友关系，让曹操得以放开胆子去剿灭他，利己却成了害己。吕布不懂得人是关系之和。与刘备联盟的吕布，与刘备开战的吕布，完全不是同一个吕布。与刘备联盟的那个吕布，曹操不敢动他；与刘备分道扬镳的这个吕布，让曹操给活捉了。

吕布根本就没想到，自己会成为曹操的俘虏，刘备此时却是曹操的座上客，并且拥有对自己的生死的表决权。

像吕布这样的人，还是蛮多的。他们得势得意的时候，欺负同事、打压与自己有不同意见的人，任意拓展自己的生存空间，似乎是达到了利己的目的。可是，某一天，曾经有利的形势忽然变得不利于自己了，那些个曾经被欺负的同事恰好取得了优势地位，这时候他们便可能认识到自己当初的利己行为实在愚蠢。

自己与他人，既有联系又有区别，利己与利他也必定是对立统一的。此时此地此事的利己，可能潜藏着害己；此时此地此事的利他，也可能包含着利己。而究竟是如何，当事人当时可能并不清楚。因此，从总体上说，利己的选择是不是真正利己，利他的行为是不是真正利他，是不太好判断与选择的。因此，才有了人世间那么"事故"的现场。

人何来利他之心？一般的解释是，人类需要合作。的确，要不要合作的选择似乎比利己还是利他的选择，更容易选择。

但是，容易选择不等于没有问题。

合作还是竞争

人间的事，总是一个问题套着一个问题，一个悖论接着一个悖论，形成一个连环套。人类有着永远解决不完的问题，有着永远也消除不掉的悖论。没有问题，人类就会无聊；没有悖论，人类就没了烦恼。无聊的日子如何过？没有烦恼又何来愉悦？

人类凭什么走上生物链的顶端？答案是合作。人类解决问题最富效率的根本方式，只有合作。人人皆知合作好，为何冲突少不了？

合作的起源是竞争与冲突，大家都合作，竞争与冲突就消失了；没了竞争与冲突，合作的意愿也就降低了。没有共同的敌人，难有良好的合作。曹魏集团强大，东吴和蜀汉合作；蜀汉实力急剧扩大，东吴又与曹魏集团暗通款曲。三国短暂，故事很多，一个重要的原因就是三国之间有着复杂的竞争与合作关系。

战国时期，公孙衍、苏秦搞"合纵"，张仪搞"连横"，上演了一场波澜壮阔的历史大剧，其主题就是合作与竞争。无论大国还是小国，随时都面临着与谁竞争与谁合作的艰难选择。东方大国齐国选择了与西方大国秦国合作。合作后的齐国竞争意识淡化，而深谋远虑的秦国得以放心地向东方扩张，最终灭了六国，建立了大一统的帝国。你真心合作，他心怀叵测，合作变成了合并，"连横"变成了"一横"。

在动物世界里，弱小的食草动物大多选择合作，强大的肉食动物大多选择独立，由此逐渐形成了一个动态平衡的生物体系。试想，如果"百兽之王"老虎选择合作，其他生物还有活路吗？其他生物灭亡了，老虎最终也活不下去。像老虎这类的动物，不合作也是一种明智的选择。动物界还有一类动物，不合作，也不对抗，靠智力生存，狐狸是它们的典型代表。

秦国与齐国的合作，相当于老虎搞起了合作，剩下的国家就成了羊。秦国吃了"羊"，成了超级老虎，就把齐国这只病老虎给吃了。没有了竞争对手的秦国，就开始自我腐化，展开内部斗争，于是就有了大汉灭秦。自大汉至大清，物换星移，朝代更替，历代王朝，不是有外患，就是生内斗。及至大清，有力地拓展了疆域，基本消除了外患。没了外部冲突的压力，大清也失去了变革进取的动力，直到西方列强用坚船利炮轰开了国门，中华民族才重新踏上了艰苦卓绝的变法图强之路；直到中国共产党的诞生，多灾多难的中华民族才找到了伟大复兴的光明之路。富强的中国既要面对更为激烈的外部竞争与冲突的压力，又要面对如何合作怎样竞争的复杂判断与艰难选择。

互联网时代，人类由面对面交流达成的合作，跃升为"线上"相识的跨地域、跨民族、跨语言的更大范围更多形式的合作。这种合作，在提升效率的同时，也制造了消极的方面，那就是财富差距的不断扩大。还有一个方面也是十分重要的，那就是合作者必须放弃部分独立与自由，而合作者都想让别人放弃更多自由。这就形成了另外一个悖论。

自由与约束

刘邦进入关中，搞了个"约法三章"："杀人者死，伤人及盗抵罪。"由此深得民心人意。这是为什么？

大秦奉行以法治国。法律制度特别多、特别苛刻，执行起来也特别严格，以致军民没有受到法律惩处的人不多。这就意味着人的自由空间特别小，小到你稍不留意，就违法了，一不小心，就被法办了。受罚的人多了，人们就会讨厌这个法，更会痛恨制定与执行法律的人。商鞅被五马分尸，可不单单是因为贵族集团对他恨之入骨，其中也有一定的民意基础。

合作必须有规矩有约束，但是自由也是人的刚需。毕竟合作的根本目的是实现更好的生活，而更好的生活中自由是不可或缺的内容。东汉建立之初，信奉黄老哲学，简化大秦的法律制度，给了老百姓更多自由。如此，老百姓当然开心，刘邦由此赢得人心。约束让自由变得可贵。没有约束，自由不值一提。

如果将历史"倒带回放"，我们会看到什么？会看到大秦强国之路的起点，也正是法治建设的起点。处于西部边塞的秦国，长期被东方诸国轻视，参加"国际会议"都没有正式席位。如果没有法治，秦民还是一盘散沙，秦军也等同于散兵游勇，秦国也就不可能完成统一天下的历史伟业。

大秦帝国，成于约束，也败于约束。社会性组织，没有约束会乱死，约束过度会僵死。一个组织，如果没有自由空间，后果是非常严重的。首先是创造力的丧失，造成生产力的停滞，带来物质生活的匮乏；

其次是心理上的压抑，造成人性扭曲，带来精神世界的贫困，贫困生百恶。两个方面叠加放大，最终必将导致组织"破产"。

人们追求自由，又不能没有约束，这个冲突急需要解决，于是就有了社会契约的诞生。法律、条例、制度、纪律、规范等约束都需要经过讨论商议，表决通过后才能生效。大家讨论商议什么呢？其实就是商议愿意让渡多少自由。由于每个人对自由的认知与需求是不同的，对于让渡什么自由与让渡多少自由就不可能完全达到一致，所以要按照少数服从多数的原则表决通过，并强制执行。

一些企业的约束性制度，多难以操作，效果了了，甚至是副作用大于正能量。其中最重要的原因，就是没有一个民主协商的过程，基本上是几个人闭门造车，几位领导拍板决策。闭门造车的人，考虑的是领导的意愿，领导决策依靠的是自己的经验、感觉与意志，而遵守这些制度的主要群体完全没有表达意愿的机会。这样搞出来的制度，即使是必要的合理的，也得不到大家的心理认同，执行起来必然是大打折扣。执行不力，领导就抓监督、抓惩罚，表面上取得了明显效果，实际上是大家把工作的主动性、积极性、创造性调低了。大家被迫执行不认同的制度约束，就会同时降低工作投入，以实现内心的平衡。

越是强者，越需要增加自我约束的总量。其中的悖论是，越是强者，越希望向别人施加更多的约束。这也是由强者由强变弱、由成功到失败的一个深层逻辑。

自由来自自律，除此别无他途；可要是处处自律，又如何享受自由？

信任还是怀疑

合作需要契约,更需要信任。用人不疑,疑人不用;用人要疑,疑人要用。到底是哪一句更有道理?

巨鹿之战,章邯战败,只好退守。胡亥与赵高疑章邯居功自傲、拥兵自重,开始各种刁难。章邯想起被赐死的白起、被迫自杀的蒙恬,担心自己逃脱不了同样的命运,便归降了项羽。

"一把手"怀疑部下,部下无奈背叛了"一把手",投靠了"一把手"的对手。这个因疑而生叛的例子,似乎说明"一把手"应该用人不疑。

张鲁要打刘璋,刘璋没了主意。张松说可以请刘备入蜀,帮助抗击敌人。当下就有人反对,说这是引狼入室;也有人说,张松从曹营返回,刚刚路过刘备的荆州,一定是串通好了,这个家贼不可不防。

面对部下的劝诫,刘璋选择了信任。他相信张松,更相信刘备,将刘备大军请进了家门。等到刘璋发现了张松私通刘备,密谋夺取益州的铁证后,已是为时已晚。

部下欺骗领导,领导信任部下,领导因相信而上当受骗。这个案例又说明,选择信任就是拥抱风险。

怀疑部下出问题,信任部下也出问题,用人就成了一个无解的问题,这"一把手"的命可真是苦命啊!

人心是个易变的东西。忠贞不贰的人,少;常怀二心的人,亦少;绝大多数人是需要以心换心的。他们觉得领导的心暖人,就会回报以真心;领导让下属觉得心凉,下属就会与领导离心。胡亥的怀疑寒了章邯的忠诚心，刘璋的平庸凉了张松的事业心，一个武将，一个谋臣，都变了心。

人心不太容易感知，主要靠感觉。你信任一个人，就会发现他值得信任的诸多证据；你怀疑一个人，就会发现他诸般可疑的言行。每个人的大脑都是编剧，可以把同一个所谓的"事实"，加工成性质完全相反的"真相"。

很多"一把手"都常有无人可用的感叹，仿佛天下只有自己德才兼备。为什么会如此？有能力干事的人，需求也多，不容易满足，领导多不愿用；领导不愿用，就会找到这个人的许多缺点，以确信这个人并没有多少能力。没有能力干事的人，想法少，领导看着顺眼，就会发现他们的诸多优点，以确信自己的用人是公平公正的；可到了关键时刻，这些人又顶不上去。所以，一方面是领导的求贤若渴，另一方面是下属的伯乐难寻，这个矛盾就成了一种普遍现象。

三国鼎立之势形成之前，三国的"一把手"共同选择了信任，因此人才汇集，不断走向强大；三国鼎立之势形成之后，他们又共同选择了怀疑，不是冷落人才，就是杀掉人才，由此开始衰落，很快走向灭亡。

值得信任的人才，主要不是培养出来的，而是"一把手"用心孵化出来的。

知足还是进取

蔡瑁设"鸿门宴",欲杀刘备,伊籍告知刘备,刘备仓皇逃跑,凭借的卢马的神力跃过檀溪,望南漳策马而行。正行之间,见一牧童跨于牛背之上,口吹短笛而来。刘备叹道:"吾不如也!"

电走风驰之后,忽闻牧童吹笛,此真乃罗贯中先生妙笔也!

此时,马蹄甚危,牛背甚稳;马鞭甚急,短笛甚闲;刘备进取,牧童闲适。刘备碌碌半生,征鞍劳苦,岂若散发林间,行吟泽畔,逍遥而自乐!非但刘备不如,即效死之庞统、尽瘁之孔明,皆不如也!

借刘备死里逃生、心惊胆战之机,罗贯中把场景由江湖、战场转换到山水与闲适。刘备看到了石案清香、松轩茶熟,如过弱水而访蓬莱、脱苦海而游阆苑。由此,渐次引出诸葛亮及诸葛亮出山林而入江湖。自山水而入江湖的诸葛亮,临行前仍不忘归隐,却一去无回,于江湖之中劳碌而终。归隐与恢复汉室的两大夙愿,一件也未能实现。

刘备感叹:"吾不如也",却不能止;孔明淡泊明志,终不能"淡"。这里隐含着人生选择的两难,是积极进取还是知足常乐?

儒家倡导建功立业,道家倡导顺其自然,佛家倡导无欲无求。从社会角度看,积极进取有利于推动社会发展进步,也有可能导向"丛林法则";知足常乐有利于促进社会和谐,也可能导致低欲望的社会停滞。从个人角度看,积极进取有利于改善自己的生存条件,也可能让自身陷入欲望的无尽苦海;知足常乐有利于减少内心的痛苦,也可能导致无所事事、生无可恋。

韩信是积极进取、永不知足的。项羽不重用他,他就投奔刘邦。刘邦给的职务很高，他还是不知足。打了胜仗，就要待遇。攻下齐地，就要当齐王。韩信如果知足，估计封不了王，也不能青史留名，但也不会被吕雉给弄死。

一般来说，积极进取被视为正能量，往往忽视了一些人积极进取背后的欲壑难填。这些人把自己无尽的欲求合理化为积极进取，给自私自利穿上了华丽高雅的外衣。他们在追求权力的道路上披荆斩棘，在猎取财富的征程上冲锋陷阵，生命不息，战斗不止，职务更高、财富更多成为生活的全部，最终换来的是什么呢？无非两种，一种是失落与怨恨，一种是灾祸与灾难。因此佛家讲慧根、觉悟。大概能够认识到自私自利的欲望与积极进取的区别，也是一种觉悟吧！

一般来说，知足常乐被视为一种良好的心态，却往往忽视了一些人的知足其实是逃避责任的借口。大家都知足，"足"的基础就没了，结果就是无法知足、无乐可乐。一个人知足常乐，风险意识、危机意识就丢了，生存就会得不到保障，自然也会无"足"可知、无乐可乐。以什么方式得到的，就会以什么方式失去。

当进则进，该止则止，也就是道家倡导的顺其自然。可是，何时当进，何时该止，又不太好把握。像吕不韦这等"跨界"奇才都掌握不好，何况芸芸众生乎！

老子说要把名利看淡，庄子说要把自己看轻。名利加身的时候，当止当散；做出功劳的时候，当让当退。"天生我才必有用"的霸气可敬，"千金散尽还复来"的豪气可爱，而"千金散尽不复来"的达观才是智慧。

多元还是一元

邦国时代，方国林立，文化多元，习俗各异。处于中原腹地的华夏一族，吸收多元文化，持续创新发展，形成强势地位，奠定了中华民族一体多元的文化基础，铸就了中国大一统的历史根基。

吕不韦集合门客，著《吕氏春秋》，集百家之言，集成了以道家思想为基调的治国之策。韩非著《韩非子》，融儒道法于一体，奠定法治理论之根基。董仲舒著《举贤良对策》，贯通儒、道、宗教与阴阳五行思想，成就帝国治理新学说。"宋明理学"在与道佛等思想的碰撞中，将儒家学说推向了个新的高度。每一种新思想，都产生于多元思想的激荡，都推动了社会发展进入一个崭新的阶段。而每一种思想一旦定于一尊，都会僵化，都会让社会由僵化而导向动荡。每一次社会动荡，又催生了思想的创新与文化的多元。

多元与一统，始终是一对欢喜冤家。思想文化与社会发展是如此，企业与个人也是如此。

企业是专业化还是多元化？理论界有不同的观点，实践上两个方面都有成功的典型现失败的案例。在理论上，谁也说服不了谁；在实践上，谁也不能证明自己的唯一正确。在企业发展史上，有多元经营占据主导地位的阶段，也有专业化取得上风的时期。

企业文化建设也面对着同样的困境。没有统一的企业文化，执行力就打折扣；过度统一的企业文化，创造力又会"失血"。企业的每一次改革，表面上是组织机构与制度安排的变革，本质上都是文化的出新或重塑。当然，也有一些所谓的改革没能触及文化层面，这样的改革基本上都是流于形式的来回"翻烧饼"。

多元化的价值主要在于打开了认知世界、认知市场的多扇窗户，专业化的价值在于在同一个天地里发现更多地秘密。两者各有利弊，不太好取舍。

我们曾经喜欢给个人贴标签，比如化学家、物理学家、文学家等。但如今有一个时髦的词，叫作"跨界"；不过，也有不少人坚持让"专业的人干专业的事"。

曹操当"一把手"排在前三名，统兵打仗比刘备、孙权都强，搞文学艺术也是一流水平。那么，曹操是"跨界"奇才还是专业干部呢？宋代岳飞是著名军事将领，还有诗词流传后世，其书法艺术水准也在今天的许多专业书法家之上，很难说清楚他是哪个专业的。今天的任正非聊华为的时候，偶尔聊管理，更多聊人文，基本不聊技术，他就跟没有什么专业似的。

没有广博，难有新视野、新思维、新格局。但人的精力有限，贪多又可能嚼不烂，啥事都干不好。一生多，多归一；怎样兴多，如何归一，真的不太好把握。我们能够知道的是，世上没有最好的文化，没有最好的模式，无论什么文化都需要进化，无论什么模式都都必须有新样式，否则就会成为"僵尸"。

现实还是长远

既要立足现实,又要着眼未来。这种"既要……还要……"的句式,实践起来都不太好把握,要么陷入实用主义,越陷越深,把挣扎当成了努力奋斗;要么跳进浪漫主义,腾云驾雾,把虚幻当成了自由翱翔。

袁术是愚蠢的浪漫主义者。在袁术眼里,群雄不过是狗熊。因此,曹操、孙权、袁绍不敢称帝,他却勇于黄袍加身。这身黄袍没能加持他的事业,没能让他的道路越来越宽、越走越远,反而让他的生命之路迅速变短,很快就踏上了黄泉之路。袁术想得挺远挺美,不只是脱离现实,而且是大大超越了现实,于是失去未来的残酷现实就来到了眼前。

水镜先生之流是"桃花园"式的浪漫主义者。水镜先生是高人,啸吟山林,煮茶抚琴,自得其乐。他不仅认清了现实,也透析未来,还洞察人生。刘备将孔明拉入江湖,水镜先生对此一声叹息。在他眼里,孔明去趟这浑水,纯属徒劳,毫无意义。水镜先生洞察天道,可如果人人皆如水镜先生一般,不去作为,天道又如何变现于人道?可如果世人皆如刘备、孔明、曹操一般,没有水镜一族,人间又少了一种风景,人生也少了许多弹性。

刘表、刘琮父子是典型的现实主义者。这爷俩天天想的都是眼前的利益,对明天的忧虑也不过是怕失去当下的好处,完全没有长久之计,完全没有战略考量与战略安排。一摊上事,就慌神麻爪,胡乱"吃药"。荆州西有孙权虎视眈眈,北有曹操凶相毕露,面对强敌环伺的严峻形势,刘琮在老娘和舅舅的怂恿下,不思如何应对外敌,一心想着和哥哥刘琦争夺继承权。继承权是拿到了,曹操的大军也到了。他们内斗招数挺多，御敌又没有办法，只能选择投降。不仅继承权没了，连性命也丢了。只看眼前、只抓现实，现实是不会跟着你走的。

在职场上，刘琮式的人物也不少。当单位内出现上升的机会，便想一把抓住，看到谁是竞争对手，就千方百计掐死他。内斗的结果，往往是"渔翁得利"。既耽误了现实，又延缓了通往长远的行程。

兼顾现实与长远，诸葛亮算是做得比较好的了。但他因想得长远而远虑过重，反而忽略了现实。刘备死后，诸葛亮组织了五次北伐，每次都是劳民伤财、无功而返。诸葛亮为什么执意与曹魏作战？诸葛亮认为，蜀汉地盘太小，人力、财力、物力不足，如果不扩张，被曹魏吃掉是迟早的事，与其坐以待毙，不如奋力一搏。打来斗去，没拿下曹魏半寸土地，反把自己折腾穷了。

许多企业的"一把手"也和诸葛亮有着类似的焦虑，他们生怕被竞争对手吃掉，为抢夺市场，时不时地挑起营销大战，硝烟过后，市场规模没扩大，自己的财力与信誉却消耗殆尽。

不着眼长远，现实很快就会走到尽头；对长远的忧虑过重，又会脱离现实；对长远想得过于浪漫，当下就会变为虚幻。

谨慎还是冒险

有人说:"不入虎穴,焉得虎子。"老虎听了冷笑一声,心里说:你以为吃了熊心豹子胆,就能斗得过老夫吗?来吧,老夫正想尝尝"热狗"的味道。武松来了,李逵来了,他们没有成为"热狗",反而成了打虎英雄。

英雄是极少数,成为"热狗"的是大多数。大多数人不愿成为"热狗",人们才呼唤英雄、崇拜英雄。

有人说:"小心驶得万年船。"鳄鱼听了狰狞地笑了,默默地说:你以为咱家会坐以待毙吗?咱家会把你的小船掀翻!藏在深处的鱼儿们乐了,纷纷奔走相告:"他们害怕了,我们安全了,可以自由发展了!"

你的小心谨慎,可能就是别人的最大机会。

小心谨慎的刘表、刘璋等基业移主,敢于冒险的董卓、袁术等命丧黄泉。千万不要以为他们都是懦夫或莽汉。我们对他们的印象是历史记载与文学形象,不是历史事实与本来面目。三国时代是冒险家的乐园,这个乐园里尸横遍野,只有少数人扼住了危险的咽喉,成为风流人物,让后人津津乐道。这极少数人又都是敢于冒险的人。

不敢冒险是最大风险,敢于冒险是自寻风险,都有极大可能葬身风险之中。不去冒险的人,有可能活出超然之境;勇于冒险的人,有可能登上时代之巅;两种情况都是个别。

未来的核心特质是未知,开拓未知必须冒险。冒险精神实质上是一种牺牲精神,所以人们会颂扬冒险精神。如果人人都喜欢冒险、尝试冒险,冒险者的收效就会大大降低,所以人们又提倡谨慎而为。只有多数人小心谨慎，高风险高收益才能成立。

　　冒险精神是企业家的标配。因为企业不出新就会被"出清"。市场机制就是一个"出清"的机制，通过"出清"强迫出新，通过出新改变人类的生产与生活。出新就是冒险，能够持续成功出新的企业不多，但凡成功出新的企业就会越大越强，大而强的企业可能陷入新的风险，或者是热衷规模扩张，或者是安于现状。

　　市场机制通过部分企业的"死"换取部分企业更好的"生"，从而实现小心谨慎与冒险精神的动态平衡。但也给企业家制造了新的风险。这个风险来自社会领域。

　　市场讲效率，需要规则与机会的公平，而社会还需要结果的公平，特别是个人感受的公平。而社会大众往往看到的是企业家的风光，体会不到企业家的痛苦与挣扎。所以，面对社会，企业家需要的就不再是冒险精神，而是小心谨慎。小心谨慎地约束自我，小心谨慎地分享成果。创业必须冒险，分享需要谦恭。没有谦恭的给予，侮辱性极强，副作用极大。

　　把冒险精神与小心谨慎统一起来，并不是一件容易的事。

逾规还是守常

脱口秀要有梗。梗是什么？就是不按常规叙事，不循常理出牌。脱口秀没有梗，就不好笑。人生没有梗，就不出彩。

可人生并不是脱口秀，一个人按常规做事，似乎是没有风险的。可总是按常规出牌，就可能活成芸芸众生，亦可能不得安生。不按常规出牌，可能下地狱，也可能上天堂。

陶谦是位遵循常规出牌的领导干部，他并不想搞什么梗，可他的部下却给他上了个"包袱"，让他的生活顿生转折。曹操的父亲曹嵩从徐州路过，陶谦好酒好菜招呼，临走还送了许多财物，又派出警卫部队护送，无非想给曹操搞好关系，这都是常规思维常规操作。这支警卫部队的首领张闿，见曹嵩有那么多财物，便起了贪心，把曹嵩一行给杀了。曹操得知消息，便起兵攻打徐州。

一味按常规常理行事，不知变易，往往就成了时势的"包袱"，或者成了他人眼里的笑话。像《红楼梦》里的贾政、贾代儒等，都是守常的典型，却活成了迂腐的代表。

曹操得知父亲被害，按常理讲，首先得弄清原委，再作决策。曹操偏不如此，他一口咬定陶谦是罪魁祸首，坚决要报杀父之仇。他就是要抓住这个机遇，借机"名正言顺"地扩大自己的地盘。他要把张闿送上门的"包袱"用好演好。

从表面上看，刘备与曹操不同。如果往深处探测，刘备也是不循常规。比如，大家都认为该取的时候，他偏偏不取，以再三不取成其终取；赵云冒死救出刘禅，刘备不是奖赏感激赵云，而是把刘禅摔在地上；每到生死攸关的时刻，刘备极少急中生智，很少杀出血路，大多是涕泪滂沱，很不男子汉，却总能换来"雨过天晴"。这就是与众不同的力量。

能开拓、解困局的人，一般都不守规矩，不按常理出牌，他们多会因势而变、因时而异，创造新道理、新规矩、新范式，并让这些新的东西变成常理与惯例。但是，他们能够有所作为有所成就的前提，则是因为绝大多数人守常。如果大多数人都不守常，必然生乱，谁也没办法做成事。

所谓变法图强，就是打破惯常、突破惯例。但是，率先变法的人，又大多不得善终。历史的规律是：前人栽树，后人乘凉；前人变法，后人图强。

公平还是偏袒

当领导或者当家长，都时刻面对着一个难题，就是公平。单位与家庭中的大部分矛盾冲突，都源于内部成员感觉不公平。其中有绝对的不公平，也有自我感受的不公平。为了解决公平问题，单位制定了许多制度规则，家庭也有一些不成文的规矩。但是由不公平引发的冲突仍然十分普遍。这是为何？

公平是社会学的一个概念。公是公共，也就是大家；平是平等。平等，有人格的平等、权力的平等、责任的平等，也有规则的平等、机会的平等、结果的平等。

在个人身上，公平与否完全是一种感受。比如：皇帝这个岗位，要由皇帝的大儿子继承，这是制度规定。既然有制度，皇帝为什么在立太子的问题上大多犹豫不决呢？大体上有这么几种原因：一个是皇帝认为，老大的德或才在皇子中不是最突出的；一个是老大的情商不如某个弟弟高，不能讨老爸的欢心；还有一个原因是更为关键的，这个原因与人的心理特点有关。选法定继承人，是应该。在皇帝心里，如果选老大，他就觉得是应该，而另选他人，无论选谁都会比老大更有感恩感激之情，便更有可能继承自己的衣钵。

皇帝如果不选老大作为继承人，也不会认为自己不公。他会找出若干理由，来说明自己是为大局大义而作出的正确决策。对于皇子们来说，无论皇帝怎样选择，都有人认为不公。选老大，是维护的制度公平，老大是满意的，但其他皇子并不一定觉得公平。都是皇子，凭什么你先出生，皇位就必须是你的？他们会认为这个制度本身就不公平。

"一把手"在一个单位时间久了,几乎不可避免地在选人用人上出现尖锐矛盾。其原因主要有两个:其一,人的德才与贡献不太容易衡量,人人心里有杆秤,每杆秤都有不同的计量标准,秤出来的结果并不相同,大家公认的人才,并非多数。其二,"一把手"并不总是喜欢用能力突出的人才,以及大家公认的人才。因为此类人才往往有主见,不够听话,缺乏感激之情等,让"一把手"找不到栽培下属的感觉。

必须强调的是,"一把手"的做法有时并非完全出于私心杂念。"一把手"牺牲了某些公平,换来的回报有时也是可观的。比如,部下因感激而产生的更高的工作热情、更强的执行力等。

"一把手"不只要提拔干部,也要处分干部。"一把手"在提拔干部时有偏爱,在处罚干部时也有偏袒。其道理是一样的,偏袒更能够激发感激之情。

偏爱与偏袒,之所以能激发感恩感激之情,是因为有公平这个前提。公平一旦丧失,也就无所谓偏爱与偏袒。而选人用人的公平,更多的是一种主观体验,被提拔的人往往觉得是应该,没有得到提拔的人往往深感委屈,所以,"一把手"在选人用人上,无论主观上是公平的还是偏袒的,只要时间足够长,都会造成公信力的丧失。

"一把手"不可过于恋战。过于恋战,对自己对事业都没有好处。因为坚持是很"贵"的,所谓"贵"在坚持。

封功还是封亲

任人唯贤还是任人唯亲，论功行赏还是论亲行赏？理论上讲，道理非常清楚明白；可从实践上看，许多现实情况又完全相反。

项羽不重用韩信，有什么错误吗？依任人唯贤与论功行赏的正确理论来判断，项羽连微尘那么小的错误都没有。韩信身无半寸之功，还挑肥拣瘦，不踏踏实实工作，压根与"贤"字不沾边，重用他岂不是有失天理？

从实践上看，项羽的错误可就大了。韩信对项羽给他的岗位与待遇非常不满，就选择的"跳槽"，到了项羽的主要竞争对手刘邦那儿，当上了将军，为刘邦战败项羽、平定天下立下汗马功劳。假如韩信在项羽这儿得到重用，历史也可能就改写了。

韩信刚到刘邦那儿的时候，刘邦也没瞧上他。韩信依然是不安心工作，就又走人了。萧何带月而追，把韩信给劝回来，极力向刘邦推荐。刘邦犹豫再三，还是从了。当时，刘邦手下的将士个个不服，都闹情绪。后来韩信屡立战功，大家才服了。可韩信立了功，就要待遇，搞得刘邦心里很不爽。但刘邦对这位不"贤"的韩信还是忍了。

从理论上看，刘邦重用重赏韩信是错误的。身无寸功，凭什么当上将军？从实际效果上看，刘邦的做法又是非常英明的。当了上将军的韩信，屡建奇功。

刘邦在封赏上，既搞论亲行赏，也搞论功行赏，两种方式，效果有没有区别呢？

刘邦平定天下后，封了九个同姓王和七个异姓王。刘邦对这七个异姓王，不太放心。刘邦不放心，异姓王也不安心。不放心与不安心交互作用，便有了异心。此时，刘邦觉得是不得不灭他们，异姓王们觉得是不能不反。于是，异姓王就一个一个被灭了。

由此看来，论功行赏并不靠谱。那么，论亲行赏又会如何呢？

刘邦封的七个异姓王中，卢绾功劳最小，却与刘邦的关系最为亲密。刘邦与卢绾是世交，也是发小。他们小时候是玩伴，创业时是伙伴。卢绾可以随时出入刘邦的住所，可以说比亲兄弟还要好。刘邦明知道封卢绾为王，许多人心里不服，还是坚持封赏。刘邦对卢绾是很够意思了，可卢绾还是反了。

卢绾与刘邦再亲，终归是异姓。那么同姓会好吗？历史证明同样不靠谱。有异姓王的时候，同姓王之间还算团结，都是同姓王，同姓之间照样内讧。

可见，无论是论功行赏还是按亲封赏，都很难长久地风平浪静、风清气爽。

顺从还是直言

敢于直言的人，可敬却并不总是可人；顺从的人，可人却并不那么可敬。

对于"一把手"而言，顺从与直言各有其价值，都不可或缺。大致来说，有突出才华的人，完全做到顺从，不可能；顺从的人，执行领导意图一般不会变形走样，可遇到棘手的问题，能拿主意、能抗事的，也是个别。

对于个人而言，极少有人能将直言与顺从这两种风格集于一身。敢于直言的人，多做不到顺从；顺从的人，多不太会直言。但是，直言的人，有可能被生活打磨成顺从型，顺从之后就很难再直言。顺从型的人，变成直言类型的概率约等于零。

三国时期，直言的人大多没有好下场。田丰、沮授、崔琰等，不是被杀就是被迫自杀；就连荀彧这种专提建设性意见，偶尔坚持己见的人，也没有得到善终。孔融是孔子的第十六代孙，有才气，名声大，经常直议朝政，曹操照样要了他的脑袋。祢衡不仅直言，不高兴了还开骂。曹操受不了，就推荐给了刘表。和善懦弱的刘表也受不了，就给了黄祖。暴脾气的黄祖更受不了，就把祢衡给砍了。

从普遍规律来看，在面对困境，尤其是在危难时刻，"一把手"对直言之士是宽容的；处于顺境，尤其是春风得意的时候，"一把手"的宽容度就会收窄。例外的情况也是有的，比如李世民就基本上能够做到一直重用敢于直言的谋士。刘备的表现也不错，可他在顺境时对诸葛亮也不是特别信任。

直言型与顺从型，不是好与坏的区别，而是各有长短、各有其用。但是，直言型的人会让别人不舒服。有谁不想让自己尽量舒服一些呢？这里必须再来一个"但是"，世上并没有不付费的舒服。今天的舒服，不是对过去已经付费就是要在未来付费。人生如同参加足球联赛，赢了两三场，心里就舒服，舒服一会儿，就得刻苦训练，用训练之苦，换来新的胜利，如果球员想一直舒服，就得承受失败的痛苦。

顺从的人，能让领导享受"赢球"的感觉；直言的人，就像督促领导去刻苦训练。从理性上说，直言的人对领导更重要；从感性上说，顺从的人对领导是刚需。而理性与感性很难达成共识。

变还是不变

悖论与矛盾，能不能解决？这取决于变与不变。变则通，不变则阻。只是，变有可能变好，也有可能变坏。变与不变并不是那么好把握。

村上春树说："这个世界上根本没有正确的选择，我们只不过是要努力奋斗，使当初的选择变得正确。"但是，努力奋斗，也可能不断地证明选择的错误，还可能让之前已经证明正确的选择发生反转。

这个世界上根本就没有悖论，我们只不过是没有找到打开人心的正确方式。钥匙不对，你再怎么坚持努力，也比不过锁的耐心。

打开人心比开锁难上百倍。一来人心善变，二来人心经常出毛病。人心变了，你还用老钥匙，便打不开，失去群众基础与力量源泉；人心出了毛病，你打开了，便是进入了"病人"大本营，也就是共同成为"乌合之众"。

做人也好，做事也罢，要赢得人心这是基本点，是不能变的；而赢得人心的做法是必须变化的。有时候要顺应，有时候要引导，有时候要改变。钥匙拿错了，得换钥匙；锁生了锈，得加点油；锁坏了，得修理。

魏、蜀、吴三国之亡，根本原因相同，就是不该变的变了，该变得没有变对路数。他们在弱小的时候，都在争取人心、争取人才；强大的时候，都在忽视人心、抑制人才。不只是三国，历代历朝的覆灭无不是如此。打天下的时候，可以做到用自己的不舒服来换取别人的舒服；坐天下的时候，就忍不住先让自己舒服。

这种"舒服"不只是生活上的享受，还有心理上的需求。当事人孜孜追求一种自认为美好的生活方式，却剥夺了更多的可能性。这种"舒服"有时还以奋斗的姿态出现，让当事人陶醉在精神崇高的世界里，最后走向了自己想要的反面。

当你决定奔向天堂时，就是开始滑落地狱；太想流芳百世，必然遗臭万年。这就是辩证法则，也就是物极必反。没有转换，就会犯错误；没有坚持，就难有正确。不变是为了之前选择的正确，变是为了以后还正确。在不变的过程中，也得有适当的调适。《西游记》中，唐僧的作用就是调和与调适。去西天取经的目标是不变的，但行走的方法要变化。

人世如潮人如水，可叹江湖几人回。不会按"回车"键，你的人生就会"顶格"与"出界"。但是，人生有时候，重要的不是"回车"，而是开新篇。

合理的人生，就是一半烟火、一半清烟。

第十一章
权 力 论

　　权力这个东西，让一些人着迷，也令许多人讨厌。可权力究竟是个什么东西，又没有多少人真正思考过。

　　事实上，没有人不喜欢行使权力，也没有人不拥有权力。你讨厌权力，就是拥有并正在行使权力。你只要和另外一个人产生关系，权力就诞生了。

　　权力来源于他者的需要。他人需要你，你就拥有了权力；你需要他人，就得让渡部分权力。领导的权力，来自群体的需要。倘若领导不能用权力为大多数人谋福利，人们就会试图剥夺其权力。

　　权力运作就是制造与满足需求的游戏。

认清权力的本来面目

权力如同空气，无处不有，无时不在。权力亦如春夏秋冬之变化，景色各异，冷暖交替。人生的滋味，主要就是权力的滋味。人生的酸甜苦辣，都有权力参与其中。

许多人都会认为自己没有权力，其实是自己不认识权力，或者不会使用权力。什么是权力呢？权力是控制他人及其结果的能力。权力来源于何处？权力来自他人的需要。一个人权力的大小来自他人需要你的程度。他人需要你的时候，就赋予了你的控制权。你满足他人需要的能力越强，你就拥有更大的权力。

领导就是服务，这个说法并不准确。领导需要为他人赋能，让他人获得自己没有的能量及其成果。如果领导做不到，他的权力就会被削弱，甚至被剥夺。同时，服务又是相互的。他人也需要服务领导、成就领导。单向的服务是不可持续的。领导就是服务，这样理念很动听，却暗含着不平等，实际上是一种居高临下的心态。

《三国演义》也是权力演义。东汉末年，官宦与外戚争权，皇帝失去了对权力的控制，于是群雄并起，开启了追逐权力的游戏，逐渐形成了三国鼎立的局面。表现上看，权力的有无、大小是武装斗争的结果，深层次上是一个人及其组织满足他人需要的能力比拼。

我们容易被暴力迷惑，也容易被职务迷惑。武装力量的确可以强迫人们服从，但武装力量的作用是有限的也是可变的。如果你不能满足人们的需要，人们就会反抗，并且你拥有的武装力量也会加入其中。职务的确有法定的权力和道德的力量，但这个权力是否有效，还是取决于你满足他人需要的能力。同样一个职务，不同的人干，拥有的权力有着显著的区别。这种现象十分普遍。

在日常生活中，权力就是你在别人的故事中扮演的角色。权力的大小取决于你是什么角色。每个人在生活中都扮演着某些角色。这个角色有着两层内涵：一层是表象化符号化的，一层是潜在性意义性的。爸爸、妈妈、儿子、女儿、村主任、科长等就是表象化符号化的角色。每一个爸爸、村主任、科长等发挥的作用都是不同的，每个人实际发挥的作用就是意义性的角色。当一位爸爸实际发挥的作用远低于被普遍认同的符号性角色应当发挥的作用时，他与子女、妻子等角色之间就会发生冲突。曹操没有保护好他的大儿子，丁夫人就愤而"辞职"。

只要角色权力与角色能力不匹配，这个人就不能足额获得角色权力。就像演员演戏一样，如果一位演员不胜任某个角色，观众就会给他差评，他接戏的机会也会减少。

权力的核心是被需要。有人会说，我们特别讨厌自己的领导，一点儿也不需要他，他为什么会当我们的领导呢？两个原因必具其一，一个是你们没有共同且充分地表达自己的不需要，另一个是你们领导的领导需要。当然，有些角色是个人无法选择的，比如爸爸与妈妈；尽管不能选择，他们实际拥有的权力也是不同的并且是变化的。世界上那么多爸爸妈妈，他们的角色是相同的，他们拥有的权力又是千差万别的。

一切问题都是权力问题

我们有时觉得有问题,有时觉得没有问题,无论有没有问题,都是权力问题。权力运转和畅,就感觉不到问题;权力运转失灵,就有了问题。

在职场上,你认为某项工作应该这样做,领导认为应该那样做,领导如果接受了你的意见,你就比较开心,如果领导没有说服你还硬要你服从,你就不开心。如果你是领导,这个不开心就属于对方。如果你不想当领导,就是想干事,难道就只能接受不开心的事实吗?也不是。这要看领导需要你的程度。如果某些工作,领导离开你就做不了,领导就只能尊重你的意见,这就意味着你拥有一定的"领导"领导的权力。

所谓"内卷"就是同质化竞争。许多领导对"内卷"并不是十分讨厌,因为适度"内卷"可以扩大领导的权力。

在社会生活中,有些朋友会渐行渐远,让人觉得很不够朋友。有人说,这样的朋友不过是酒肉朋友,不值得留恋。其实未必。朋友走远了,一定是他不需要你了,但不一定是不需要"酒肉",也可能是你不能满足他的心理、情感或精神等方面的需求。"竹林七贤"最后分崩离析,因为他们的追求变得各不相同。

我们都熟悉这么一句话:"酒席好办,客人难请。"为什么客人难请?因为请客的一方,往往是有需求的一方,而被请的人,往往对请客的一方没有现实需求。有能力满足他人需求的人,往往不会主动请客。他们要请客的时候,常常是"鸿门宴"。项羽请刘邦赴宴,刘邦心惊胆战;曹操请刘备,刘备吓得胆战。董卓宴请群臣的时候,群臣大多不想去，又不敢不去。董卓请客的目的就是炫耀权力。谁不参加，谁就是不认可他的权力。董卓残暴，也不是谁都敢杀，他对袁氏家族也得隐忍一二。因为董卓需要他们的支持来巩固自己的权力地位。

普通人，请客难，被请客也难。

在家庭生活中，许多情感冲突的来源都与权力有关。子女所谓的叛逆，本质上是收回自己的"主权"。孩子小的时候，他的需求少，父母基本上都能满足，他不知道也不需要收回"主权"；孩子大了，需求多了，父母无法满足他们的需求，所以就要收回"主权"。孩子不听话，父母有时候会骂他们是"白眼狼"。他们的确是"白眼狼"，但是狼的父母还是希望狼崽子早日成为"白眼狼"的。夫妻之间的矛盾，基本上都是源于不能满足对方的需求。所谓"变心"就是需求与满足需求的能力、条件等变了。

父母年轻的时候，被孩子缠得心力交瘁，恨不得他们滚得远远的，自己好清静清静；年纪大了，子女带着孙子辈上门，自己忙得跟孙子似的，也是当爷爷的感觉，皱纹里的沧桑都发出辉煌之光。原因就是需求倒过来了。

需求变，权力变，行为变，心态亦变。

领导的两难

世人只看到领导的权威，并不理解领导的难处。领导有什么难处？不被需要找不到感觉，太被需要则是被折磨的感觉。

如果下属都无欲无求，讨厌权力，粪土财富，领导说话就没人爱听了，也就没办法干事。如果下属人人都嫌官小，个个都嫌钱少，领导根本满足不了，那就一定被轰下台去。当"一把手"的大多有这样的转折：在台上的时候，被人找的心烦；下了台后，谁不找他他就可能骂谁。

权力像个妖精，很迷人，也很折磨人。

关羽、张飞为什么愿意追随刘备？一个是价值观相合，都重"义"字；另一个是刘备有抱负，想干大事。而关羽、张飞也不甘寂寞，都需要一位带头大哥。为什么有那么多人愿意追随曹操？曹操"挟天子以令诸侯"，代表着正统地位，此为其一；曹操有雄才大略，跟着他有升官发财的机会，是为其二。总之，因为相互需要他们才走到了一起。

在创业阶段，领导和下属的眼睛都是向外的，他们的主要欲求是"期权"，而且随着事业规模的扩张，领导也有能力及时兑现部分"股利"。当事业发展到一定阶段，规模扩张放缓甚至无法扩张的时候，情况就变了。下属们转向内求，希望"套现"，甚至想掌握分配的权力，而领导此时已经没有那么多的资源来分发"股息"，更没有能力给下属"套现"。于是供需矛盾产生，领导与下属的"蜜月期"也就结束了。领导与下属之间的关系，由过去的以合作为主旋律转变为以博弈为主基调。

创业时，领导多倡导下属有抱负；守业时，领导更强调下属有情怀。不是领导忽悠人，因为你不讲情怀就没法继续一块儿玩。

领导的资源也是有限的，而下属们的欲求之和是无限的。以有限对无限，如何是好？只能抑制欲求。抑制不成，就直接削。共患难易，同富贵难。这个问题并不是一个方面造成的。

下属的两难

领导有领导的难，下属有下属的苦。

下属领会不好领导意图，达不到领导要求，完不成领导交办的任务，会被削；下属领会领导意图太透，工作能力太强，业绩太突出，也可能被削。马谡没完成任务被削了，杨修对领导心思领悟太透被削了，韩信功劳太大也被削了。

被削脑袋的例子比较极端，还是说说下属们的日常。平日里，下属是领导们调动的对象。领导们常常把调动下属的积极性、主动性、创造性挂在嘴上，仿佛问题都出在下属身上。可下属真要是表现得非常积极，领导又会担心这个人另有目的；如果工作非常主动，领导可能会感觉你把他弄被动了；如果创造力非常强呢？那就更麻烦了，领导会觉得你把他的光芒给遮住了。反过来，如果下属不积极，领导会感觉你没什么上进心；如果工作不主动，领导会认为你没责任心；如果工作没有创造性，领导就认定你没能力。简而言之，太积极主动了，领导心里防着你；不积极主动，领导心里没有你。

左不是，右也不是，如何是好？不左不右才好。

权力是一种双向供求关系。领导离不开下属，下属也离不开领导。下属是领导的客户，领导也是下属的客户。没有相互的供求，权力就会失衡失控，无法正常运行。

下属需要了解领导的诉求，还需要清楚领导的供给能力。领导喜欢粗茶淡饭，你勤奋地提供山珍海味，领导真的是希望你滚得越远越好。即使你的供给正是领导所需，但如果领导手里没有那么多你想要的东西，你再努力也是瞎忙活。

即使领导的需求是无限的，但渴望满足领导需求的人更是无限的。要知道，满足需求的边际收效率是趋向于零的。下属与领导虽然是双向供求关系，但下属与领导是一对一，领导与下属是一对多，所以都很难。那么多下属给领导"供货"，领导这一侧就会出现供给过剩，即便能全部消纳，也没有什么美好的感觉。领导要满足那么多下属的需求，很难供需对路，也很难做到"货真价实"。

因此，下属与领导的供求关系是很难达到平衡的。下属会觉得自己付出很多、功劳不小，领导会觉得你还不够好。下属核算的是自己工作的绝对值，领导核算的是下属之间的相对值，他们之间是无法"对账"的。只要一"对账"，领导会觉得你获得的够多了，下属会觉得自己"亏损"不少。

下属只付出不索取好不好呢？不好说，领导也可能觉得你太清高。

诸葛亮为什么牛

诸葛亮是"二把手",可"一把手"刘备却对他尊重有加,而且很愿意听他的话,给了他很大的权力。诸葛亮凭什么这么牛?

诸葛亮真有本事是前提,刘备特别需要才是关键。刘备的特长,是善于凝聚人;在用人上表现一般,打仗根本不行;而在谋略上,可以说是:好心眼不多、坏心眼没有。刘备手下的关羽、张飞、赵云等都很能打,却均没有战略思维能力。所以,刘备急需要一位战略家,而诸葛亮正是杰出的战略家。

诸葛亮的作用是不可替代的,因此也就有了特殊地位和特别权力。

曹操手下的谋士,无人能获得诸葛亮在刘备集团的地位。因为曹操自己就是战略家,而且曹操手下有一个战略家群体,任何人都是可以被替代的,所以曹操对战略家的需求就没有刘备那么强烈,当然不会给予他们像诸葛亮那样的尊重。

真正有效的权力,不是来源于职务,而是他人的需要。别人越是需要你,你的权力就越大;这种需要越是不可替代,你的权力就越好使。

职务也很重要

皇帝刘协是个少年，有人想抢他，有人想杀他，就是因为他是皇帝。

皇帝这个职位代表着法定权利。抢到他，就意味着得到了合法权力，前提是你能够控制这个皇帝；杀死他，就是原有法定权力的丧失，意味着你有机会获得这个权力，前提是你有这个实力。

任何一个职位都有一定的权力。职位越高，权力越大。权力大了，可以支配的资源就多，便更有机会让自己的想法变成现实，也更有条件帮助别人。所以，职场中人大都想晋升。只是人们谋求晋升的动力并不相同，有人出于私心，有人出于面子，有人想干事业，可以说是五花八门。大部分人的晋升动力和当下的能源供应差不多，有石油、煤炭、核能、水能、风能、太阳能等，并不是单一的。也可以说，是"股份制"的，其"股权"结构与比例也是变化的。领导所谓的修养，就相当于让自己的工作动力向清洁能源转化。

权力是从哪里来的呢？是别人让渡出来的。人们为什么愿意让渡自己的权力呢？因为合作可以使个人受益更大，而有效的合作需要权力来保障。参与合作的人必须让渡自己的权力，同时也想获得支配别人的权力，于是就有了获取权力的规则。这个规则在不同的历史阶段、不同地区、不同单位是不相同的，也是变化的。但是，其核心逻辑是相同的、不变的，那就是掌握权力的这个人能够使大家的利益最优化。现在的选举制、任期制等，其目的都是为了让这个核心逻辑能够有效落地。

如果掌权者不能让大家有更好的收益，大家就不愿意受其支配。同一个职位，不同的人干，行使权力的空间并不相同。如果掌权者让大家的利益受损，其权力运行就会受阻，甚至会失去权力。

职务很重要，但比职务更重要的是你有能力让团队成员获益。你令团队获益越大，你的支配权就越大。虽然你能够使得团队成员获益，但如果你用人不公、分配不公，或者你自己获取的份额过大，你的权力运行也会陷入危机。

权力是别人让渡的，必然要为别人服务。或者说，别人是用权力来换取你的服务。你掌握了权力，却不为他人服务，就相当于商家收了消费者的钱，却不提供等价的商品，这就和强盗差不多了。这样的商家迟早是要被人砸掉的。

财富本质上也是一种权力

财富也是权力之一种。我们常说制定与完善分配激励机制，本质上就是为了更好地运用财富这种权力。

经济是人们生存的基础，经济也是权力运行的基础。任何一个组织不能持续扩大财富总量，就很难健康运转。在一个穷得叮当响的单位当领导，权力的滋味就缺点甜。任何一个人拥有了一定财富，也就拥有的一定权力。

静态的财富不是权力，运转起来的财富才产生权力。你把钱藏在自己家里，就不产生任何权力。只要是运转财富的组织，就不是单纯的经济组织；只要是运转财富的个人，就不是单纯的经济人。

所谓的财务自由，本质上就是拥有了选择的权力。这个权力可以保障一个人听什么或不听什么、做什么或不做什么。赚钱还是休闲，不用纠结；看人眼色还是遵从内心，可以随心；吃快餐还是品套餐，能够随意。钱壮怂人胆。一分钱难倒英雄汉。人与财富的关系，可以让一个人发生由内到外的改变。这其中最重要的是权力的滋养，而不是财富本身。花钱的愉悦来自享受权力的体验。

财富也是两面性的。获取财富必须让渡权力，消费财富就是行使权力。消费财富又有三种情况，一种是对权力的消耗，一种是权力的转移，一种是权力的增殖。挥霍浪费财富是权力消耗，换取有效的产品就是权力转移，进行有效投资就是权力增殖。

鲁肃把自己的粮食给了周瑜，周瑜用这些粮食养兵。从此，周瑜把鲁肃视为兄弟。鲁肃的这笔投资可是赚大了。没有周瑜，鲁肃的职业生涯就可能打折扣。把财富视为权力，使用财富的观念就会转变。财富是等价交换的，权力是"无价"交换的。或者说，权力的溢价能力远高于财富自身的增殖能力。

财富放在家里就是损耗权力，钱存在银行里就是让渡权力。让财富服务于自己，是消费权力；让财富服务于他人，是强化权力；而让财富服务于人才，就等于"养殖"权力。

把财富花在他人身上才是最安全最划算的行权方式。人才、人财，人才是财。投资人才，就是"理财"式的权力运行方式。谁善于投资人才，谁就在未来拥有了权力。

才华是不易察觉的权力

有职务没才华,权力运行的阻力就大;有才华而不知道是权力,就可能滥用它。

既然才华是权力的构成部分,为什么还有那么多人感觉自己怀才不遇呢?从主观上说,大致有两个方面的问题:一个是个人对自己才华的认识问题,另一个是自己对才华的使用问题。

李白为什么整天喝大酒?因为他觉得自己怀才不遇。郁闷了就喝酒,弄得"借酒消愁愁更愁",把满腔愁绪都吐成了豪迈诗篇。李白愁什么?欲做高官而不得。李白的才华是无人置疑的,但他的才华是为文,而不是当官。这就是对自己的才华认识不透。他确信"天生我材必有用",他不明白天造之材,各有所用。他的才华为他带来权力了吗?当然。否则,他哪里有酒来天天喝醉?况且,他获得了"诗仙"的地位,成了中华文化的一座高山。假设他真当了官,大概也就没有权力霸占学生的课本了。

许攸有才华,也得到了与自己的才华相匹配的地位,可他总是拿自己的才华遮蔽别人的光芒,单位有了成绩就觉得都是自己的功劳,还生怕别人不知道。结果不只失去了施展才华的权力,连生存权也被剥夺了。

杨修则是另一种情况,他倒是不争功,却爱显摆自己的聪明,尤其喜欢戳破领导的心思,其命运也与许攸一样,行使才华的权力与生存的权力都被曹操给削了。

赵括、马谡都是军事理论家,可他们总想自己去实践,不仅误了事业,还丢了性命。相比来看,李白、苏轼等都是幸运的,柳永更是备受命运的青睐。柳永失去了当官的机会，收获了"奉旨填词"的机会。他在文艺圈里得到了众多的"粉丝"，获得了至高无上的权力。别人像他那样就是"渣男"，他却成了千古流芳的风流才子。

有时候，丢掉某些权力，可能会收获另外的权力；有些机会，看上去是失去了，实际上是得到了更好的机会。

才华是一种不易察觉的权力。由于意识不到是权力，就更需要格外慎重。李白不适合当官，总是想当官，当不上官，就作诗发泄情绪，意外地收获了"诗仙"的荣誉，也算是把自己的才华用对了地方。苏轼、柳永等丢掉了当官的机会，却找到了施展才华的新舞台，使自己有了安顿生活的另一种权力。可见，才华可以给人更多的选择权。

才华使用不当，又会让人失去部分或全部选择权。你的才华有益于他人的时候，他人就可能为你提供施展才华的条件，你也就拥有了某种权力；不利于他人的时候，他人就可能抑制你的才华，你也就会失去某些权力。许攸、杨修、马谡等都是因为对自己的才华把握不好、使用不当而误了卿卿性命。

不知才华也是权力的人，很可能在施展才华时被"裁"。

关系与权力的关系

"我爸是某某！"这话直译过来，就是"我是有权力的人！"我是某某的孩子，某某有权力，那么我就是有权力的。一个人有权有势的时候，无数人想和他有关系；无权无势的时候，大部分和他有关系的人都想跟他撇清关系。

人是关系的总和。你和有权力的人有关系，你就和权力有关系。这很不合理很不公平，但很真实很管用。绝大多数人，在绝大多数情况下，见到可能对自己有利害关系的人与见到对自己没有利害关系的人，态度是不一样的。你的直接领导的儿子，你的下属的儿子，虽说都是儿子，年龄也相同，才能也不相上下，你可能对领导的儿子叫兄弟，管下属的儿子叫侄子。

丁原、董卓先后收吕布为义子。原本是上下级关系，加上父子关系之后，双方都有了新的权力。义父可以对义子行使父亲的权力，义子可以享受部分义父的光环。吕布还是之前那个吕布，吕布在别人眼中已经不再是从前。

刘备、关羽、张飞结成了异姓兄弟，关羽和张飞的部下，对待关羽、张飞的态度与对待马超、魏延等领导的态度就大为不同。有些话，关羽说了管用，马超说了就不管用；有些事，张飞做了能行，魏延做了就不行。因为关羽、张飞是刘备的弟弟，而马超、魏延只是刘备的部下。

处理不好关系，必然影响到权力。张昭与孙权，亦父亦师君臣。张昭更习惯以父师关系与孙权相处，而孙权喜欢对张昭以君臣关系相待。随着孙权年龄渐长、羽翼渐丰，两个人的关系就越来越差，张昭的权力也越来越小。江湖上，经常有人炫耀自己与某个领导的关系，以提高自己在江湖上的地位，得到别人得不到的好处。时间长了，传到领导耳朵里，领导就不高兴，便会澄清所谓的关系，让那个人失去江湖地位。

你和某个人有关系，那个人就成为你的组成部分。也可以说，你持有那个人的"股份"；同样可以说你身上有那个人的"股份"。所以，你必须为那个人着想，才能维护好这种关系。

关系可能是权力，也可能是"债务"。当和你关系不一般的人，出了严重的问题，你就可能要负连带责任。如果你出了严重问题，那个人也可能要负连带责任。

每个人都应严肃地对待关系，因为关系与权力有关系。

情感与权力

你讲道理，他讲情感；你讲情感，他讲道理。这是为什么？这是在争夺权力。

孙权与刘备结盟，就是签订契约。一方违反了契约，另一方就要和另一方讲理。赤壁之战后，孙权派鲁肃去找刘备要荆州。诸葛亮对鲁肃说，这一仗下来，你们得到了很多，如果你们再把荆州拿回去，我主将一无所获，当然论贡献还是你们大，这样吧，我们先借荆州一用，日后再还给你们。诸葛亮这是在讲理。虽然他们之前并没有把荆州的事写到合同里，诸葛亮是在钻合同的漏洞。

刘备与关羽、张飞结成异姓兄弟，他们之间有了问题，就不是讲理，而是讲感情。张飞失了徐州，见到刘备、关羽，关羽首先问的是嫂嫂在哪里。张飞的主要过错，不是丢了徐州，而是自己跑出来了，没有把刘备的家眷给带出来。从道理上讲，张飞能自己跑出来就不错了；从情感上讲，张飞自己逃命就不够兄弟情谊。关羽失了荆州，丢了性命，刘备要攻打东吴，诸葛亮说不可。刘备在讲情理，诸葛亮在讲道理。

人为什么要有情感？情感也是一种权力。这种权力有些特殊，它是一种"期权"，不用即时兑现。它产生的原理和金融市场的诞生基本类似。你想做事，当下没钱，便可以到金融市场去融资。金融单位，要评估你是否有偿还能力，才决定借还是不借。世上没有无缘无故的情感。人与人之间的情感，无不源于供需。

人与人之间因供需对路而产生情感。有了情感之后，相互之间就有了权利与义务。当一方有了难处，另一方就有义务去提供帮助，另一方也觉得自己有权力提出请求，如果对方不伸出援手，情感就会受伤。

情感这类"期权"和金融市场又有不同，就是不用洽谈，不能现场评估。它的好处是效率高，坏处是不好结算。能力强的一方往往付出更多，而能力弱的一方可能会觉得还不够。能力强的一方更可能理性思考，能力弱的一方常会用情感逻辑。供需长期不平衡，就会伤感情。感情受伤，权力就受损。

你有一位"闺蜜"，她有苦恼的时候，你就得当她情绪的"垃圾桶"。如果你不给她这种权力，友谊的小船就翻了。失去情谊之后，双方或者一方才可能进入理性思考。

有些时候，一方其实没有能力再进行情感"借贷"，可另一方却认为是不讲感情，便极可能做出非常举动，不只使得感情"破产"，还极可能造成双方或一方的生活"亏损"、事业"破产"，或者是生命"倒闭"。

情感"期权"，收益高，风险也大。情场有风险，入场需谨慎。

爱与权力

人生最大的幸福来源是爱，最大的伤害同样来自爱。

爱是正大无私的奉献。这话很感染人、感动人。但是，这话也暗含着被爱的人有着不容置疑的权力。任何一个人掌控了这种权力都是危险的。

爱是情感之一种。如果说友情是一种特权，爱就是一种超级特权，深爱就是一种绝对特权。爱情便是一种绝对特权。

父母对子女的爱，是一种"期货"。这类爱构成的主要因素是父母拥有子女的"期权"。孩子考试成绩好，父母就高兴，主要原因就是父母感觉他们的"期权"有可能获得较高的回报，次要的原因是他们的"期权"有了"分红"。这个"分红"就是给他们长了脸、添了彩。子女听话，父母也开心，因为他们由此可以确信不会失去"期权"的所有权。

所以，父母多喜欢听话的孩子。皇帝选接班人，大多会选听话的皇子。曹操、刘备都是如此。而皇子们争夺皇位的策略，也大多是听话与孝顺。

爱情既有"现货"又有"期权"。婚姻是爱情的坟墓，主要原因是"期权"收益没有得到满足，一方或者双方都想"撤资"。热恋的甜蜜，主要原因是一方或者双方，为了"期权"而不计当下的投入。平淡的恋爱反而更可能经得起岁月的风吹雨打，因为双方对"期权"收益没有太高的期待；即使是分手，也可能伤害较小，因为双方的投入都不是太高，"亏损"的感觉也就不大。

恋爱过程中，许多女生特别享受被追的感觉。被追就是获得了某些特权，让自己处于有利地位。但是，如果女生习惯于享受这种特权，在"生米煮成熟饭"或者结婚之后，就可能十分麻烦。因为男生的某些需求实现了，就可能不愿意再像过去那样投入，或者说他有收回某些特权的需要。如果女生还是一如既往，他就会说你任性。而在恋爱的时候，他说你的任性好可爱。

过去说"红颜薄命"。漂亮是一种资本，这种资本随着岁月而贬值。女生如果只有姿色这一种资本，命运就无法掌控在自己手里。因为你无法与那个男人实现长期的供需平衡。脱离了供需谈爱情，那就是一个美丽的梦。美本身也是一种权力，只是外在美贬值很快。内在美之所以重要，就是因为它具有保值增值能力。

恋爱双方必须有当下的相互满足，又有对未来的某些期许。所谓："王八与绿豆对眼"，其实就是供需对路。没有供需对路，就没有在一起。供需不可能始终对路，情感必然起起伏伏。供需出现危机，又不能有效管控与处置，爱必然分崩离析。供需不对路了，爱就成一种折磨、一种伤害。

人人都有爱的权力，人人都有被爱的权力。理论上是如此，现实并非如此。真实的爱情里面没有王子与白雪公主，永远只有鲁滨逊与星期五。

智慧是一种超级特权

智慧是一种特殊资源，具有特殊的权力。有智慧的人，便拥有了特权。

诸葛亮有某些刘备不具备的智慧，尽管他是"二把手"，却在某些方面有着比"一把手"更大的权力。鲁肃、荀彧、郭嘉等人，都在某些方面智慧过人，所以他们不必冒着生命危险在战场上拼杀，也照样享受很高的待遇，并拥有较大的权力。

智慧具有超级特权的原因主要有三个：别人太需要且稀缺，自己不是十分需要那一个具体的人，自己能够控制需要与被需要。

智慧是相对的，有大智慧的人必然是稀缺的。智慧是社会竞争与和谐的刚需，所以不管人们崇尚竞争还是追求和谐，都需要有智慧的人。这种刚性需求与稀缺性之间的矛盾，决定了拥有智慧的人必然拥有特殊权力。诸葛亮一入职场，便得高位，就是因为他智慧超群。

有智慧的人，心理上、精神上能够基本自给自足，对别人的需求就少，也就意味着较少受人支配。古希腊有两位非常著名的人物，一位叫第欧根尼，一位叫亚历山大。第欧根尼是哲学家，犬儒学派的代表人物。他穷得除了有思想，其他几乎一无所有。亚历山大当时是征服欧亚大陆的王者，荣耀与权力无人匹敌。一次，亚历山大看到躺在木桶里的第欧根尼，便对他说："我是亚历山大。我有什么可以为先生效劳的吗？"第欧根尼回答道："有。请不要挡住我的阳光。"在这个小故事里，许多人读到了第欧根尼对权贵的蔑视，却没有发现其中有智慧的特权。

有智慧的人，能够更好地调适需要与被需要的关系，从而保持自己合理的权力地位。司马懿需要舞台来展现自己的智慧，但他能够始终如一地控制自己的欲望，极力避免曹操的猜忌与同僚的嫉妒，让自己的才华谨慎地可持续地展现出来，使自己在供求关系中始终处于被需要的一方，在隐忍与被动中获得了长久的主动。司马懿的需求是很高的，但他化整为零；他的供给能力也是超强的，但他不一下子投放市场。他通过两个方面的调适，让自己赢得了主动。这就是职场智慧。

有些人一生也没有掌握世俗意义的权力，却获得了持久的支配人的思想与行为的权力。苏格拉底、老子等都没有掌过实权，但他们的思想至今依然影响着人们的思想、心理与行为。哲学家、思想家都拥有这样的超级特权。

有些人既没有实权也没有思想，却拥有支配人们生产生活的巨大权力。牛顿、爱因斯坦等大科学家就是这一类人。他们靠智慧破解了宇宙的奥秘，改变了人们的世界观，顺带着改变了人们的生产与生活方式。

一种权力表现为控制他人而达到自己目的的能力，一种权力是使他人的生活发生积极变化的能力。前一种权力强烈但短暂，却更能让人欲罢不能；后一种权力微弱但持久，拥有它的人往往不能直接体验到权力的滋味。

香的食物，大多会让人的胆固醇升高；鲜的食物，大多会让人的尿酸升高。同样，权力体验越强，副作用也越大。现代人大多知道不能任性地满足口腹之欲，却少有人懂得不可过度追求满足欲望的权力。

道德与权力

我们为什么需要道德？有道德的人为什么被视为高尚的人？

《三国演义》着力为刘备、关羽、诸葛亮等人赋予了某些道德力量，让他们在历史的长河中熠熠生辉。而曹操、吕布、周瑜等人都做了他们的绿叶。

刘备在陶谦要把徐州交给他的时候，选择了拒绝；在能够得到刘璋的领地时，还是选择不取；而曹操却总是找各种理由，去得到他想要的东西。由此，刘备成了正面人物，曹操则成了反面人物。

关羽在优厚的待遇面前，能够抵得住诱惑，而吕布总是会被更高的待遇所征服。对关羽来说，财色在兄弟情面前一钱不值；对吕布来说，义父的价值就是换取更多财色。有趣的是，关羽由此成了人们心中的财神，吕布则成了"丧门神"。

诸葛亮风度翩翩，潇洒淡定；周公瑾也很帅、也很聪明。但是，诸葛亮大气，周公瑾小气。于是，诸葛亮成了智慧的象征，周公瑾则成了"小心眼"的代表。

面对自己想要的东西，刘备坚持道义为先，关羽坚持情义为先，孔明从不嫉妒他人。这些东西都属于美德。

人们为什么需要并赞美道德呢？人的能力是有差别的，而人们又讨厌差别。如果人可以凭借能力自由获取自己想要的任何东西，差别就会越来越大。差别大了，我们就会觉得不公平，然后就要消除这种不公平。但是消除这种不公平本身又是不那么公平的，怎么办呢？人们创造了一种举措，那就是建立道德体系。

道德是对欲望的抑制、对权力的平衡，也是社会再分配的一种特殊形式。刘备有得到徐州的欲望，他抑制了自己的欲望。关羽有选择"跳槽"的权力，他放弃了这种权力。诸葛亮可以使用阴谋诡计，他选择了只用阳谋。这都是对某种权力的放弃。道德的功能就是通过一些人的放弃或者牺牲来实现某些资源的社会再分配。

只有放弃或牺牲，没有收获或成就，这样的机制是难以长期有效运行的。道德的运行机制是让人们放弃有限的有形的实用的东西，并以无限的无形的精神性的东西来补偿。刘备没有得到徐州这块战略要地，却得到了人心这个做人成事的根本。遵守道德让人失去一种权力，又获得了另外一种权力，这也是权力的社会再分配。

有钱人救助他人，企业家做慈善，有能力的人主动成就他人，有权力的人积极服务于大众，都是在让渡一部分权力，都是一种社会再分配。从表面上看，他们都是在输出；实际上是得到了继续行使某种权力的正当性。

人们有时候会说"不要进行道德绑架"。我们习惯说道德约束，可道德就是一种"绑架"。只是道德"绑架"了你之后，会给你另外的"待遇"。如果你喜欢这种"待遇"，就不觉得是"绑架"，甚至会感觉到快乐。这就牵扯到了价值观问题。调整价值观，相当于调整会计准则与核算办法。调整之后，盈亏就会发生变化。

道德的核心是有失有得。

法律与权力

杀人要偿命，或者要受到制裁，这种法律常识人人皆知。不过，这并不是自古就有的观念。

在人类社会尚未成熟之前，杀人并不会承担法律责任。即使在现代，在战场上杀人的人，就可能不是罪犯，而是英雄。关羽骑着赤兔马，眨眼间就砍下了敌方的人头，人们会觉得这个人好威风、好帅气，而不会觉得他是杀人狂魔。白起杀了那么多人，人们不说他是魔鬼，而称他为"战神"。

法律规定了什么事不能做，它是对人们欲望的硬约束，也是对权力的刚性规范。法律要约束什么，是随着时代的发展而变化的。人们的实践在前，法律在后。

有这样一种现象，很值得思考。那些上了财富排行榜的人，有许多都不幸"遇难"。人们都认为，这些人是违犯了法律。这个认识是对的，但并不等于他们只要不违反现行法律就是安全的。比如，在农业时代，就没有反垄断法。工业社会初期，也没有反垄断法。只有工业社会发展到一定阶段，由于机械化与信息通信水平的提高，个别能力突出的人积累的资源越来越多，以至于影响到经济的健康发展与社会的稳定运行，反垄断法才应运而生。此时，即使那些庞大的企业组织没有违法，也要受到制裁。

我们说，人人都有爱与被爱的权力。但是，如果一个人被多位异性所爱，他（她）也愿意接受这些爱，那就意味着将有一些人终生得不到异性伴侣。这将影响到社会的稳定，于是就有了婚姻法，规定每人只能有一位配偶。这实际上是剥夺了一部分人爱与被爱的权力。对少数人的剥夺，满足了大多数人的需要，因此便能成立。在立法的时候，是多数人通过，而不能是少数人决定，也不是必须全票通过。

  人是活的，法律也是活的。人在追求财富、权力等资源的时候，当记得法律在后。这个"在后"可不只是现行法律，还有新的法律。对于普通大众，遵守现行法律制度就足够了；对于能力超群的人来说，只遵守现行法律是不够的，还必须有足够的敬畏。敬畏什么呢？当然是人心。人心如何？共患难的时候，人心崇尚英雄，希望别人出头；享富贵的时候，人心渴望平均，希望别人"低头"。法律制度的建立与执行，都是围绕人心起变化的。

无欲即是扩权

无欲则刚，就是无中生有。有什么呢？有拒绝的权力，有最珍贵的自由。

史上有个几乎无欲的人叫庄子。庄子很逍遥，世人很羡慕，其实庄子没什么感觉。因为世人需要的他不需要，而世人需要他不需要的，还羡慕他得到的。比如，楚威王派人请庄子到楚国去做相国，还带了许多金银财宝。庄子不要金银财宝，也不去做相国。由此，他获得了拒绝的权力，也保住了自己的自由。绝大多数世人是要了还想要，也就失去了权力与自由。

如果世人皆如庄子，社会将会怎样？答案是不怎么样。完全没有欲望，人与人就失去了联系的纽带，也就没有社会可言。没有社会，也就没有权力。人人都没有权力，拒绝则无意义，自由也无从谈起。

世人不做庄子，才成就了庄子。事实上，生活中到处都有庄子的影子。老太太到菜市场买菜，看到了青翠欲滴的蔬菜，很想买，问了问价钱，便装作不满意的样子，以此来争取议价权。青年人谈恋爱，明明是心动了，却装出很平淡的样子，让对方一追再追，由此获得了主动权。领导很欣赏某位下属，却故意不表现出来，等着下属去表现自己的欲望，以期掌握更多的主导权。欲望不强，才华还不高，有时会让领导怒火上脑。比如崔琰，就令曹操很伤脑。

何广志在《脱口秀大会》上说："你不理财，财不离开你。"你调低欲望，满足与快乐就不离开你。你适当地调整欲望，权力就会反转。有时候需要调高，有时候需要调低。

刘备的哭与跑

刘备给人的印象，也就两大本事，一是哭，二是跑。人们为此嘲笑刘备，觉得他没本事。这种认识大错特错。

世人多认为，哭是小孩子与女人的特权，成年男人是不能哭的。为什么？人们通常觉得，哭是弱者的表现，哭是弱者的特权。

小孩子在需求得不到满足的时候，就会哭。小孩子一哭，成年人的心就软了，权力就随之转移了，会为了孩子不哭而焦急万分、绞尽脑汁。女人感到委屈的时候，有时也会哭。她们一哭，男人就只好妥协，权力也就随之转移。哭和哭闹是不同的。单纯的哭是示弱，连哭带闹就是不讲道理的逞强。逞强不能让人心软，只能让人讨厌。俗话说"会哭的孩子有奶吃"，这里有两个关键词，一个是"会"，一个是"哭"。

刘备就是一个会哭的人。他的哭不是示弱，更不是闹，而是一种情感的表达，通常表现为内疚与感激。这种哭让他占据了情感与道义的高地，也就收获了某种权力。他一哭，就让别人感到自己之前的付出都是值得的，或者让别人觉得还需要更多更大的付出，甚至仿佛让别人觉得是自己没有尽到全力或没有能力而让刘备受了委屈。

刘备异于常人的地方是不仅会在兄弟面前哭，还会在自己的女人面前哭。他在孙尚香面前两次痛哭流涕，孙尚香两次让他转危为安。你看，刘备的哭比权力还权力不是？

人们为什么会照顾弱小的个体？小孩子的哭为何起作用？生物进化学的理论，倾向于视为基因延续的需要；经济学更倾向于认为这是一种代际投资；社会学则倾向视为一种责任与义务；文化演进的观点则被认为是文明熏陶的结果；一些心理学的观点则是源于被人需要的一种心理满足。

帮助弱者并不一定是为了未来的回报，这种行为本身就让提供帮助者获得了成就感与自豪感。没有人需要，便是废物。不被人需要的人，会产生自卑心理。这也是自闭症的源头之一。一个人在感觉不受重视不被关注的时候，便可能以折磨自己的形式，来引起他人的关注与重视。他们通过折磨自己来获得某种支配他人的权力。

哭就是通过折磨自己来获得支配权的一种较温和的方式，可以收获同情或某种形式的帮助。如上所述，哭的有效形式有多种，比较典型的有：示弱的哭、忏悔的哭、委屈的哭、内疚的哭、悔恨的哭、伤心的哭、悲愤的哭，等等。这些不同类型的哭，只有在特定的情景下才能获得特定的权力。比如，示弱的哭可以获得帮助，伤心的哭可以获得同情，内疚的哭可以获得信任，悔恨的哭可以获得原谅，悲愤的哭可以激发力量。

总之，会哭是获得权力的一种方式。但是，我们为什么通常不会鼓励人哭呢？哭是不能创造资源的，如果人人都试图用哭来获取资源，社会供需就会失衡，哭也就成了"内卷"。如果一群人抱头大哭不止，社会将是何等模样？戏剧理论说，喜剧的内核是悲剧。人生亦是努力把悲剧以喜剧的形式演绎出来，同时也需要恰当的悲剧给喜剧赋予价值。

三国之中，会哭的人可不只有刘备，曹操、孙权也都会哭。比如曹操哭父亲、哭典韦，都是哭的经典。

最后简单聊一聊刘备的"跑"。跑路是一种有失尊严的行为。跑得快只有在体育运动会上才是一种荣耀。刘备动不动就跑，通过跑为自己保留新的机会，这种做法很不光彩。但是，刘备有补偿措施，主要就是哭。他用恰当的哭，获得同情，化解尴尬。

哭不只是情绪宣泄，还是权力转移。认为只有女人才有哭的权力，那是对女性的歧视。男人哭吧哭吧不是罪，但是你得会。

刘表的怕老婆

刘表惧内，很让人瞧不上。大家大概有时候会忘了一句话，就是："男人征服世界，女人征服男人。"要知道，怕并不全是负面的；让人怕，更不全是好事。

男人怕老婆有复杂的原因。性格、身份、地位、情感、父母、子女、道德、法律等都参与其中，交互作用。刘表惧内，除了性格因素以外，主要是爱蔡氏生的儿子，也就是爱屋及乌。

从深层次上看，怕的来源也简单，主要就是需要。刘表需要儿子，本质上是需要一个寄托。其中有情感的寄托，也有对自己建立的基业的寄托。为了儿子，刘表选择了与老婆妥协的相处模式。妥协多了，就养成了老婆强势的习惯，也就是形成了家庭文化。

现在有些夫妻，双方都有分手意愿，但是为了孩子，也会妥协。他们怕影响孩子的成长。这里面的确有爱、有牺牲，但也有算计。他们在孩子身上投入太多，害怕孩子活不出自己的预期，不愿意承受可能的"亏损"。有些夫妻约定等孩子高考结束后就分手，因为他们觉得这时候分手对孩子"保值增值"的影响较小。青年人大多认为，父母不应该为自己维持一段没有爱情的婚姻，但他们并不清楚，如果家庭发生"股权重组"，对他一生的影响有多大。父母的怕，其实是把权力转移到了孩子身上，让他们把许多事情看得非常简单，会感觉父母活得迂腐。

四川人怕老婆，让一些女生好生羡慕。岂不知四川女生麻辣的背后是火锅般的辛苦。她们不只照顾男人与孩子，还要赚钱养家。四川女生的不怕，来自更多的付出。四川男人用怕，换来了搓麻将的自由。但凡不怕，都有代价。

　　下属更可能怕上级。因为上级手里有权力，可以左右下属的待遇与职业发展。下级怕上级，多是以恭敬与顺从的方式呈现出来，由此换来的是自己的安全感，以及自己预期的实现。实际上是争取到了权益或者发展的权利。

　　实力不足，或者不愿付出，怕就是一种选择。怕也是一种示弱。示弱会让他人找到安全感、存在感与价值感，而逞强可能会激发他人的危机感、紧迫感或竞争意识。在战争中，示弱是战胜强敌最常用的手段。足球比赛也是如此，实力稍弱的一方多用示弱来麻痹对手，达到以弱胜强的目的。弱队也可以挑衅对手、激怒对方，使其丧失理性，从而战而胜之。但是，其前提是对方正处于傲慢的情绪之中。

　　人们怕老虎的时候，千方百计想弄死它；如今人们有了先进武器，不那么怕老虎了，老虎就成了重点保护动物。正是怕的变化，导致了权力的反转。

美与权力

美德与美貌都有权力因素。美是稀缺的，拥有稀缺资源的一方就掌握了主动权。

人的美德来自付出与自律，具有美德的人更有公信力，公信力可以使权力运行更富效率。舜帝与大禹都以美德著称，两人都因此获得部落首领的推荐，在当上了盟主之后也得到了大家的拥戴。

具备美德的人，还可以在一定情景一定程度上限制他人的选择权。曹操视刘备为主要竞争对手，刘备在投奔曹操后，杀不杀他，曹操犹豫再三，始终没有下手。因为刘备的口碑好，曹操要是杀了刘备，就砸了自己的品牌。个人品牌是无形资产，是软实力。曹操算来算去，还是认为用自己的品牌来换刘备的性命，不划算。杀恶人，是收益；杀好人，就是亏损。

具有美貌的人，自动输出美感，能够令人愉悦，因此自带某种权力。美女、帅哥不用自觉输出，已然就是奉献，出现在任何公共场所，都会形成磁场。美女和帅哥在异姓交往上，拥有更多的主动权与选择权，这是显而易见的事情。曹操、孙策、周瑜等英雄豪杰，个个都抱得美人归。如今，"富二代"与"官二代"，嫁的大多是帅哥，娶的基本是美女。美女嫁富豪，再离个婚，就成了富婆。酒场上，有美女在，氛围就热烈。商场上，美女出马，一个顶仨。杜甫要是活着，应该感叹："整容虽费钱，美貌抵万金。"

那么，丑是否有权力属性呢？那要看你丑得是否有特点。美貌的关键是稀缺，丑也是一样。美也好，丑也好，有特点就好，一般般就不太好。

丑也是有输出的，可以给人自信。如果丑且有智慧，能够自嘲，就可以令人开心。能够满足别人需要，就拥有了权力。脱口秀演员徐志胜，丑得让人一见面就止不住要笑。他说："人人都可以说五分钟的脱口秀，我一上台就能让人笑五分钟。别人的'粉丝'是喜欢自己的偶像，我的'粉丝'是真喜欢我的脱口秀。"

徐志胜说对了一部分，他的"粉丝"喜欢他的脱口秀，是与他的长相有关系的。同样的段子，他说出来就好笑，别人说出来就未必好笑。

偶像与权力

"饭圈"现象很受社会关注。"饭圈"主要活跃在娱乐圈。娱乐圈的明星有庞大的"粉丝"群体,这些"粉丝"也被称为"脑残"。他们很容易被偶像的言行左右,经常有人在人生道路上跑偏。

偶像具有无形且强大的权力,在许多方面比职业权力更具威力。

一些腹中空空的人,怎么就成了偶像呢?那些科学家、思想者为什么不具备娱乐明星的影响力呢?人们需要科技,需要思想,但更需要娱乐。对于普通大众来说,科技、思想等都是手段,不是目的,而娱乐本身就是目的。科学家在求证,思想家在寻疑,他们都不满足于现成的答案与既有的道理。科学家与思想家也有崇拜者,这些人也是在求知在思考的,也就是说他们不是"脑残"。不是"脑残"就不那么盲目、不那么狂热。严格来说,科学家与思想家是没有"粉丝"的。

许多人呼吁,"粉丝"要有理性,不要盲目追星。岂不知"粉丝"的要件就是盲目、就是"无脑"。"无脑"才能把别人的男人当成自己的老公、把别人的女人视为自己的媳妇、把为别人制造赚钱的机会当作自己赚钱、把别人的快乐当作自己的快乐。一旦用脑子了、看清楚了,就做不成"粉丝",很可能手撕。"粉丝"享受的就是简单的快乐。清醒了,简单的快乐就丢失了。科学与思想"烧脑",而娱乐"走肾"。闲暇时人们显然更乐于"走肾"。

在职场上,这样的情况并不少,只是形式与程度有差异罢了。企业习惯称班组为企业的细胞,这个称呼就隐喻着"无脑"。领导多喜欢强调执行力,这种要求也暗含着不用思考。可是,当工作出了问题以后,领导又会批评你不动脑子。

这里面其实暗藏着权力运行的秘密。

权力的大小与职务高低正相关，这是明规则；但是权力运行也有"潜规则"，那就是：谁的综合素质高，权力就喜欢向谁身上靠。领导要行使权力，就希望下属"无脑"。领导要把事情做好，又希望下属动脑。没脑子的人，好管理却不好用；有脑子的人，好用但不好管理；有脑子的人，能成就领导的事业，也威胁到领导的权威。因此，领导对下属的要求是经常发生矛盾的。

《三国演义》中那些脑子好使的人物，在帮助领导奠定大局之后，不是主动或被动让自己的大脑"闲置"，就是被割了脑袋。脑子里的东西，只要释放出来，就事关权力，与你自己想不想要无关。这一点不得不察。

人们在学海里、职场上，不能不用脑，又不能显得太有脑，弄得很"烧脑"，闲暇时便喜欢"无脑"，这也是偶像与"粉丝"形成的奥秘。郭德纲说，大家来听相声，花钱图个什么？首先就是快乐。

偶像也是当权者，也得约束自己的权力，也得经常校正权力的坐标，不然的话，就会产生反作用力。

关注与权力

"只因为在人群中多看了你一眼,便再没能忘掉你容颜……宁愿用这一生等你发现。"一个关注,你的权力就发生了部分转移。领导、名人天天出现在媒体上,重要的不只是他们在说什么、干什么,还有被人关注。关注是权力的无形"建材"。无人关注,你就没有任何权力。

许攸那么聪明,为何常在曹操阵营里喊自己的功劳?因为他感觉到不受关注,觉得别人不拿他当干部。从敌对阵营里"跳槽"出来的人,心里多会发虚,担心别人瞧不起。许攸的行为和小孩子在大人面前搞"恶作剧"是一样的心理。此时,你不去关注,他便觉得无趣。你若是去教育他,他便更起劲;你要是呵斥他,他就会生出满足感。

诸葛亮很清楚这个道理。刘备两次拜访,都扑了空,第三次才见到他,他却在睡午觉。刘备只好站在那里行注目礼。诸葛亮醒来,明知道刘备站在屋里,还伸了个懒腰,又吟了一首诗。他就是要取得刘备足够的关注,也就是实现权力的转移。接下来,诸葛亮才和刘备谈论天下大势,直谈得刘备五体投地,然后又说:我喜欢闲中趣,不愿江湖游,不能跟你走。弄得刘备恨不得给他跪下。诸葛亮如此这般搞了一出低调而奢华的表演之后,便在刘备的权力中占据了足够的"股份"。

如今,娱乐圈都很"诸葛亮",又不太诸葛亮。他们为了取得关注,几乎无所不用其极;他们虽然赢得了关注,却没有诸葛亮那样名副其实的实力。因此,有的昙花一现,有的成了"肇事者"。

娱乐圈的名人,表面上光鲜华丽、光彩照人,其实大多数人都有焦虑甚至抑郁。关注度大于自身实力,就像电机过负荷,会发热,时间长了会着火。权力大于实力与贡献，就会外盈实亏，只是短时间内看不出来。

"人怕出名猪怕壮。"猪之所以怕壮，因为他是人养大的，除了自己的身体之外，没有别的可以回馈于人。人真正怕的不是出名，而是名不符实。这个"实"不是实力，而是你向他人、社会贡献得够不够与恰不恰当。

一个人受关注度越高，权力就越大，权力为谁所用的问题就越突出。名人是无冕的官，而且比官员的制衡还少，就尤其需要自律。

夸赞与权力

会干的永远也干不过会说的。口头表达能力是人们做事的首要能力，也是获取与行使权力的重要技能。

夸赞人可以实现转移权力，而"拍马屁"则能够窃取权力。但是，如果夸不巧、拍不好也可能丢掉既有的权力。

《三国演义》中，曹操集团里相互的夸赞相对较多。曹操虽然严厉，却也经常夸赞下属；当然下属赞美曹操就更多。领导夸赞下级，受夸赞的人在人们心中的地位就会提高，无形中就扩大了权力。下属夸赞上级，会增加领导的威信，提升其权力的运行效率。另外，下属把领导夸舒服了，领导就可能允许你做原本不想答应的事，或者直接扩大你的权力、晋升你的职务。

有研究表明，团队成员能够真诚及时地相互夸赞，是团队高效运作的重要因素之一。团队成员互相瞧不上的单位，一定是糟糕透顶且一事无成的。

一般来说，别人有求于你的时候，他的嘴就会给你"化妆"。做妈妈的大都明白，孩子夸妈妈漂亮的时候，大概率就是要支配妈妈的"票子"。会夸赞人的人，生存能力都比较强，因为他们的嘴，就是无形的权力机关。不会夸赞人的人，做事就比较难。因为他们不会争取并运用权力，只能靠泪水与汗水。

夸赞人也是有禁忌的。下属轻易不能夸赞领导的衣着与外貌。因为这会让领导认为你不认可他内在的实力。当然，如果是特别爱打扮的女领导，恰当地夸赞一下也是可行的，但最好还是夸气质。女人极习惯夸别人的衣服、装饰等外在的东西，"你这身裙子真漂亮！""你这个包包真好看！"对方便会在心里说：难道我不好看吗？如果你再问："多少钱呀？"对方极可能在心里说："没素质！"看到别人的衣服漂亮，如果想夸的话，最好是夸人家眼光好。只看重外貌的领导，你即使把她夸高兴了，对你也没什么实效。

领导也不能轻易地夸赞人，更不能把夸赞过多地集中在个别人身上。领导的夸赞与事实不符，无形当中就削弱了领导的权威。领导对个别人夸赞过多，即便是与事实相符，也会引起其他人的嫉妒，进而影响到权力的有效运行。下属夸赞领导也要有分寸，夸不恰当，会引起同事反感，即使你在领导那里得到了实惠，也会在同事当中失去口碑。

领导面对赞美需要特别谨慎。尽管赞美能够让你心生愉悦，也可能增加自己的权威，但更大的可能是让你的权力出现"潜亏"。人一高兴，边界感与风险意识就降低了，理性就"下岗"了，而权力运行是高度依赖理性的。相对来说，接受赞美的一方，风险是高的；发出赞美的一方，收益是高的。

权力"透支"了，怎么办？少去享受赞美。怎么知道权力是否"透支"呢？听一听自己周围，是不是赞美之声不绝于耳。

强势还是退让

强势的人一般会拥有更多的权力，但不太让人喜欢；退让的人，一般会失去部分应有的权力，却容易与人相处。这里说的是"一般"。过度强势，也会使权力反转；恰当的退让，也会令权力得到巩固。

权力有硬权力和软权力。强势的人，得到的是硬权力；退让的人，拥有的是软权力。

董卓强势，迅速掌握了大权，很快就丢掉了行使权力的脑袋。他的核心问题，不是出在强势上，而是违背了权力运行的基本逻辑，那就是权力必须为他人服务。曹操也强势，但他能够成就他人，所以人们可以接受他的强势。

强势的领导，多喜欢顺从的下属。司马懿深知此理，因此不断地淡化自己的能力、淡化自己对权力的需求。孔融不懂，崔琰也不懂，许攸更不懂，所以都被曹操取了性命。

刘备是习惯退让的人。这类领导一般不排斥强势的下属。关羽、张飞、马腾等都是个性超强的将领。诸葛亮特别善于淡化权力。淡化权力是处于强势与退让之间的一种权力运行方式，能够抑制强势的人，也能够给退让的人腾挪空间。

强势好还是退让好？抑或是淡化更好？这个得看情况。

强势更适合治乱。如果是一个乱摊子、烂摊子，领导强势就是实现有效治理的必要条件。曹操、孙策、孙权等都是强势领导。刘备如果没有诸葛亮，是不太可能建立蜀汉政权的。当然，刘备的礼让，也让他赢得诸葛亮的加盟具有了必然性。

退让型的领导，接替一位强势领导长期统治的组织效果就非常好。强势领导建立的文化，可以补偿退让型领导的不足。那些长期压抑的心灵则能够因自由的到来而心生愉悦，并因而爆发出惊人的创造力。比如，散漫的刘邦接替了专制的秦始皇。

淡化式的领导像O型血，适应环境的能力比较强，更可能把优秀的组织导向卓越，更适合将一个组织从高原带向高峰。任正非在华为发展的不同阶段，能够适时地调整权力运行方式，该强势时强势，需退让时退让，使得权力分配与企业面临的形势任务相匹配，让华为成长为举世瞩目的卓越组织。

作为下属，审视领导风格十分重要。同一种行为，在不同领导那里可能得到完全不同的结果。在一个领导那里得到重用，在另一个领导那里可能完全相反。你在强势的领导面前表现强势，他极可能让你失势；你在退让的领导面前一再退让，他可能认为你不抗事；你在淡化型的领导面前，既不可太强势，也不能过度退让，你得表现出进退有度的样子。

能力特别突出、贡献特别大的人，退让就是必需的。组织需要兼顾他人，此为其一；可能影响到领导权威，是为其二。退让的人，可能走得不快，但一定走得稳，可能走得远。

对权力的强烈需求是有效管理的必要条件，但不是充分条件。不管你是强势型、退让型还是淡化型，你都得有强烈的权力意识，掌握行使权力的艺术。

权力是善变的，因为人的需求是变化的。衡量权力变化的方法，就是此时此刻谁更需要谁，谁的需求更强，谁就失去了权力。我们不能带着一种权力由一种情景进入另一种情景，那会让自己很尴尬，也会让别人很讨厌。

找准自己的座位

座位意味着角色。找不准自己的座位，就是找不准自己的角色定位。角色定位不准，就不可能演好自己的角色，也就可能失去原有的角色。

我们参加会议，参加宴会，都需要找自己的座位。座位也是一种权力的象征，座次也是权力的秩序。《三国演义》也可以理解为争夺座位的游戏。汉帝刘辩失去排定座次的能力，丢了当主陪的资格，刘协得到了当主陪的身份却没有坐主陪的能力，然后董卓、袁绍、袁术、曹操、孙坚、刘备等纷纷登场，打着维护汉帝主陪地位的名义，试图得到主陪的宝座。争来夺去，他们还是坐不到一个桌子上去，只好开了三桌，曹操、刘备、孙权分别当上了主陪。最后，司马昭把三桌合并成了一桌。

这种游戏在各单位都有或明或暗的"演义"。

如今各种公共活动，大多都有桌签，大家可以对号入座，这就大大减少了矛盾冲突。但是，在职场活动中，还有无形的座次，如果把握不好，就会影响工作、影响团结，甚至闹出乱子。

掌握好排座次的艺术，是"一把手"的重要职责，也是一项基本能力。单位内乱，根源多来自"一把手"不掌握排座次的艺术。排座次，排的是人心，是人心之间的平衡。"一把手"排座次的时候，往往有三种情况：一种是"袁绍式"，自己没有驾驭能力，与会人员各显神通，搞得人心涣散；一种是"董卓式"，完全不考虑与会人员的感受，凭着自己的性子来，搞得怨声载道；一种是"袁术式"，只顾自己舒服，不管客观实际，搞得与会人员离心离德。

在排座次上，刘备、孙权、曹操各有特点。刘备基本上是按江湖规矩，孙权是论资排辈兼顾能力业绩，曹操主要是业绩导向。曹操、孙权执政后期，都有不同程度的任性，给后任留下了不少隐患。这是很多领导常犯的错误。不少领导能力很强、业绩突出，就是因为后期没有处理好排座次的问题，弄得事与愿违，要么毁了名声，要么引发重大变故。

掌握好坐座位的艺术，是做下属的本分，也是当下属的一项重要的基本功。不该坐的位子，硬去争，便可能遭到领导打压。领导虽然需要有能力的人，却忌惮野心大的人。更重要的是，硬去争，必定会引起同僚的排挤，小报告是免不了的，告黑状的情况也极可能发生。最后，座位没坐上，生态危机却实实在在地发生了。

座位可以争取，但硬冒头往往适得其反。

有形的座位与无形的座位，都意味着权力与权力的界限，所有的座位都是不平等的。地位越高的人，越喜欢划定界限、制定规范，所以你在落座的时候理当慎重。坐不合适，彼此都不舒服。不舒服的时间久了，必然生"病"。

校正权力的坐标

权力为谁所用，是个大问题。正因为是大问题，所以经常出问题。更大的问题是，出了问题也不知道是什么问题。

权力是中性的，可以利己，可以害己，可以利人，可以害人。人人都有某些权力，人人都需要经常校正权力的坐标，以避免权力在害人损己的方向上一去不复返。

人人都有某些权力，有权利就有义务，清楚这一点相当重要。否则，你就会不自觉地行使权力，却不知道去履行义务，结果彼此都不开心。比如，孩子长大成人，便要从父母那里收回自己的"主权"，这是合理的。父母不乐意，就是滥用权力。孩子只知道收回"主权"，却不承担主体责任，这就是霸权。孩子收回"主权"后，就没有权利再向父母提要求，同时父母也不能替孩子做主。那么，父母含辛茹苦把孩子拉扯大，难道就没有一点对孩子的支配权吗？答案是：基本没有。但是，孩子要承担赡养父母的义务。这也是父母仅有的权力，除非孩子自愿把自己的权力让渡给你。这时父母就有了拒绝接受的权力。有些父母乐于接受，接受了之后又去抱怨。这就是不清楚权力是包含责任与义务的。

夫妻关系也是同样。如果女生只与别人的妻子在家庭中的权力福气对标，只拿老公的弱点与别人老公的强项对标；偏偏男生也是只与别人老公在家庭中的地位待遇对标，只拿媳妇的短板与别人媳妇的长处对标；那么他们不是同床异梦，就是分道扬镳。别人内部的事情你永远也看不清，所以重要的不是与别人对标，而是校正自己的坐标。如何校正？看双方的权力与责任、贡献是否平衡，以及供需是否彼此匹配。你不能一边享受着话语权、支配权，一边抱怨对方没能力、不体贴或不温柔；也不能表面上接受了较少话语权的事实，却时常心生憋屈、心怀不满；更不能不讲家庭贡献，只要家庭权力或个人享受。在校正过程中，还需要审视自己的付出与贡献，是不是对方需要的、看重的，以及程度如何。如果对方不需要不看重，你付出越多，效果越差。无论是什么东西，只要过剩，供需双方的权力就会反转。

现实生活中的大部分家庭矛盾，都是源于分不清权力边界、搞不清权力与义务的关系与不会把握供求关系。温情脉脉的情感世界里，都有权力的幽灵在游动，这个幽灵是供求关系的"马仔"。以供求关系为准绳，校正权力的冷坐标，再辅以情感的暖色调，才有家庭氛生态的惠风和畅。

职场生态与家庭生活大同小异。权力运行都遵守供求关系的规律，都受情感因素的影响，这是"大同"。职场的权力按角色分配，权责相对明晰；强调亲不亲、工作分，情感不能拿到桌面上来，只能若明若暗地运行；权力是否正确行使，有考评与监督，虽然并不总是有效。这些都属于"小异"的部分。

职场中的普遍矛盾就是大家都感觉自己的权力小。正职感觉上级管得宽，副职觉得"一把手"不松手，职员认为自己无权无势难有作为。几乎人人都想扩权，既渴望职位不断提升，又希望扩大现岗位的职权。这种感觉有没有道理呢？当然有道理。道理何在？几乎所有的改革，主要内容都是放权。这就是证明。

这种普遍现象是如何形成的呢？核心问题不是权力分配，而是权力运行。权力来源于供需。当权力不能为他人所谋而是为自己所用的时候，权力就成了压迫。谁需要压迫呢？人家不需要，你硬供给，他们就会反抗。温和反抗，便形成改革需求。多数改革，重点都是权力的再分配，并没有解决权力运行中存在的问题，因此成效很小，所以还得改革,也让改革成了新一轮的折腾。

试想,如果大家真正让职权为他人服务,权力大小的问题还会突出吗?

真正有效的扩权,就是持续扩大对他人、集体、社会的有效输出。一个人的权力是否巩固、是否持续扩大,不取决于你输出的绝对值。要知道,他人、集体、社会也在向你输出。扩权的有效性,是由二者之间的相对值决定的,也就是你为他人多做了多少。更需要清楚的是,这个相对值,是无法计算的,而是感觉出来的。人们大多高估自己的能力与付出,低估他人的能力与贡献。这也是职场中人,大多感觉自己权力还不够大、职位还不够高、自己受到不公平对待的一个重要原因。

校正权力的坐标,不只要审视权力是否用于为他人服务,还要给自己感觉到的能力与贡献打折。打折之后,你的权力"销售额"便可以上升;即使"销售额"没上升,也会使你感觉到"收益率"在提升。

第十二章
开放性思考

受益于科学技术的发展,人类进入了量子物理主导的世界。这是一个陌生的世界,也是一个神秘的世界。在新世界里,必须有新的决策理念、技术与方法。物理学家丹尔斯·玻尔在谈到量子世界时说:"只能用诗性的语言来表达。"那么,我们的决策又该如何进行呢?或许我们每一个人都需要"对外开放"与"内部改革"。认知革命、思维跃迁、视界破界等或许是人们当前与今后的首要任务。如今,任何决策都需要开放性思考。

"四力"与动力

迄今为止,我们知道主宰整个宇宙的是"四力":引力、电磁力、弱核力与强核力。

万有引力造就了万星共同体的宇宙,带来了基本有序的宏观世界。引力的大小取决于物体的质量与相互之间的距离。引力是共存的前提。就是说,没有他者,任何事物都无法独自存在。这就决定了万物都在不自觉地维系着共存的生态体系。这个引力反映到人类世界,就是人们之间相互需要。相互需要带来了合作的动力。合作意愿的强弱与合作能力的大小,取决于组织或个体的"质量"及其相互之间的距离。综合实力强的组织或个体,引力就大;相互之间距离越近,合作的意愿就越高。人们之间的"距离",主要体现在血缘、情感、价值观等方面,亦与空间距离相关。

没有谁可以独自存活,这是任何组织与个体进行决策时必须谨记的基本前提。消灭他者或不让别人活的想法是危险的,而这样的行动必然导向破坏与毁灭。

没有电磁力就没有电气化、信息化与数字化。磁场有磁极,磁极有N极和S极;同性相斥、异性相吸;两种磁极,不能单独存在。人与组织也有"磁场",也有两个"磁极",那就是善与恶,具体表现为利己与利他、合作与竞争、关爱与冲突、和平与战争等。几千年来,人们一直希望人间只有和平没有战争、只有博爱没有冲突、只有合作没有竞争、只有利他没有利己,但我们至今也没有看到这种美好的期望变成现实的任何苗头。因为看似矛盾冲突的两极,是不能单独存在的。

人类社会也得有"正电子"与"负电子""N极"与"S极"。认识到"磁场"是人类社会运行的基础动力，是理性决策的有效保证。如此才能正确对待与合理兼顾利己与利他、合作与竞争。利己、冲突、斗争等自有其存在的必要性，是不能完全消除的。

弱核力与强核力存在于量子世界。正是这两种不被我们觉察到的力创造了宏大而精彩的宇宙世界。弱核力是放射性衰变的力，强核力是让原子核维系在一起的力。弱核力与强核力是存在于"核"内的，正常状态下核与核之间的力是不相干的。一旦相干，就会爆发出惊人的威力。火山爆发、地震等，其背后的主导就是弱核力。核裂变也是弱核力的力量，核聚变则是强核力的力量。

人们由对物质利益的追求而产生的动力类似于核裂变，虽然单个人的力量并不大，一旦交汇起来就会产生惊人的力量。这种力量与核裂变一样具有"放射性"，会带来很大的副作用。比如，情感疏离、道德滑坡、精神萎靡等，最终会导致社会生态恶化。于是，人们一边享受生活，一边缺乏幸福感。

人们由对美德、人格、超越等精神上的追求而产生的动力相当于核聚变，虽然单个人的作用有限，一旦聚集起来便具有无穷的力量。这种力量与核聚变一样，副作用较小，却很难让其持续运行。一方面，如果人们对美好的精神追求过于炽热，就会像核聚变一样，难以长时间维持正常工况；另一方面，如果有人从中投机，就会像核聚变一样，产生退相干，使核聚变中止。

物质激励简单有效，问题在于容易使人"物化"；精神的作用是神奇的，却要谨防将人神话。

只要是动力，就得有度。

热力学三大定律与宏观决策

热力学三大定律，对我们的决策有没有启示呢？

热力学第一定律叫能量守恒，就是说物质和能量无法被创造也不能被消灭。如果置换到企业情景，就可以说企业是不能创造价值的，或者说投入与产出是平衡的。企业生产本质上是价值形态的转移。那么企业的利润或亏损从何而来？利润的主要来源是在会计核算中忽略掉了部分成本。比如，环境与生态的代价，社会公共设施的费用，一些劳动者没有得到应有的回报，等等。但是，同样的会计核算体系，为什么会有一些企业亏损呢？在完全相同的外部条件下，其主要原因是转化效率的差异。这个差异有设备的因素，也有人的因素等。还有一些原因是外部条件不同造成的。比如，地理位置不同造成投资成本与运行成本的差异，公共环境的差异带来的成本差异，人工成本的差异等。还有一个更为重要的原因是市场供求关系的变化。供小于求，企业利润就高；供求基本平衡，企业就是微利；供大于求，企业多会亏损。盈亏是价格变化造成的，价值并无变化。

如此说来，我们的决策还有什么意义呢？首先是要对价值进行排序，然后决定主要追求什么、可以兼顾什么与只能放弃什么。其次是用怎样的方法来提高价值转化的效率。

如果将热力学第一定律转换到个人情景，就可以说人生没有成功与失败；或者说，所谓的成功就是投入的成本更高，所谓的失败就是投入的成本太少。与企业不同的是，每个人的"会计核算体系"是不同的，因此，有些人的成功是源于忽略了某些成本，有些人的失败则源于忽略了一部分收益。只要改变"会计核算体系",成功则可能转变为失败,失败可能转化为成功,并因此改变喜怒哀乐。改变"会计核算体系"是一切心灵鸡汤管用有效的核心秘密。

热力学第二定律的一种表述是:在一个孤立系统中,熵或者说无序是永远增加的。熵增会导致一个系统的崩溃。转换到企业的决策场景,要减少或避免熵增,一要保持企业的开放性,二要保持具体决策的开放性。转换到个人决策场景,一要持续补充能量,包括动力、知识、信息等;二要吸取别人的经验教训,听取他的批评与建议。

企业独霸天下,就是灭亡的前奏。个人说一不二,就是倒霉的开始。华为讲没有退路就是胜利之路,也是这个道理。

热力学第三定律可表述为绝对零度不可能达到。在绝对零度下,超导体的阻力为零。转换到企业场景,可以表述为真正的完美是做不到的。没有绝佳的决策,没有完美的管理,不可能有决策的绝对胜算,也不可能有管理上的绝对顺畅,更不可能有规则的绝对公正与行为的绝对无私。转换到个人场景,可以表述为任何一个人不可能绝对"佛系",没有人能够退出人生游戏。

化学与微观决策

化学曾经是多彩而神秘的,如今却令人恐惧和厌恶。总之,化学一直被误解。如今的广告,一定要表明自己的产品是纯天然的,不含任何添加剂。殊不知,纯天然就是纯化学。我们以化学的方式存在着,却希望远离化学,荒唐到就像一对异性恋人,女人说自己不喜欢男人,男人说自己不喜欢女人。

从宏观尺度上看,地球就是一家化学工厂。动物呼吸氧气,排出二氧化碳;植物呼吸二氧化碳,排出氧气。人们吸收阳光,转化为钙;吃下土豆,用其中的氮供养皮肤;吃下食盐,将其中的钠供应给大脑。土壤吸收氮要靠钒和钼,然后给植物供给营养。生物是一系列相互联系的奇妙的化学反应的结果。生态体系就是一个完整的化学系统。正是因为如此,生态保护才如此重要。生态保护就是不破坏化学系统的科学性完整性,而不是远离化学。

两个氢原子和一个氧原子产生化学反应,就变成了水。把水分解,就有了氧气与氢气。水若是碰上氟,便会燃起火焰。因为氟能够分解出氧气。我们现在无法将水变成燃料,是因为我们现在不知道如何控制廉价地氟。氟像是高明的魔术师,可以让任何物体情不自禁地燃烧自我。如果我们能够廉价地控制氟,就可以让水变"油"。

我们的决策,与化学反应十分相似。有些决策比较容易,比如购买食物。我们知道某种食物对于生命的价值,如同我们清楚氢与氧结合可以生成水。有些决策就相当困难,比如找对象。因为我们不清楚双方结合会发生怎样的化学反应,如同我们不知道把氟装进什么容器里,才是安全可控的。

决策首先要有个目的、目标或者理想、愿景等，然后才能进行实现的策略、路径与方法的抉择。体现在化学上，就是使用哪些元素，以及给它们怎样的条件，可以生成我们想要的东西。

我们做决策，要考虑的元素，主要是人财物的组合与时间安排。其中最难掌握的是人。虽然都是人，但在做事的时候，每个人都是不同的元素，因此人与人之间会有不同的化学反应。我们决策的失败，只有少数是方向性的，大多数是因为人的组合不对。有时候就是因为用了一个"氟"性的人，就会将你的决策化为灰烬。也有时候，是你给出的条件不合适。你要将水转化为蒸汽，却给出了低温的环境，得到的就不是蒸汽，而可能是冰块。

决策的诸多环节中，最关键的是选人用人，最困难的也是选人用人。因为我们很难测定某个人在"元素周期表"中，处于什么位置。

都是人，怎么就成了不同的元素？除了身体、生理、家庭上的差异外，还有年龄、性别、技能、信息、经验、知识、性格、品格、心理、心胸、动机、理想、视野与价值观等诸多方面的差异。这些差异让每个人不仅具有不同的外貌，还具有不同的属性。

什么样的人与什么样的人结合，在什么条件下会产生怎样的化学反应，才是用人决策的核心问题。

物理与用人

在宏观尺度上，人是化学元素；在微观尺度上，人是化学活动的产物，也是移动化工厂；在中观尺度上，人是材料。领导或长辈认可夸赞一个年轻人，常会说"是块材料！"或者说"是个好料！"

大多数组织在选人上，基本上就是材料层面的考量，也可以说是物理思考。看看某个人是什么材料，然后用到合适的岗位上。而在培养人上，又大多有把人同质化的倾向。证据就是几乎每一个单位都有统一的干部标准或人才标准。

材料当然要有标准，我们需要不同的材料，所以就有不同材料的不同标准。工业需要不同的材料，事业需要不同类型的领导或者人才。不同类型的领导或者人才，也就需要不同的标准，还需要不同的鉴别方法。目前，绝大多数组织在这方面做得都很不够，基本上都是粗放型。

即使是钢结构的建筑，也还需要铝、玻璃与木材等。同样是钢，也需要有不同的型号与不同的形状。有些地方要用槽钢，有些地方要用角钢，有些地方要用钢板。同样，不同单位、不同岗位的领导需要有不同的"材料"属性。选人用人培养人，都需要围绕属性做文章。材料不能单一，得有钢、有铝、有水、有玻璃、有塑料、有水泥等等。人的"品种"单一，就满足不了事业发展的需要。

基本框架涉及结构。结构要遵守力学原理。你要搞一栋建筑，无非有两个选择：一种是依据现有材料，遵循力学原理，决定建造一栋什么样的建筑；一种是先确定建造一栋什么样的建筑，再遵循力学原理，依据材料属性，决定选择哪些材料。简化一点来说，一种是依据材料选择结构，一种是根据结构选择材料，两种选择都受物理学定律的制约。

同理，干事创业也有两种基本路径：一种是依据现有人才，决定干什么；一种是先决定干什么，再来选择人才。不论是哪种路径，都有一个结构安排问题。

结构不科学，会出问题；材料用的不对，也会出问题。曹操在赤壁大战失败后，曾经哭着说，如果郭嘉不死，就不会有赤壁之败。曹操的话是有一定道理的，曹操集团的结构没变，但关键部位的材料换了，功能也就不一样了。

用人一定要看其"料"，一定得用对地方。反过来说，你选择岗位，也得清楚自己是什么"料"，再去争取适合自己的位置。

年轻人多喜欢在求职书上写下这样一句话：你给我一个机会，我还你一个惊喜。这种自信很可爱，但自信不是做事的充分条件。如果你不是干某个岗位的材料，你给人的可能不是惊喜，而是麻烦。

关于光的故事

没有光就没有一切。人类享受着光的福利，可人类对光的认知却是在黑暗中摸索的，不是充满光明，但是很费周折。

大约在公元前五世纪，希腊哲学家恩培多克勒提出，人的眼睛里有一块火石，可以照亮我们想看到的任何物体。今天看来，这个认识有明显的漏洞：如果光是从人的眼睛里射出的，就应该在黑夜里也能照见物体。但是，那时候人们是相信的。或者那块石头晚上在睡觉呢？人们在相信的时候，总能找出各种理由来排除质疑。

直到1300年后，出现了一位胆子贼肥脑子贼鲜的人，改变了对光的认知。他是阿拉伯学者海什木。他解剖了猪的眼球，发现光在眼腔内的反射与在暗室里是一样的，眼睛本身并没有光，光线来自周围的物体。很快，人们又相信了这个结论。

时间来到了文艺复兴。笛卡儿通过观察池塘的涟漪，推断出光也是类似的现象。他认为我们周围有一种看不见的物质，可称为"实空"，涟漪穿过"实空"就形成了光。光理论在惠更斯手上发展成型。他给出了光波的直线传播与球面传播的定性解释，推导出了反射定律与折射定律。但是牛顿听了，并不满意。他认为如果光像波一样，经过物体就会弯曲，可是光并没有弯曲。牛顿认为，光是由粒子构成得更为合理。牛顿称之为"微粒"。牛顿说了，大家就不能不信了。

70年后，又出现了一位专门与权威作对的人。他搞了一个著名的"双缝实验"，确切地验证了光的波动性质。但是，这个验证并没有取代光的粒子学说。主要的原因是牛顿太"牛"了。随后，麦克斯韦推导出电磁方程，并猜测电磁波就是光波。赫兹通过实验，证实了麦克斯韦的猜测是正确的。光的波动说又得到广泛认可。

到了 20 世纪，又一位牛人出现了。牛人的特点之一，就是敢向牛人挑战，并超越牛人。这位牛人叫爱因斯坦。

爱因斯坦提出光电效应的光量子理论。美国物理学者罗伯特·密立根通过实验证实了爱因斯坦关于光电效应的理论。人们开始认识到光波同时具有波和粒子的双重性质。1924 年，德布罗意提出"物质波"假说，认为和光一样，一切物质都具有"波粒二象性"。如今，"波粒二象性"已经成为科学界的共同认知。

那么，对光的认知已经结束了吗？也许是，也许不是。

简要但不是很准确地回顾人类探索光的故事，为的是类比人们的决策。科学认知的过程给我们的决策判断带来了哪些启示呢？

决策与科学认知一样，都建立在有限已知的基础上，都是在接近正确，而难以进入正确本身。

这种接近不是线性的，有时会离得更远，有时会前进一大步。决策前的反复论证，并不能保证更接近正确。深入研究也可能与好的决策走得更远。

科学认知需要实验验明，科学决策需要实践检验。实验可能失败，实践也可能失败。科学研究的失败是被允许的，决策的错误也是需要包容的。

已知的多少与程度等是非常重要的。科学家都是掌握了某些领域顶尖认知的人，同理，如果你不充分掌握某个领域的知识、经验，就不可轻易涉足这个领域的决策。企业多元化的失败，不是因为多元，而是领导者的知识经验不够。专制的根本问题不是强权，而是不能集结众智。如果是在已知的道路上奔跑，强权有着天然优势。

有些决策当下看正确，历史地看就不一定正确；有些决策当下错误，历史又会证明其正确。有些决策要抓紧实施，有些决策需要慢慢来。

决策的真正价值不是对与错，首先是甩开不如自己聪明的人，然后是不断地超越自己，使自我的认知不断进入新天地。

没有认知的跃升，决策也就是比谁更敢"内卷"，更会"内卷"，以及谁暂时"卷"到的更多。三国就是一场"内卷"，因为这个时期并没有认知跃升。春秋战国之所以值得国人骄傲，就是因为这个时代极大地丰富了人类的认知。没有春秋时期的"诸子百家"，就没有中华文明的灿烂辉煌。春秋时代完成了认知的跃升，战国时期就是轰轰烈烈的实践活动。

没有认知的跃升，竞争对于社会而言，不过是拼消耗。即使有表面的繁荣，也不过是暗夜中的烟花。

普郎克的故事

普朗克是诺贝尔奖获得者,量子力学的重要创始人,与爱因斯坦并称为二十世纪最重要的两大物理学家。

普朗克高中毕业,进入慕尼黑大学攻读数学,后来想改学物理。他的想法受到约利教授的劝阻。约利教授告诉他,物理学已经走到了尽头,你要学物理,就是浪费自己的才华。普朗克没有听从教授的劝告,他只想学习自己想学的东西,他只想知道世界究竟是什么样子的,并不在乎能否有所发现。

普朗克后来当了教授,或许因为他对物理特别有兴趣,他讲课也非常有趣。听他讲课的人摩肩接踵、兴趣盎然。据说,有人在听课时因天气太热而晕倒,其他人也无动于衷,因为人们已经完全沉浸其中了。

普朗克的故事,让我联想到中国足球。足球圈的人,都只认一个字,就是"赢"。赢是一切,却一直难赢,成了中国足球永远的痛。如果有人像普朗克,当有人告诉他,不要从事足球,在中国搞足球是没有前途的,他不听劝阻,他不在乎输赢,就是想知道足球还可以玩出什么花样,结果将会如何呢?如果有一群人这样来从事足球运动,中国足球会不会出现梅西、C罗与小贝们呢?

普朗克的故事,也让我联想到学生的专业选择。经常有朋友问我,孩子最好学什么专业?专业选择的确关系到未来的择业,但是比专业选择更重要的是学习的目的、是价值观。如果你对专业本身没有兴趣,只看重专业之外的东西,学什么专业也难有作为。

只要是人类有需求的专业、行当,就没有尽头。所谓的尽头,无非是被眼前的功利遮蔽了视野。功利是动力，它牵引的是俗众。它吸引人们不停地奔跑，却永远也看不到高处的风景，并且把站在高处看风景的人视为智力障碍者，把讲述那些风景的人当作骗子。

普朗克学物理、研究物理，不考虑功利。他的价值观似乎也没有什么价值，就是想知道世界是什么样子的。功利与价值观都非常有个性。功利很功利，不肯为你考虑更长远的事。价值观很高傲，你不太看重价值的时候，它关照你的价值；你越是追求价值，它越是让你与价值无关。

普朗克的选择有两个要点：自己有兴趣，对他人和社会有益。我们可以称之为"普朗克决策"。

"波粒二象性"与认知

光具有"波粒二象性",这有点奇怪,科学界经历了许多争论,历经波折,才接受了这个认知。而质子、中子、电子等都像波一样运动,这就有些古怪了。由于已经有了对光的认知经验,科学界就比较容易地接受了粒子的"波粒二象性"。

每个人的身体都由粒子构成,所以我们也是波。我们的身体也有波长。我们也具有"二象性"。由这个"二象性"引申开来,便可以改变我们的认知模式与思维方式。

经典经济学理论建立在两个假设的基础上,一个是人的理性,一个是人的自利。事实上,人既是理性的又是非理性的,既是自利的又是利他的。我们与人相处的时候,往往会做出好与坏的判断,可这个人会不会既是好的又是坏的呢?他对你来说是坏的,别人可能觉得他很好。他此时对你不好,彼时可能对你特别好。你以某种方式与他相处的时候,他不友好;你以另一种方式与他相处的时候,他可能非常友好。他在有些情景下会做坏事,有另外一些情景下会做好事。

我们在分析人的时候,一般要列出其若干优点与缺点。但是,在此情景下的优点也可能是彼情景下的缺点,在此情景下的缺点也可能是彼情景下的优点;在这个岗位上的缺点,也可能在那个岗位上就是优点;与某个人合作可能水火难容,换了另一个合作对象,便可能成了珠联璧合。

我们在任用人的时候,必然要做出能力强弱的判断,可他会不会既有能力又没有能力呢？一个人可能在此一方面能力很弱，却在另一方面能力超群；可能不是一个不合格的副职，却是一个优秀的"一把手"；可能不是一个好兵，却是一位杰出的元帅；可能在这个单位不行，在另一个单位很行；可能和这个人搭档表现很差，与另一个人搭档表现很好；可能在此一时期束手无策，在另一时期妙招频出。

我们在做投资决策的时候，会做出是否具有投资价值的研判，可这个项目会不会既有投资价值又没有投资价值呢？以当下的条件看它没有投资价值，可能未来有很高的投资价值；你准备长期持有，它可能没有投资价值，你要搞资产运作，它就可能很有价值；在你手里，它可能是负担，在别人手里，它可能是宝贝。

我们在评价人的某种行为时，也会做出是否有价值或是否符合道德的判断，可这种行为会不会既有价值又没有价值，或者既道德又不道德呢？提出这样的问题会引起广泛的争议，在此就不多说了。

就是说，好与坏、优点与缺点、能力的强与弱、价值的大小与有无等，也有"二象性"，有时候我们看到的只是"波"，有时候我们发现的只是"粒子"。"波"的特性与"粒子"的特性是不一样的，其价值与利用方式也不相同。

人与事物都具有多样性、多面性的价值，体现出来的价值又是发展变化的。这些都是既能衡量计算又不能衡量计算的。认知水平不够，便不能衡量计算。认知水平到了，有些东西才能够衡量计算。光的价值就是随着人类对其认知水平的提升而持续提高的。光不只可以照明，还可以透视，还可以发电，这都是最近才有的事情。紫外线伤人，但可以杀菌，可以用来搞探测。

但凡能用公式、模式计算出来的价值，大多数人就都会。通过计算做出的决策，至多是保底，不会有超额利润。人们真正比的主要不是计算能力，而是认知水平。

交朋友，单凭感觉是不够的；选拔人才靠测评、靠业绩是不够的；投资项目，靠计算收益率是不够的。还需要什么呢？需要提高认知水平。通过提高认知，看到别人看不到的价值，发现别人看不到的机会，找到别人找不到的方法。

"量子叠加态"与常识

"量子叠加态"是一种有违常识的状态，薛定谔用猫做了一个思想试验，让人们更加清晰地认识到了量子物理是多么有违常识，多么不讲道理。我对"薛定谔的猫"的理解是：在我感觉到违反常识时，大概还有我没有接触到的常识；在我感到不讲道理的背后，一定另有道理。从此，当我觉得一个人或事物没有道理的时候，一定是我不懂道理。

我曾经这样来理解"量子叠加态"：太阳照耀着地球，地球表面是黑暗还是光明，或者说是白天还是夜晚，并不确定。很显然，地球既是黑暗的也是光明的、既是白天也是夜晚。地球在有的人心里永远充满阳光，在有的人心里总是暗无天日；同一时间内，中国的人看到的是白天，美国的人看到的就是夜晚。

这样想象比"薛定谔的猫"更容易理解"量子叠加态"，但是，这种好理解是有代价的，那就是不够准确，也可能造成误解。

量子世界与经典的物理世界是不同的世界，与我们感觉到的世界更为不同。

量子世界是能量世界，没有时间与空间，或者与我们理解的时空是不同的时空。我们可以这样想象，在量子世界里，一秒与一万年是一样的，所以那只"猫"既是活的也是死的。当我们观察它的时候，只是把它定义在我们的时间轴的某一点上，这才确定了它是死的或是活的。就是说，我们观测粒子时，粒子就在我们的时间轴上取了一个值，导致了叠加态的坍塌。我们也可以这样想象，在量子世界里，一毫米与一万公里是一样的，那只"猫"存在于不同的空间，或者是不同的平行宇宙中，我们在观测它的时候，观测到的是它在我们所确认的空间中的状态。我们也可以这样想象：你在用苍蝇拍来捕杀一只苍蝇，你没有拍到它的时候，它是"叠加态"，你拍死它的时候，它才有了一个确定的状态。我们观察测量人或事物，类似于"拍死他们"。当然，我们得到了我们最想得到的某种性质或某种结果。我们在考察一个人的时候，就相当于我们拍死一只苍蝇。

同一个地球，并非同一个世界。我们都生活在常识的世界里，却掌握着不同的常识，也就造成了在不同世界里生活的事实。不同世界里的人，不太容易沟通与理解。所谓文化差异，本质上是常识的差异。这是我们对同一事物、同一问题，产生不同判断、做出不同决策的深层原因，这也是人与人、群体与群体、民族与民族等产生经常性矛盾与冲突的主要原因。

在物质世界里，关系影响能量，能量也影响关系。在能量世界里，能量就是关系。我们生活在物质世界里，也生活在能量世界里。在物质世界里，关系尤为重要；在能量世界里，能量是唯一重要的。

我们的能量主要由什么构成呢？由常识构成。每一个人都掌握着一定量常识，常识质与量的差别造成了人的差别。蚂蚁不能够理解蝴蝶，蝴蝶不能够理解麻雀，麻雀不能够理解鲲鹏。人与人的差别与之类似。

热光现象与人才效应

光有不同的波长。我们肉眼可见光的波长，反映为颜色，从红色到紫色。我们多称为"七彩"。不同波长的光子，具有不同的能量。我们看不见的红外线，能量较弱，紫外线的能量较高。

猜猜看，当我们加热物体时，比如铁块，它发出的是紫外线多还是红外线多呢？或者是处于中间值的可见光多呢？

普朗克在以提高灯泡的热转换效率为目的的一项研究中发现，当我们加热一个物体时，它激发出的光集中在一个能量中时，只有少量光束出现高能量和低能量。也就是可见光最多，不可见光较少。

怎么会这样？原来粒子们在相互碰撞的过程中，会重新分配能量。它们遵守平均主义的分配原则，绝大多数粒子都获得了"中等收入"，从而成为"中产阶级"。我们把这个"中等收入"水平称之为"温度"。

用物理学类比社会学，有些风险，却值得尝试。我们都知道，中国知识界钱氏家族人才辈出，随便一个人便能想出一串名字。或许钱氏家族就是一群具有较高能量的"光子"，他们的中值也会高于整个社会的"温度"。

有两个现象可以很好地证明，用物理学类比社会学是可行的。

一个现象发生在足球领域。世界足坛的顶尖人才都集中到了欧洲五大联赛，五大联赛就成了世界最高水平的联赛。上海球员武磊到了那里之后，再回到国家队踢球时便有些一枝独秀。而那些在中超踢了五年以上比赛的外籍球员，归化之后，就变得平庸了。是不是武磊与国足的归化球员，都在不同的群体里分别达到了"中等收入"水平呢？事实是最好的答案。

另一个现象发生在乒乓球行业。中国乒乓球几十年长盛不衰，几乎垄断了世界大赛的冠军，号称"梦之队"，为了找到对手，只好自己"养狼"。为什么？有两点极为重要。一是基础强大，不仅普及性高，而且人人都有几把"刷子"；二是集中训练，高手天天在一起生活、一起训练、一起对抗。这就决定了，他们有大量具有中等水平的选手，这些选手的水平也比其他国家球员中的顶尖选手还高，何况参加世界大赛的是极个别的高出平均值的选手。

如此看来，你要建设一流的企业，你就得拥有一流的人才队伍。如果你暂时没有那么多优秀的人才该怎么办呢？你不能把有限的优秀人才分散开来，他一个人载不动那么多平庸。你要把他们相对集中起来。优秀人才的总量很重要，而人才密度更重要。人和光子一样，大多习惯平均。

那么，你要找对象该如何选择呢？如果你是高能量的"光子"，选择门当户对也不错。如果你是低能量的"光子"，就应该努力争取高能量的，而不可选择门当户对。选择朋友圈也需要坚持同样的原则。

如果我们观察现实就会发现，许多人并不是如此选择。低能量的人与高能量的人结合的现象并不少见，一群低能量的人围绕着一个高能量的人转的现象更为多见。这又是为什么？前边已经说过，光子更喜欢搞平均。高能量的人与低能量的人在一起，才能够清楚地感受自己的"温差"，这个"温差"会让其心生愉悦；而低能量的人与高能量的人在一起，可以明显地体验到"温暖"，这便会使其享受到收获的愉悦。

怎么让高人愿意与高人在一起呢？一是得让他们明白其中的好处，二是要给他们适当的压力。没有挤，就难有人才济济。

原子、结构与组织

万物同宗，区别何来？

美女与野兽、鲜花与钢铁、巨石与浪花、飞机与潜艇等，用的是完全相同的材料，都是由原子"组装"起来的。原子由质子、中子、电子构成。质子吸引电子，中子负责质子之间的"团结"。

同样的材料，哪里来的千差万别？质子、中子与电子的不同组合带来了差别，也就是结构带来了差别。比如：氕的原子核只有一个质子，氘由一个质子与一个中子构成，氚的原子核由一个质子和两个中子构成。

质子、中子、电子的不同组合构成不同元素，元素之间的不同组合形成了不同物质。

刘备集团，刘备是质子，诸葛亮是中子，关羽、张飞、赵云等是电子。刘备与诸葛亮是原子核，关羽、张飞、赵云等电子围绕着原子核运行。

一个团队具有什么样的样貌与功能，取决于他具有怎样的结构。团队主要领导相当于质子，团队文化相当于中子，善于协调关系的成员也相当于中子，团队成员相当于电子，组织架构就是他们的组合方式。

我们经常说的所谓内部改革，就是通过变革组织结构来改变组织的样貌与功能。改革并不总是能够取得理想的效果，其原因主要有以下三个方面：新的结构并不合理；领导没有吸引力，也就是不具备质子的性质；没有中子或中子的数量、质量不够。总之，问题出在"原子核"上。

领导没有足够的吸引力，所有的改革都是在瞎折腾。组织中也可能出现若干有魅力的领导，他们更容易相互排斥，这就需要"中子"来黏合。中子是中性的。居间协调的人，必须是中立的。

怎样的结构是好的？要看团队的任务。不同的任务，需要不同功能的团队，也就需要有不同的团队结构。以军事斗争为主的团队和以经济建设为主的团队，就要有不同的组织结构；生产型团队与科研型团队也要有不同的组织结构。前者适合"金字塔"式的结构，后者更适合网状结构。

当然，团队结构也受到条件的制约。这个条件有外部条件与内部条件。孙权团队在建立之初，"原子核"中有多个"质子"，像周瑜、张昭等都起着"质子"的作用。而到了后期就剩下孙权这一个"质子"了。因为孙权接手的是哥哥孙策的团队，他靠自己吸引不了那些强大的"电子"。这是内因。曹操给他带来的竞争压力，也让孙权不能不与其他"质子"合作。

组织的使命是发展，发展必然带来形势与任务的变化，因此结构的改革也就成了应有之义。

原子与三支队伍建设

质子、中子、电子是原子的基础材料。质子类似于钢筋，中子类似于水泥，电子类似于砖石。再加上结构，就形成了一座建筑。结构不同，建筑的外貌与功能不同。

许多企业都在搞三支队伍建设，他们一般叫作管理者队伍、科技工作者队伍与技能人才队伍。这个划分有一定道理，但不够合理。管理者是质子，科技人员是能量较强的电子，技能人才是能量稍弱的电子。这三支队伍，相当于只有质子（钢筋）和电子（砖石），没有中子（水泥），难以形成相对稳定的结构。

过去江湖中能成气候的团队，一般有大哥、二哥和三哥。大哥多具有人格魅力，三哥往往直爽，二哥则善于协调。这个二哥就相当于中子。现代一些自组织的结构也大致如此。

中国共产党的组织具有强大的优势，其中有理想、纪律等方面的强大力量，却也离不开思想政治工作者的有效工作。这支政工队伍就相当于原子核的中子。他们虽然有管理者的部分属性，但和直接管理者的职能是不同的。因为他们并没有直接管理者所拥有的权力。这支队伍致力于发挥"中子"作用的时候，其组织的优势就越发明显、越发强大。

质子带正电，质子与质子相互排斥，离开了不带电的中子，质子便不能合作。中子还是唯一能够使其他物质发生放射性的东西。中子的作用是通过其他媒介起作用的，它自己并不显山露水。你看，中子是不是很像一位优秀的政工人员？

"中子"式的人才，看上去没有专长、没有直接业绩，甚至有些圆滑，好像可有可无。但是，如果没有他们，组织就很难形成合力，也没有弹性与韧劲，更难以激发战斗力与创造力。

一个组织必须培养"中子"式的人才队伍，并且要正确地认识与评价他们的贡献。管理者、科技工作者、技能人才，都需要"中子"，才能有凝聚力与创造力。

领导与质子

领导班子的团结始终是个不太好解决的问题。这是为什么呢？

质子带正电，质子与质子相互排斥，需要有中子居间协调，质子之间才能产生合作关系。领导多是质子，领导与领导的关系是天然的排斥关系。当然也有些"电子"被误当"质子"使用了，他们之间的关系就比较和谐。

有些班子看似和谐，如果仔细观察就会发现，其实只有"一把手"是质子，其他班子成员不过是穿着质子的外衣而扮演着电子的作用。只是有的离质子近一些，有的离质子远一些。人们会说这样的"一把手"独断专行、作风霸道。

有些班子看上去一盘散沙，如果仔细观察就会发现，班子成员有若干质子，也可能有个别电子，但是没有中子。这样的单位就是团团伙伙、山头林立，什么事都办不好，干什么都会干得花样百出。人们会说这样的"一把手"没有驾驭全局的能力，缺乏魅力。

原子核是由质子与中子组成的，一个班子也需要适量的"中子"。但是，一般情况下，组织选拔也好，群众推荐也好，都致力于挑选好的"质子"。这些好的"质子"被圈到一块，就会变坏。如果仔细审视那些不团结的领导班子，就不难发现，这些班子成员在下一级单位当"一把手"的时候，大都表现出很强的能力，也有很突出的业绩。质子的能量越强，相互之间的排斥力越大。

"中子"的作用是无用之用，不太被关注，不太好评估，不太受重视，而且很容易被误解，所以甘当"中子"的人不多。"中子"需要牺牲精神，更需要相对高一些的智慧，因此能做得了"中子"的人也较少。

一个组织必须有这样一类人，他们不干事，甚至不会干事，专门忽悠别人一起干事；他们似乎没有业绩，却能够让别人做出一加一大于二的业绩。

领导与电子

领导往往感觉自己求贤若渴,而群众大多觉得伯乐难寻。还有一句话说是:千里马易得,伯乐难找。到底是哪个难寻?道理何在?

领导相当于质子,领导班子相当于原子核,人才相当于电子。电子被质子吸引,围绕着原子核在不同的轨道上波动式旋转。能量低的电子,靠原子核更近。电子失去一定能量,会抓住机会向原子核靠近;电子获得一定能量,就会离原子核远一些。

离原子核最近的轨道,是舒适区,电子都喜欢,但是数量有限,机会不多。人的表现与电子相似,大多喜欢向领导靠近。但如果能量太大,领导就不太舒服,也就不会让你靠近。这么分析,当领导的人可能会不太接受。也可以换一个角色分析,自身能量不足的人,有更强的动机靠近领导,以方便借光。这么分析肯定也会让一些人不舒服。还是看破不说破比较好。如果你觉得不舒服,你可以这样认为:电子是电子,人是人。可我还是要说,从宇宙的尺度上看,人也不过是基本粒子;从量子世界来看,人也是电子运动的结果。

电子吸收一定的能量,就会改变轨道,与原子核拉开距离。人的本领提高到一定程度,就渴望多一些自主与自由。人才要找感觉,领导就会减少一些感觉。能力越强的人越不太好领导,人才给领导的感觉不是那么美好。领导感觉不好,就会认为你不是可用的人才。

人才会不自觉地远离领导,自己反倒认为伯乐难找;领导通常会害怕失去控制力,人才就觉得领导大多缺少一双发现的眼睛。领导心中的人才是积极向自己靠拢并且是能指哪儿打哪儿、战无不胜的;但真正的人才都不太自觉向领导靠拢,既有能力又密切联系领导的人才实在太少,因此领导就感觉人才难得。

伯乐通常是"经纪人",多数情况下不是领导。不是领导不想,是不能。没有外部压力,可以当伯乐的领导极少。绝大多数领导都喜欢下属听话,可人才是"千里马",不是"驴",况且你让驴推磨的时候,也得给它蒙上眼睛,否则它也不那么听话。

说领导身边都是平庸的人也有失公允。领导身边也有能力特别突出的人才。这些人有的权力欲望不那么强烈,有的专项能力突出但短板也很明显,也有的不过是在"潜伏"。

量子跃迁与人的行为

事物由量变到质变,这个认知是不是对的,要看你怎么理解"量"。

你用两个手指捏住一个乒乓球,另一个人用手抛掷乒乓球击打它,无论那个人抛掷多少个乒乓球,也不会将你手中的乒乓球撞落。也就是说,这种量变不会产生质变。如果那个人改用质量更高的钢球,可能只要一次就能将你手中的乒乓球击落。也就是说,这种量变可以发生质变。

量子跃迁的原理与此类似。电子围绕原子核依一定轨道运行。电子从一个壳层(轨道)消失,出现在另一个壳层(轨道),并在这个过程中吸收与释放一个特定能量的光子,这种变化就是量子跃迁。

如何理解特定能量?假如电子吸收 20eV 光子才能发生跃迁,如果你给它发射 19eV 及以下的光子,无论发射多少,什么也不会发生。就是说单凭数量的积累,不会产生量子跃迁,质量的变化才可能产生跃迁。

我们要推动一项决策的实施,感觉力度不够,通常有一种做法就是建立奖励政策。有些政策出台之后,似乎有效果,却又不太理想。原因何在?这个政策对有些人有效、对有些人无效。年龄稍长的人可以回忆一下,在 20 世纪 80 年代,5 元钱的奖金就能够使人开心一阵子,而今天 500 元的奖金也难以让人的心情起变化了。即使有变化,也可能是觉得恶心。一定量的奖金只能对一部分人起作用,有些奖励制度可能因量级不够而根本就没有作用。而且有些效果只是因为领导重视并亲自推动带来的,一些人的努力其实是"醉翁之意不在酒",我们只是误认为是奖金在鼓舞人心。

我们对某项工作的落实情况或某项制度的执行情况不满意,便组织检查考核并进行惩处,效果往往并不能达到预期,所以就有了反复抓、抓反复。这种词听起来很美,实际上是在进行无效管理,白白地消耗人力物力精力,于是我们又要反对形式主义。处罚也得适度才是有效的,过了欠了都不好。掌握不好度,形式主义就消除不了,甚至可能更加泛滥。

必须清醒地认识到,处罚总体上是在减少能量。光子在某些情况下,一定能量的减少会造成湮灭。对人的处罚面积过大、程度过重,大家的积极性就会降低。他们以减少投入的方式来实现与处罚的对冲,或者降低再次被处罚的风险。

投入强度是决定决策成败的重要因素之一。在战场上实施攻击时,你派上一个连,拿不下山头,再派上一个连,还是不行,你又派上一个连,可能还是不行,因为前两个连已经分别消耗得差不多了。如果你一下子就上去两个连,可能早就拿下了。集中优势兵力打歼灭战,就是这个道理。企业搞科研也是同样的道理。你的科研经费,四处撒芝麻盐,年年如此,永远也不会有大突破、大成果。

情感的变化也与量子跃迁类似。有的年轻人有了心仪的异性,就开始穷追不舍,可总是打动不了对方。很可能就是因为你的投入只是数量的积累,而没有质量的变化,不能敲开人家情感的大门。你用"乒乓球"不行,就试试换个"篮球"与"水晶球",或许就能成功。有时候你追累了,都想放弃了,忽然之间对方却对你主动了。很大的可能是对方出现了情感"事故",因此发生了"量子跃迁"。对方"跃迁"之后,你的"乒乓球"也能撞开其情感的大门。情感的大门很微妙,力度不够,撞不开,力度过了,人家会不舒服。你必须小心地寻找那个能够引起"情感跃迁"的最小量。

中国足球之所以经过了几十年的努力，依然水平不变、成绩稳定，就是因为它只有工作与资金投入数量上的变化，而较少策略与工作质量上的提升。

有些情况、有些事情，靠日积月累便能发生质变，有些情况、有些事会在日积月累中变成日常。

温度与水的三形态

温度是至关重要的。任何一种物质的样貌与功能都与温度有关系。

水在100℃以上就成了气体，在0℃以下就成了固体，100℃以下0℃以上是液体。不同的形态有不同的样貌与作用。

物种的变化离不开温度的变化，人也是随"温度"变化而变化的。任何一个组织都有"温度"，每个组织的"温度"都有不同，一个人在不同的组织里便有了不同的表现与作用。

一个组织的"温度"很高，人便会"气化"。这意味着更多的自由、更多的可能性，同时也意味着散漫无序。一个组织的"温度"很低，人便会"固化"。这意味着坚硬强壮，同时也意味着僵化。一个组织的"温度"不高不低，人便会"液化"。这意味着既不那么自由也不那么僵化，同时也意味着少了一些强度与可能性。

一个组织的"温度"多高才好呢？通常情况下，当然是不高不低要好一些，但还要看组织目标与任务。如果是军队，其"温度"低一些是必要的。如果特别需要创造力的组织，其"温度"高一些就是必需的。

说到温度，就需要引入另一个维度，那就是压力。蒸汽进入承压的容器与管道，便能够以更高的效率做功。一个组织的理想、愿景与制度体系就是承压系统。有了良好的承压系统，便可以调高组织的"温度"。

组织的领导者需要"两手抓"，一手抓"温度"的调节，一手抓承压系统的改善。只抓任何一手都是危险的。另外，即使有了良好的承压系统，也要适时调整"温度"。大自然有四季变化，组织也要如此，才能有良好的生态体系。

只有一种温度，相当于没有温度。没有温度，何来冷暖？

浓度与肉毒杆菌

很多女性与肉毒杆菌有过亲密关系,也有不少人跟它很熟,因为它可以去掉或减少女性的皱纹。但是,许多人可能并不知道,肉毒杆菌是大毒物。它的毒性从 A 级排到 H 级,H 级最强。最强的 H 级肉毒杆菌,只用二十亿分之一克就能杀死一个成年人。美容用的肉毒杆菌属于 A 级。其原理就是使肌肉麻痹,让肌肉在"无知"中快乐地生活。

黑乎乎的碳,可以给人温暖,可以发电。可是近来碳的日子很悲惨,因为几乎人们都哭着或笑着喊去碳。碳燃烧了自己,又制造了二氧化碳。二氧化碳如今很令人讨厌。二氧化碳功劳很多,其中有一个突出贡献,就是给地球做了一床被子。没有这床被子,地球的平均温度将是 -18℃,大部分动植物都会被冻死。但它要太厚了,地球温度就会升高。

肉毒杆菌或二氧化碳,对人类有益或有害,取决于度。我们无论是吃饭还是吃药,都有一个量的概念。量把握不好,就可能吃死。吃饭把握不好量,就得吃药。吃药把握不好量,就可能没机会吃饭了。

中国职业足球最近的日子很不好过,欠薪成了普遍现象,多数俱乐部都命悬一线。主要原因就是前些年服用钱这种"兴奋剂"过量。钱是好东西,但是欠了与过了副作用都很大。钱太少,只有生存一个问题;钱太多,会有一系列问题。企业的薪酬制度,管不管用,管什么用,也取决于度。拿捏不好度,效果就不好。大多数企业,都掌握不好这个度,所以好企业并不多。

人呼吸氧气,排出二氧化碳。植物呼吸二氧化碳,排出氧气。二氧化碳会要人的命,氧气会要植物的命。人也是各不相同的,有人可以让钱为生命增殖,有人可能让钱要了自己的命。奖励对有些人管用,对有些人不管用,对有些人是负作用。惩处亦是如此。

现在制造业都在由标准化向个性化转型,人的管理亦应如此。要调动人的积极性与创造力,就需要管理的"私人定制"。物质奖励与精神激励,制度的约束与惩处,每个人起作用的量都是不同的。管理这门学问也需要转型升能,然后才可能有企业的转型升级。人类进入无法直接感知的量子世界,再凭历史的经验与现有理论来管理,就成了对人的冒犯,是非常无礼的。这也是现在许多领导失去昔日光彩的一个重要原因。

瑞士籍医生帕拉塞尔斯有一句名言:"剂量决定毒性。"也就是说,一种物质有益还是有害,取决于物质的数量。离开了度,好与坏、益与害都是无从谈起的。

质子与做大做强

女人何苦折磨女人，质子就是不待见质子。好在还有中子，能够让质子与质子展开合作。只是中子的能力有限，质子多了，中子顾不过来了，排斥力战胜了黏合力，分裂就出现了。

原子要做大，就得有更多质子。质子多了，就会闹分裂。这个矛盾不好解决。

企业要做大，就得有更多优秀的领导干部。文人相轻，领导更甚。只是文人多公开表达，领导多暗中较劲。优秀与优秀在一起，经常不是走向卓越，而是滑向糟糕。一个领导班子当中，"质子"不能太多。三五个最好，超过七个就会出问题。班子人数多了，即使看不到突出的矛盾，也会有人游离在"原子核"之外。

企业必然想做大，因此会想办法。主要的办法有这么几种：

加盟。餐饮与零售业多用此法。加盟就是让"质子"分散开来，形成若干"原子核"。核心集团只管标准、渠道，只要收效，不参与加盟店的管理与经营活动。加盟店的领导相当于在规定情景下运行的质子。

投资。以资本运营为主的公司，只要投资收益，不参与企业经营管理。这类公司的"质子"们相互之间没有权力的纠缠，基本谈不上存在排斥力。被投资企业的领导相当于自由运行的质子。

子公司。企业集团大多采用此种模式。集团给子公司一定的自主权。子公司的领导既有质子的属性，也有电子的属性。当集团需要活力的时候，便希望子公司的领导是质子；当集团需要管控的时候，就强迫子公司领导做电子。前者表现为授权与激励，后者表现为收权与惩处。

质子渴望有吸引力，领导特需要控制力。加盟与投资的方式，虽然较好地解决了排斥力问题，却同时消解了控制力。因此，加盟就可能出现只加不盟，投资就可能收不回投资。相对来说，子公司的形式要好一些，但也不是没有问题。集团更希望子公司的领导是电子，只围绕着自己公转。可子公司只有公转，其质子的属性也就没了，质子间的排斥力就大了。

大多数集团公司的子公司领导对集团总部都有意见。集团公司的领导听到的意见多了，就会收拾总部部门领导。或者批评，或者换人，或者是进行机构改革。这些办法有没有效果呢？有是有的。但是，要么收效甚微，要么有效期很短。所以，集团企业不停地折腾就成了普遍现象。

这又是为什么？因为问题出在主席台，你却总是折腾前三排。主席台上坐的是质子，台下就坐的是电子。集团领导是坐主席台的。子公司领导参加集团会议的时候，多坐在三排以后；回到自己的子公司开会的时候，就成了坐主席台的。总部部门领导是电子，是坐前三排的。原本是质子与质子间的矛盾，你在电子身上下手，作用当然不大，效果必然很小。

集团领导天然地喜欢电子，子公司领导天然地想做质子。所以，子公司领导的意见，本质上是对集团领导的意见。可他们不能往领导身上找，更不敢说给领导听，那么倒霉的就只能是部门领导。

总起来说，企业做大是违反"天性"的。要想做大，就得有逆"天性"的集团领导。他们得有质子的强大吸引力，又得克服质子与质子的排斥力。换句话说，就是你得有能力让自己做成质子，又得允许与帮助别的质子具有吸引力。

核能与动力

天下大势，分久必合，合久必分。分与合，都是能量释放的过程，都产生与释放动力。

核能的开发，主要有两条路径，一条是核裂变，一条是核聚变。核裂变是由较重的原子核转变为较轻的原子核，核聚变是由较轻的原子核聚合为较重的原子核。前者是"吐"、是分，后者是"吃"、是合。其吞吐粒子的速度可以高达每秒 1500 万米，因此有着惊人的威力。

市场营销中，也有两个基本的策略，一种是折价销售，一种叫"饥饿营销"。折价销售有许多变种，比如：买二赠一、赠送代金券、有奖销售、积分优惠等。"饥饿营销"也有一些变种，比如：限量款式、贵宾座席、积分升级、限量供应等。折价营销类似于核裂变，"饥饿营销"相当于核聚变，都能激发人们的购买欲。

组织要激发动力，也可以用两种基本策略，一种是用好吃的来诱惑你，一个是让你感到饥饿。部队有军功制度，立了战功，可以升职，可以授奖，这就是给你好"吃"的。聪明的部队首长有时候也会使用"饥饿"之法。他在一段时间内，不给你打仗的机会，可劲儿憋你，憋到一定程度，才给你派活，而且往往是硬仗。任正非在华为坚持搞"冬天文化"，其本质也是制造"饥饿感"。

饥饿感是相对的变化的。有时候明明吃饱了，看到自己喜欢吃的东西，或者看到别人吃得挺香，就还想吃。企业要制造"饥饿感"至少有两种策略可用：一种是创造更好的愿景，让大家觉得还有美味值得品尝；一种是制造差异，让一部分人看到别人碗里的美味而心向往之。

没有饥饿感，获得感与幸福感是很难走上心头的。红牛整天打的广告词是："渴了饿了，你就喝红牛！"聪明！渴了饿了，喝白水也觉得很来劲。

炸药与创新

有人说，创新是破坏性创造；也有人说，创新是创造性破坏。创新类似于炸药爆炸，使用得当，就可以在破坏中创建新生事物。

凡是能够制造炸药的元素，都有一个共同的特点，就是超级不稳定，比较容易激发。稳定性强的元素，做不成炸药。钢铁水泥建筑很稳定，它们是被炸的对象，不是做炸药的材料。

创新性的人才，也是不稳定元素。他们的想法往往诡异，他们的行为常常怪异，而且绝大多数不太守规矩，不愿服从领导，甚至会给领导添堵。稳定与创新、听话与创造之间，隔着一堵墙。

很少有人愿意在自己身边放着一包炸药。很少有领导喜欢创新型的人才。领导愿意接受的是改进改良型的工程技术人才，而不是热衷于原始创新的大家。所以，多数企业都有技术进步、管理提升，难有重大创新与颠覆性技术。

领导有领导的难处。企业发展需要创新更需要稳定，而两者之间的平衡极难把握。权衡过后，领导就会觉得还是稳定更可靠。毕竟不创新带来的问题可以交给未来。所以，很多创新都是在日子过不下去的时候发生的，重大的创新成果都是在日子过不下去的时候才被认可与应用的。

硝酸甘油是炸药中使用的活性成分，它可以保住心梗病人的性命。有心脏病的人，天天揣着它，并不使用它，专等发病的时候用来救命。企业对待创新的态度，很像心脏病患者对待"硝酸甘油"。世上的事情真是奇妙！

炸药需要激发。创新需要碰撞。这样的行为充满风险。搞创新和做炸药一样，都属于高危职业。因此，都需要勇气。不同的是，对做炸药的人，要加强约束、加强监督、加大惩处；而对搞创新的人，则要减少约束，要鼓励冒险，要容许失败。

创新是在失败中走向成功的，而制造炸药的失败只能导致更大的失败。研究炸药与生产炸药的单位，需要不同的人才、不同的规矩、不同的文化。前者是允许失败的文化，后者是不能容忍过失的文化。

爱因斯坦说过："如果一个想法最初听起来并不荒谬可笑，就不要对它寄予多大希望了。"你要成为创新型企业，你就得善待那些不稳定"元素"，你就得接受那些想法荒谬的人，你就得接受失败。

碳与活力

碳是最重要的元素之一。有人将工业时代称为碳时代，将当下的信息时代称为硅时代。但是，如果没有碳，硅是撑不起一个时代的。应对气候变化，是科学合理地利用碳，而不是去碳化。去碳化像去人化一样可笑。

碳可以制造钻石。日本曾经有人用碳制造出了超级钻石，它的硬度比天然钻石还高。其实用花生米也可能制造出钻石，因为花生米也含有碳。碳要变成钻石，需要极高的压力与极高的温度。天然钻石是在地幔中形成的，经由火山喷发来到了人间。

碳在不同的压力与温度下，具有不同的样貌，对人类有不同的价值。人在不同的压力下，也会有不同的心理与表现，呈现出不同的价值。

碳在高压高温下，会变得坚硬。人是不是同样呢？人在高压下，可能会更加坚强，也可能会"躺下"。而且每个人起变化的临界值也是不同的。但有一点是相同的，在较高的压力下，人们在总体上会呈现出更强的执行力、战斗力。

你很难点燃钻石，点燃木炭就很容易。硬度提升了，可用性就下降了，活力就减少了。人也大致如此，执行力的提升必然要付出活力减少的代价。

碳能够成为重要的能源，源于它的能量密度较强。压力之所以被普遍利用，最重要的原因是可以提高能量密度。能量密度与压力的关系是实施有效管理的一个重要考量。能量密度超高的人，你稍微给他一些压力，他可能就会给你撂挑子；能量密度很低的人，你给他较小的压力就没有多大效果。只有那些具有中等能量的人，你给他中等水平的压力，就能够产生良好的效果。

多数人相当于碳，你把他压成钻石，他就不会燃烧了；你完全不给他压力，他就自由挥发掉了。

组织、物理与化学

物理与化学是不同的学科，但是在量子世界里，物理与化学是一回事。世间万物都是大自然这位大化学家的作品。谈恋爱就是化学实验，企业并购重组、内部组织整合等就是在搞化学生产。这些活动既是创造性活动，也是十分危险的行动。

两个或多个原子相互间到了一定距离，就会争夺电子。能力强的原子会得到一些电子，能力弱的原子会失去一些电子。有些会争执不下，把电子拉到中间的轨道上，形成"化学键"，原子们就会组成分子。不同的组合会形成不同的物质。这类似于市场上的企业，有的企业容易流失人才，有的企业容易积聚人才，有的企业之间会重组成为一家新的企业。

有些企业重组，不太成功。有些是因为只有物理连接没有化学反应，有些则是没有产生理想的化学反应。企业也和化学元素一样，有些元素很"花心"，和任何元素都能产生化学反应。比如氟，坚硬的钢铁它也能一起燃烧，柔软的水它也能一起冒出火焰。有些元素就非常"自我"，见了什么元素都不动心，化学家们说它们是有"惰性"的，比如氦就几乎从不动情。

每个个体都是不同属性的"元素"，有些人容易起化学反应，有些人则很难。两个异性结合，有的只是物理连接，没有化学反应；有的会产生良好的化学反应，使两个人变得更好；也有的化学反应相当糟糕，相互闹心，顺带着让周围的人也很不开心。

在视频中看中超比赛的球迷，经常会听到评论员这样评价某一位刚引进不久的球员：他没有给球队带来化学变化。为什么？因为中国球员多是"惰性"元素，不太容易起化学反应。在中超，个人能力突出、能自己制造机会的球员更容易获得认可。这样的球员能够直接改变球队的物理结构，从而改善球队的能力。

企业间的并购重组、企业内部的整合、团队的构建、人才的引进、男女的结合等，都不能只关注其外在的"物理"属性，都需要研究他们内在的微观"元素"，以及这些"元素"之间会不会产生化学反应与可能产生怎样的化学反应。

量子纠缠与扁平化

没有高于光速的速度,这是常识。量子纠缠似乎打破了这个常识。

两个相互纠缠的粒子,虽然相距千万里,只要一个起变化,另一个就一定同时起变化,耗费的时间为零,这个速度超过了光速。它们是怎么做到的?

或许两个纠缠的粒子之间没有时间也没有空间,当然也没有速度。我们感知到的时间与空间与它们无关。大家不在同一个时空,互相不能理解。

自从有了互联网,组织变革就有了一个明显的趋向,那就是扁平化。扁平化就是时空压缩。时空压缩之后,就会节省时间、提高效率。互联网与数字化,就相当于让人与人、物与物、人与物之间产生了"量子纠缠",任何一个变化、一个信息都不再需要层层传导,大家都可以同时感知认知。

但是,真正实现扁平化的组织并不多。这又是为何?相互纠缠的粒子,一个变化了,另一个必定随之变化;反之,亦然。这意味着两个粒子都没有自主权。传统的层级式组织,是层层传导、层层指挥,只有基层在执行;组织扁平化之后,一部分过去起主导作用的人,就会失去一大部分主导权。在扁平化的组织里,是相互影响、相互激发、相互带动,至于谁影响谁,看的是认知能力而不是领导职务。所以,有些人渴望"量子纠缠",有些人讨厌"量子纠缠"。

有些企业在有了网络体系后,会以保密为由,拒绝开放信息数据,其实质就是维护既有的权力地位。有些企业,组织安排上有了扁平化的形态，但运行起来仍然是传统本色，其中的奥秘就是对信息数据的封锁。

过去，时空对每个人是不公平的。有了互联网与数字化，让时空的公平具有了可能性。但是，如果没有组织的扁平化、没有信息数据的透明公开，这个公平就难以实现。

建立在网络基础上的扁平化组织里，还有没有"原子核"？还有没有"质子、中子与电子"的分别？当然有。但其形成机制与功能已经不同。在传统组织里，"质子"的地位由少数人决定，基本保持稳定；"电子"被迫围绕其运行，它没有"取关"的权力。在扁平化组织里，"质子"的地位由多数人确定，而且非常不稳定；"电子"是自愿围绕其旋转的，并且像"粉丝"一样，随时可以"取关"。

互联网与数字化，让我们进入了量子世界，可我们已经习惯了经典物理世界的思维方式与行为模式。因此今天最需要的不是多流汗，而是认知改变。

相对论与因果

在相对论中，质量与速度有关。如果物质的运行速度超过了光速，质量就是无穷大。因此推断，没有什么能超过光速。狭义相对论揭示了线性运动的物理规律，广义相对论揭示了加速运动的物理规律。牛顿物理学揭示了低速运行的宏观物理的基本规律。

这些规律揭示出来的都是因果关系。由此，人们形成了因果式的世界观与方法论。找不到因果的事情，我们就交给上帝或者运气。上帝很幸运，因为人类有时候找不到因果，只好请上帝来顶替"因"。

因果论让我们找到了确定性，获得了安全感。因果论也让我们增加了控制欲，少了敬畏心。目前为止，我们绝大多数管理理论、管理方法都是基于因果关系，都有一个共同的爱好，那就是控制。

基于控制的管理都有一个共同的操作流程：愿景、战略、目标、任务、命令、执行、考核、奖惩。按照这个流程操作，有时候成功，有时候失败。失败了，我们就查找原因，试图控制这个因，以达到期望的果。有时候成功了，有时候仍然失败。

控制的益处是显而易见的，其坏处则不那么明显。控制扼杀了更多的可能性，我们并不知道有多少可能性，也不太喜欢可能性。人们有时候讨厌控制的原因，不是因为丧失了更多可能性，而是因为一些人的控制欲战胜了敬畏心，把控制弄成了压迫与压榨。没有人喜欢压迫与压榨。

人们讨厌控制的另一个原因，来自比较。有些控制不那么严格的地方，幸运地把更多的可能性变成了美好的现实。这让那些受到严格控制的人们深感不幸。于是，他们就分析原因，很容易地就发现了"控制"这个罪魁祸首。

你承认因果关系，就得接受控制；你要有更多可能性，就必须减少控制。这个矛盾一直没有得到彻底地解决。

尽管有时候我们讨厌控制，但总体上看，我们已经习惯了因果思维，在因果的世界里过得还算不错。不幸的是，科学家们不让人省心，他们发现了另外的秘密，打开了一个不遵守经典物理规律、不讲因果的世界。这个世界是由量子物理学家们发现的量子世界。

不确定性与概率

你不可能知道关于现在的一切，所以永远不可能正确地预测未来。不是暂时，而是永远！

"海森伯不确定性原理"无情地粉碎了牛顿与爱因斯坦帮助我们建立的预测未来、控制结果的伟大梦想。

在牛顿的世界里，物体的位置与速度是相互独立的。我们可以依据位置与速度，准确地预测物体在某一时刻的状态。在量子世界里，粒子的运动与位置不再是可以分开的两回事。因为粒子是粒子，同时也是波。我们永远不能同时知道粒子的动量与位置。就是说，我们知道了粒子的动量，就不知道它的位置；知道了它的位置，就不知道它的动量。

量子论认为，如果你足够了解事物的某一属性，就会自动丢失其他属性的相关信息。类似于"粉丝"了解偶像好的一面，就自动屏蔽了其不好的一面。我们无法知道事物的一切，因此也不能全面地知道因果，不能正确地预测未来。就像"粉丝"怎么也想不到自己的偶像会被抓起来。

一个人犯同样的错误会出现不同的结果，可能变好，也可能更坏。这让我们很难接受。

后来，薛定谔搞出了"波函数"，也叫"薛定谔方程"。"泡利方程"对"薛定谔方程"进行了修正。玻尔进一步解释了"波函数"。实验证实了"薛定谔方程"与玻尔的解释。经过许多量子物理学家们的共同努力，大家终于相信，量子世界是"概率性"世界。概率取代了因果，成为量子世界的运行规则。这里没有因果，只有概率。我们可以根据已知信息，做出概率性预测，但无法做出确定性的判断，意外经常出现在"断桥边"。

今天，"黑天鹅"经常出现，就是因为我们已经进入了量子世界。我们不停地对"黑天鹅"发出惊叹，就是因为我们的观念还停留在因果世界里。

在量子世界里，因果关系崩溃了，控制并不能一定得到想要的结果。此时，我们需要基于概率论的世界观与方法论，我们也需要基于概率的管理理论与管理方法，我们需要新的决策理念与落实方法。

但是，面对不确定性，面对概率，我们很恐慌，本能地做出抗拒的反应，大多数人希望回到因果的世界，继续享受控制的感觉。可是，量子世界的大门已经关不上了，我们便纷纷惊呼：危机来了！

走进新世界

在牛顿的世界里，时间是公平的，空间是平滑的。牛顿给物体的运动做出了坚定确切的解答，给人类建立了确定性的世界观，推动人类建立起了以机器大工业为基础、以控制为主要特征的现代社会。

时间果真公平吗？世界果真是平滑的吗？少数人不那么相信，爱因斯坦就是其中之一。

如果一束光照射前方，前面有一个人坐在高速行驶的列车上，另一个人骑着自行车相向而行，光到达这两个人的时间是相同的吗？凭借常识来判断，理应是不同的。可实验发现的结果是相同。这很令人疑惑。既然光速是不变的，那就一定会有其他变量在搞怪。爱因斯坦凭借他神奇的大脑，捉到了躲藏在暗处的"妖怪"。这只"妖怪"叫时间。我们运行的速度越快，时间就越慢。如果能够达到光的运动速度，时间就静止了，永远都是零。相应地，空间也会弯曲。这便是爱因斯坦的"相对论"。

爱因斯坦给人类打开了通往另外一个世界的大门，催生了新的世界观，推动人类生活的视野进入更精彩的世界。

牛顿与爱因斯坦的世界，都是确定性世界。真实的世界果真是一个确定性世界吗？依然有人怀疑。量子物理领域的科学家们为此展开激烈争论。爱因斯坦是量子物理的重要开拓者，但他坚信世界是确定性主导的世界。爱因斯坦说："上帝是不会掷色子的。"玻尔说："别去管上帝能做什么。"

"上帝"代表着确定性、规定性，代表着人类可以依据常识来进行决策。

量子物理就在科学家们对"上帝"的尊重与怀疑中，不断打开新的"窗户"。这期间出现了若干最强大脑，其中就有海森伯。海森伯的"测不准"，让量子世界的不确定性成为科学界的常识。

量子物理学家再次为人类打开了一个新世界，并推动人类创立了网络化、数字化、智能化的新时代。这个世界是由或然性的波动方程来解释的。控制已然不是好的选择，却已然是我们的习惯。于是，我们固执地为控制寻找正当性。

我们的身体已经进入新世界，可脑袋还在旧世界；身子很惬意，脑袋特郁闷。人们一边享受着布满新玩意儿的新世界，一边痛斥这个万恶的新世界。于是，整个世界陷入了一场说也说不清楚的危机之中。越是说不清楚，越是激发说的冲动。冲动的言说进一步放大了危机。

每一次，人类在迈进新世界大门之初，内心都是恐惧的，思想上都是保守的，决策上都是逆潮流的，行动上都是倒退的。而每一次都是在经历了思想的大辩论、大碰撞、大解放，产生了认知水平的新跃升之后，人类才有了新生活、新生机、新文明。

所有危机的源头都是心危机。心危机源于认知危机。认知上不去，决策就成了"脚"策。大家都在用"脚"思考，又都指责别人不动脑。

我们已经进入一个新世界，还将进入更新的新世界。新世界需要新视界。

主要参考书目

1.（美）威廉·格拉瑟：《选择理论》，江西人民出版社2007年版。

2.（美）史蒂文·约翰逊：《远见》，中信出版集团2019年版。

3.（美）肯·艾索尔德：《行为背后的动机》，中国人民大学出版社2011年版。

4.（美）德博拉·格林菲尔德：《权力》，中信出版社2021年版。

5.（英）彼得·图尔钦：《超级社会：一万年来人类的竞争与合作之路》，山西人民出版社2020年版。

6.（美）加来道雄：《不可思议的物理》，中信出版社2021年版。

7.（意）利玛窦·墨特里尼：《心理学与决策技巧》，北方文艺出版社2017年版。

8.（美）理查德·塞勒：《赢家的诅咒》，中信出版集团2018年版。

后　记

在我职业生涯的大部分时间里，都在观看一部关于决策的话剧。我从中看到了智慧与勇气，感受到了压力与风险，总结了一些经验与教训，也体验到了许多不足与遗憾。所以我想把这些东西变成文字，我还想让决策变成一件有趣的事情。

决策就是选择，主要集中在"五择"，即择人、择物、择事、择路、择法。怎样进行"五择"？方法很多，且仍在不断发展完善。这些方法就像衣服一样，可以改进、更新，可以合理搭配。

做决策，当然希望正确，但比所谓正确更不可或缺的是懂得失去。任何选择都有两面，一面是得到，一面是失去。你清楚并接受失去的部分，才算是完整的决策，才称得上明智的选择。

完整的决策与明智的选择极少，日后的后悔与人生的痛苦便很多。

无论你选择与谁同行，你都会失去与另外一种人同行的生活状态；无论你选择追求什么，你都会失去另外的生活体验；无论你选择怎样的人生道路，你都看不到其他道路的别样风景。

选择同时是放弃，得到同时是失去，成功同时是失败。对此如何理解，关乎认知。认知不同，对得失、成败就有不同的认识，也必有不同的情绪体验。

可以把决策当作艺术创作的过程，也可以把决策视为古玩来品味。改变对决策的认知，决策本身与执行决策的过程便可成为不同的风景。

认知局限是一切困顿、烦恼与痛苦的根源；认知跃升是解决一切困顿、烦恼与痛苦的唯一渠道。认知局限就是因于既有共识，认知跃升就是突破既有共识。没有认知的跃升，奋斗远不如"躺平"管用有效，选择远不如随波逐流更为可靠。

当今世界，共识匮乏。究其本质，乃认知无跃升所致。源于科技进步，人类由利用与改造世界的时代转入再造世界的新时代，世间万物都将被重塑。让我们引以为自豪的工业文明，即将成为"原始文明"；我们的认知，也因此变得有些"古老"。有人称2021年是"元宇宙"元年。什么是"元宇宙"姑且不论。但是，这个概念的大热必定是一个大事件，它标志着人类已经进入一个崭新的世界，而我们对这个世界还没有多少认知。认知不清，必定是前行的迷茫与选择的艰难。由此带来的焦虑与不安自然地转化为保守与争吵、冲突与"内卷"。

一个世界的真理可能成为另一个世界的谬误，过去的荒唐愚蠢可能是未来的先知先觉。人类整体面临的困境是对当下知之甚少而又自以为是。人类再次进入了盲人骑瞎马的状态。

这是一个信息爆棚的时代，这是一个集体无认识的时代，这也是一个认知在焦虑与碰撞中逐渐提升的时代。